CONTOS E NOVELAS RUSSAS

CONTOS E NOVELAS RUSSAS

TRADUÇÃO DO RUSSO E NOTAS
POR OLEG ALMEIDA

SUMÁRIO

Prefácio	**7**
CONTOS E NOVELAS RUSSAS	
A pobre Lisa	**21**
O tiro	**45**
A nevasca	**65**
Vyi	**85**
O capote	**145**
O Primeiro Amor	**195**
Lady Macbeth do distrito de Mtsensk	**295**
Uma anedota ruim	**369**
O fazendeiro selvagem	**455**
O urso governador	**469**
A flor vermelha	**487**
Attalea Princeps	**511**
Sobre os autores	**523**

PREFÁCIO

De Karamzin a Gárchin:
A prosa russa através dos séculos

Leitoras e leitores, amantes das belas-letras,
A editora Martin Claret tem o prazer de lhes apresentar esta coletânea de contos e novelas que são verdadeiras pérolas da prosa clássica russa, escolhidas de maneira que todos vocês possam encontrar nela obras consoantes a seus gostos e interesses. Quem ainda não está familiarizado com a literatura russa, vai descobri-la por meio de seus textos mais representativos; quem já a conhece, decerto ampliará e aprofundará esse conhecimento. Uma dúzia de narrativas reunidas a seguir (*A pobre Lisa*, de Nikolai Karamzin; *O tiro* e *A nevasca*, de Alexandr Púchkin; *Vyi* e *O capote*, de Nikolai Gógol; *O primeiro amor*, de Ivan Turguênev; *Lady Macbeth do distrito de Mtsensk*, de Nikolai Leskov; *Uma anedota ruim*, de Fiódor Dostoiévski; *O fazendeiro selvagem* e *O urso governador*, de Mikhail Saltykov-Chtchedrin; *A flor vermelha* e *Attalea Princeps*, de Vsêvolod Gárchin) remonta às épocas do sentimentalismo, do romantismo e do realismo, três escolas principais que dominaram sucessivamente,

desde a última década do século XVIII até a segunda metade do século XIX, o cenário cultural da Rússia.

Do sentimentalismo ao romantismo:

O sentimentalismo, como sugere o nome desse movimento estético, punha em primeiro plano os sentimentos, não raro exagerados, melosos e artificiais, das pessoas comuns, fossem elas pobres, mas virtuosas, ou, pelo contrário, nobres, mas corrompidas. Os requintados ingleses difundiram-no pela Europa afora e, não obstante sua reputação de um povo bem reservado, transformaram (não se assustem com o tamanho do título...) *Clarissa, ou a História de uma jovem senhora, abrangendo os mais importantes aspectos da vida privada e mostrando, em particular, os desastres que podem resultar da má conduta tanto dos pais quanto dos filhos em relação ao matrimônio,*[1] *Vida e opiniões do gentil-homem Tristram Shandy*[2] e similares romances compridos e exaltados ao extremo na leitura predileta dos cavalheiros melancólicos e damas sonhadoras. Quanto ao romantismo, que nasceu sob a pena dos literatos alemães e obteve a máxima popularidade na Inglaterra do Lorde Byron e na França de Victor Hugo, ele abriu mão das expansões afetivas de seu precursor para enfocar as pessoas incomuns agindo, de modo inabitual, em circunstâncias invulgares. Foi,

---

[1] Livro de Samuel Richardson (1689-1761) publicado em 1747-48 e, quase cem anos depois, considerado por Alfred de Musset (1810-1857) "o melhor romance do mundo".

[2] Romance de Laurence Sterne (1713-1768) editado, em nove volumes, entre 1759 e 1767.

por assim dizer, um salto estonteante de um pomposo e perfumado salão, cuja lânguida atmosfera propiciava toda espécie de aventuras eróticas, para a imensidão de um campo sujeito à fúria dos vendavais ou para a escuridão de uma floresta cheia de feras e salteadores.

A pobre Lisa inaugura a tendência sentimentalista na literatura russa. O próprio tema desse conto — eterno conflito entre a virtude associada à modéstia e o pecado decorrente da riqueza — determina a sua intensidade emocional. Mesmo nos dias de hoje, quando o leitor se revela cada vez menos sensível aos dramas alheios, ele fica enternecido com o destino da humilde camponesa Lisa que se apaixona pelo leviano fidalgo Erast. Fino observador das relações amorosas, Karamzin mostra-nos o abismo social que separa os amantes fadados à dolorosa ruptura, mas em momento algum insiste em criticá-lo, e isso não apenas deixa sua obra à margem do moralismo barato como também lhe dá aquela mágica aura de plena universalidade que a leva a romper os limites geográficos e temporais. Vejamos, por exemplo, como é descrito o namoro de Lisa e Erast: nada o prende à patriarcal e provinciana Moscou dos velhos tempos em que está ambientado. "As mocinhas que vendem flores (ou distribuem panfletos) na rua existem desde a criação do mundo" — parece dizer, com um sorriso sábio e triste, o autor. — "Existem também os príncipes encantados que as avistam, passando a pé (ou, quem sabe, de carro executivo), e despertam nelas paixões ardentes, mas o problema é que o príncipe vira sapo num piscar de olhos, e basta um só instante para o devaneio mais lindo se tornar um pesadelo arrasador".

Os escritos de Púchkin manifestam uma inspiração romântica. Todavia, o maior dos poetas russos não segue a trilha de seus contemporâneos que imitavam os mestres ocidentais a fim de arrebatar o público com fabulosas histórias de amor e morte, coragem e perfídia, busca pela verdade e luta do bem contra o mal. A insana sede de vingança que atormenta o protagonista do primeiro conto (*O tiro*) e o poder sobrenatural do acaso que muda grotescamente a vida dos personagens do segundo (*A nevasca*) são meros pretextos para lançar um olhar arguto e penetrante sobre o lado obscuro da realidade. Falando de duelos e tempestades de neve, Púchkin não pretende causar aos seus leitores espanto nem medo, tampouco visa entretê-los com um caprichoso jogo de palavras. Sua meta consiste em alcançar certo horizonte longínquo onde a rotina cede lugar ao fascínio e a monotonia cotidiana se reveste de todas as cores do arco-íris. Ora, o único caminho para chegar lá é o da fantasia criativa e desenvolta...

A mesma atração pelo extraordinário percebe-se nos contos de Gógol. Um destes (*Vyi*) recria a lenda eslava sobre um estudante de teologia que se deparou com uma temível bruxa e, procurando vencê-la, foi sorvido pelo redemoinho de incríveis horrores; o outro (*O capote*) dirige a nossa atenção para a figura de um homem insignificante que, desprezado a ponto de ninguém reparar em sua jornada terrena, sucumbiu à cruel indiferença dos próximos e ganhou uma bizarra existência póstuma para se vingar deles. Explorando as facetas opostas de seu talento, o escritor russo abraça o gênero de terror cultuado por vários românticos[3] e, além disso, idealiza aquele tipo de "pessoas ínfimas" que se desenvolverá nos romances de Dostoiévski e Dickens, e ficará imortalizado, fora do campo literário, pelo inesquecível Carlitos.[4] Sua visão sarcástica da sociedade injusta e opressora antecipa os valores do realismo que está prestes a entrar em cena.

O realismo *versus* o naturalismo:
O realismo estreou nas letras europeias em 1857, com a publicação de *Madame Bovary*,[5] o mais célebre dos romances de Gustave Flaubert. Superando os lugares-comuns de seus predecessores, tanto os rompantes emocionais dos sentimentalistas quanto os excessos fantasiosos dos românticos, ele passou a mostrar a vida cotidiana tal como ela é, sem a mínima distorção ou dissimulação artística, em toda a sua verdade nua e crua. Os avanços do realismo foram rápidos e impetuosos. Apesar de *Madame Bovary* ter provocado, quando de seu aparecimento, um

---

[3] Lembremos, nesse contexto, o famoso romance *Frankenstein, ou O moderno Prometeu*, de Mary Shelley, os contos de Edgar Allan Poe que experimentou a influência do romantismo europeu ou, para não irmos longe demais, a lúgubre *Noite na taverna*, de Álvares de Azevedo.

[4] Personagem tragicômico de Charles Spencer (Charlie) Chaplin (1889-1977), pobre homenzinho às voltas com a incompreensão e a hostilidade humana.

[5] Uma das novas traduções desse romance, efetuada por Herculano Villas-Boas, foi publicada pela editora Martin Claret.

escândalo memorável, valendo ao seu autor uma ferrenha perseguição judicial por "ultraje à moral pública e religiosa", as obras posteriores, não raro bem menos comedidas que essa história dos "costumes de província", não apenas consolidaram a nova visão de realidade no meio dos escritores como também arregimentaram legiões de leitores no mundo inteiro. Se os adeptos do sentimentalismo pintavam seus vilões com tintas suaves e os do romantismo lhes atribuíam diversos traços positivos, de sorte que o público sensível acabava por simpatizar com eles (e isso sem falar nos heróis transformados por ambas as escolas na encarnação das mais admiráveis qualidades físicas e morais), os realistas não denotavam nem sombra de complacência infundada ou simpatia desmerecida no tocante aos personagens que idealizavam, chegando enfim a examiná-los, ou melhor, a estudá-los sob a inexorável ótica naturalista. Introduzido por Émile Zola na França, Eça de Queirós em Portugal e Aluísio de Azevedo no Brasil, o naturalismo não poupava detalhes chocantes nessa meticulosa análise da psicologia e mesmo da fisiologia humana, inclusive das suas manifestações anormais. É claro que os intelectuais russos, cuja criatividade assimilava muitos dos temas e procedimentos literários vindos da Europa, não podiam, por sua vez, deixar de implantar as formas extrema e moderada do realismo em seu país natal.

Redigido na primeira pessoa, incomparavelmente lírico em sua calma e branda fluidez, *O primeiro amor* é um texto de expressão realista. Ao tomar por base um episódio verídico da sua juventude — o envolvimento, ainda meio infantil, com a princesa Yekaterina Chakhovskáia, a qual, chamada pela mãe do futuro escritor de "poetisa safada", acabou destruindo a paz de sua família —, Turguênev relata-o em termos exatos e sóbrios, com uma emoção tão sutil que ela quase não transparece no triste discurso de um homem vivido e marcado por suas vivências. Nem se trata, aliás, de sensibilizar a quem estiver lendo essa confissão amargurada; o autor se propõe, antes de tudo, a transmitir-nos a cintilante ternura de suas recordações para que revisitemos aquele cantinho da alma onde nossos próprios amores juvenis, sejam felizes ou desastrosos, permanecem guardados. Elogiado pelos críticos europeus e censurado, em razão da pretensa imoralidade, pelos reacionários russos, *O primeiro amor* encanta qualquer um de nós com a surpreendente isenção autoral que lhe ilumina as páginas. A exemplo de Karamzin, Turguênev escreve sobre o fracasso de um sentimento lindo e sublime, porém seus Vladímir e Zinaída transcendem a condição de um casal a personificar o formidável contraste do pecado e da virtude: ao invés das etéreas figuras de Erast e Lisa criadas pela meiga inspiração sentimentalista, são dois jovens em carne e osso, cujos sofrimentos suscitam a mais viva compaixão.

O feitio do conto *Lady Macbeth do distrito de Mtsensk* é típico do naturalismo. Pondo em foco o trágico destino de uma mulher casada por interesse que, oprimida no ambiente machista de seu lar e sexualmente frustrada, primeiro trai o marido com um jovem empregado dele e depois comete uma série de terríveis delitos para ocultar a traição e ser feliz nos braços de seu amante, Nikolai Leskov explora-o de modo tão franco e imparcial que até os leitores de hoje, vacinados contra a violência onipresente a ponto de não reparar mais nela, ficam arrepiados com a sinistra crueza de sua narração. Quer pormenorize as barbáries perpetradas a sangue-frio quer esquadrinhe seus torpes motivos, a cada momento mantém esse estilo cortante; igual à maioria dos naturalistas, apaga a fronteira entre o fato e a ficção, entre o que aconteceu e o que teria podido acontecer em dadas circunstâncias. Certas passagens de *Lady Macbeth...* parecem trechos de uma sangrenta crônica policial ou, quem sabe, de um tratado de psiquiatria forense, sem que a força de seu impacto estético diminua por causa disso.

O realismo literário e suas diversas facetas:

A corrente realista, que teve início em meados do século XIX, determinou toda a evolução posterior da literatura russa. Entretanto, os artistas dessa escola não se limitavam a pintar, com uma precisão matemática, o mundo material e a rotina diária de seus habitantes. Pelo contrário, eles agiam como desbravadores: abordando uma porção de temas atípicos e mesmo extravagantes, davam largas à mais audaciosa criatividade, inventavam novas figuras de linguagem, questionavam as leis naturais e as convenções sociais — numa palavra, almejavam reconstruir, renovar, revitalizar os caminhos da tradição literária que estavam trilhando. Nada escapava aos seus olhares atentos nem se furtava à sua mente afiada; suas penas hábeis, usadas em vez de espadas, combatiam quaisquer formas de estagnação cultural. A herança que eles deixaram às gerações vindouras preserva seu inapreciável valor até hoje.

Um dos maiores expoentes do realismo russo, Fiódor Dostoiévski[6] revela, no magnífico conto *Uma anedota ruim*, seu brilhante talento satírico. Não descreve paixões arrebatadoras nem crimes horrendos, como nos romances *Crime e castigo*, *O idiota* e *Os irmãos Karamázov*, não põe em destaque nenhuma personalidade extraordinária, como o repulsivo "homem do subsolo" que odeia a humanidade inteira ou o jogador dividido entre a mulher por quem está apaixonado e a roleta em que está viciado, mas fala, de modo simples e bem-humorado, das pessoas comuns e suas interações corriqueiras. De resto, esse conto não contém nem sequer uma frase que o banalize: a tentativa do seu protagonista, um general reacionário que se finge de liberal, de confraternizar-se com "a gentinha" subalterna durante uma festa regada a bebidas fortes provoca-nos um riso homérico e, ao mesmo tempo, faz refletirmos, com plena seriedade, nas altas e baixas de nossa vida. Reconhecemos, ao lê-lo, aqueles conflitos, intrigas, vicissitudes que são familiares a qualquer um de nós, por ocorrerem, infelizmente, em todas as épocas e por toda a parte.

---

[6] As traduções de todas as principais obras de Dostoiévski foram publicadas pela editora Martin Claret.

O elemento satírico ressurge nos contos de Saltykov-Chtchedrin. No entanto, em oposição a Dostoiévski cujos escritos nunca disfarçam os numerosos problemas da sociedade russa, esse literato recorre às mais variadas alegorias a fim de denunciá-los. Por um lado, a crítica aberta da corrupção que assolava a Rússia czarista, dos constantes abusos de seu governo despótico e da ideologia retrógrada de sua elite era difícil, se não impossível, àquela altura; por outro lado, meia palavra bastava ao leitor entendido para decifrar as irônicas alusões do autor cauteloso. Assim, concebidos pela sua indômita fantasia, os animais pensantes, falantes e mesmo investidos de poder (*O urso governador*) ombreiam com os bichos antropomorfos de Esopo e La Fontaine[7] na discreta, mas irrefutável condenação das mazelas sociais, e os burlescos cenários em que atuam alguns dos seus figurões caricatos (*O fazendeiro selvagem*) ilustram a espantosa complexidade do mundo metafórico de Saltykov-Chtchedrin, tido como real apesar de ilusório em absoluto.

O realismo russo toma um rumo inesperado nas obras de Vsêvolod Gárchin, escritor que também procura estabelecer uma tênue ligação entre a existência humana e seus aspectos oníricos: sonhos, alucinações,

---

[7] O fabulista grego Esopo (século VI a.C.) e seu colega francês Jean de La Fontaine (1621-1695) consagraram toda uma galeria de animais alegóricos que personificavam as qualidades reprováveis da natureza humana; na Rússia sua prática foi levada adiante por Ivan Krylov (1769-1844) cujos Corvo e Raposa, Cisne, Lagostim e Lúcio, Libélula e Formiga ocupam um lugar de honra no imaginário popular dos russos.

delírios e pesadelos. Contista de viva imaginação e prodigiosa fluência verbal, ele retorna aos princípios do romantismo na apresentação da eterna luta contra o mal universal, porém não acredita mais que se possa vencê-lo. Romântica em aparência, a prosa de Gárchin, que se baseia em tristes experiências pessoais, é impregnada de amargor realista: seus personagens estranhos, seja o paciente enfurecido de um asilo de loucos (*A flor vermelha*) ou a orgulhosa árvore brasileira enclausurada numa estufa (*Attalea Princeps*), sofrem, decepcionam-se, cansam-se, desesperam-se num fatal esforço de deter as pesadas mós da vida e, afinal, morrem esmagados por elas.

E agora, traçadas as linhas gerais de nossa leitura, não demoremos a iniciá-la! Que a terra hospitaleira de Púchkin e outros gênios da humanidade nos entregue logo a chave dos seus inestimáveis tesouros espirituais... E se os representantes mais talentosos de sua grande literatura nos transmitirem, ao menos, um pouco de sua inesgotável sabedoria, se seus apelos e dúvidas, receios e esperanças fizerem o coração da gente acelerar, ao menos por um minuto, o ritmo habitual, enchendo-se de angústia ou de alegria, poderemos dizer, uma vez fechado este volume, que não gastamos nosso tempo em vão, que nossa empresa valeu realmente a pena.

Oleg Almeida

CONTOS E NOVELAS RUSSAS

A POBRE LISA

NIKOLAI KARAMZIN

Talvez nenhum dos habitantes de Moscou conheça os arredores desta cidade tão bem quanto eu, pois ninguém vai aos campos mais vezes que eu, ninguém anda a pé mais do que eu perambulo sem plano nem meta, por onde me apetecer, pelos prados e bosques, outeiros e vales. Todo verão encontro novos sítios aprazíveis ou descubro novas belezas nos já conhecidos. Contudo, o lugar que mais me agrada é aquele em que se erguem as lúgubres torres góticas do mosteiro de S***. Do lado direito daquele cerro vê-se quase toda Moscou, o formidável amontoamento de casas e igrejas que se apresenta à vista em forma de um majestoso anfiteatro: uma paisagem maravilhosa, especialmente quando o sol a ilumina, quando seus raios vespertinos fulgem nas inúmeras cúpulas de ouro, nas incontáveis cruzes que se elevam ao céu! Embaixo se estendem as várzeas férteis e florescentes, de uma rica cor verde, e detrás delas flui pelas areias amarelas um rio claro a ondear sob os ligeiros remos dos barcos pesqueiros ou murmurar sob os timões dos pesados *strugs*[1] vindos das partes mais opulentas do Império Russo a fim de prover a cobiçosa Moscou de pão.

Na outra margem do rio avista-se um robledo[2] junto do qual pastam uns numerosos rebanhos; sentados ali, à sombra das árvores, os jovens pastores entoam seus cantos simplórios e tristes, encurtando assim os dias de estio tão monótonos para eles. A certa distância, no espesso verdor dos antigos ulmeiros, rutila o mosteiro de São Daniel com suas cúpulas de ouro; mais longe ainda, quase à beira do horizonte, ficam as azuladas colinas Vorobióvy.[3] E do lado esquerdo veem-se os espaçosos campos semeados de trigo, alguns arvoredos, três ou quatro aldeias e, bem longe, a vila de Kolômenskoie[4] com seu alto palácio.

Eu vou frequentemente àquele lugar e quase sempre saúdo lá a primavera; lá venho também nos soturnos dias outonais para compartilhar os pesares da natureza. Os ventos uivam terrivelmente entre os muros do mosteiro abandonado, em meio às sepulturas cobertas de altas ervas e nas escuras passagens das celas. Ali, encostando-me nas pedras dos túmulos

---

[1] Embarcação a remo ou a vela, usada na Rússia antiga para transportar cargas e passageiros.
[2] Bosque de robles, grandes árvores seculares (também denominadas "carvalhos-alvarinhos"), típicas da Rússia e outros países do Leste europeu.
[3] Conjunto de montes localizado a sudoeste de Moscou, onde se encontram atualmente a sede da célebre Universidade Lomonóssov e um grande parque ecológico.
[4] Antiga residência dos czares situada na parte meridional de Moscou.

arruinados, escuto o surdo gemido dos tempos sorvidos pelo vórtice do passado, gemido que faz o meu coração palpitar e tremer. Vez por outra, entro nas celas e imagino os que nelas viveram — tristonhas imagens! Aqui vislumbro um ancião de cabeça branca que se ajoelha perante um crucifixo e reza para ser logo liberto de seus grilhões terrenos, pois todos os prazeres desapareceram da sua vida, todos os seus sentimentos morreram além da sensação de doença e de fraqueza. Acolá um monge bem novo, de rosto pálido e olhar langoroso, mira o campo através da janela gradeada, vê os joviais passarinhos que flutuam, livres, no mar dos ares, e seus olhos vertem lágrimas amargas de vê-los. Angustiado, ele se definha e murcha, e o plangente tinir do sino anuncia-me sua morte precoce. Às vezes, eu examino o quadro pintado no portal do templo, o dos milagres que ocorreram nesse mosteiro: aqui os peixes caem do céu para saciar a fome dos monges cercados por numerosos inimigos; acolá a imagem da Virgem põe estes em fuga. Tudo isso renova em minha lembrança a história de nossa pátria, a triste história daqueles tempos em que os cruentos tártaros e lituanos[5] devastavam, a ferro e fogo, as redondezas da capital russa e a coitada Moscou esperava, como uma viúva indefesa, que só Deus a amparasse em suas atrozes calamidades.

---

[5] Trata-se das invasões de Moscou pela horda do cã tártaro Tokhtamych (1382) e pelas tropas da chamada República da Polônia e da Lituânia (1610), fatos descritos por Karamzin em sua monumental *História do Estado Russo*.

Todavia, o que mais me atrai às muralhas do mosteiro de S*** é a recordação do lamentável destino de Lisa, da pobre Lisa. Ah, eu gosto daqueles temas que me enternecem o coração e fazem verter as lágrimas de uma meiga tristeza!

A umas setenta braças[6] do muro daquele mosteiro, ao lado de um bosquete de bétulas, no meio de um prado verde, encontra-se um casebre vazio sem portas, sem umbrais, sem assoalho, cujo telhado apodreceu, há tempos, e caiu aos pedaços. Nesse casebre morava, uns trinta anos atrás, a linda e gentil Lisa com sua velha mãezinha.

O pai de Lisa era um camponês assaz abastado, porque gostava de trabalhar, arava bem a terra e sempre levava uma vida sóbria. Mas, logo que ele morreu, sua mulher e sua filha ficaram pobres. A mão preguiçosa do assalariado lavrava mal o campo, e as colheitas de trigo escasseavam. Elas se viram, pois, obrigadas a arrendar sua gleba por uma soma muito pequena. Além disso, a pobre viúva que pranteava a morte de seu marido quase incessantemente — é que as camponesas também sabem amar! — tornava-se cada dia mais fraca e não podia mais trabalhar. Apenas Lisa, que tinha quinze anos quando seu pai faleceu, apenas Lisa penava dias e noites, sem poupar sua tenra idade nem rara beleza: tecia panos de linho, tricotava meias, colhia flores na primavera e bagas no verão e vendia-as em Moscou. Vendo a incansabilidade

---

[6] Antiga medida de comprimento equivalente a 10 palmos (2,2 metros).

da filha, a sensível e bondosa velhinha apertava-a amiúde ao seu coração débil que batia devagarinho, chamava-a de graça divina, de seu arrimo, de alegria da sua velhice, e rogava a Deus que lhe recompensasse tudo aquilo que ela fazia pela mãe.

"Deus me deu os braços para trabalhar" — dizia Lisa. — "Tu me davas de mamar no teu peito e cuidavas de mim quando eu era criança; chegou a minha vez de cuidar de ti. Só deixa de lamentar, deixa de chorar: nossos prantos não ressuscitarão o paizinho."

Mas várias vezes a terna Lisa não conseguia reter suas próprias lágrimas: ah, ela se lembrava de ter tido um pai e de tê-lo perdido, mas procurava, a fim de acalmar sua mãe, esconder o pesar do seu coração e fingir-se de serena e alegre. "É no outro mundo, minha gentil Lisa" — respondia a velhinha entristecida —, "é no outro mundo que deixarei de chorar. Dizem que lá serão todos felizes; talvez me alegre também quando vir o teu pai. Mas agora não quero morrer: o que é que será de ti sem mim? Com quem te abandonarei? Não, faça Deus que antes eu te arrume um bom lugar! Quem sabe se não aparecerá em breve um homem bondoso? Então vou abençoá-los, meus filhos queridos, farei o sinal da cruz e tranquilamente me deitarei na cova úmida."

Passaram-se dois anos após a morte do pai de Lisa. Os prados se cobriram de flores, e Lisa foi a Moscou vender lírios-brancos. Um homem jovem, bem-apessoado e bem-vestido, encontrou-a numa das ruas. Ela mostrou-lhe as flores e ficou toda corada. "Tu as vendes, mocinha?" — perguntou ele, sorrindo.

"Vendo, sim" — respondeu ela. "E quanto é que elas custam?" — "Cinco copeques."[7] — "São baratas demais. Toma aí um rublo." Pasmada, Lisa se atreveu a olhar para aquele jovem, corou mais ainda e, baixando os olhos ao chão, disse-lhe que não tomaria seu rublo. "Mas por quê?" — "Não quero o que não me cabe." — "Eu acho que esses belos lírios colhidos pelas mãos de uma bela moça valem bem este rublo. Mas desde que não o tomes, eis aqui teus cinco copeques. Eu gostaria de comprar tuas flores sempre; gostaria que tu as colhesses só para mim." Lisa entregou as flores, tomou os cinco copeques, cumprimentou o desconhecido e já queria retirar-se, mas ele a pegou pelo braço e fê-la parar: "Aonde é que vais, mocinha?" — "Vou para casa." — "E onde é tua casa?" Lisa disse onde morava e foi embora. O jovem não quis detê-la, talvez porque os passantes começaram a parar e a fitá-los com sorrisos maldosos.

Ao retornar para casa, Lisa contou à sua mãe o que se dera com ela. "Fizeste bem em recusar o rublo. Talvez fosse um homem mau..." — "Ah, não, mãezinha! Não penso assim. Ele tem um semblante tão bom, uma voz tão..." — "No entanto, Lisa, é melhor vivermos de nossos esforços, sem receber nada de graça. Ainda não sabes, minha querida, como a gente má pode ofender uma pobre moça! Meu coração sempre está inquieto quando tu vais à cidade; eu sempre coloco uma vela perante o ícone e rezo para que Deus nosso Senhor

---

[7] Moeda russa equivalente a 1/100 do rublo.

te resguarde de todo mal e perigo." As lágrimas umedeceram os olhos de Lisa; ela beijou sua mãe.

No dia seguinte, Lisa colheu os melhores lírios e foi outra vez à cidade. Seus olhos buscavam algo de mansinho.

Várias pessoas queriam comprar suas flores, mas ela respondia que não as vendia e olhava ora para um lado ora para o outro. Anoiteceu e, devendo voltar para casa, ela jogou as flores no rio Moscovo. "Que ninguém as possua!" — disse Lisa, sentindo uma certa tristeza em seu coração.

Outro dia, ela estava sentada, de tardezinha, perto da janela, fiava e cantava, em voz baixa, lastimosas cantigas, mas de repente se levantou num pulo e gritou: "Ah!..." O jovem desconhecido estava sob a janela.

"O que tens?" — perguntou, com susto, a mãe que estava sentada ao lado dela. "Nada, mãezinha" — respondeu Lisa com uma voz tímida. — "Acabei de vê-lo." — "Quem foi?" — "Aquele senhor que comprou minhas flores." A velha olhou da janela.

O jovem saudou-a tão cortesmente, com uma expressão tão agradável, que ela não pôde pensar a seu respeito nada que fosse ruim. "Boa tarde, amável velhinha!" — disse ele. — "Estou muito cansado. Não tem, por acaso, leite fresco?". Sem aguardar a resposta de sua mãe (talvez por sabê-la de antemão), Lisa foi correndo ao porão e, prestativa que era, trouxe um pote limpo, coberto por uma limpa rodela de madeira, pegou um copo, lavou-o e enxugou-o com uma toalha branca, pôs leite nele e passou o copo pela janela, olhando, ela mesma, para o chão. O desconhecido bebeu: nem o néctar servido pelas mãos de Hebe[8] lhe pareceria mais saboroso. Cada um adivinhará que, feito isso, ele agradeceu a Lisa e agradeceu-lhe mais com olhares do que com palavras.

Entrementes a velhinha teve o tempo de contar-lhe, cheia de bonomia, sobre a sua desgraça e o seu consolo, sobre a morte do marido e as gentis qualidades da filha, sobre a laboriosidade e a ternura desta, etc., etc. Ele a escutava com atenção, mas seus olhos estavam... é preciso dizer onde? E Lisa, a tímida Lisa, lançava por vezes uma olhadela para o jovem; contudo, um relâmpago fulgura e some num nimbo menos veloz do que seus olhos azuis se volviam para o chão de encontrarem os dele. "Eu gostaria" — disse o jovem à mãe — "que sua filha não vendesse o trabalho dela a ninguém senão a mim. Desse modo, ela não precisará ir com frequência à cidade, e você não ficará, por necessidade, longe da filha. Eu mesmo posso visitá-las de vez em quando." Então nos olhos de Lisa brilhou uma alegria que ela debalde tentaria dissimular; suas faces enrubesceram como o arrebol de uma clara tarde estival; ela ficou mirando a sua manga esquerda que beliscava com a mão direita. A velhinha aceitou essa proposta de bom grado, sem vislumbrar nela nem sombra de más intenções, e assegurou ao desconhecido que tanto os panos tecidos por Lisa quanto as meias por ela tricotadas eram ótimos e poderiam ser usados mais tempo que quaisquer outros.

---

[8] Na mitologia grega, a deusa da juventude encarregada de servir manjares sobrenaturais (ambrosia e néctar) nos festins dos deuses olímpicos.

A tarde ia caindo, e o jovem já queria ir embora. "Mas como o chamaríamos, senhorzinho bondoso e carinhoso?" — perguntou a velha. "Eu me chamo Erast" — respondeu ele. "Erast" — disse baixinho Lisa —, "Erast!" Ela repetiu esse nome umas cinco vezes, como se procurasse decorá-lo. Erast se despediu delas até o próximo encontro e foi embora. Lisa acompanhava-o com os olhos, e sua mãe, toda meditativa, tomou a mão da filha e disse-lhe: "Ah, Lisa! Como ele é bom e generoso! Se teu noivo fosse assim!" O coração de Lisa estremeceu todo. "Mãezinha, mãezinha! Seria isso possível? Ele é um senhor, e dentre os camponeses..." Lisa não terminou sua fala.

Agora o leitor precisa saber que esse jovem chamado Erast era um fidalgo bastante rico, dotado de vasta inteligência e bom coração, bom por natureza, mas fraco e leviano. Ele levava uma vida desregrada, pensava apenas em seus prazeres, buscava-os nos divertimentos mundanos, mas amiúde não os achava; entediado, queixava-se do seu fado. Quando do primeiro encontro, a beleza de Lisa impressionou-lhe o coração. Ele lia romances e idílios, tinha uma imaginação assaz viva e, muitas vezes, transferia-se mentalmente para aquelas épocas (reais ou inventadas) em que, dando-se crédito aos poetas, todas as pessoas andavam, indolentes, pelos prados, banhavam-se nas límpidas fontes, beijavam uma à outra como as rolas, repousavam em meio às rosas e murtas, e passavam todos os seus dias numa ditosa ociosidade. Parecia-lhe ter achado em Lisa aquilo que seu coração procurava havia tempos. "A natureza me convida para os seus braços, chama-me para as suas puras alegrias" — pensou ele e resolveu deixar a alta-roda, ao menos temporariamente.

Voltemos a Lisa. Veio a noite; a mãe benzeu sua filha e desejou-lhe doces sonhos, mas dessa vez seu voto não se realizou: Lisa dormiu muito mal. O novo hóspede da sua alma, o semblante de Erast, apresentava-se-lhe tão vivamente que ela acordava quase a cada minuto e suspirava acordada. Antes ainda que o sol nascesse, Lisa se levantou, desceu para a margem do rio Moscovo, sentou-se na relva e, acabrunhada, ficou olhando para a neblina branca que ondeava no ar e, subindo, deixava brilhantes respingos no manto verde da paisagem. O silêncio reinava por toda a parte. Mas logo o nascente astro diurno despertou toda a criação: os bosques e arbustos reanimaram-se, os passarinhos se puseram a voar e a cantar, as flores ergueram suas cabecinhas para se saciar com vivificantes raios da luz. Mas Lisa permanecia aflita. Ah, Lisa, Lisa! O que acontecera contigo? Antes daquele dia, ao acordar com os passarinhos, tu te alegravas, de manhã, junto deles, e tua alma pura e jovial fulgurava em teus olhos, semelhante ao sol que fulgura nas gotas do orvalho celeste; porém estás pensativa agora, e a alegria geral da natureza está alheia ao teu coração. Nesse ínterim, um jovem pastor guiava seu rebanho pela margem do rio, tocando uma flauta de Pã.[9] Lisa dirigiu seu olhar para ele e pensou: "Se o homem que ocupa agorinha os meus pensamentos tivesse nascido

---

[9] Na tradição greco-romana, ente antropomorfo, metade humano metade caprino, que protegia os pastores e seus rebanhos.

um simples camponês ou pastor, e se ele guiasse, neste momento, seu rebanho tão perto de mim, ah, eu o saudaria sorrindo e diria afavelmente: 'Bom dia, gentil pastorzinho! Aonde é que levas o teu rebanho? Aqui também há capim verde para as tuas ovelhas; aqui também há flores rubras de que se pode fazer uma grinalda para o teu chapéu.' Ele olharia para mim, carinhoso, e pegaria, talvez, minha mão... Que sonho!" Tocando a flauta, o pastor passou diante dela e desapareceu, com seu variegado rebanho, detrás do próximo cerro.

De súbito, Lisa ouviu o barulho dos remos, olhou para o rio, avistou uma barca e viu, nessa barca, Erast.

Todas as suas veias ficaram trêmulas, e não foi, com certeza, por medo. Ela se levantou, quis retirar-se, porém não pôde. Erast saltou na margem do rio, achegou-se a Lisa, e o sonho dela tornou-se, em parte, realidade, já que ele a mirou, carinhoso, pegou-lhe a mão. E Lisa... Lisa se mantinha cabisbaixa, de faces em brasa, de coração palpitante, e não conseguia tirar-lhe as mãos nem lhe virar as costas enquanto seus lábios rosados se aproximavam dela... Ah! Ele beijou-a, beijou com tamanho ardor que o universo inteiro lhe pareceu tomado de chamas! "Querida Lisa!" — disse Erast. — "Minha querida Lisa! Eu te amo!", e essas palavras repercutiram no fundo de sua alma como uma admirável música divina. Ela mal ousava acreditar em seus ouvidos e...

Mas eu largo o meu pincel. Direi tão somente que, nesse momento de êxtase, a timidez de Lisa sumiu, e Erast ficou sabendo que era amado, apaixonadamente amado por um coração novo, puro, aberto.

Eles estavam sentados na relva, de modo que pouco espaço os apartava, miravam-se olhos nos olhos, diziam: "Ama-me!", e duas horas lhes pareceram a ambos um só instante. Lisa recordou, afinal, que sua mãe podia preocupar-se com sua ausência. Seria preciso que eles se separassem. "Ah, Erast!" — disse ela. — "Tu me amarás sempre?" — "Sempre, querida Lisa, sempre!" — respondeu ele. "E tu podes jurar-me isso?" — "Posso, amável Lisa, posso!" — "Não! Não necessito de juramentos. Eu acredito em ti, Erast, acredito. Será que vais enganar a pobre Lisa? Pois isso não pode acontecer?" — "Não pode, não, minha querida Lisa!" — "Como estou feliz, e como a mãezinha ficará alegre quando souber que tu me amas!" — "Ah, não, Lisa! Não deves dizer nada a ela." — "Por quê?" — "As pessoas velhas são incrédulas. Ela imaginará uma coisa ruim." — "Não, impossível." — "Peço-te, todavia, que não lhe digas uma palavra a respeito disso." — "Está bem: é preciso que te obedeça, mesmo que não queira esconder nada dela."

Os jovens se despediram, trocaram os últimos beijos e combinaram que iriam encontrar-se todos os dias, de tardezinha, na margem do rio, no bosquete de bétulas ou algures perto do casebre de Lisa — encontrar-se sem falta nem condição. Lisa foi embora, mas seus olhos se voltaram cem vezes para Erast, que permanecia plantado na margem, acompanhando-a com olhares.

Regressando Lisa ao casebre, seu humor estava bem diferente daquele que ela tinha ao sair de lá. Seu rosto e todos os seus movimentos manifestavam uma cordial alegria. "Ele me ama!" — pensava ela e adorava tal pensamento. "Ah, mãezinha!" — disse Lisa à sua mãe que acabava de acordar. — "Ah, mãezinha! Que bela manhã! Como está tudo alegre no campo! Nunca as cotovias cantaram tão bem, nunca o sol teve tamanho brilho nem as flores um cheiro tão agradável!" Apoiando-se num cajado, a velhinha foi até o prado para se deliciar com a manhã que Lisa havia pintado com tintas tão fascinantes. A manhã lhe pareceu, realmente, muito agradável: a alegria da gentil filha animava, para ela, toda a paisagem. "Ah, Lisa!" — disse a mãe. — "Como é boa toda a criação de Deus nosso Senhor! Vai para sete décadas que vivo neste mundo, mas ainda não me cansei de ver as obras divinas, não me cansei de ver aquele céu límpido, que se parece com um tendilhão alto, e esta terra que se cobre, todos os anos, de novas ervas e novas flores. Se o rei celeste não amasse tanto o homem, não teria embelezado assim para ele o mundo terreno. Ah, Lisa! Quem desejaria morrer, se não houvesse males aqui, vez por outra?... Talvez deva ser desse jeito. Nós esqueceríamos, quiçá, nossa alma, se nossos olhos jamais derramassem lágrimas." E Lisa pensou: "Ah! Antes esquecerei minha alma do que meu amigo querido!"

Depois disso Erast e Lisa, que temiam descumprir suas promessas, viam-se todo entardecer (indo a mãe de Lisa deitar-se) ou na margem do rio ou no bosquete de bétulas, mas sobretudo à sombra dos robles seculares (a umas oitenta braças do casebre), robles que sombreavam uma lagoa profunda e limpa, cavada ainda nos tempos antigos. Ali os raios da lua silenciosa argentavam amiúde, passando através dos ramos verdes, os louros cabelos de Lisa com que brincavam os zéfiros e a mão de seu namorado; volta e meia esses raios alumiavam, nos olhos da terna Lisa, a fúlgida lágrima de amor, sempre secada pelo beijo de Erast. Eles se abraçavam, porém a casta e pudica Cíntia[10] não se escondia deles atrás da nuvem: puros e cândidos eram os seus abraços. "Quando tu..." — dizia Lisa a Erast —, "quando tu me dizes: 'Amo-te, minha querida!', quando me apertas ao teu coração e olhas para mim com esses teus olhos tão carinhosos, ah, então eu me sinto tão bem, mas tão bem que me esqueço de mim e de tudo, menos de Erast. Estranho! É estranho, meu amigo, que eu tenha podido viver tranquila e alegre sem te conhecer! Agora não compreendo isso, agora penso que viver sem ti não é uma vida, mas, sim, a tristeza e o tédio. Sem teus olhos a lua clara escurece; sem tua voz o rouxinol que canta é enfadonho; sem teu alento a aragem me desagrada." Erast admirava a sua pastora — assim ele chamava Lisa — e, vendo como ela o amava, gostava mais de si mesmo. Todas as brilhantes diversões da alta-roda pareciam-lhe mesquinhas em comparação àqueles prazeres com que a amizade apaixonada de uma alma ingênua nutria o seu coração. Ele pensava com asco na desprezível volúpia que antes lhe saciava os sentidos. "Eu viverei com Lisa qual o irmão com sua irmã"— cogitava ele —, "não usarei o amor dela para

---

[10] Na mitologia romana, divindade (mais conhecida como Diana) que personificava a Lua.

o mal e sempre estarei feliz!" Ó jovem insensato! Será que conheces o teu coração? Será que sempre estás responsável pelos teus ímpetos? Será que o juízo impera sempre os teus sentimentos?

Lisa solicitava que Erast visitasse frequentemente a mãe dela. "Eu a amo" — dizia ela — "e desejo o seu bem, mas me parece que ver-te é uma felicidade para qualquer pessoa." De fato, a velhinha sempre se alegrava quando o revia. Ela gostava de conversar com ele sobre o finado marido e de contar-lhe sobre os dias da sua juventude e o primeiro encontro com o amado Ivan, como ele se enamorara dela e quais eram o amor e o acordo em que o casal passara a viver. "Ah! Jamais nos cansávamos de olhar um para o outro, até aquela hora em que a morte atroz lhe ceifou a vida. Ele morreu nos meus braços!" Erast a ouvia com um sincero prazer. Comprava-lhe os trabalhos de Lisa e sempre queria pagar o décuplo do preço que ela pedia, mas a velhinha nunca aceitava mais dinheiro.

Passaram-se, desse modo, algumas semanas. Uma noite Erast ficou muito tempo à espera de sua Lisa. Enfim ela veio, mas tão abatida que ele levou um susto: seus olhos estavam vermelhos de choro. "Lisa, Lisa! O que é que se deu contigo?" — "Ah, Erast! Estava chorando!" — "Por quê? O que houve?" — "Preciso dizer-te tudo. Um moço, filho de um rico camponês da aldeia vizinha, pede-me em casamento, e a mãezinha quer que me case com ele." — "E tu concordas?" — "Cruel! Será que podes perguntar isso? Sim, tenho dó da mãezinha: ela chora e diz que eu não desejo o seu sossego e que ela estará aflita, na hora da morte, se não conseguir, ainda viva, que eu me case. Ah, a mãezinha não sabe que tenho um amigo querido assim!" Erast beijava Lisa e dizia que a felicidade dela lhe era mais cara que tudo no mundo, que ele a levaria, quando a mãe falecesse, para a sua casa e viveria com ela inseparavelmente, no campo ou numa floresta selvagem como no paraíso. "Não podes, todavia, ser meu marido!" — disse Lisa com um fraco suspiro. "Mas por quê?" — "Sou camponesa." — "Tu me magoas. O que mais importa para o teu amigo é tua alma, tua sensível e inocente alma, e Lisa será, para sempre, a pessoa mais próxima do meu coração."

Ela se atirou em seus braços, e nessa hora a virgindade estava fadada a sucumbir! Erast sentia uma comoção incomum em seu sangue: jamais Lisa lhe parecera tão linda; jamais as carícias dela o tinham emocionado com tanta força; jamais seus beijos haviam sido tão calorosos — ela não sabia nada, de nada suspeitava, nada temia; as trevas da noite alimentavam os desejos; nenhuma estrela brilhava no céu, nenhum raio de luz podia curar a cegueira. Erast sentia tremores; Lisa também, sem saber o porquê, sem saber o que lhe acontecia... Ah, Lisa, Lisa! Onde está o teu anjo da guarda? Onde está a tua pureza?

A cegueira passou num só minuto. Lisa não entendia os seus sentimentos e, assombrada, fazia perguntas. Erast estava calado — buscava as palavras, mas não as achava. "Ah, tenho medo" — dizia Lisa —, "tenho medo daquilo que ocorreu conosco! Eu pensava que estivesse morrendo, que minha alma... Não, não consigo dizer aquilo!... Estás calado, Erast? Estás suspirando?... Meu Deus! O que é isso?" Nesse momento fulgiu um raio e ribombou o trovão. Lisa ficou toda trêmula. "Erast, Erast!" — disse ela. — "Estou com medo! Com medo de que o trovão me mate como uma criminosa!" A tempestade rugia ameaçadora, a chuva caía, torrencial, dos nimbos negros; a própria natureza parecia lamentar a inocência perdida de Lisa. Tentando acalmar Lisa, Erast a acompanhou até o casebre. As lágrimas rolavam dos seus olhos, quando ela se despedia do jovem. "Ah, Erast! Assegura-me que estaremos felizes como antes!" — "Estaremos, sim, Lisa!" — respondeu ele. — "Queira-o Deus! Não posso desconfiar das tuas palavras: é que eu te amo! Contudo, no meu coração... Mas chega! Adeus! Amanhã, amanhã nos veremos."

Eles continuavam a encontrar-se, mas como tudo havia mudado! Erast já não podia contentar-se apenas com as carícias ingênuas de sua Lisa, apenas com seus olhares cheios de amor, apenas com um toque de mão, um beijo, um casto abraço. Ele queria mais, mais ainda, e acabou por deixar de querer qualquer coisa que fosse: quem conhece o seu coração, quem tem refletido acerca da qualidade dos seus maiores prazeres, concordará certamente comigo que a saciação de todos os desejos é a mais perigosa das tentações do amor. Lisa já não era, para Erast, aquele anjo de virgindade que antes lhe inflamava a imaginação e fascinava a alma. O amor platônico[11] cedera lugar aos sentimentos de que o jovem não podia sentir orgulho

---

[11] Sentimento sublime, alheio a prazeres carnais.

e que não lhe eram mais novos. Quanto a Lisa, ela vivia e respirava tão só para ele, depois de se lhe entregar totalmente, obedecia, como uma ovelhinha, à sua vontade e encontrava sua felicidade nos gozos dele. Percebia como ele mudara e amiúde lhe dizia: "Antes estavas mais alegre, antes estávamos mais calmos e felizes, e antes eu não temia tanto perder teu amor!" Às vezes, despedindo-se dela, o jovem lhe dizia: "Amanhã, Lisa, não poderei encontrar-me contigo: tenho um negócio importante", e, toda vez que ouvia essas palavras, Lisa suspirava.

Por fim, Lisa estava preocupadíssima: fazia já cinco dias seguidos que não via Erast. No sexto dia ele apareceu, de semblante triste, e disse: "Amada Lisa! Precisarei afastar-me de ti por um tempo. Tu sabes que estamos em guerra; eu sou do exército e meu regimento parte para a campanha." Lisa ficou pálida e quase desmaiou.

Acariciando-a, Erast disse que sempre amaria a querida Lisa e que esperava, ao retornar, nunca mais se separar dela. Lisa passou muito tempo calada, depois rompeu em amargos prantos, pegou-lhe a mão e, mirando-o com toda a ternura de seu amor, perguntou: "Tu não podes ficar?" — "Posso" — respondeu ele —, "mas com a maior infâmia, com o maior labéu para a minha honra. Todos vão desprezar-me; todos vão rejeitar-me como um covarde, como um indigno filho de nossa pátria." — "Ah, se for assim" — disse Lisa —, "vai então, vai aonde Deus te mandar! Mas tu podes morrer!" — "Não temo morrer pela pátria, amada Lisa." — "Eu também morrerei, tão logo deixares o mundo." — "Por que pensas dessa maneira? Espero que permaneça vivo, espero que torne a ver-te, meu bem." — "Queira-o Deus! Queira-o Deus! Toda dia, toda hora eu rezarei para que assim seja. Ah, por que é que não sei ler nem escrever? Tu me contarias tudo o que ocorresse contigo, e eu te escreveria sobre as minhas lágrimas!" — "Não, cuida-te, Lisa, guarda-te para o teu namorado. Não quero que fiques sem mim chorando." — "Ó cruel homem! Buscas privar-me desse alívio também? Não! Longe de ti, só deixarei de chorar quando se ressecar o meu coração." — "Pensa, pois, no prazente momento em que nos veremos de novo." — "Vou, sim, vou pensar nele! Ah, que esse momento venha mais rápido! Meu querido, amado Erast! Lembra, lembra a tua pobre Lisa que te ama mais do que a si mesma!"

Mas eu não consigo descrever tudo o que eles disseram nessa ocasião. No dia seguinte teriam o derradeiro encontro.

Erast quis despedir-se também da mãezinha de Lisa, a qual não soube conter as lágrimas, ouvindo dizer que o bonito e carinhoso senhorzinho devia partir para a guerra. Ele a obrigou a tomar-lhe algum dinheiro, acrescentando: "Não quero que Lisa venda, em minha ausência, o trabalho que me pertence conforme o nosso acordo." A velhinha cobriu-o de bênçãos. "Faça nosso Senhor" — disse ela — "que você retorne dali são e salvo, e que eu o veja mais uma vez nesta vida! Talvez minha Lisa encontre, nesse meio-tempo, um noivo de que ela goste. Como eu agradeceria a Deus se você voltasse antes do casamento!

E quando Lisa tiver filhos, saiba, meu senhorzinho, que lhe cumprirá ser o padrinho deles! Ah, eu queria tanto viver até lá!" Em pé junto de sua mãe, Lisa nem ousava olhar para ela. O leitor pode imaginar com facilidade o que ela sentia nesse momento.

Mas o que foi que ela sentiu quando Erast, abraçando-a pela última vez, apertando-a pela última vez ao seu coração, disse: "Adeus, Lisa..."? Que cena pungente! A aurora da manhã se espalhava, igual a um mar rubro, pelo lado oriental do céu. Postado debaixo dos galhos do alto roble, Erast segurava em seus braços a pobre, desfalecente, tristonha amada que, despedindo-se dele, dizia adeus à sua própria alma. Toda a natureza estava silenciosa.

Lisa soluçava; chorando, Erast a deixou; ela caiu de joelhos, ergueu os braços ao céu e ficou olhando para Erast que se afastava, cada vez mais, e acabou desaparecendo. O sol brilhou e, abandonada, a pobre Lisa perdeu os sentidos e a consciência.

Ela se recompôs, e o mundo lhe pareceu tedioso e triste. Todas as graças da natureza sumiram, com o amado, de seu coração. "Ah!" — pensou ela. — "Por que é que fiquei neste ermo? O que é que me impede de ir voando atrás do querido Erast? A guerra não me dá medo; medonho é ficar lá onde meu amado não estiver. Quero viver com ele, morrer com ele ou salvar, com a minha morte, a sua preciosa vida. Espera, espera, amado, que vou voando!" Ela já queria correr atrás de Erast, mas a ideia: "Eu tenho a mãe!" fê-la parar. Lisa suspirou e, de cabeça baixa, foi a passos lentos até o seu casebre. Desde aquela hora, seus dias estavam cheios de saudade e de tristeza, e, como ela devia escondê-las da terna mãe, seu coração sofria ainda mais! O alívio só vinha quando, recolhendo-se no fundo da floresta, Lisa ficava à vontade para verter lágrimas e lamentar a separação do amado. Diversas vezes uma tristonha rola unia a sua voz dolorosa aos seus queixumes. Mas, vez por outra (se bem que mui raramente), um raio dourado de esperança, um raio de consolação alumiava as trevas de seu pesar. "Como ficarei feliz quando ele voltar para mim! Como tudo mudará!" Seu olhar clareava com tal pensamento, as rosas de suas faces refrescavam-se, e Lisa sorria qual uma manhã de maio após uma noite tempestuosa. Desse modo, passaram-se quase dois meses.

Um dia, Lisa devia ir a Moscou para comprar a água de rosas com que sua mãe tratava os olhos. Numa das grandes ruas ela se deparou com uma esplêndida carruagem e avistou, nessa carruagem, Erast. "Ah!" — gritou Lisa e atirou-se em direção a ele, mas a carruagem passou na sua frente e entrou num pátio. Erast saiu e já ia subir a escadaria de uma enorme casa quando se viu, de repente, nos braços de Lisa. Ele empalideceu; a seguir, sem dizer uma só palavra em resposta às exclamações dela, pegou-lhe a mão, levou-a ao seu gabinete, trancou a porta e disse: "Lisa! As circunstâncias mudaram: sou noivo e vou casar-me. Tu deves deixar-me em paz e, para o teu próprio sossego, esquecer-me. Eu te amava e amo ainda, ou seja, eu te desejo todo o bem possível. Eis aqui cem rublos; toma-os..." — ele colocou o dinheiro no bolso dela —, "permite que te beije pela última vez e vai para casa." Antes que Lisa se recobrasse, Erast a levou embora do gabinete e disse ao seu criado: "Conduz essa moça para fora."

Meu coração se banha em sangue neste momento. Esqueço-me de Erast ser gente, estou prestes a amaldiçoá-lo, porém a minha língua não se move: olho para ele, e uma lágrima me desliza pelo rosto. Ah, por que não escrevo um romance e, sim, uma triste verdade?

Erast, pois, enganou Lisa, dizendo-lhe que partia para a batalha? Não, ele realmente esteve no exército, mas, em vez de lutar contra o inimigo, ficou jogando cartas e perdeu quase todo o seu patrimônio. As pazes foram feitas em breve, e Erast regressou a Moscou onerado de dívidas. Restava-lhe apenas um meio de melhorar suas circunstâncias: casar-se com uma viúva já vivida e rica que estava, havia tempos, interessada nele. Erast resolveu fazê-lo, mudando-se para a casa dessa viúva e dedicando um franco suspiro à sua Lisa. Será que tudo isso pode escusá-lo?

Lisa ficou em plena rua, num estado que nenhuma pena seria capaz de descrever. "Ele... ele me expulsou? Ele ama outra mulher? Estou perdida!" — eis como eram seus pensamentos e sentimentos! Um profundo desmaio interrompeu-os por algum tempo. Uma bondosa mulher, que passava por aquela rua, inclinou-se sobre Lisa prosternada no solo, tentando acordá-lo. A infeliz abriu os olhos, levantou-se com a ajuda da boa mulher, agradeceu-lhe e foi embora, sem saber para onde. "Eu não posso viver" — pensava Lisa —, "não posso!... Oh, se o céu tombasse em cima de mim! Se a terra deglutisse esta pobre moça!... Não! Nem o céu tomba nem a terra se mexe! Ai de mim!" Ela saiu da cidade e, repentinamente, viu-se na margem da funda lagoa, à sombra dos velhos robles que, algumas semanas antes, testemunhavam, silenciosos, os seus arroubos. Essa lembrança lhe comoveu a alma; um sofrimento terribilíssimo do coração exprimiu-se no rosto dela. Contudo, minutos mais tarde, ela mergulhou em certa meditação, olhou ao redor, avistou a filha de seu vizinho (uma garota de quinze anos) que caminhava pela estrada, chamou-a, tirou do bolso dez imperiais[12] e entregou-os a ela, dizendo: "Cara Aniuta,[13] gentil amiga! Leva este dinheiro para a mãezinha — não o furtei, não! — e diz que Lisa tem culpa perante ela, pois lhe escondeu seu amor por um homem cruel, por E... Mas não importa o nome. Diz que ele me traiu; pede que a mãe me perdoe, seja Deus seu amparo; beija a mão dela como eu beijo agora a tua e diz que a pobre Lisa mandou beijá-la... diz que eu..." Aí ela se arrojou na água. Aniuta se pôs a gritar, a chorar, mas não pôde salvá-la; então foi correndo à aldeia, vieram muitas pessoas e retiraram Lisa da água, mas ela já estava morta.

Assim acabou a vida daquela moça de bela alma e lindo corpo. Quando nos virmos ali, na vida futura, hei de reconhecer-te, terna Lisa!

Sepultaram-na perto da lagoa,[14] ao pé de um roble sombrio, e puseram uma cruz de madeira em seu

---

[12] Antiga moeda russa de ouro, cunhada de 1755 a 1805 e equivalente a dez rublos.
[13] Forma diminutiva e carinhosa do nome Anna.
[14] A dita Lagoa de Lisa existia, nos arredores do mosteiro moscovita de São Simão, até 1932, quando ficou aterrada para dar espaço a uma usina de equipamentos elétricos.

túmulo. Aqui fico sentado frequentemente, encostando-me, pensativo, neste jazigo dos restos mortais de Lisa; a lagoa ondeia-me dentro dos olhos, e a folhagem sussurra acima de minha cabeça.

A mãe de Lisa soube da terrível morte de sua filha, e seu sangue se congelou de pavor e seus olhos se fecharam para sempre. O casebre ficou vazio. O vento uiva nele, e os camponeses supersticiosos dizem, ouvindo de noite aquele barulho: "Lá geme um morto; lá geme a pobre Lisa!"

Erast permaneceu infeliz pelo resto de sua vida. Ciente do destino de Lisa, estava inconsolável e considerava-se assassino. Eu o conheci um ano antes de sua morte. Ele mesmo me contou esta história e levou-me até o sepulcro de Lisa. Agora, quem sabe, eles já estão reconciliados!

O TIRO

ALEXANDR PÚCHKIN

Trocamos tiros...
Baratýnski[1]

Eu jurei que o mataria por direito de duelos
(ele me devia ainda um tiro)... Noite no bivaque[2]

I

Nosso regimento estava no lugarejo de ***. Sabe-se como vive um oficial do exército. Pela manhã, manobras no picadeiro; mais tarde, almoço na casa do coronel ou numa taberna de judeus; de noite, ponche e baralho. No lugarejo de *** não havia nenhuma família hospitaleira, nenhuma noiva ao alcance da vista; nós íamos um à casa do outro onde não víamos nada além dos nossos uniformes.

---

[1] A primeira epígrafe do conto é do poema "O baile", de Evguêni Baratýnski (1800–1844), contemporâneo e amigo de Púchkin.
[2] A segunda epígrafe é da novela *Noite no bivaque*, de Alexandr Bestújev-Marlínski (1797–1837), escritor de inspiração romântica.

Apenas um homem pertencia ao nosso círculo sem ser militar. Ele tinha em torno de trinta e cinco anos, portanto nós o considerávamos um velho. Suas experiências de vida conferiam-lhe, entre nós, diversas vantagens; ademais, seu semblante, de ordinário sombrio, seu gênio forte e sua língua ferina exerciam grande influência sobre as nossas mentes jovens. Certo mistério envolvia o seu destino; ele parecia ser russo, mas tinha um nome estrangeiro. Outrora havia servido no corpo de hussardos[3] e até mesmo com êxito; ninguém sabia que motivo o incitara a reformar-se e vir morar num pobre arraial, onde ele levava uma vida modesta e, ao mesmo tempo, pródiga, andando sempre a pé, usando uma surrada sobrecasaca preta e mantendo uma mesa aberta para todos os oficiais de nosso regimento. Na verdade, o almoço dele compunha-se de dois ou três pratos feitos por um soldado reformado, mas, em compensação, o champanhe ali fluía que nem um rio. Ninguém sabia de que patrimônio ele dispunha, nem que renda apurava, e ninguém se atrevia a interrogá-lo a respeito disso. Ele tinha vários livros, em sua maioria as obras militares e os romances; emprestava-os com todo o gosto, mas nunca os reclamava de volta, por isso os leitores não lhe devolviam os livros emprestados. O principal exercício dele consistia em disparar sua pistola. As paredes do seu quarto estavam todas crivadas de balas, todas esburacadas, semelhantes aos favos

---

[3] Cavalaria ligeira que existia, no século XIX, em vários países europeus, inclusive na Rússia.

de uma colmeia. Uma rica coleção de pistolas era o único luxo da pobre casinhola onde aquele homem morava. Sua pontaria era fabulosa, e, se ele tivesse proposto derrubar, com um tiro, uma pera do quepe de qualquer um dentre nós, nenhum oficial de nosso regimento teria hesitado em oferecer-lhe sua cabeça. Nossas conversas se referiam amiúde aos duelos, mas Sílvio (vou chamá-lo assim) nunca se intrometia nelas. Indagado se já lhe acontecera participar de um duelo, respondia secamente que sim, sem entrar nos detalhes, e dava para ver que essas perguntas lhe desagradavam. Nós achávamos que havia, em sua consciência, uma vítima infeliz de sua terrível arte. Aliás, nem sequer nos acudia a ideia de vislumbrar nele algo parecido à covardia. Há pessoas cuja aparência afasta, por si só, tais suspeitas. Um caso imprevisto surpreendeu-nos a todos.

Uma dezena de nossos oficiais almoçava, um dia, na casa de Sílvio. Bebíamos como de praxe, isto é, a cântaros; depois do almoço passamos a pedir que o anfitrião nos fizesse a banca. Ele se negou por muito tempo, visto que não jogava quase nunca; finalmente, mandou trazer o baralho, pôs uns cinquenta rublos em cima da mesa e começou a distribuir as cartas. Ao rodeá-lo, travamos o jogo. Sílvio costumava manter um absoluto silêncio na hora do jogo, jamais discutia nem se explicava. Se um dos participantes errava de cálculo, ele saldava logo a diferença ou anotava a sobra. Nós já estávamos a par disso e não o impedíamos de agir à sua maneira; contudo, havia em nosso meio um oficial pouco antes transferido para o regimento.

Jogando conosco, ele fez, por distração, uma cartada errônea. Sílvio tomou o giz e equilibrou as contas segundo o seu hábito. O oficial pensou que Sílvio se enganara e pediu-lhe explicações. Calado, Sílvio continuava a dar as cartas. Perdendo a paciência, o oficial pegou uma escova e removeu aquilo que lhe parecia escrito por erro. Sílvio pegou o giz e fez a mesma anotação. Excitado por vinho, jogo e riso dos companheiros, o oficial se achou cruelmente ofendido, empunhou um castiçal de cobre que estava na mesa e, furioso, lançou-o em Sílvio, que mal conseguiu esquivar-se do golpe. Ficamos embaraçados. Pálido de raiva, de olhos fulgentes, Sílvio se levantou e disse: "Queira sair daqui, prezado senhor, e agradeça a Deus por isso ter ocorrido em minha casa."

Sem duvidarmos das consequências, nós já dávamos o novo companheiro por morto. O oficial foi embora, dizendo que estava pronto a acertar as contas como o senhor banqueiro quisesse. O jogo ainda durou alguns minutos, porém, sentindo que nosso anfitrião não estava mais a fim de jogar, nós saímos um após o outro e fomos aos nossos alojamentos falando na baixa que se daria em breve.

No dia seguinte, treinando no picadeiro, nós perguntávamos se o coitado tenente ainda estava vivo quando este apareceu, em pessoa, na nossa frente; então lhe fizemos a mesma pergunta. Ele respondeu que não tivera mais notícias de Sílvio. Isso nos deixou perplexos. Fomos à casa de Sílvio e encontramo-lo no quintal, a enfiar bala sobre bala num ás colado no portão. Ele nos recebeu de maneira habitual, sem dizer uma palavra acerca do ocorrido na noite anterior. Ao cabo de três dias, o tenente ainda permanecia vivo. Nós indagávamos, espantados: será que Sílvio não vai duelar? Sílvio não duelou. Contentou-se com uma explicação bem leve e fez as pazes.

Isso poderia prejudicar imensamente sua reputação aos olhos de nossos jovens. A falta de coragem é o que menos se perdoa na mocidade, a qual tem o costume de tomar a bravura pela maior das virtudes humanas e faz dela a desculpa de todos os vícios possíveis. Entretanto, tudo ficou esquecido aos poucos, e Sílvio recuperou sua influência.

Apenas eu não podia reaproximar-me dele. Tendo, por natureza, uma imaginação romanesca, apegara-me, mais que todos, àquele homem cuja vida era um enigma e que se assemelhava, para mim, ao protagonista de uma misteriosa novela. Ele gostava de mim; pelo menos, só comigo deixava suas falas habituais, brutas e maldosas, e conversava sobre vários assuntos de modo simples e extraordinariamente agradável. Contudo, após a noite de seu malogro, a ideia de que, desonrado como estava, ele não quis lavar aquele labéu com sangue não me abandonava, impedindo-me de tratá-lo como antes: eu sentia vergonha até de olhar para ele. Sílvio era inteligente e experiente demais para não reparar nisso nem adivinhar o motivo de minha conduta. Parecia que esta o magoava; ao menos, eu percebi umas duas vezes sua vontade de abrir-se comigo. Porém, evitando eu tais ocasiões, Sílvio acabou por deixar-me em paz. Desde então só nos víamos na presença de meus companheiros, e nossas sinceras conversas antigas cessaram.

Os distraídos moradores de uma metrópole não têm a menor ideia de várias impressões que os habitantes das aldeias ou vilas conhecem tão bem, por exemplo, de como estes aguardam o dia em que chega o correio. Às terças e sextas-feiras, o escritório de nosso regimento estava lotado de oficiais: uns esperavam por dinheiro, os outros por cartas ou jornais. Soía abrir os envelopes e divulgar as notícias na mesma hora, e o escritório apresentava um quadro bem animado. De hábito, Sílvio também se encontrava lá, pois as cartas que ele recebia tinham o endereço do regimento. Um dia, entregaram-lhe um envelope cujo lacre ele arrancou aparentando enorme impaciência. Ao passo que lia, apressado, a carta, seus olhos faiscavam. Ocupados cada qual com suas próprias cartas, os oficiais não se aperceberam de nada. "Senhores" — disse-lhes Sílvio —, "as circunstâncias exigem que me ausente de imediato. Vou partir esta noite e espero que não se recusem a almoçar, pela última vez, em minha casa." "Convido você também" — prosseguiu ele, voltando-se para mim —, "venha sem falta." Dito isso, ele se apressou a sair; ao combinarmos que nos reuniríamos na casa de Sílvio, nós fomos embora, cada um para seu lado.

Vim à casa de Sílvio na hora marcada e lá encontrei quase todo o regimento. Todos os pertences dele já estavam empacotados; ficavam somente aquelas paredes nuas e perfuradas de balas. Sentamo-nos à mesa; o anfitrião estava muito bem-humorado, e sua alegria logo se tornou generalizada; as rolhas estalavam a cada minuto, os copos de champanhe espumavam e chiavam sem trégua, e nós desejávamos, com todo o empenho possível, uma boa viagem e todos os bens vindouros a quem nos deixava. Quando nos levantamos da mesa, já era tarde da noite. Pegando nós os quepes para ir embora, Sílvio, que se despedia de todos, tomou minha mão e deteve-me no momento em que eu estava de saída. "Preciso falar com você" — disse ele baixinho. Eu fiquei em sua casa.

Os convidados partiram; uma vez a sós, sentamo-nos face a face e acendemos, calados, os nossos cachimbos. Sílvio estava angustiado; de sua alegria convulsa não restara nem rastro. Sua lúgubre palidez, seus fúlgidos olhos e a espessa fumaça que lhe escapava da boca davam-lhe a aparência de um verdadeiro demônio. Transcorreram alguns minutos, e Sílvio rompeu o silêncio.

— Pode ser que nunca mais nos vejamos — disse-me ele. — Antes de partir, queria que nos explicássemos. Você pôde perceber que não dou muito valor às opiniões alheias; todavia, gosto de você e sinto que me seria penoso deixar uma impressão injusta em sua mente.

Ele fez uma pausa e começou a encher seu cachimbo esvaziado; eu continuava taciturno, de olhos baixos.

— Você achou estranho — prosseguiu ele — que eu não tivesse reclamado satisfações àquele tolo beberrão R***. Você há de concordar que, tendo eu o direito de escolher a arma, a vida dele estaria em minhas mãos, e a minha, quase a salvo. Poderia atribuir a minha humildade apenas à complacência, mas não quero mentir. Se pudesse castigar R*** sem arriscar, de modo algum, a minha vida, não o perdoaria por nada neste mundo.

Olhei para Sílvio com pasmo. Tal confissão me havia embaraçado completamente. Sílvio continuou seu relato.

— É isso mesmo: não tenho o direito de arriscar minha vida. Faz seis anos que levei uma bofetada, e meu inimigo ainda está vivo.

Minha curiosidade ficou muito excitada.

— Você não duelou com ele? — perguntei. — Talvez as circunstâncias os tenham apartado?

— Sim, duelei com ele — respondeu Sílvio —, eis aqui a lembrança de nosso duelo.

Uma vez em pé, Sílvio tirou de uma caixa de papelão um chapéu vermelho, de borla dourada e galão (um daqueles que os franceses chamam de *bonnet de police*), pondo-o em sua cabeça. Uma bala o tinha furado a um *verchok*[4] acima da testa.

— Você sabe — continuou Sílvio — que eu servi no regimento *** de hussardos. Você conhece o meu caráter: estou acostumado à primazia, mas na juventude ela era a minha paixão. Em nossos tempos a baderna estava em voga, e eu era o maior baderneiro do exército. Nós nos gabávamos da bebedeira, e eu bebia mais que o famoso Burtsov[5] cantado por Denis Davýdov.[6]

---

[4] Antiga medida de comprimento russa, equivalente a 4,3 centímetros.

[5] O oficial russo Alexandr Burtsov (?–1813) era, segundo os contemporâneos, "o maior farrista e o mais rematado beberrão de todos os tenentes hussardos".

[6] Davýdov, Denis Vassílievitch (1784–1839): militar e poeta russo, herói da Guerra de 1812 contra a França napoleônica, o maior representante da "poesia de hussardos" que exaltava o amor, o vinho e outros prazeres da vida.

Havia duelos a cada minuto em nosso regimento, e eu participava de todos como testemunha ou protagonista. Os companheiros me adoravam, e os comandantes, substituídos volta e meia, consideravam-me um mal necessário.

Tranquilo (ou então turbulento), eu me deliciava com a minha fama, quando um jovem de rica e nobre família (não quero mencionar o nome dele) veio servir conosco. Jamais tinha encontrado um felizardo tão brilhante assim! Imagine a juventude, a inteligência, a beleza, a mais desenfreada alegria, a mais insolente audácia, o nome sonoro, o dinheiro que ele nem sequer contava e que nunca lhe fazia míngua, e imagine que efeito ele devia produzir em nosso meio. A minha primazia ficou abalada. Seduzido pelo meu glamour, aquele jovem começou a buscar minha amizade; porém eu o recebi com frieza, e ele se afastou de mim sem o menor desgosto. Passei a odiá-lo. Seus sucessos no regimento e na companhia feminina deixavam-me totalmente desesperado. Fui procurando um pretexto para brigar com ele, mas aos meus epigramas ele opunha os seus, que sempre me pareciam mais inesperados e mordazes, sendo, naturalmente, bem mais engraçados — ele brincava, e eu me enfurecia. Por fim, durante um baile na casa de um fazendeiro polonês, vendo-o atrair a atenção de todas as damas e, sobretudo, da própria anfitriã que tinha um caso comigo, eu disse alguma grosseira banalidade ao ouvido dele. O jovem se enfureceu e deu-me uma bofetada. Fomos correndo aos nossos sabres; as damas desmaiaram; ficamos apartados e, na mesma noite, tramamos um duelo.

Estava para amanhecer. Cheguei ao local designado com três padrinhos.[7] Tomado de uma impaciência inexprimível, esperava pelo meu adversário. O sol primaveril nascera, e o calor já ia aumentando. Vi-o ainda de longe. Ele vinha a pé, tendo pendurado a túnica na ponta do seu sabre, acompanhado por um só padrinho. Nós fomos ao seu encontro. Ele se aproximava, segurando o seu quepe cheio de cerejas. Os padrinhos mediram uma distância de doze passos. Cumpria-me ser o primeiro a atirar, mas uma maléfica emoção me perturbava com tanta força que, sem confiar na firmeza de minha mão e para me dar o tempo de esfriar um pouco a cabeça, eu cedi o primeiro tiro ao meu adversário, o qual não o aceitou. Então decidimos tirar a sorte, e ele, eterno benjamim da fortuna, recebeu o primeiro número. Ele apontou a pistola e perfurou o meu quepe. Chegou a minha vez. A vida dele ficou, afinal, em minhas mãos; eu o fitava com avidez, tentando perceber, ao menos, sombra de inquietude... Ele estava na mira de minha pistola, tirando cerejas maduras do seu quepe e cuspindo fora os caroços que caíam perto de mim. Sua indiferença me enraiveceu. "Que adianta, pensei, privá-lo dessa vida à qual ele não dá a mínima importância?" Uma ideia maldosa surgiu em minha mente. Abaixei a pistola. "Parece que o senhor não está preparado para morrer" — disse-lhe. — "O senhor se digna a lanchar, e eu não quero atrapalhá-lo..." — "O senhor não me atrapalha nem um pouco" — retorquiu ele. — "Tenha

---

[7] Pessoas que ajudam a organizar um duelo.

a bondade de atirar... aliás, faça o que lhe parecer melhor. Devo-lhe um tiro e permaneço sempre às suas ordens." Virando-me para os padrinhos, declarei que não estava mais disposto a atirar, e nosso duelo acabou nisso.

Uma vez reformado, eu me recolhi neste vilarejo. Não há, desde então, um só dia em que não pense na vingança. A minha hora chegou...

Sílvio tirou do bolso a carta recebida pela manhã, deixando-me que a lesse. Alguém (parece que era seu procurador) lhe escrevia de Moscou para informar que o seu conhecido logo contrairia matrimônio com uma bela jovem.

— Você está adivinhando — disse Sílvio — quem é aquele conhecido meu. Vou a Moscou. Veremos se, às vésperas do seu casamento, ele encontrará a morte tão impassível como outrora a esperava com suas cerejas!

Dito isso, Sílvio se levantou, jogou seu quepe no chão e pôs-se a andar pelo quarto de lá para cá, como um tigre em sua jaula. Ouvi-o imóvel, comovido por sentimentos estranhos e contraditórios.

Entrou um criado, anunciando que os cavalos estavam prontos. Sílvio me apertou fortemente a mão; trocamos um beijo. Ele subiu na carroça em que estavam acomodadas duas malas: uma com as pistolas, a outra com seus pertences. Despedimo-nos mais uma vez, e os cavalos foram trotando.

II

Passaram-se alguns anos, e as circunstâncias familiares fizeram que eu me mudasse para uma pobre aldeia do distrito[8] de N***. Ocupando-me do meu sítio, não parava de suspirar, à sorrelfa, pela minha vida de antes, tão barulhenta e despreocupada. O mais difícil era acostumar-me a passar noites de outono e inverno numa solidão absoluta. Ainda conseguia, de algum jeito, arrastar-me até o almoço, conversando com o *stárosta*,[9] observando a lavoura ou frequentando novas tabernas, mas, logo que começava a anoitecer, ignorava completamente onde me meteria. Os poucos livros que encontrara sob os armários e na despensa foram decorados de cabo a rabo. Todas as histórias que a governanta Kirílovna podia lembrar foram narradas diversas vezes; os cantos do mulherio deixavam-me entediado. Ia já mergulhar no licor caseiro de frutas sem açúcar, mas ele me dava dor de cabeça; confesso, ademais, que receava passar a beber de tristeza, tornando-me assim o mais rematado dos beberrões — vira, de resto, vários exemplos disso em nosso distrito. Não tinha vizinhos próximos, senão dois ou três bêbados cuja conversa se limitava, na maioria das vezes, aos soluços e suspiros. A solidão era mais tolerável.

---

[8] Região administrativa no Império Russo, subdivisão da província.

[9] Chefe de povoado em certos países eslavos, inclusive na Rússia antiga, também denominado *estaroste*.

A quatro verstas[10] do meu sítio encontrava-se uma rica fazenda pertencente à condessa B***; contudo, morava nela apenas o mordomo, tendo a própria condessa visitado a sua propriedade só uma vez, no primeiro ano de seu casamento, e ficando ali, quando muito, um mês. Entretanto, na segunda primavera de meu recolhimento correram rumores de que a condessa viria, com seu esposo, passar o verão em sua aldeia. Eles vieram, de fato, no início de junho.

A vinda de um vizinho rico é uma época importante para os aldeões. Os fazendeiros e seus camponeses conversam acerca disso uns dois meses antes e uns três anos depois. Quanto a mim, confesso que a notícia da vinda de uma jovem e linda vizinha impressionou-me bastante. Ardendo de impaciência para vê-la, eu fui, na tarde do primeiro domingo de sua estada ali, à aldeia de *** com o fim de apresentar-me às Suas Altezas na qualidade de "primeiríssimo vizinho e docílimo servo".

Um lacaio me conduziu ao gabinete do conde e foi anunciar-lhe a minha visita. O espaçoso gabinete estava adornado com todo o luxo possível: rente às paredes ficavam as estantes com livros, havendo um busto de bronze em cima de cada uma delas; um largo espelho estava pendurado sobre a lareira de mármore; as alcatifas cobriam o chão revestido de pano verde. Desacostumado dessa opulência em meu pobre cantinho, sem ter visto, havia tempos, a

---

[10] Antiga medida de comprimento russa, equivalente a 1067 metros.

riqueza alheia, sentia-me constrangido e aguardava a chegada do conde com certo temor, igual a um requerente provinciano à espera de um ministro. As portas se abriram; entrou um homem muito bonito, de uns trinta e dois anos de idade. O conde se aproximou de mim com um semblante aberto e amigável; eu tentei recuperar o ânimo, já indo apresentar-me, mas ele mesmo começou a falar. Ficamos sentados. Descontraída e amável, sua conversa dissipou logo a minha timidez asselvajada. Eu já voltava ao meu estado normal quando, de súbito, entrou a condessa, deixando-me ainda mais embaraçado. Era, de fato, uma beldade! O conde apresentou-me; eu queria parecer todo desinibido, porém, quanto mais fingia a desenvoltura tanto mais me sentia acanhado. Eles se puseram a conversar entre si, a fim de me dar o tempo de reaver minha calma e de acostumar-me à nova companhia; tratavam-me, pois, como um bom vizinho, sem cerimônias. Nesse ínterim, comecei a andar de lá para cá, examinando os livros e as obras de arte. Entendo bem pouco de pinturas, mas uma delas atraiu minha atenção. Era uma paisagem da Suíça; não foi, entretanto, seu lado pictórico que me surpreendeu e, sim, o fato de o quadro ter sido furado por duas balas, enfiadas uma na outra.

— Eis um bom tiro — disse eu, dirigindo-me ao conde.

— Sim — respondeu ele. — Um tiro muito marcante... — e prosseguiu — O senhor atira bem?

— Mais ou menos — repliquei animado, visto que a conversa chegou, finalmente, a um assunto familiar. — A trinta passos acertaria uma carta; bem entendido, se as pistolas me fossem conhecidas.

— Verdade? — perguntou a condessa, aparentando muita atenção. — E tu, meu querido, acertarias uma carta a trinta passos?

— Um dia tentaremos — respondeu o conde. — Na época, tinha uma boa pontaria, mas já faz quatro anos que nem toco numa pistola.

— Oh — notei eu —, nesse caso, aposto que Vossa Alteza não acertará uma carta nem a vinte passos: a pistola demanda exercícios diários. Sei disso por experiência. Em nosso regimento, era tido como um dos melhores atiradores. Aconteceu-me, numa ocasião, não tocar nas pistolas um mês inteiro, já que as minhas precisavam de conserto. E o que é que Vossa Alteza pensa? Quando tornei a atirar, pela primeira vez depois daquilo, errei quatro tiros a fio contra uma garrafa posta a vinte e cinco passos. Servia conosco um capitão de cavalaria, brincalhão e gozador; por acaso, ele estava lá e disse-me: "Parece, maninho, que estás com dó da garrafa!" Não, Vossa Alteza, não se deve menosprezar esse exercício, senão o costume se perde. O melhor atirador que cheguei a conhecer atirava todos os dias, ao menos três vezes antes do almoço. Fazia aquilo por hábito, como quem toma um cálice de vodca.

O conde e a condessa estavam contentes de ver-me tão falastrão.

— E como ele atirava? — perguntou-me o conde.

— Dessa maneira, Vossa Alteza: acontece-lhe ver, às vezes, uma mosca pousar na parede... A senhora está rindo, condessa? Juro por Deus que é verdade. Acontece-lhe, pois, enxergar uma mosca, e ele grita: "Kuzka, minha pistola!" Então Kuzka lhe traz uma pistola carregada. Ele faz "bang!", e a mosca está esmagada naquela parede!

— É pasmoso! — disse o conde. — E qual era o nome dele?

— Sílvio, Vossa Alteza.

— Sílvio! — exclamou o conde, saltando fora do seu assento. — O senhor conheceu Sílvio?

— E como não o teria conhecido, Vossa Alteza? Éramos amigos: acolhiam-no, em nosso regimento, como um irmão, um camarada. Já faz, todavia, uns cinco anos que não tenho mais nenhuma notícia dele. Pois Vossa Alteza também o conheceu?

— Conheci, conheci muito bem. Será que ele lhe contou... mas não, não acho... Será que ele lhe contou sobre um acidente muito estranho?

— Decerto, Vossa Alteza, sobre a bofetada que um patusco lhe deu num baile?

— E ele disse o nome daquele patusco?

— Não, Vossa Alteza, não disse... Ah, Vossa Alteza — continuei, adivinhando a verdade —, desculpe... eu não sabia... será que foi o senhor?

— Eu mesmo — respondeu o conde, com uma aparência deplorável. — E a pintura furada é a lembrança de nosso último encontro...

— Ah, meu querido — disse a condessa —, pelo amor de Deus, não contes: terei medo até de ouvir.

— Não — replicou o conde —, contarei tudo. Ele sabe como ofendi seu amigo, então que saiba como Sílvio se vingou de mim.

O conde empurrou uma poltrona em minha direção, e eu fiquei escutando, com a mais viva curiosidade, o seguinte relato.

— Casei-me há cinco anos. Passei o primeiro mês, *the honeymoon*,[11] aqui nesta fazenda. A esta casa é que agradeço os melhores momentos de minha vida e devo uma das minhas recordações mais penosas.

Uma noite fomos, eu e minha mulher, passear a cavalo; não sei por que, o cavalo de Macha[12] ficou teimando; ela se assustou, entregou-me as rédeas e foi para casa a pé. Eu mesmo cavalguei na frente. Vi uma carroça de viagem no pátio; disseram-me que no meu gabinete estava um homem que não se apresentara, mas simplesmente dissera ter um negócio a tratar comigo. Entrei neste cômodo e vi, às escuras, um homem barbudo e coberto de poeira; ele estava plantado cá, junto da lareira. Aproximei-me dele, buscando rememorar suas feições. "Não me reconhecestes, conde?" — perguntou o homem com uma voz vibrante. "Sílvio!" — gritei eu, e confesso que senti meus cabelos ficarem, de chofre, em pé. "Justamente" — continuou ele. — "O tiro é meu; vim para descarregar a minha pistola. Estás pronto?" A pistola assomava-lhe do bolso lateral. Medi doze passos e postei-me ali, no canto, implorando que ele atirasse depressa, antes de minha mulher retornar. Sílvio estava demorando... pediu que acendessem a luz. Trouxeram as velas. Eu fechei a porta, mandei que ninguém entrasse e pedi-lhe outra vez que atirasse. Ele tirou a pistola e

---

[11] Lua de mel (em inglês).
[12] Forma diminutiva e carinhosa do nome Maria.

apontou-a... Eu contava os segundos... pensava nela... Assim se passou um minuto horrível! Sílvio abaixou a mão. "É pena" — disse ele — "que a pistola não esteja carregada daqueles caroços de cereja... A bala é pesada. Parece-me, o tempo todo, que não é um duelo e, sim, um assassinato: eu não costumo mirar um homem desarmado. Comecemos de novo, tiremos a sorte para saber quem será o primeiro a atirar." Minha cabeça dava voltas... Parece que eu discordava... Por fim, carregamos mais uma pistola, enrolamos dois bilhetes que ele colocou no quepe furado, outrora, pela minha bala; de novo tirei o primeiro número. "Tu, conde, és diabolicamente sortudo" — disse Sílvio com um sorriso que nunca vou esquecer. Não compreendo o que se deu comigo, de que maneira ele me obrigou a fazer isso, mas... eu atirei e acertei aquela pintura. (O conde indicou com o dedo o quadro furado; seu rosto ardia que nem o fogo; a condessa estava mais branca que seu lenço; eu não consegui reter uma exclamação).

— Eu atirei — prosseguiu o conde — e, graças a Deus, errei o alvo. Então Sílvio... (naquele momento ele estava realmente aterrador), Sílvio se pôs a apontar sua pistola. De supetão, as portas se abriram. Macha entrou correndo e, com um grito estridente, arrojou-se ao meu pescoço. Sua presença me fez recobrar todo o ânimo. "Querida" — disse-lhe —, "não vês que estamos brincando? Mas como te assustaste! Vai tomar um copo d'água e volta aqui, para que te apresente meu velho amigo e companheiro." Macha não acreditava ainda. "Diga se meu marido fala verdade!" — ela se dirigiu ao temível Sílvio. — "É verdade que vocês dois estão brincando?" — "Ele está sempre brincando, condessa" — respondeu-lhe Sílvio. — "Um dia, ele me deu, brincando, uma bofetada; brincando, furou este meu quepe com um tiro; agora não me acertou por mera brincadeirinha. Pois eu também estou com vontade de brincar um pouco..." Dito isso, ele ia apontar a pistola... na frente dela! Macha se jogou aos seus pés. "Levanta-te, Macha, que vergonha!" — gritei eu com fúria. — "O senhor vai deixar de torturar a pobre mulher? Vai atirar, afinal, ou não?" — "Não vou" — respondeu Sílvio —, "estou satisfeito. Eu vi o teu transtorno, o teu medo; eu fiz que tu atirasses em mim, e basta. Vais recordar-te de mim. Entrego-te à tua consciência." Ele ia sair, mas parou às portas, virou-se para o quadro furado, atirou nele quase sem o mirar e desapareceu. Minha mulher jazia desmaiada; os criados não se atreveram a detê-lo, olhando para ele com pavor. Uma vez no terraço de entrada, ele chamou o cocheiro e foi embora antes que eu me recobrasse.

O conde ficou calado. Desse modo eu soube o final da novela cujo início me assombrara tanto outrora. Nunca mais encontrei o herói desta. Dizem que, durante a rebelião de Alexandre Ypsilântis,[13] ele comandava um grupo de heteristas[14] e morreu na batalha de Sculeni.[15]

---

[13] Alexandre Ypsilântis (1792–1828): herói nacional da Grécia, comandante da insurreição grega contra o domínio turco.

[14] Membros da *Filiki Heteria*, sociedade secreta que visava a libertação da Grécia do Império Otomano.

[15] Trata-se do combate entre os rebeldes gregos e as tropas turcas que ocorreu em 1821 na Moldávia, perto da aldeia Sculeni.

A NEVASCA

ALEXANDR PÚCHKIN

> Os cavalos a voar,
> De ondulantes crinas.
> Vê-se um templo secular
> Numa das colinas.
>
> ....
>
> De repente, começou
> A nevar bem forte;
> Eis um corvo que lançou
> Grasnos de má sorte
> Sobre o rápido trenó
> Que desliza leve,
> Revolvendo o denso pó
> Da profunda neve!
>
> Jukóvski[1]

Em fins de 1811, época para nós memorável, vivia em sua fazenda Nenarádovo o bondoso Gavrila Gavrílovitch R***. Sua amável hospitalidade era famosa

---

[1] A epígrafe do conto é da balada *Svetlana* de Vassíli Jukóvski (1783–1852), um dos maiores poetas e tradutores russos do século XIX.

por todas as redondezas: os vizinhos visitavam-no a cada instante para comer, beber, apostar cinco copeques numa partida de cartas com a esposa dele; alguns vinham também para ver sua filha, Maria Gavrílovna, uma esguia e pálida moça de dezessete anos. Consideravam-na uma noiva rica; muitos homens queriam que ela se casasse com seus filhos, se não com eles próprios.

Maria Gavrílovna tinha sido criada em meio aos romances franceses e, consequentemente, estava apaixonada. O objeto daquele seu sentimento era um pobre sargento-mor do exército que passava as férias em sua aldeia. Entenda-se bem que o jovem ardia de igual paixão e que, ao perceberem tal ardor mútuo, os pais de sua amada proibiram a filha até de pensar nele, recebendo-o pior que um servidor exonerado.

Nossos amantes trocavam bilhetes e encontravam-se, todo dia, a sós, num bosque de pinheiros ou perto de uma velha ermida. Ali juravam o amor eterno, reclamavam de seu destino e faziam diversas suposições. Correspondendo-se e conversando dessa maneira, chegaram (o que era bem natural) ao raciocínio seguinte: se não podemos sequer respirar um sem o outro, e a vontade dos pais desalmados estorva a nossa felicidade, será que não poderíamos prescindir dessa vontade? Está claro que primeiro a ditosa ideia veio à cabeça do jovem militar, agradando em cheio a imaginação romanesca de Maria Gavrílovna.

Começou o inverno; seus encontros cessaram, mas a correspondência ficou ainda mais animada. Em cada carta, Vladímir Nikoláievitch implorava que a moça se lhe entregasse para eles se casarem às escondidas, viverem algum tempo em segredo e ajoelharem-se, a seguir, perante os pais dela que, comovidos, naturalmente, com a constância heroica e o sofrimento dos amantes, acabariam sem dúvida por dizer-lhes: "Filhos, venham aos nossos braços!"

Maria Gavrílovna passou muito tempo a hesitar; vários planos de fuga foram rejeitados. Enfim ela concordou. No dia marcado, cumpria-lhe recusar o jantar e, pretextando uma dor de cabeça, recolher-se em seu quarto. Sua criada participava da conspiração; ambas as moças deviam ir ao jardim, pela porta dos fundos, tomar o trenó que estaria já aguardando, detrás daquele jardim, e percorrer cinco verstas que separavam Nenarádovo da aldeia Jádrino em cuja igreja Vladímir esperaria por elas.

Às vésperas dessa ação resoluta, Maria Gavrílovna não dormiu durante a noite toda; ela arrumou as trouxas, embrulhou as roupas de baixo e de cima, escreveu uma longa carta à sua amiga, uma senhorita muito sensível, e a outra aos seus pais. Despediu-se deles com as expressões mais enternecedoras, justificou seu desvio com a irresistível força da paixão e terminou dizendo que consideraria o momento mais feliz da sua vida aquele em que lhe seria permitido prostrar-se aos pés de seus queridíssimos pais. Fechando ambas as cartas com um lacre de Tula,[2] que representava dois corações em chamas com um mote adequado, desabou na cama,

---

[2] Cidade localizada na parte central da Rússia e famosa, ao longo dos séculos, por seus produtos artesanais.

pouco antes do amanhecer, e pegou no sono. Todavia, os terríveis devaneios continuavam a acordá-la a cada minuto: ora lhe parecia que, naquele exato momento em que ela subia ao trenó para ir casar-se, seu pai a detinha e arrastava, com uma vertiginosa rapidez, pela neve, jogando-a num escuro subterrâneo sem fundo... e que ela caía depressa, com uma angústia inexprimível no coração; ora via Vladímir deitado na relva, pálido e ensanguentado, a rogar, morrendo, com uma voz comovente, que se apressasse a desposá-lo... e outras visões disformes e absurdas esvoaçavam, diante dela, uma após a outra. Finalmente, ela se levantou, mais pálida que de costume e atormentada por uma verídica dor de cabeça. Os pais repararam em sua inquietude; a solícita ternura e as incessantes perguntas deles — o que tens, Macha? não estás doente, Macha? — dilaceravam-lhe o coração. A moça tentava acalmá-los, fingindo-se de alegre, mas não conseguia. Anoiteceu. A ideia de ser o último dia que ela passava com sua família apertava-lhe o coração. A moça mal estava viva, despedindo-se às ocultas de todas as pessoas e coisas que a rodeavam.

O jantar foi servido; o coração de Macha se pôs a palpitar. Com uma voz trêmula, ela anunciou que não queria jantar e despediu-se do pai e da mãe. Estes beijaram-na e, por hábito, deram-lhe sua bênção. Ela quase ficou chorando. Ao entrar em seu quarto, tombou numa poltrona e rompeu em prantos. A criada pedia-lhe que se acalmasse e recobrasse o ânimo. Tudo estava pronto. Ao cabo de meia hora, Macha haveria de abandonar para sempre a casa dos pais, seu quartinho, sua pacata vida de moça... Uma nevasca se desencadeara lá fora; o vento uivava, os contraventos tremiam e estalavam; tudo isso lhe parecia ameaçador e agourento. Logo toda a casa se sossegou e adormeceu. Macha se envolveu num xale, vestiu um manto quente, pegou seu cofrete e foi à porta dos fundos, seguida pela criada que levava duas trouxas. Elas desceram para o jardim. A nevasca não se quietava: o vento soprava de encontro, como que se esforçando para deter a jovem delinquente. As fugitivas penaram para atravessar o jardim. Na estrada havia um trenó que as aguardava. Os cavalos se agitavam de tanto frio, o cocheiro de Vladímir segurava-os, andando na frente do trenó. Ele ajudou a sinhá e sua criada a sentarem-se e acomodarem as trouxas e o cofrete; tomou as rédeas, e os cavalos foram a voar. Entregue a sinhá aos cuidados da sorte e às artes do cocheiro Terechka, voltemos ao nosso jovem enamorado.

Vladímir passou todo o dia correndo. Foi ver, de manhã, o padre de Jádrino e combinou, a muito custo, o casamento com ele; depois foi procurar testemunhas no meio dos fazendeiros vizinhos. O primeiro dos que ele visitou foi o quarentão Drávin, alferes de cavalaria reformado, o qual concordou com gosto. Essa aventura, segundo afirmou, lembrava-lhe os velhos tempos e as travessuras dos hussardos. Ele convenceu Vladímir a almoçar em sua casa e asseverou que acharia mais duas testemunhas com toda a facilidade. Logo após o almoço apareceram, de fato, o agrimensor Schmitt com seu bigode e suas esporas, e o filho do capitão de polícia, garoto de uns dezesseis anos que acabava de ingressar no corpo de ulanos.[3] Eles não só aceitaram a proposta de Vladímir, mas até lhe juraram que estavam prontos a sacrificar suas vidas por ele. Vladímir abraçou-os, todo entusiasmado, e foi para casa fazer seus preparativos.

Tinha escurecido havia tempos. Vladímir mandou o confiável Terechka para Nenarádovo com seu trenó puxado por três cavalos, dando-lhe ordens detalhadas e explícitas, e mandou atrelar, para si mesmo, um só cavalo ao outro trenó, bem pequeno, indo sozinho, sem o cocheiro, a Jádrino, aonde deveria chegar, umas duas horas mais tarde, Maria Gavrílovna. Ele conhecia bem o caminho, e todo o percurso lhe tomaria apenas vinte minutos.

Contudo, assim que Vladímir saiu da aldeia e enveredou pelos campos, começou a ventar e fez-se uma tempestade tão grande que ele não enxergava mais nada. Num só minuto a neve obstruiu a estrada; tudo, ao seu redor, sumiu numa bruma espessa e amarelada, através da qual voavam os brancos flocões de neve; o céu se fundiu à terra. Uma vez nos campos, Vladímir tentava em vão retornar à estrada: o cavalo pisava a esmo, ora galgando um monte de neve ora afundando num buraco; a cada minuto, o trenó emborcava. Vladímir buscava apenas não perder o rumo certo; porém lhe parecia que já se passara mais de meia hora sem ele ter alcançado o bosque de Jádrino. Passaram-se ainda uns dez minutos, mas o tal bosque

---

[3] Cavalaria armada de lanças que na época fazia parte do exército russo.

não aparecia. Vladímir ia por um campo cortado por profundas ravinas. Nem a tempestade abrandava, nem o céu clareava. O cavalo já denotava cansaço, e o próprio Vladímir estava ensopado de suor, conquanto a neve lhe chegasse, a cada instante, até a cintura.

Por fim, ele percebeu que ia numa direção errada. Vladímir parou, começou a pensar, a relembrar, a cismar, e ficou seguro de que devia virar à direita. Dirigiu-se, então, à direita. Seu cavalo mal avançava. Fazia mais de uma hora que ele estava perambulando. Decerto Jádrino era por perto, mas ele ia, ia sem trégua, e o campo não acabava. Só havia ravinas e montes de neve; a cada minuto, o trenó emborcava; a cada minuto, o viajante o reerguia. O tempo passava; Vladímir se sentia muito preocupado.

Afinal de contas, algo negrejou ao longe. Vladímir se dirigiu ali. Aproximando-se, avistou um bosque. "Graças a Deus", pensou ele, "agora estou pertinho". Foi contornando o bosque na expectativa de encontrar rápido o caminho que conhecia ou atingir o lado oposto do bosque: Jádrino situava-se logo atrás deste. Não demorou a achar o caminho e adentrou a treva das árvores despidas pelo inverno. O vento não podia seviciar naquele lugar, a estrada estava lisa; o cavalo reanimou-se e Vladímir ficou mais calmo.

No entanto, ele ia, ia sem trégua, e não havia nem sombra de Jádrino; o bosque não tinha fim. Apavorado, Vladímir percebeu que entrara numa floresta desconhecida. O desespero se apoderou dele. Vladímir açoitou o cavalo; o pobre animal se pôs a trotar, mas logo perdeu as forças e, um quarto de hora mais tarde, foi a passo bem lento, apesar de todos os esforços de seu desgraçado dono.

Pouco a pouco, a mata ficou menos cerrada, e Vladímir saiu dela. Nem sinal de Jádrino! Seria por volta da meia-noite. As lágrimas jorraram dos seus olhos; ele foi ao acaso. A nevasca tinha acabado, as nuvens se dispersavam; havia na sua frente uma campina recoberta por um tapete alvo e onduloso. A noite estava bastante clara. Vladímir avistou, perto de lá, um vilarejo composto de quatro ou cinco casas e foi em sua direção. Junto da primeira casinha, saltou fora do seu trenó, correu até a janela e começou a bater. Abriu-se, uns minutos depois, o contravento de madeira, e assomou um velho de barba branca. "Que é que quer?" — "Jádrino fica longe daqui?" — "Jádrino é que fica longe?" — "Sim, sim! Longe daqui?" — "Nem tanto: uma dezena de verstas." Ouvindo essa resposta, Vladímir agarrou seus cabelos e ficou imóvel, como um homem condenado à morte.

"Você é de onde?" — prosseguiu o velho. Vladímir não tinha mais ânimo para responder às perguntas. "Você pode, velho" — disse ele —, "arranjar para mim os cavalos até Jádrino?" — "Mas que cavalos é que a gente tem?" — replicou o camponês. "Então eu posso chamar, pelo menos, um guia? Eu pagarei quanto for preciso." — "Espere" — disse o velho, fechando o contravento. — "Vou mandar o meu filho para te guiar." Vladímir ficou esperando. Não decorreu nem sequer um minuto quando ele tornou a bater à janela. O contravento se reabriu, e a barba assomou de novo. "Que é que quer?" — "Onde está seu filho?" — "Vai sair agorinha, está calçando as botas. Talvez tenha frio? Venha, pois, cá para te esquentar." — "Obrigado. Mande logo o seu filho."

Abriu-se, rangendo, o portão; um rapaz apareceu, com uma clava na mão, e foi em frente, ora mostrando ora procurando o caminho obstruído por montões de neve. "Que horas são?" — perguntou-lhe Vladímir. "Daqui a pouco vai amanhecer" — respondeu o jovem camponês. Vladímir não disse mais uma palavra.

Já havia amanhecido e os galos cantavam, quando eles chegaram a Jádrino. A igreja estava trancada. Vladímir pagou ao seu guia e foi à casa do padre. Seu trenó não estava no pátio. Que notícia horrível esperava por ele!

Mas retornemos aos nossos bons fazendeiros de Nenarádovo e vejamos o que lhes está sobrevindo.

Bom... nada.

Os velhos acordaram e foram à sala de estar: Gavrila Gavrílovitch de gorro e blusão de flanela, Praskóvia Petrovna com um roupão forrado de algodão. O samovar[4] foi servido; Gavrila Gavrílovitch mandou uma das servas perguntar a Maria Gavrílovna como ela estava e como tinha dormido. A serva voltou dizendo que a sinhá teria dormido mal, mas agora se sentia melhor e logo, logo viria à sala. Com efeito, a porta se abriu, e Maria Gavrílovna veio cumprimentar o paizinho e a mãezinha.

---

[4] Espécie de chaleira aquecida por um tubo central com brasas e munida de uma torneira na parte inferior.

"Como está tua cabeça, Macha?" — indagou Gavrila Gavrílovitch. "Está melhor, paizinho" — respondeu Macha. "Deves ter respirado a fumaça ontem, Macha" — disse Praskóvia Petrovna. "Pode ser, mãezinha" — respondeu Macha.

O dia passou tranquilo, mas à noite Macha adoeceu. Mandaram trazer um médico da cidade. Ele veio ao anoitecer e encontrou a doente em pleno delírio. Acometida por uma febre severa, a pobre enferma ficou duas semanas à beira da sepultura.

Nenhum dos familiares estava a par da fuga planejada. As cartas que Macha havia escrito na véspera foram queimadas; sua criada não dizia nada a ninguém, temendo a fúria dos seus amos. O padre, o alferes reformado, o agrimensor bigodudo e o pequeno ulano portavam-se com discrição, e não era à toa que o cocheiro Terechka nunca dava com a língua nos dentes, mesmo quando estava bêbado. Desse modo, o segredo foi preservado por mais de meia dúzia de conspiradores. Na verdade, a própria Maria Gavrílovna não parava de divulgar esse segredo em seu delírio ininterrupto, mas, como as suas palavras eram completamente sem nexo, a mãe, que não se afastava da sua cama, pôde compreender apenas que a filha estava perdidamente apaixonada por Vladímir Nikoláievitch e que o amor era o provável motivo de sua moléstia. Ela pediu as opiniões do marido e de alguns vizinhos, e, feitas as contas, todos chegaram à conclusão unânime de que talvez fosse aquele o destino de Maria Gavrílovna, que "não adianta fugir a galope do que foi prescrito", que "a pobreza não é pecado", que "não se vive com o dinheiro e, sim, com o homem" e assim por diante. As máximas morais podem ser espantosamente úteis naqueles casos em que não conseguimos inventar muita coisa para justificar nossas faltas.

Enquanto isso, a sinhá ia convalescendo. Vladímir não aparecia, havia tempos, na casa de Gavrila Gavrílovitch, receoso de ser acolhido como de praxe. Foi decidido mandar buscá-lo e anunciar-lhe a inesperada felicidade — permissão de casar-se com Macha. Qual não foi o assombro dos fazendeiros de Nenarádovo quando, em resposta ao seu convite, eles receberam uma carta amalucada do jovem! Ele declarava que nem o seu pé jamais pisaria em sua casa e pedia que esquecessem o infeliz cuja única esperança seria a morte. Alguns dias depois, os pais souberam que Vladímir partira para o exército. Isso se deu no ano de 1812.[5]

Por muito tempo não se ousava contar o acontecido a Macha que estava melhorando. Ela própria nunca se referia a Vladímir. Ao cabo de alguns meses, encontrando o seu nome na lista dos militares distinguidos e gravemente feridos em Borodinó,[6] ela caiu sem sentidos, e os pais já temiam que sua febre voltasse. Contudo, graças a Deus, a síncope não teve consequências.

---

[5] Ano em que a Rússia foi invadida pelo exército de Napoleão Bonaparte.
[6] Trata-se da maior batalha entre tropas russas e francesas, ocorrida em 7 de setembro de 1812 ao lado da aldeia Borodinó, a cerca de 100 quilômetros de Moscou.

Outra desgraça veio afetar a moça: Gavrila Gavrílovitch faleceu, legando-lhe todo o seu patrimônio. A herança não a consolava; sinceramente, ela compartilhava o pesar da pobre Praskóvia Petrovna, jurando que nunca a abandonaria. Ambas as mulheres deixaram Nenarádovo, local de suas tristes lembranças, e foram morar na fazenda de ***.

Ali também os solteiros giravam em volta da linda e rica noiva, mas ela não dava a ninguém nem sombra de esperança. Às vezes, até sua mãe propunha que escolhesse um amigo; Maria Gavrílovna abanava a cabeça e ficava meditativa. Vladímir não existia mais: havia morrido em Moscou, às vésperas da ocupação francesa. Sua memória parecia sagrada para Macha; ao menos, ela guardava tudo o que podia lembrá-lo — os livros que ele tinha lido outrora, seus desenhos, as partituras e poesias que o jovem copiara para ela. Cientes disso, os vizinhos admiravam sua constância e, curiosos, aguardavam aquele herói que devia enfim derrotar a tristonha fidelidade da virgem Ártemis.[7]

Nesse meio-tempo, a guerra terminou gloriosamente. Nossas tropas regressavam do estrangeiro. O povo corria ao encontro delas. As orquestras tocavam as músicas conquistadas: *Vive Henri-Quatre*,[8] as valsas tirolesas e as árias da *Joconda*.[9] Os oficiais, que haviam

---

[7] Na mitologia grega, deusa virgem, padroeira da caça, da fertilidade e da vida selvagem em geral.

[8] Trecho da peça teatral *A caçada de Henri IV* de Charles Collé (1709–1783), muito popular no meio dos monarquistas franceses.

[9] Ópera cômica de Nicolas Isouard (1773–1818) encenada, em 1814, quando Paris estava ocupada pelas tropas russas.

partido para a campanha quase adolescentes, voltavam amadurecidos pelos ares da luta, cobertos de cruzes.[10] Os soldados conversavam, alegres, entre si, a cada minuto misturando palavras alemãs e francesas às suas falas. Ó tempo inolvidável, tempo da glória e do êxtase! Como batia o coração russo ao som da palavra "pátria"! Como eram doces as lágrimas do reencontro! Com quanta unanimidade nós compartíamos os sentimentos de orgulho popular e de amor pelo soberano! E para ele mesmo, como era feliz aquele momento!

As mulheres... as mulheres russas eram então incomparáveis! Sua frieza habitual desaparecera. Seus arroubos eram realmente deliciosos quando, cumprimentando os vencedores, elas gritavam: *Hurra... jogando aos ares suas toucas!*[11]

Qual dos nossos oficiais da época não reconhecerá que deve a melhor e a mais preciosa das suas condecorações à mulher russa?...

Nessa época fulgurante Maria Gavrílovna morava, com sua mãe, na província de *** e não via ambas as capitais[12] festejarem o retorno das tropas. Entretanto, o êxtase geral dos distritos e povoados era, quiçá, maior ainda. O surgimento de um oficial em tais regiões redundava numa verdadeira solenidade, e o amante de casaca se dava mal ao lado desse rival.

Já dissemos que, não obstante sua frieza, Maria Gavrílovna estava, como dantes, rodeada por pretendentes. Mas todos eles se viram forçados a recuar

---

[10] Isto é, de condecorações militares.
[11] Verso da tragicomédia *A desgraça de ser inteligente*, do diplomata e escritor russo Alexandr Griboiédov (1795–1829).
[12] São Petersburgo e Moscou.

quando apareceu em seu castelo Burmin, um coronel dos hussardos ferido, com o São Jorge[13] na lapela e, conforme diziam as senhoritas de lá, dotado de uma palidez interessante. Ele tinha em torno de vinte e seis anos. Veio fruir uma licença em suas propriedades que se encontravam junto da aldeia de Maria Gavrílovna. Esta lhe dava muita atenção. De ordinário meditativa, alegrava-se em sua presença. Não se podia dizer que o tratava com coquetice, porém o poeta teria dito, ao reparar em sua atitude: *Se amor non é, che dunque?...*[14]

Burmin era, de fato, um jovem muito simpático. Ele tinha exatamente aquela índole que agrada as mulheres, sendo reservado e observador, alheio a quaisquer pretensões e provido de jovial ironia. Com Maria Gavrílovna ele se comportava de modo simples e desenvolto; contudo sua alma e seus olhares acompanhavam tudo quanto ela dizia ou fazia. Burmin parecia modesto e sossegado, embora as comadres asseverassem que tinha sido, outrora, um patusco terrível; aliás, isso não o prejudicava na opinião de Maria Gavrílovna, a qual (como todas as jovens damas em geral) desculpava com gosto as travessuras que revelavam um caráter ardente e corajoso.

No entanto, o que mais... (mais que sua ternura, mais que sua conversa agradável, mais que sua palidez interessante, mais que seu braço pensado), o que mais

---

[13] O autor tem em vista a ordem de São Jorge, a máxima comenda militar do Império Russo.

[14] *Se não é o amor, então o que é...*: verso do 88º soneto de Francesco Petrarca (1304–1374), um dos maiores poetas da Renascença italiana.

lhe atiçava a curiosidade e a imaginação era o silêncio do jovem hussardo. Maria Gavrílovna não podia deixar de reconhecer que Burmin gostava muito dela; decerto ele também já pudera notar, graças à sua inteligência e experiência, que a moça o destacava. Então por que ela ainda não o vira prosternado aos seus pés nem ouvira declarações de amor? O que o retinha: a timidez inseparável de um amor verdadeiro, o orgulho ou o coquetismo de um sedutor astucioso? Nisso residia o enigma. Após uma boa reflexão, ela concluiu que o único motivo era a timidez e resolveu animar o jovem com maior cortesia e, segundo as circunstâncias, até mesmo ternura. Preparando o desfecho mais inopinado, ela esperava, impaciente, o momento das explicações romanescas. Qualquer que seja, o mistério sempre aflige o coração feminino. Essas manobras tiveram o êxito desejado: ao menos, Burmin caiu numa meditação tão profunda e seus olhos negros passaram a fitar Maria Gavrílovna com tanto fogo que o dito momento já parecia bem próximo. Os vizinhos falavam sobre o casamento, como se este já tivesse sido marcado, e a bondosa Praskóvia Petrovna andava alegre por sua filha ter arranjado, enfim, um noivo decente.

Um dia, a velhinha estava sentada só na sala de estar, dispondo as cartas de sua *grande patience*,[15] quando Burmin entrou e logo perguntou por Maria Gavrílovna. "Ela está no jardim" — respondeu a

---

[15] O mesmo jogo (*A paciência*) que as velhinhas hodiernas encontram em seus computadores.

velhinha. — "Vá falar com ela, e eu ficarei esperando aqui." Burmin foi lá, e a velhinha benzeu-se, pensando: "Quem sabe se o negócio não se conclui hoje mesmo?"

Burmin encontrou Maria Gavrílovna perto de uma lagoa, ao pé de um salgueiro; de vestido branco e com um livro nas mãos, ela parecia uma autêntica heroína de um romance. Após as primeiras perguntas, Maria Gavrílovna deixou, propositalmente, de manter a conversa a fim de aumentar, desse modo, o constrangimento mútuo que só se poderia desfazer com uma explicação repentina e resoluta. Foi isso que ocorreu: sentindo o embaraço de sua situação, Burmin declarou que havia muito tempo buscava o ensejo de abrir seu coração para ela, exigindo em seguida um minuto de atenção. Maria Gavrílovna fechou o livro e abaixou os olhos em sinal de acordo.

— Amo-a — disse Burmin —, amo-a de paixão... (Corando, Maria Gavrílovna abaixou ainda mais a cabeça). Tenho tido a imprudência de entregar-me a este querido hábito, ao hábito de vê-la e de ouvi-la todos os dias... (Maria Gavrílovna recordou a primeira epístola de St.-Preux).[16] Agora é tarde demais para resistir ao meu destino; sua lembrança, sua imagem linda e incomparável serão, doravante, o sofrimento e o consolo da minha vida. Resta-me, porém, cumprir um penoso dever, contar-lhe um horrível segredo e pôr entre nós um obstáculo insuperável...

---

[16] Protagonista do romance epistolar *Júlia ou A nova Heloísa*, de Jean-Jacques Rousseau (1712–1778).

— Ele sempre existiu — interrompeu vivamente Maria Gavrílovna. — Eu jamais poderia ser sua esposa...

— Sei — respondeu ele baixinho —, sei que antanho você amou, mas a morte e três anos de pesares... Minha boa, minha querida Maria Gavrílovna! Não procure privar-me do último recurso: a ideia de que você consentiria em tornar-me feliz, caso... Cale-se, pelo amor de Deus, cale-se! Você me tortura. Sim, eu sei, eu sinto que você seria minha, mas... sou o mais desgraçado dos seres... sou casado!

Maria Gavrílovna olhou para ele com pasmo.

— Sou casado — prosseguiu Burmin —, já vai para quatro anos que sou casado e não sei quem é minha mulher, onde está ela e se a verei algum dia!

— O que é que está dizendo? — exclamou Maria Gavrílovna. — Como isso é estranho! Continue; eu vou contar a seguir... mas continue, faça-me esse favor.

— Em princípios de 1812 — disse Burmin — eu ia apressado a Vilno[17] onde estava o meu regimento. Cheguei, tarde da noite, a uma estação de posta[18] e mandei logo trocar os cavalos, mas de repente começou uma nevasca terrível, e o chefe da estação aconselhou-me, com seus cocheiros, a aguardar um pouco. Eu concordei, mas uma incompreensível ansiedade se apoderou de mim: parecia que alguém me empurrava para a frente. Enquanto isso, a nevasca não se quietava; eu não aguentei, mandei novamente

---

[17] Atualmente Vilnius, a capital da Lituânia.
[18] Estabelecimento, situado em determinado ponto de uma estrada, em que se efetuava a muda de cavalos e havia uma hospedaria para viajantes.

atrelar os cavalos e fui embora em meio à tempestade. O cocheiro teve a ideia de ir pela margem de um rio, o que deveria subtrair três verstas ao nosso percurso. As ribanceiras estavam cobertas de neve; o cocheiro passou perto daquele lugar onde se iniciava a estrada, e, dessa maneira, vimo-nos num sítio desconhecido. A tempestade não terminava; eu avistei uma pequena luz e mandei ir para aquele lado. Chegamos a uma aldeia; a luz bruxuleava dentro de uma igreja de madeira. A igreja estava aberta, havia alguns trenós detrás da cerca; algumas pessoas andavam pelo adro. "Por aqui, por aqui!" — gritaram umas vozes. Mandei que o cocheiro se aproximasse. "Misericórdia! Onde te meteste?" — disse-me alguém. — "A noiva está desmaiada, o padre não sabe o que fazer; a gente já estava prestes a ir embora. Vem, desce logo." Calado, pulei fora do trenó e entrei na igreja fracamente iluminada por duas ou três velas. Uma moça estava sentada num banquinho, no canto escuro da igreja; uma outra lhe esfregava as têmporas. "Graças a Deus" — disse esta. — "Até que enfim o senhor chegou. Quase matou a minha sinhá." Um velho sacerdote me abordou, perguntando: "O senhor manda que comecemos?" — "Comece, padre, comece" — respondi eu, distraído. Puseram a moça em pé. Achei-a assim, bonitinha... Uma leviandade incompreensível, imperdoável... postei-me ao lado dela, diante do facistol.[19] O sacerdote estava com pressa; três homens e a criada arrimavam a noiva, ocupados tão somente

---

[19] Grande estante para livros religiosos, instalada no coro da igreja.

dela. Ficamos casados. "Beijem-se" — disseram-nos. Minha esposa voltou para mim o seu rosto pálido. Eu já queria beijá-la... Ela gritou: "Ai, não é ele, não é!" e caiu sem sentidos. As testemunhas fixaram em mim seus olhos apavorados. Virei-me, saí da igreja sem o menor estorvo, desabei em minha carroça e bradei: "Vamos!"

— Meu Deus! — exclamou Maria Gavrílovna. — E você não sabe o que aconteceu com a sua pobre mulher?

— Não sei — respondeu Burmin. — Não sei como se chama a aldeia onde me casei; não lembro de que estação de posta estava vindo. Àquela altura dava tão pouca importância à minha criminal travessura que, afastando-me da igreja, adormeci e só acordei na manhã seguinte, já na terceira parada. O criado que estava então comigo morreu durante a campanha, de modo que agora não tenho nem esperanças de achar a moça que escarneci com tanta crueldade e que se vingou de mim tão cruelmente assim.

— Meu Deus, meu Deus! — disse Maria Gavrílovna, pegando a sua mão. — Pois foi você! E não me reconhece?

Burmin empalideceu... e atirou-se aos pés dela...

VYI[1]

NIKOLAI GÓGOL

Tão logo tocava, de manhãzinha, o sino assaz sonoro do Seminário de Kiev, que pendia ao portão do Mosteiro da Irmandade, multidões apressadas de escolares e *bursaks*[2] dirigiam-se para lá de toda a cidade. Os gramáticos, retores, filósofos e teólogos[3] iam, com seus cadernos debaixo do braço, às aulas. Os gramáticos eram ainda muito pequenos; caminhando, eles se empurravam e xingavam um ao outro com o tiple[4] mais agudo; vestiam, quase todos, as roupas esfrangalhadas ou manchadas, cujos bolsos

---

[1] Vyi é uma criação colossal do imaginário popular. Os habitantes da Pequena Rússia (nome histórico da Ucrânia — N.T.) denominam assim o soberano dos gnomos, cujas pálpebras descem até o solo. Toda esta história é uma lenda folclórica. Eu não quis modificá-la em nada e conto-a quase tão simples como a tinha ouvido (N. A.).

[2] Estudantes da Bursa, classes preparatórias do Seminário Teológico de Kiev.

[3] Alunos do Seminário que, dependendo de sua idade, estudavam a gramática, a retórica, a filosofia religiosa e a teologia respectivamente.

[4] A voz mais aguda, denominada "soprano" na prática musical e própria, em particular, dos meninos que ainda não alcançaram a puberdade.

estavam sempre cheios de toda espécie de porcaria, notadamente de dados, apitos feitos de penas, sobras de bolo, por vezes até mesmo de pardaizinhos, um dos quais, soltando de repente um pio em meio ao silêncio extraordinário das classes, proporcionava ao seu patrão fortes golpes de régua em ambas as mãos ou, vez por outra, uma chibatada com varas de ginjeira. Os retores eram mais sérios; suas roupas estavam frequentemente em plena ordem, mas, em compensação, quase sempre havia em seus rostos alguns enfeites em forma de tropos retóricos: ora um dos olhos subia até a testa, ora uma bolha inchada substituía o lábio, dentre similares indícios; eles conversavam e juravam entre si com tenores. Os filósofos falavam uma oitava mais baixo; não havia outra coisa em seus bolsos senão umas cheirosas raizinhas de tabaco. Eles não guardavam nada para depois, comendo na hora tudo quanto lhes caía nas mãos; os odores de fumo e cachaça[5] percebiam-se, às vezes, tão longe deles que, parando no meio de seu caminho, um artesão a passar ficava, por muito tempo, cheirando o ar como um cão de caça.

De ordinário, o mercado só começava a mover-se nesse momento, e as feirantes com seus *búbliks*,[6] pãezinhos, sementes de melancia e bolos de dormideira puxavam, à porfia, as abas daquelas pessoas cujas vestes eram de algodão ou semelhante tecido fino.

---

[5] Trata-se, no original russo, da aguardente ucraniana, denominada "gorelka" e semelhante à cachaça artesanal.
[6] Rosca eslava em forma de uma argola.

— Sinhô, hein, sinhô, venha cá! — diziam elas de todos os lados. — Ó *búbliks*, bolinhos, bisnagas, pãezinhos de doce, gostosos! São bons como Deus é santo! Com mel... fui eu mesma que fiz!

Erguendo um comprido rolo de massa, uma das feirantes gritava:

— Ó baguete! Sinhô, compre esta baguete!

— Não comprem nada àquela ali, olhem como está imprestável: o nariz escorrendo, as mãos imundas...

Todavia, elas receavam abordar os filósofos e teólogos, já que os filósofos e teólogos sempre gostavam apenas de provar seus manjares, pegando-os, ainda por cima, a punhadões.

Chegando ao Seminário, a multidão toda se instalava nas salas de aula, baixinhas, porém bastante espaçosas, de janelas pequenas, portas largas e bancos sujos. De chofre, a classe se enchia de variegados zum-zuns: os auditores[7] escutavam os alunos; o tiple estridente de um gramático condizia exatamente ao tilintar do vidro das pequenas janelas, e o vidro lhe respondia quase em uníssono; num canto bramia um retor cuja boca de lábios carnudos devia pertencer, ao menos, à filosofia. Ele tinha uma voz muito grossa, e só se ouvia de longe: bu, bu, bu, bu... Escutando a lição, os auditores lançavam olhadas por baixo do banco, onde assomavam, do bolso do *bursak* subordinado, uma bisnaga, um *varênik*[8] ou então sementes de abóbora.

---

[7] Estudantes mais velhos, incumbidos de conferir o desempenho escolar de colegas mais novos.

[8] Espécie de pastel cozido em água com algum recheio doce.

Quando toda essa turba de sabichões vinha com certa antecedência ou quando se sabia que os professores viriam mais tarde que de costume, tramava-se, de unânime acordo, uma briga, e todos deviam participar nela, até os censores encarregados de vigiar a disciplina e a moral de toda a comunidade estudantil. Dois teólogos determinavam, de praxe, onde se daria a batalha, se cada turma teria de lutar por si só ou se caberia a todos os alunos dividir-se em duas categorias: a Bursa e o Seminário. De qualquer modo, os gramáticos se punham a brigar antes de todos e, assim que se intrometiam os retores, iam correndo embora e ficavam observando o combate de um lugar alto. A seguir, entravam em cena a filosofia de compridos bigodes negros e, finalmente, a teologia com suas terríveis bombachas e gordíssimos pescoços. A teologia acabava, em regra, por bater em todo mundo, sendo a filosofia, a coçar os seus flancos, empurrada para dentro das salas de aula e sentando-se pelos bancos para descansar. Ao entrar na sala de aula, o professor (que também havia participado outrora em tais combates) percebia, naquele mesmo instante em que avistava as caras ardentes de seus discípulos, que a briga não fora má, e, enquanto ele dava varadas nos dedos da retórica, outro professor empunhava, em outra sala, uma palmatória de madeira e machucava com ela as mãos da filosofia. Quanto aos teólogos, seu castigo era bem diferente: segundo uma expressão do professor de teologia, eles levavam uma porção de favas, ou seja, umas chicotadas com um curto açoite de couro.

Nos dias festivos e feriados, os seminaristas e *bursaks* iam de casa em casa com seus teatros de marionetes. Encenava-se, por vezes, uma comédia, e nesse caso destacava-se sempre algum teólogo, um pouquinho mais baixo que o campanário de Kiev, que representava Herodíade ou Pentefria,[9] esposa do cortesão egípcio. Como recompensa ele ganhava um pedaço de pano, um saco de painço, metade de um ganso assado ou coisas afins.

Todo esse povo ciente — tanto os seminaristas quanto os *bursaks* que nutriam uma espécie de aversão hereditária uns pelos outros — dispunha de pouquíssimos meios para se alimentar e, ao mesmo tempo, era extremamente guloso, de modo que contar quantas *galuchkas*[10] cada um dos alunos devorava no jantar seria uma tarefa absolutamente impossível; portanto as doações voluntárias dos colegas abastados não podiam ser suficientes. Então o senado composto de filósofos e teólogos mandava os gramáticos e retores encabeçados por um filósofo irem, com sacos nas costas, pilhar as hortas alheias — e isso se não se unia pessoalmente a eles —, e um mingau de abóboras aparecia na Bursa. Os senadores abusavam tanto de melancias e melões que no dia seguinte seus auditores ouviam duas lições em vez de uma só: a primeira advinha da boca do senador e a segunda rosnava no seu estômago. A Bursa e o Seminário usavam

---

[9] Trata-se, na realidade, da anônima esposa de Potifar (Gênesis, 39), personagem bíblico que comprou José, filho de Jacó, como escravo.
[10] Espécie de raviólis cozidos em leite ou caldo.

trajes compridos que se estendiam, à semelhança de sobrecasacas, "até aquele prazo": termo técnico que significava "além dos calcanhares".

O evento tido no Seminário como o mais solene eram as férias que começavam no mês de junho, quando soía deixar os *bursaks* voltarem para casa. Então os gramáticos, filósofos e teólogos tomavam conta de todas as grandes estradas. Quem não tinha abrigo ia repousar na casa de um dos companheiros. Os filósofos e teólogos aproveitavam a sua condição, quer dizer, incumbiam-se de dar aulas aos filhos da gente abastada e ganhavam com isso o suficiente para arranjar um par de botas para o ano todo e, algumas vezes, uma sobrecasaca nova. Toda essa caterva caminhava igual a um bando de ciganos, cozinhando o mingau e pernoitando no meio dos campos. Cada um carregava um saco em que se encontravam uma camisa e um par de *onutchas*.[11] Os teólogos eram especialmente parcimoniosos e asseados: a fim de não gastar as botas, tiravam-nas e, penduradas em paus, levavam-nas em seus ombros, sobretudo quando havia lama. Nesses casos, eles arregaçavam as suas bombachas até os joelhos e corajosamente pisavam nas poças, esparramando a água suja. Logo que avistavam ao longe um arraial, abandonavam a grande estrada e, acercando-se de uma casa que parecia mais arrumada que as outras, enfileiravam-se diante das janelas e entoavam, com toda a força, um canto

---

[11] Compridas e largas faixas de pano que se usavam em vez de meias, servindo para envolver as pernas até os joelhos.

espiritual. O dono da casa, um velho cossaco[12] que vivia no campo, passava muito tempo a escutá-los, apoiando a cabeça em ambas as mãos, depois rompia num pranto amaríssimo e dizia, dirigindo-se à sua mulher: "Meu benzinho, aquilo que os escolares cantam deve ser muito ajuizado; leva, pois, toucinho para eles e mais alguma coisa que temos!" Uma tigela inteira de *varêniks* despejava-se então no saco; um bom pedaço de toucinho, uns pães de trigo e, vez por outra, mesmo uma galinha amarrada acomodavam-se juntos. Ao encher a barriga, os gramáticos, retores, filósofos e teólogos voltavam a caminhar. Todavia, quanto mais eles avançavam tanto menor se tornava a sua multidão. Quase todos ficavam em suas casas, restando aqueles cujos ninhos paternos eram os mais distantes.

No decorrer de uma dessas peregrinações três *bursaks* se desviaram da grande estrada para fazer provisões no primeiro sítio que encontrassem, pois o seu saco estava vazio havia tempos. Eram o teólogo Khaliava, o filósofo Khomá Brut e o retor Tibêri Gorobetz.

O teólogo era um homem alto e robusto e tinha uma índole esquisitíssima: ele furtava, sem falta, tudo o que lhe dava na vista. Em outras ocasiões seu caráter se revelava intratabilíssimo, e ele se escondia, uma vez bêbado, entre as ervas daninhas, de forma que o Seminário só conseguia reencontrá-lo a duras penas.

---

[12] Descendente dos povos guerreiros que habitavam antigamente o sul da Rússia e a Ucrânia.

O filósofo Khomá Brut tinha uma índole alegre. Ele adorava ficar deitado, fumando um cachimbo, e, quando bebia, chamava infalivelmente os músicos e dançava o *tropak*.[13] Amiúde provava das favas, porém com uma indiferença bem filosófica, dizendo que não se escapa do que há de acontecer.

O retor Tibêri Gorobetz ainda não possuía o direito de deixar crescer o bigode, de beber cachaça e de fumar. Ele usava apenas um "arenque",[14] portanto o seu caráter estava, àquela altura, pouco desenvolvido; mas, a julgar pelos grossos galos na testa que ele ostentava frequentemente em sua classe, podia-se supor que acabasse sendo um bom guerreiro. O teólogo Khaliava e o filósofo Khomá puxavam-lhe não raro o topete, em sinal de seu favorecimento, e usavam-no como seu intermediário.

Já anoitecia, quando eles se afastaram da grande estrada. O sol acabava de se pôr, e o calor diurno ainda permanecia no ar. O teólogo e o filósofo caminhavam calados, fumando seus cachimbos; o retor Tibêri Gorobetz derrubava, a pauladas, as cabecinhas das flores que cresciam pelas margens da vereda. Esta passava por entre os esparsos grupos de carvalhos e aveleiras que cobriam o prado. Os declives e as pequenas elevações, verdes e redondas como cúpulas, surgiam, de vez em quando, naquela campina. Mostrando-se em dois lugares, um cevadal que amadurecia dera

---

[13] Dança folclórica ucraniana.
[14] Comprido tufo de cabelos que os ucranianos da época deixavam no meio da cabeça raspada, enrolando-o em volta da orelha.

a entender que em breve apareceria uma aldeia. Contudo, fazia mais de uma hora que eles tinham atravessado a seara, mas nenhuma morada se via pela frente. O crepúsculo encobriu totalmente o céu; apenas no ocidente se apagavam os restos de uma cintilação escarlate.

— Que diacho é esse? — disse o filósofo Khomá Brut. — Tinha a certeza de que haveria logo um sítio.

Calado, o teólogo examinou as redondezas, depois colocou novamente o seu cachimbo na boca, e todos seguiram o mesmo caminho.

— Deus é pai! — disse o filósofo, parando de novo. — Não dá para ver nem o punho do tinhoso!

— Talvez encontremos, ainda assim, um sitiozinho mais adiante — respondeu o teólogo, sem largar o cachimbo.

Entretanto já anoitecera, e a noite estava bastante escura. Umas pequenas nuvens aumentavam a treva e, a julgar por todos os indícios, não se podia esperar nem as estrelas nem a lua. Os *bursaks* perceberam que tinham perdido o rumo e, havia tempos, iam a esmo.

O filósofo vasculhou de todos os lados e, afinal, disse de modo entrecortado:

— Onde é que ficou aquela senda?

O teólogo taciturno pensou um bocado e replicou:

— Pois é, a noite está escura.

Apartando-se deles, o retor se pôs a andar de quatro, procurando a senda às apalpadelas, porém suas mãos adentravam apenas as tocas de raposas. Por toda a parte só havia uma estepe, e parecia que ninguém a desbravara ainda. Os viajantes fizeram mais um esforço para avançar um pouco, mas a paisagem era agreste como dantes. O filósofo tentou gritar, mas sua voz se perdia completamente nos arredores sem provocar nenhuma resposta. Pouco depois, ouviu-se tão só um fraco gemido semelhante ao uivo de lobo.

— O que fazer, puxa vida? — exclamou o filósofo.

— O quê? Ficar por aqui e dormir no campo! — retorquiu o teólogo, pondo a mão no bolso para retirar seu fuzil e acender de novo o cachimbo. No entanto, o filósofo não podia concordar com isso. À noite ele costumava meter no bucho um pão de meio *pud*[15] e umas quatro libras de toucinho e, dessa vez, sentia uma solidão insuportável em seu estômago. Ademais, não obstante a sua índole jovial, o filósofo tinha certo medo de lobos.

— Não, Khaliava, não dá — disse ele. — Como é que a gente pode, sem comer nada, deitar-se assim ao comprido, feito um cachorro? Vamos tentar outra vez: toparemos, quiçá, alguma morada e tomaremos, ao menos, um copo de cachacinha antes de dormir.

Ouvindo a palavra "cachacinha", o teólogo cuspiu para um lado e disse:

— É claro que não dá para ficar no campo.

Os *bursaks* foram adiante e, para sua maior alegria, ouviram ao longe um latido. Ao definir de onde ele vinha, aceleraram o passo e, pouco depois, viram uma luz.

— Um sítio, Deus é pai, um sítio! — disse o filósofo.

---

[15] Antiga medida de peso russa, equivalente a 16,38 kg.

Suas suposições não o ludibriaram: ao cabo de algum tempo, eles enxergaram, de fato, um sitiozinho composto de apenas duas casas que se encontravam no mesmo lote. Havia luz nas janelas, uma dezena de ameixeiras erguia-se sobre a cerca. Espiando pelas frestas de um portão de tábuas, os *bursaks* viram um pátio ocupado por carroças dos *tchumaks*.[16] Nesse ínterim, algumas estrelas repontaram no céu.

— Vejam bem, maninhos, não deem mole! Vamos dormir aqui, custe o que custar!

E os três estudiosos bateram furiosamente àquele portão, berrando:

— Abram!

A porta de uma das casas ficou rangendo, e, um minuto depois, os *bursaks* viram na sua frente uma velha de *tulup*[17] de couro não revestido.

— Quem está aí? — gritou ela com uma tosse surda.

— Deixa, vovó, dormir na tua casa. Estamos perdidos. O campo é tão ruim quanto a pança vazia.

— E que tipo de gente vocês são?

— Gente entendida: o teólogo Khaliava, o filósofo Brut e o retor Gorobetz.

— Não posso — resmungou a velha —, tenho a casa cheia, e tudo quanto for canto está ocupado. Onde é que vou enfiar vocês? E, ainda por cima, que povo alto e forte é esse? A minha casa vai ruir se eu hospedar tais valentões. Conheço bem aqueles filósofos

---

[16] Tropeiros ucranianos que traziam peixe e sal da Crimeia.
[17] Sobretudo de peles.

e teólogos: é só começar recebendo os bebuns dessa laia, e já, já ficarei sem o meu sítio. Fora, fora daqui! Não tenho lugar para vocês.

— Mas tem piedade, vovó! Como é que podes deixar as almas cristãs perecerem assim por nadica de nada? Acomoda-nos onde quiseres. E se nós fizermos, de algum jeito, aquilo ali ou alguma coisa mais, então que nossos braços ressequem e que nos ocorra só Deus sabe o quê. E que assim seja!

A velha pareceu um pouco menos ríspida.

— Está bem — disse ela, como que refletindo —, vou deixar vocês entrarem, mas acomodarei todos em lugares diferentes; senão meu coração não estará sossegado, se ficarem dormindo juntos.

— Sendo essa a tua vontade, não vamos contradizer — responderam os *bursaks*.

Rangeu o portão, e eles entraram no pátio.

— E aí, vovó — disse o filósofo, seguindo a velha —, e se, como se diz... Juro por Deus que é como se alguém estivesse rodando a minha barriga toda. É que não tive, desde a manhã, nem uma lasca na boca.

— Eta, o que ele quer! — disse a velha. — Não tenho, não tenho nada disso, e nem sequer acendi o forno hoje.

— E por tudo isso — continuou o filósofo — nós pagaríamos amanhã como se deve, em moeda sonante... Mas — acrescentou baixinho — não vamos ganhar merda nenhuma.

— Vão, pois, vão! Estejam contentes com o que lhes dou. Que diabo é que trouxe essa senhoria mimada!

Tais palavras deixaram o filósofo Khomá num desespero total. De súbito, seu nariz percebeu o cheiro de peixe seco. Ele olhou para a bombacha do teólogo, o qual ia ao seu lado, e viu um enorme rabo de peixe assomar-lhe do bolso: o teólogo já tivera o tempo de escamotear uma carpa inteira de uma das carroças. E, como ele não fazia isso por alguma ganância, mas tão somente por hábito e, tendo já esquecido o seu peixe, buscava outra coisa para furtar, sem pretender abrir mão nem sequer de uma roda quebrada, o filósofo Khomá pôs a mão no seu bolso, como se fosse o dele, e tirou a carpa.

A velha acomodou os *bursaks*: o retor dormiria na casa, o teólogo ficou trancado numa despensa vazia, e ao filósofo coube um aprisco, também vazio.

Uma vez sozinho, o filósofo comeu num instante a carpa, examinou as paredes do aprisco feitos de juncos entrelaçados, deu um pontapé no focinho do curioso porco que o mirava do curral vizinho e virou-se para o outro lado a fim de mergulhar num sono de pedra. Inesperadamente, a porta baixinha se abriu, e a velha entrou, curvando-se, no aprisco.

— O que é que tu queres, vovó? — perguntou o filósofo.

Entretanto a velha vinha direto ao seu encontro, abrindo os braços.

"Hum-hum!" — pensou o filósofo. — "Nada disso, queridinha, que estás meio obsoleta!" Ele recuou um pouco, mas a velha se aproximou novamente, portando-se sem cerimônias.

— Escuta, vovó! — disse o filósofo. — A gente está jejuando, e eu sou daqueles homens que nem por mil rublos de ouro iriam pecar.

Contudo, a velha abria os braços e, sem dizer uma só palavra, procurava apanhá-lo. O filósofo sentiu medo, especialmente quando vislumbrou um fulgor singular nos olhos dela.

— O que tens, vovó? Vai embora, vai com Deus! — gritou ele.

Sem uma palavra, a velha continuava a pegá-lo com suas mãos. Ele se levantou num pulo, com a intenção de fugir, porém a velha se postou às portas e, fitando-o com seus olhos fulgentes, tornou a aproximar-se dele.

O filósofo queria empurrá-la, mas notou, assombrado, que não conseguia erguer os braços nem mover as pernas e percebeu, com terror, que mesmo a sua voz não soava mais: as palavras se agitavam mudas em seus lábios. Ouvindo apenas seu coração palpitar, ele viu a velha chegar bem perto, dobrar-lhe os braços, inclinar-lhe a cabeça e saltar, com a rapidez de uma gata, em suas costas. A seguir, ela lhe deu uma vassourada nos lombos, e ele, cabriolando que nem um cavalo de sela, carregou-a nos ombros. Tudo isso aconteceu tão depressa que o filósofo mal teve tempo para voltar a si e pegar, com ambas as mãos, em seus joelhos para segurar as pernas; todavia, para seu maior pasmo, estas se moviam contra a sua vontade e faziam saltos mais velozes que os de um corcel circassiano.[18] Só quando o sítio ficou para trás, uma lisa campina se abriu pela frente e uma floresta se desdobrou, negra

---

[18] Cavalo criado na Circássia, região histórica situada ao norte do Cáucaso.

como o carvão, de um lado, ele disse consigo mesmo: "Pois é uma bruxa, hein?"

Emborcada, a meia-lua brilhava no céu. A tímida cintilação da meia-noite descia leve, como uma manta translúcida, e fumegava rente ao solo. As matas, os prados, os céus e os vales — tudo parecia dormir de olhos abertos. Quem dera que o vento esvoaçasse, uma vez só, por ali! Sentia-se algo morno e úmido no frescor noturno. Iguais aos cometas, as sombras das árvores e moitas espalhavam suas cunhas agudas pelo campo em declive. Assim era a noite em que o filósofo Khomá Brut cavalgava com uma insólita amazona nas costas. Ele intuía uma sensação angustiante, desagradável e, ao mesmo tempo, deliciosa, que se achegava ao seu coração. Abaixando a cabeça, ele via a relva, a qual estava quase sob os seus pés, crescer algures bem longe, num precipício, coberta pelas águas límpidas como as de uma fonte serrana, de modo que essa relva se assemelhava ao fundo de um mar claro e transparente até a sua maior profundeza; ao menos, ele próprio se refletia nitidamente naquele mar, bem como a velha montada em suas costas. Ele via uma espécie de sol rutilar ali, em lugar da lua; ele ouvia as campânulas azuis ressoarem, ao inclinar suas cabecinhas. Ele avistava uma iara surgir no meio dos juncos: seu dorso e sua perna roliça, elástica, toda brilhosa e ondulante, vinham à tona. A iara se voltou para ele com um canto, e seu semblante, seus olhos claros, fúlgidos e penetrantes já se aproximavam dele, invadindo-lhe a alma, já estavam à flor das águas e, ao vibrar com um riso sonoro, afastavam-se outra vez, e ela se requebrava, nadando de costas, e o contorno dos seus nebulosos seios, que pareciam faltos de lustre como a porcelana não esmaltada, volvia para o sol sua terna, redonda brancura. As pequeninas bolhas d'água perlavam-nos como miçangas. A iara se retorcia e ria na água...

Será que ele via aquilo ou não? Será que estava acordado, será que sonhava? E o que mais: um vento ou uma música que tocava, tocava e adejava, assediava-o e cravava em sua alma um trinado insuportável?...

"O que é isso?" — pensava o filósofo Khomá Brut, olhando para baixo e galopando de todas as forças. Encharcado de suor, tinha uma sensação diabolicamente doce, sentia um prazer angustiante e pavoroso que o perpassava todo. Parecia-lhe amiúde que já não havia mais coração em seu peito, e ele o segurava, amedrontado, com uma mão. Exausto e confuso, ele se pôs a rememorar todas as orações que sabia. Foi ruminando todas as fórmulas mágicas contra os espíritos do mal e, de repente, sentiu certo alívio, sentiu que seus passos ficavam cada vez mais lentos e que a bruxa sentada em suas costas estava enfraquecendo. A relva espessa roçava nele, e o filósofo já não lobrigava nada que a tornasse extraordinária. A foice lunar cintilava no céu.

"Pois bem!" — pensou o filósofo Khomá e começou a proferir suas fórmulas quase em voz alta. Livrou-se, afinal, da velha e, rápido como um relâmpago, saltou, por sua vez, nas costas dela. Com seu passo miúdo, a velha correu tão depressa que o ginete mal conseguia respirar. A terra voava embaixo; tudo estava iluminado, se bem que incompletamente, pelo luar; os vales eram lisos, mas a velocidade do voo fazia que tudo passasse disjunto e indistinto diante dos seus olhos. Ele empunhou um pedaço de pau, que estava largado pelo caminho, e pôs-se a espancar a velha com toda a força. Ela soltava brados selvagens: de início, eram furiosos e ameaçadores, depois se tornaram mais fracos, menos ásperos, repetitivos e, finalmente, passaram a soar bem baixo, mal tilintando como umas finas sinetas de prata e penetrando-lhe na alma. E, de relance, ele pensou sem querer: "Será mesmo a velha?" "Oh, não aguento mais!" — disse ela, extenuada, e caiu no chão.

Ele se reergueu e olhou para a bruxa: o arrebol já raiava e fulguravam ao longe as cúpulas douradas das igrejas de Kiev. Na sua frente jazia uma linda moça de magnífica trança desfeita e cílios compridos como umas flechas. Inconsciente, ela estendera seus alvos braços desnudos de ambos os lados do corpo; gemia e dirigia para o alto seus olhos cheios de lágrimas.

Como uma folha ao vento tremeu Khomá: uma piedade, uma estranha comoção, uma timidez, todas desconhecidas antes, dominaram-no; ele correu de todas as suas forças. Seu coração palpitava ansioso pelo caminho, e o filósofo não conseguia, de modo algum, entender qual seria o sentimento estranho e novo que se apossara dele. Já não queria voltar para o campo e ia apressado a Kiev, cismando o tempo todo naquele obscuro acontecimento.

Quase não havia *bursaks* na cidade: todos tinham ido aos sítios, ora aproveitando a sua condição ora sem condição nenhuma, porquanto se pode comer, nesses sítios da Pequena Rússia, *galuchkas*, queijo, creme de leite e *varêniks* do tamanho de um chapéu sem pagar um tostão furado. O ingente casarão estraçalhado em que se encontrava a Bursa estava decididamente vazio; por mais que o filósofo revirasse todos os cantos e mesmo apalpasse todos os buracos e fendas do telhado, não achava nenhures sequer um pedaço de toucinho nem, pelo menos, um pãozinho endurecido, guardados pelos *bursaks* segundo o seu hábito.

No entanto, o filósofo inventou logo um meio de lidar com a sua desgraça: fez, assoviando, umas três voltas pelo mercado, lançou, já bem no finzinho, uma piscadela à jovem viúva de *otchipok*[19] amarelo que vendia fitas, chumbinhos de caça e rodas, e no mesmo dia empanturrou-se de *varêniks* de trigo, de frango e de... numa palavra, não se calcula tudo aquilo que estava na mesa posta numa casinhola de barro, no meio de um pequeno ginjal. Na mesma noite o filósofo foi visto numa taberna: deitado num banco, ele fumava conforme o seu costume e acabou jogando, diante de toda a freguesia, meio rublo ao taberneiro judeu. Havia uma caneca na sua frente. Ele fitava os que entravam e saíam com olhos friamente contentes, tendo já deixado de refletir em sua aventura extraordinária.

Nesse meio-tempo, correram por toda a parte rumores de que a filha de um dos *sótniks*[20] mais ricos, cuja fazenda distava cinquenta verstas de Kiev, um

---

[19] Espécie de touca feminina.
[20] Comandante de um destacamento de cem cossacos, chamado *sótnia*.

dia voltara do passeio toda espancada, mal tivera forças para vir rastejando à casa paterna e, uma vez no leito de morte, pedira, antes da sua hora final, que um dos seminaristas de Kiev, Khomá Brut, fizesse seus últimos sacramentos e ficasse rezando em sua homenagem durante os três dias posteriores ao falecimento dela. Foi o próprio reitor quem informou o filósofo sobre isso, convidando-o de propósito para o seu gabinete e anunciando que o ilustre *sótnik* tinha mandado sua gente e uma carroça a fim de levá-lo, sem a menor demora, até a sua fazenda.

Uma vaga sensação, que o filósofo não poderia explicar a si mesmo, fê-lo estremecer. Uma tenebrosa premonição sugeriu-lhe que algo ruim esperasse por ele. Sem saber o porquê, ele disse às claras que não iria.

— Escuta, *domine*[21] Khomá! — respondeu o reitor (que, em certos casos, tratava seus subordinados de forma muito polida). — Nenhum diabo te pergunta se queres ir ou não queres. Só te digo uma coisa: se continuares ainda a mostrar tua espertza e a bancar um sábio, eu mandarei que te passem tanto sabão nas costas e nas demais partes, com varas verdinhas de bétula, que não precisarás mais nem tomar banho.

Coçando de leve atrás da orelha, o filósofo saiu sem uma palavra e resolveu que, na primeira ocasião favorável, depositaria as esperanças em suas pernas. Todo pensativo, descia uma íngreme escada que conduzia ao pátio ladeado de álamos e parou, por um minuto, ao ouvir assaz nitidamente a voz do reitor, o qual dava

---

[21] Senhor (em latim).

ordens ao almoxarife e conversava com outra pessoa, decerto com um dos mensageiros do *sótnik*.

— Agradece ao teu senhor os grãos de trigo e os ovos — dizia o reitor — e diz que, tão logo ficarem prontos aqueles livros de que ele fala, vou enviá-los de imediato. Já mandei que o escriba os copiasse. E não esqueças, meu amigo, acrescentar que na fazenda de teu senhor, que eu saiba, há bons peixes, em especial o esturjão. Não poderia ele mandar para mim, numa ocasião, alguns desses peixes, pois os que se vendem aqui na feira são ruins e caros? E tu, Yavtukh, dá um copo de cachacinha a cada valentão. Ah, sim, não deixem de amarrar o filósofo, senão ele fugirá na hora.

"Eta, filho do capeta!" — pensou o filósofo com seus botões. — "Adivinhou, bajulador pernudo!"

Ao descer a escada, ele viu uma carroça que tomou, a princípio, por um *ovin*[22] sobre quatro rodas. Ela era, de fato, tão profunda quanto um forno para tijolos: um típico carro de Cracóvia que leva, de vez, uns cinquenta judeus com suas mercadorias a todas as cidades onde seus narizes farejarem uma feira. Meia dúzia de cossacos robustos e fortes, já de certa idade, esperava pelo filósofo. Suas camisas de fino tecido, ornadas de borlas, atestavam que eles serviam um amo bastante influente e rico; suas pequenas cicatrizes diziam que tinham participado outrora de uma guerra, e não sem alguma glória.

"Fazer o quê? O que há de acontecer acontecerá!" — pensou o filósofo e, dirigindo-se aos cossacos, disse em voz alta:

---

[22] Secador industrial para cereais.

— Bom dia, irmãos-companheiros!

— Salve, senhor filósofo! — responderam alguns dos cossacos.

— Terei, pois, que viajar com vocês? E o carroção é notável! — continuou ele, subindo. — É só chamar os músicos e daria para dançar aqui dentro.

— Sim, uma carruagem proporcional! — disse um dos cossacos, sentando-se na boleia, ao lado do cocheiro que, tendo já empenhado seu chapéu numa bodega, envolvera a cabeça com uma faixa de pano. Os outros cinco cossacos acomodaram-se, junto do filósofo, dentro do carroção, em cima dos sacos atulhados de diversas coisas compradas na cidade.

— Seria interessante saber... — disse o filósofo. — Se, por exemplo, a gente carregasse esta carroça com alguma mercadoria, digamos, com sal ou cunhas de ferro, de quantos cavalos se precisaria então?

— Sim — respondeu, após uma pausa, o cossaco sentado na boleia —, precisaríamos de uma quantidade suficiente de cavalos.

Dando tal resposta satisfatória, o cossaco se atribuiu o direito de ficar calado por todo o resto da viagem.

O filósofo tinha enorme vontade de saber, mais detalhadamente, quem era aquele *sótnik*, que índole possuía, o que se falava de sua filha que voltara para casa de maneira tão extraordinária e estava para morrer e cuja história se ligava agora à dele próprio, o que e como se fazia em sua casa. Ele não cessava de perguntar, mas os cossacos, provavelmente, também eram filósofos, porque em resposta permaneciam silenciosos e, reclinados sobre os sacos, fumavam os seus cachimbos. Apenas um deles se dirigiu ao cocheiro sentado na boleia com uma ordem sucinta: "Olha aí, Overko, velho pateta: quando te achegares à bodega que fica na estrada Tchukhráilovskaia, não te esqueças de parar e acordar a mim e aos outros valentões, caso alguém adormeça." Dito isso, ele adormeceu, roncando bastante alto. De resto, essas instruções eram completamente dispensáveis, visto que, mal a carroça gigante se acercou da bodega situada na estrada Tchukhráilovskaia, todos bradaram numa voz só: "Para!" Ademais, os cavalos de Overko já estavam tão acostumados que paravam sozinhos diante de cada bodega. Não obstante um cálido dia de julho, todos desceram da carroça e adentraram uma sala baixinha e suja onde o solícito taberneiro judeu acolheu, com sinais de alegria, seus velhos conhecidos. O judeu trouxe, debaixo da sua aba, umas linguiças de carne de porco e, colocando-as na mesa, logo virou as costas àquele fruto proibido pelo Talmude.[23] Todos se sentaram ao redor da mesa. As canecas de barro surgiram diante de cada um dos visitantes. O filósofo Khomá teve de participar do festim. E, como os habitantes da Pequena Rússia hão de beijar um ao outro ou de prantear, depois de bêbados, toda a casa se encheu, em breve, de tais afagos: "Pois bem, Spirid, beijemo-nos!" — "Vem cá, Doróch, que eu te abraço!"

Um dos cossacos, um tanto mais velho que seus companheiros, de bigode grisalho, apoiou a bochecha numa das mãos e rompeu a chorar, lamentando não

---

[23] Livro sagrado do povo judeu.

ter pai nem mãe e viver totalmente só neste mundo. Outro cossaco era um grande arrazoador e não cessava de consolá-lo, dizendo: "Não chores, pelo amor de Deus, não chores! O que fazer... Deus sabe como e o que é." Um outro ainda, chamado Doróch, estava extremamente curioso e, voltando-se para o filósofo Khomá, indagava sem trégua:

— Eu gostaria de saber o que lhes ensinam na Bursa: a mesma coisa que o sacristão lê na igreja ou coisa diferente?

— Não perguntes! — dizia, arrastando a frase, o arrazoador. — Que seja lá assim como era. Deus é que sabe como se deve ser, Deus sabe tudo.

— Não, eu quero saber — insistia Doróch — o que está escrito naqueles livrinhos. Talvez não seja nada daquilo que diz o sacristão.

— Oh, meu Deus, meu Deus! — respondia o respeitável tutor. — Por que dizes isso? Foi assim que a vontade divina determinou. O que Deus outorgou a gente não pode mudar.

— Eu quero saber tudo o que está escrito. Vou estudar na Bursa, juro por Deus que vou! Pensas que não aprenderei? Aprenderei tudo, tudinho!

— Oh, meu santo Deus, meu Deus!... — disse o consolador e pôs sua cabeça na mesa, por não ter mais nenhuma possibilidade de mantê-la erguida.

Os demais cossacos deliberavam sobre a senhoria e por que motivo a lua brilhava no céu.

Diante de tal estado de espírito, o filósofo Khomá decidiu aproveitar a ocasião para escapulir. Primeiro ele abordou o cossaco grisalho, saudoso do pai e da mãe.

— Por que estás chorando, titio? — disse ele. — Eu cá também sou órfão! Deixem-me ir, rapazes! Não precisam mesmo de mim!

— Vamos deixá-lo ir — replicaram alguns —, pois ele é um órfão! Que vá aonde quiser.

— Oh, meu santo Deus, meu Deus! — proferiu o consolador, levantando a cabeça. — Deixem-no ir! Que vá embora!

Os próprios cossacos já queriam levá-lo até os campos, mas aquele que vinha manifestando sua curiosidade deteve-os, dizendo:

— Não trisquem nele: quero falar com ele sobre a Bursa. Eu mesmo vou estudar...

Aliás, era pouco provável que essa fuga pudesse dar certo, pois, quando o filósofo tentou levantar-se da mesa, suas pernas ficaram como que de madeira e pareceu-lhe que a sala dispunha de tantas portas que não lhe seria possível achar a única verdadeira.

Apenas ao anoitecer toda aquela súcia se recordou de que precisava seguir a viagem. Escalando a carroça, todos foram adiante, apressando os cavalos e entoando uma canção cuja letra e sentido ninguém decifraria. Ao passar a maior parte da noite rodando, perdendo volta e meia o rumo que sabiam de cor e salteado, eles acabaram por descer de um íngreme morro para um vale, e o filósofo avistou uma paliçada ou outra espécie de cerca, a qual se estendia de lado, com várias árvores baixas e telhados a assomarem por trás destas. Era uma grande povoação que pertencia ao *sótnik*. Já tinha passado da meia-noite; o céu estava escuro e umas estrelinhas luziam aqui ou acolá. Não havia luz em nenhuma das casas. Acompanhados por um latido de cães, eles entraram num pátio. De ambos os lados viam-se granjas cobertas de palha e pequenas casas. Uma delas, situada exatamente no centro, em face do portão, era maior que as outras e, pelo visto, servia de morada ao *sótnik*. A carroça parou na frente de uma pequena granja, e nossos viajantes foram dormir. O filósofo queria examinar um pouco a mansão senhoril do lado de fora; no entanto, por mais que arregalasse os olhos, não enxergava nada de forma clara: em lugar da casa, aparecia-lhe um urso, a chaminé tomava as feições do reitor. O filósofo desistiu e foi para a cama.

Quando o filósofo acordou, toda a casa estava em movimento: a senhorita morrera aquela noite. Azafamados, os serviçais iam e vinham correndo. Umas velhinhas choravam. Uma multidão de curiosos olhava, através da cerca, para o pátio do senhor, como se pudesse ver algo.

Enquanto desocupado, o filósofo começou a examinar aqueles lugares que não conseguira perscrutar à noite. A casa senhoril era uma construção baixinha, não muito grande, uma daquelas que soía edificar, em tempos antigos, na Pequena Rússia. Um telhado de palha cobria-a. Um pequeno frontão, agudo e alto, com uma janelinha parecida a um olho erguido, estava todo pintado de flores azuis e amarelas, bem como de meias-luas vermelhas. Ele se firmava em colunazinhas de carvalho, cuja parte superior era redonda e sofisticamente torneada, e a parte inferior tinha a forma hexaédrica. Debaixo desse frontão encontrava-se um pequeno terraço de entrada, com bancos de ambos os lados. Nas partes laterais da casa havia alpendres sustentados pelas mesmas colunazinhas, vez por outra espiraladas. Uma alta pereira de topo piramidal e folhagem tremente verdejava defronte da casa. Alguns celeiros dispostos em duas fileiras ficavam no meio do pátio, formando uma espécie de larga rua que levava até a casa. Detrás dos celeiros, ao pé do portão, havia duas adegas, uma situada diante da outra e ambas também cobertas de palha. A parede triangular de cada adega era munida de uma porta baixinha e ostentava diversas imagens. Numa das paredes estava desenhado um cossaco sentado em cima de um barril, que levantava sobre a sua cabeça uma caneca com a inscrição: "Beberei tudo"; na outra parede havia um cantil, várias *suleias*[24] e, pelos lados, decerto por motivos de beleza, um cavalo virado de cabeça para baixo, um cachimbo, uns pandeiros e a inscrição: "O vinho é a alegria dos cossacos". Do sótão de uma das granjas assomavam, através de uma imensa claraboia, um tambor e umas cornetas de cobre. Dois canhões estavam perto do portão. Tudo indicava que o dono da casa gostava de banquetear-se e que os gritos festivos retumbavam amiúde no seu pátio. Além do portão encontravam-se dois moinhos de vento. Os jardins se estendiam detrás da casa; apenas se viam lá, por entre as copas das árvores, os chapeuzinhos escuros das chaminés escondidas na mescla verde das casinholas. A aldeia ficava toda no largo e liso sopé de um morro. Do lado norte esse morro abrupto tapava

---

[24] Garrafas para vinho ou azeite que tinham gargalos compridos.

tudo, terminando rente ao próprio pátio. Se visto de baixo para cima, ele parecia mais íngreme ainda, e em seu cume alto erguiam-se, aqui e acolá, os informes caules das magras ervas daninhas, destacando-se, pretos, sobre a claridade do céu. O aspecto nu e barrento do morro suscitava certa tristeza. Todo cortado por ravinas e sulcos, que as chuvas tinham cavado, ele trazia duas casinhas em sua escarpada ladeira; uma grande macieira, que se apoiava em pequenas estacas cravadas no solo junto das suas raízes, lançava seus galhos por sobre uma delas. As maçãs arrancadas pelo vento caíam rolando no pátio senhoril. Uma tortuosa vereda descia do alto do morro, passando rente ao pátio e conduzindo até a aldeia. Ao avistar essa terrível escarpa e relembrar a viagem noturna, o filósofo concluiu que os cavalos do senhor eram por demais inteligentes ou então os cossacos tinham cabeças por demais fortes, desde que haviam conseguido, mesmo naquela embriaguez toda, não despencar dali, de cabeça para baixo, com sua imensurável carroça e suas bagagens. O filósofo estava no ponto mais alto do pátio e, quando se virou e olhou para o lado oposto, viu uma paisagem bem diferente. Construída em declive, a aldeia descia para uma campina. Os prados infindos se desdobravam num espaço muito amplo; seu vivo verdor ia escurecendo, à medida que eles se afastavam, e renques inteiros de vilarejos se vislumbravam, azulados, ao longe, conquanto ficassem a mais de vinte verstas de distância. Do lado direito desses prados havia uma serra, e o longínquo rio Dnieper ardia e negrejava qual uma faixa quase imperceptível.

— Eh, que lugar delicioso! — disse o filósofo. — Quem dera morar cá, pescar no Dnieper e nas lagoas, caçar sisões e narcejas com redes ou uma espingarda! Aliás, eu penso que as abetardas também são muitas naqueles prados. Quanto às frutas, pode-se secá-las e depois vendê-las, aos magotes, na cidade ou, melhor ainda, fazer delas vodca, já que a vodca de frutas nem se compara a nenhuma *braga*.[25] E... não seria inoportuno pensar em como fugir daqui.

Ele reparou numa pequena vereda que passava além da cerca, toda coberta por ervas daninhas em expansão. Pisou nela maquinalmente, pensando que iria, de início, dar só uma volta e depois fugiria, às escondidas, por entre as casinholas, para os campos, e de repente sentiu uma mão assaz forte pousar-lhe no ombro.

Atrás dele estava aquele mesmo cossaco idoso que na noite anterior lamentava, com tanto amargor, a morte dos pais e a sua solidão.

— Debalde tu pensas, senhor filósofo, em como fugir da fazenda! — disse ele. — Nosso estabelecimento não é daqueles de onde se pode escapulir; ainda por cima, os caminhos são maus para um pedestre. É melhor ires ver o senhor: faz tempo que ele te aguarda na sua *svetlitsa*.[26]

— Vamos! Fazer o quê... Com todo o prazer — disse o filósofo e seguiu o cossaco.

---

[25] Espécie de cerveja artesanal.
[26] Sala de visitas na antiga casa eslava.

O *sótnik*, já vivido, de bigode grisalho e expressão melancólica, estava sentado na *svetlitsa*, diante de uma mesa, apoiando a cabeça em ambas as mãos. Ele tinha em torno de cinquenta anos, mas a soturna tristeza de seu semblante e sua tez pálida e doentia mostravam que sua alma fora trucidada e destruída de súbito, num só minuto, e que a antiga alegria e a vida animada dele haviam desaparecido para sempre. Quando Khomá entrou, com o velho cossaco, o *sótnik* retirou uma das mãos e abanou de leve a cabeça em resposta à sua mesura profunda.

Khomá e o cossaco pararam, respeitosos, junto das portas.

— Quem és, gente boa, de onde vieste e que título tens? — perguntou o *sótnik*, nem afável e nem severo.

— Sou da Bursa: filósofo Khomá Brut.

— E quem era teu pai?

— Não sei, ilustre senhor.

— E tua mãe?

— Tampouco a conheci. A raciocinar bem, certamente tive a mãe, porém quem é ela, de onde era e quando viveu — juro por Deus, meu benfeitor, que não sei.

O *sótnik* ficou calado e, aparentemente, passou um minuto a refletir.

— Como foi, pois, que conheceste a minha filha?

— Não a conheço, ilustre senhor, juro por Deus que não a conheço. Ainda não fiz nenhum negócio com as moças, desde que vivo neste mundo. Eis uma figa para elas, se não disser coisa pior.

— Então por que ela pediu que justamente tu rezasses por ela e não qualquer outra pessoa?

O filósofo deu de ombros:

— Só Deus sabe como explicar isso. É sabido, porém, que os senhores querem, às vezes, tais coisas que nem um sujeito inteligentíssimo compreenderia. Até o provérbio diz: "Corre, rapaz, como o *pan*[27] correr faz!"

— E não estarás mentindo, senhor filósofo?

— Que o trovão me abata, neste mesmo lugar, se estiver mentindo!

— Se ela tivesse vivido apenas um minutinho a mais — disse o *sótnik* entristecido —, então, com certeza, eu teria sabido tudo. "Não deixes ninguém rezar por mim, mas ordena, papai, que vão sem demora ao Seminário de Kiev e tragam o *bursak* Khomá Brut. Que ele reze três noites pela minha alma pecadora. Ele sabe..." Mas o que sabe, exatamente, já não ouvi. Ela, minha filhinha, só pôde dizer aquilo e faleceu. Tu, gente boa, deves ser reputado por tua vida santa e feitos em nome de Deus, e ela ouvira, talvez, falarem de ti.

— Quem, eu? — perguntou o *bursak*, recuando de tão surpreso. — Minha vida santa? — continuou, olhando direto nos olhos do *sótnik*. — Deus lhe acuda, senhor! O que está dizendo? Pois eu, ainda que seja indecoroso contá-lo, ia ver a padeira bem na Quinta--Feira Santa.

— Bom... mas, por certo, não foi à toa que assim se decidiu. Cabe-te começar teu serviço hoje mesmo.

— Eu cá responderia à Vossa Excelência... é que, seguramente, qualquer homem instruído acerca das Escrituras pode, em certa medida... contudo, seria

---

[27] Senhor, amo (em várias línguas eslavas).

mais apropriado chamar aqui um diácono ou, pelo menos, um sacristão. São pessoas esclarecidas e sabem já como isso se faz, mas eu... Nem voz conveniente eu tenho e sou, eu mesmo, sabe lá o diabo o quê. Não tenho sequer aparência decente.

— Queiras ou não, mas tudo o que minha filhinha pediu eu cumprirei, sem poupar nada. Se tu rezares por ela três noites, a começar pela de hoje, como se deve, vou recompensar-te; senão, nem ao próprio capeta aconselharia que me deixasse zangado.

O *sótnik* pronunciou as últimas palavras com tanta força que o filósofo entendeu plenamente o seu significado.

— Vem comigo! — disse o *sótnik*.

Eles foram à antessala. O *sótnik* abriu a porta da outra *svetlitsa* que se encontrava em face da primeira. O filósofo se deteve, por um minuto, na antessala, a fim de assoar o nariz, e, tomado de um medo involuntário, passou a soleira. Todo o chão estava alcatifado de pano vermelho chinês. Num canto, sob os ícones, havia uma alta mesa coberta por uma colcha de veludo azul, adornada de franjas e borlas de ouro, em cima da qual jazia o corpo da finada. As altas tochas de cera, envoltas em ramos de viburno, ardiam perto dos seus pés e da sua cabeça, derramando uma luz turva que se perdia no fulgor diurno. Sentado na frente dela, de costas para as portas, o pai inconsolável ocultava o rosto da morta. O filósofo ficou estupefato com as palavras que tinha ouvido:

— Não lamento, minha queridíssima filha, que na flor da tua idade, sem completares o prazo adjudicado, tu tenhas deixado a terra para a minha tristeza e amargura. Lamento, minha filhinha, não saber quem foi, meu inimigo raivoso, o culpado de tua morte. E se eu soubesse quem pudera apenas pensar em ofender-te ou dissera, ao menos, algo desagradável a teu respeito, então — juro por Deus — ele não chegaria mais a ver seus filhos, se fosse tão velho quanto eu, ou seus pais, se fosse ainda bastante novo, e o corpo dele seria jogado às aves e bichos de estepe, para que o devorassem. Mas ai de mim, minha bonina campestre, minha codorniz pequenina, minha estrelinha, que viverei o resto dos meus dias sem alegria, a enxugar com minha aba estas miúdas lágrimas que me escorrem dos velhos olhos, enquanto meu inimigo se alegrar e zombar, à socapa, deste fraco ancião...

Ele se calou por causa do pesar dilacerante que redundou em todo um dilúvio de prantos.

O filósofo ficou enternecido com essa tristeza inconsolável. Ele tossiu e soltou um surdo grasnido, querendo afinar um pouco a sua voz.

O *sótnik* se virou e apontou-lhe um lugar à cabeceira da morta, diante de um pequeno facistol em que havia uns livros.

"Vou trabalhar, de algum jeito, essas três noites" — pensou o filósofo. — "Por isso o senhor me encherá os dois bolsos de rublos sonantes."

Ele se achegou à mesa e, tossindo mais uma vez, começou a ler as orações, sem prestar nenhuma atenção ao que estava em sua volta nem se atrever a olhar para o rosto da morta. Fez-se um profundo silêncio. Ele notou que o *sótnik* havia saído. Virou devagar a cabeça, a fim de ver a finada, e...

Um tremor percorreu-lhe as veias: a mais linda mulher que jamais existira na terra jazia na sua frente. Parecia que os traços do rosto humano ainda nunca tinham formado uma beleza tão cortante e, ao mesmo tempo, tão harmoniosa. Ela jazia ali como se estivesse viva. Sua fronte preclara, terna como a neve ou a prata, aparentava o pensamento; suas sobrancelhas finas e retas — uma treva em pleno dia ensolarado — estavam orgulhosamente soerguidas sobre os olhos fechados, e seus cílios que recaíam, como as flechas, nas faces irradiavam o ardor dos secretos desejos; seus lábios assemelhavam-se aos rubis prestes a esboçar um sorriso... Todavia, nessas mesmas feições o filósofo lobrigava algo terrivelmente penetrante. Ele percebia uma leve inquietude mórbida surgir em sua alma, como se de repente, no meio de um turbilhão de alegria, de uma multidão a dançar em roda, alguém tivesse entoado uma cantiga sobre o povo oprimido. Os rubis desses lábios como que se grudavam, com sangue coagulado, ao coração dele. De chofre, algo pavorosamente familiar transpareceu nesse rosto.

— A bruxa! — exclamou ele com uma voz alterada, desviou os olhos e, todo pálido, tornou a ler suas rezas.

Era aquela mesma bruxa que ele matara.

Ao passo que o sol se punha, a morta foi levada para a igreja. O filósofo sustentava, com um dos seus ombros, o funéreo caixão preto e sentia nesse ombro algo frio que nem o gelo. O próprio *sótnik* ia na frente, segurando o lado direito da constrita morada da morta. Uma tristonha igreja de madeira, encimada por três cúpulas cônicas, enegrecida, coberta de musgo verde, ficava quase na extremidade da aldeia. Via-se que nenhuma missa era celebrada nela havia tempos. As velas estavam acesas perante a maioria dos ícones. O caixão foi posto bem no meio, diante do altar. O velho *sótnik* beijou, mais uma vez, a finada, prosternou-se no chão e saiu com os carregadores porta afora, mandando que alimentassem bem o filósofo e que o reconduzissem, após o jantar, para a igreja. Ao entrarem na cozinha, todos os que haviam levado o caixão foram apertando suas mãos contra o forno, como fazem, de costume, os habitantes da Pequena Rússia depois de ver um defunto.

A fome, que o filósofo começava a sentir nesse meio-tempo, fez que se esquecesse completamente, ao menos por alguns minutos, da morta. Em breve, todos os serviçais se reuniram, aos poucos, na cozinha que, na casa do *sótnik*, era algo semelhante a um clube aonde afluía tudo quanto havia na fazenda, inclusive os cachorros que vinham, abanando os rabos, procurar ossos e lavaduras ao pé das portas. Qualquer pessoa, mandada para qualquer lugar e com qualquer incumbência, sempre passava, antes de tudo, pela cozinha, a fim de descansar um minutinho num banco e acender um cachimbo. Todos os solteiros, que moravam naquela casa e trajavam vistosas camisas de cossacos, ficavam quase dias inteiros deitados ali — em cima do banco, embaixo do banco, sobre o próprio forno... numa palavra, em todo lugar que convinha minimamente para se deitar. Ademais, cada um sempre esquecia na cozinha seu chapéu ou o chicote para açoitar os cães do vizinho ou algo parecido. No entanto, a companhia mais numerosa se reunia durante o jantar, quando apareciam o campino, que acabava de dispor seus cavalos na cocheira, e o pastor, que levava as vacas para a ordenha, e todos aqueles que não se podia ver ao longo do dia. Servido o jantar, a tagarelice tomava conta até das línguas mais reservadas. Então se falava, de praxe, sobre toda e qualquer coisa: quem se fizera uma nova bombacha, o que se encontrava no interior da terra e quem já vira um lobo. Havia lá muitos conversadores que, aliás, não fazem míngua dentre os habitantes da Pequena Rússia.

    O filósofo se sentou junto dos outros que se uniram num grande círculo ao ar livre, ante a entrada da cozinha. Logo uma velhota de *otchipok* vermelho assomou à porta, segurando com ambas as mãos um quente pote de *galuchkas*, e colocou-o em meio aos que se preparavam para jantar. Cada um tirou do bolso a sua colher de madeira; aqueles que não a tinham pegaram palitos. Assim que os lábios passaram a mover-se um pouco mais devagar e a fome canina de toda aquela assembleia ficou um pouco menos aguda, muitos se puseram a conversar. A conversa havia, naturalmente, de se referir à finada.

    — É verdade — perguntou um jovem ovelheiro, que tinha pregado em sua correia de couro para o cachimbo tantos botões e placas de cobre que se assemelhava à lojinha de uma pequena comerciante —, é verdade que a senhorita, para não falarmos mal dela, andava com o tinhoso?

    — Quem, a senhorita? — disse Doróch, que nosso filósofo já conhecia. — Pois era uma bruxa rematada! Juro que era bruxa!

— Chega, chega, Doróch! — disse o outro cossaco, que revelara, durante a travessia, uma grande solicitude em consolar. — Não é da nossa conta, que Deus a tenha. Não se deve falar nisso.

Contudo, Doróch não estava nem um pouco disposto a calar-se. Encarregado de algum negócio útil, ele acabara de descer, com o almoxarife, ao porão e, inclinando-se umas duas vezes sobre dois ou três barris, saíra dali jovial e falaz em demasia.

— O que queres? Que eu me cale? — retrucou ele. — Mas ela cavalgou em mim mesmo! Juro por Deus que cavalgou!

— Pois bem, titio — disse o jovem ovelheiro apinhado de botões —, será que a gente pode reconhecer uma bruxa por alguns sinais?

— Não pode — respondeu Doróch. — De jeito nenhum: nem que leias todos os salmos, não vais reconhecê-la.

— Pode, sim, pode, Doróch. Não fales assim — replicou o consolador. — Não foi à toa que Deus concedeu a todos seus usos particulares. Aqueles que entendem de ciências dizem que a bruxa tem um pequeno rabinho.

— Quando a mulher envelhece, vira uma bruxa — disse impassivelmente o cossaco grisalho.

— Eta, que coisa boa são vocês mesmos — rebateu a velhota que punha, nesse ínterim, mais *galuchkas* no pote esvaziado —, seus porcos gordos!

Um prazenteiro sorriso imprimiu-se nos lábios do velho cossaco, de nome Yavtukh e sobrenome Kovtun, quando ele percebeu que suas palavras tinham irritado a velhota; o pastor de gado soltou, por sua vez, uma risada selvagem, como se dois touros, postando-se um defronte do outro, mugissem juntos.

Essa conversa deixou o filósofo curioso e suscitou-lhe uma vontade irresistível de saber mais detalhes sobre a finada filha do *sótnik*. Assim, desejando fazê-la voltar ao assunto precedente, ele dirigiu ao seu vizinho as palavras seguintes:

— Gostaria de perguntar por que toda essa turma que está jantando considera a senhorita como uma bruxa. Será que ela causou algum mal a alguém ou acabou com uma pessoa?

— Houve de tudo — respondeu um dos cossacos, cujo semblante liso se parecia singularmente com uma pá.

— Quem é que não lembra o caçador Mikita ou aquele...

— E quem é o caçador Mikita? — indagou o filósofo.

— Espera! Eu vou contar sobre o caçador Mikita — disse Doróch.

— Eu contarei sobre Mikita — retorquiu o pastor —, que ele foi meu compadre.

— Sou eu quem vai contar — disse Spirid.

— Deixem, deixem Spirid contar! — bradou a multidão.

Spirid começou:

— Tu, senhor filósofo Khomá, não conheceste Mikita. Eh, que homem raro ele era! Conhecia, na época, qualquer cão como o seu próprio pai. O caçador

121

de hoje, Mikola, que é o terceiro sentado atrás de mim, não chega nem aos pés dele. Ainda que entenda também do seu ofício, seria, se comparado àquele homem, uma droga, uma lavagem.

— Tu contas bem, muito bem! — disse Doróch, fazendo um sinal aprobativo com a cabeça.

Spirid prosseguiu:

— Ele reparava numa lebre mais depressa do que tu tiras o tabaco do nariz. Assoviava, às vezes: "Vem, Ladrão! Vem, Rápida!" e ia embora a todo o galope, e já não daria para contar quem corria na frente, ele ou seus cães. Bebia um quartilho[28] de branquinha de um gole só, como se não houvesse. Era um caçador excelente! Mas, desde um certo momento, começou a olhar, o tempo todo, para a senhorita. Não sei se ele teve uma queda por ela ou se a própria senhorita o enfeitiçou desse modo, mas pereceu o homem, tornou-se um verdadeiro maricas, virou sabe lá o diabo o quê — arre, até dizer isso é indecente.

— Está bem — disse Doróch.

— Assim que a senhorita jogava uma olhada para ele, soltava as rédeas, chamava Ladrão de Lobão, tropeçava e fazia não se sabe o quê. Um dia, a senhorita veio até a cocheira onde ele limpava o seu cavalo. "Deixa, Mikitka" — disse — "que eu ponha a minha perninha em cima de ti." E ele, bobalhão, ficou todo contente. "Não só põe a perninha" — respondeu —, "mas senta-te sobre mim todinha." A senhorita levantou a perna, e, quando ele viu aquela coxa nua, roliça e

---

[28] Antiga medida de volume para líquidos, equivalente a meio litro.

branca, então o feitiço o atordoou de vez, segundo contou. O homem curvou as costas, bobalhão, e, pegando com as duas mãos nas nuas perninhas dela, foi galopando, feito um cavalo, por todos os campos, e para onde eles foram, disso ele não pôde dizer nada, apenas voltou quase morto e, desde aquele dia, ficou todo seco que nem uma lasca, e, quando a gente foi, uma vez, à cocheira, havia lá tão somente um montão de cinzas, no lugar dele, e um balde vazio — queimou o homem por completo, queimou sozinho. E era um tal caçador que não se acharia seu par no mundo inteiro.

Terminando Spirid o seu relato, por toda parte correu um zum-zum sobre as qualidades do caçador falecido.

— E não ouviste falar de Cheptchikha? — perguntou Doróch, dirigindo-se a Khomá.

— Não.

— Puxa vida! Parece que não ensinam grande sabedoria na tua Bursa. Escuta, pois! Há em nossa aldeia um cossaco chamado Cheptun. Um bom cossaco! Gosta, de vez em quando, de furtar alguma coisa e de mentir sem nenhuma necessidade, mas... é um bom cossaco. A casa dele não fica tão longe daqui. Na mesma hora em que a gente se pôs agora a jantar, Cheptun e sua mulher, que já tinham jantado, foram dormir, e, como fazia bom tempo, Cheptchikha se deitou no quintal e Cheptun em casa, num banco, ou não... Cheptchikha em casa, num banco, e Cheptun no quintal...

— Não foi num banco que Cheptchikha se deitou, foi no chão — interrompeu a velhota que estava na soleira, apoiando sua bochecha numa das mãos.

Doróch olhou para ela, depois para baixo, em seguida para ela de novo, fez uma breve pausa e disse:

— Quando eu te deixar pelada na frente de todo mundo, a coisa será feia.

Essa advertência surtiu efeito: calando-se, a velhota não voltou nenhuma vez a interromper seu discurso.

Doróch continuou:

— E no berço pendurado no meio da casa estava uma criança de um aninho — não sei se de sexo masculino ou feminino. Cheptchikha se deitou e depois ouviu um cachorro arranhar sua porta e uivar de um jeito que daria logo para fugir da casa. Ela ficou assustada: essas mulheres são todas uma gentinha tão boba que, se tu lhes mostrares, de noitinha, a língua por trás da porta, elas estão morrendo de medo. Contudo, ela pensou: "Vou dar uma pancada no focinho do maldito cachorro, talvez ele pare de uivar!" e, pegando um atiçador, foi abrir a porta. Mal abriu uma fresta apenas, aquele cachorro passou rapidinho entre as pernas dela e correu direto ao berço da criança. Aí Cheptchikha viu que não era mais um cachorro e, sim, a nossa senhorita em pessoa; e, se fosse a senhorita tal como Cheptchikha a conhecia, seria ainda bem, mas eis a coisa e circunstância: ela estava toda azul, e seu olhar flamejava como o carvão. Pegou a criança, mordeu-lhe o pescoço e começou a chupar o seu sangue. Cheptchikha gritou apenas: "Oh, desgraça!" e tentou escapar, mas percebeu que as portas da antessala estavam trancadas. Subiu, pois, ao sótão, ficou lá tremendo, boba mulher, e depois viu a senhorita subir igualmente ao sótão; partiu para cima dela e foi mordendo a boba. Pela manhã, Cheptun retirou dali sua mulher, toda dilacerada e azulada. E, no dia seguinte, aquela boba morreu. Eis que ciladas e seduções acontecem! Ainda que seja da laia senhoril, mas quando é uma bruxa é para valer.

Ao cabo desse relato, Doróch olhou ao redor, contente consigo mesmo, e enfiou o dedo em seu cachimbo, preparando-se para enchê-lo de tabaco. O tema de bruxas tornou-se inesgotável. Cada um se apressava, por sua vez, a contar algo: um dos convivas teria visto a bruxa aparecer, em forma de um feixe de feno, bem às portas de sua casa; outro teria tido seu chapéu ou seu cachimbo furtado por ela; havia muitas moças na aldeia cujas tranças a bruxa teria cortado e uns cossacos de que ela teria bebido vários baldes de sangue.

Por fim, toda a turma se recobrou e percebeu que tinha papeado demais, pois a noite já estava escura lá fora. Todos se dirigiram para os seus leitos que se encontravam na cozinha, nas granjas ou então no meio do pátio.

— Bem, senhor Khomá, está na hora de a gente ir velar a finada — disse o cossaco grisalho, voltando-se para o filósofo, e os quatro homens, inclusive Spirid e Doróch, foram para a igreja, chicoteando, pelo caminho, os cachorros que eram numerosos naquela aldeia e mordiam, com fúria, as suas vergastas.

Apesar de se ter fortalecido com uma boa caneca de cachaça, o filósofo sentia uma timidez que o assediava furtivamente, à medida que ele se aproximava da igreja iluminada. As estranhas histórias que tinha ouvido atiçavam ainda mais sua imaginação. As trevas debaixo da paliçada e das árvores dissipavam-se aos poucos, o local ficava mais e mais ermo. Afinal, eles atravessaram a vetusta cerca da igreja e adentraram um pequeno pátio detrás do qual não havia sequer uma arvorezinha e estendiam-se apenas um campo vazio e alguns prados imersos no breu noturno. Três cossacos subiram, acompanhando Khomá, uma íngreme escada e entraram na igreja. Ali deixaram o filósofo só, desejando-lhe cumprir com êxito suas obrigações, e trancaram a porta conforme a ordem do senhor.

   O filósofo ficou sozinho. Primeiro ele bocejou, depois esticou os braços, em seguida assoprou em ambas as mãos e, finalmente, olhou ao redor. O caixão preto estava no meio da igreja. As velas tremeluziam ante os ícones escuros. Elas alumiavam apenas a iconóstase e, bem de leve, o centro da igreja; os cantos distantes do átrio estavam envoltos em trevas. A alta iconóstase antiga patenteava uma profunda vetustez, suas entalhaduras cobertas de ouro só conservavam poucas chispas de brilho. A douradura se desprendera em alguns pontos, enegrecendo completamente em outros; os santos, cujos semblantes também haviam escurecido, tinham uma aparência lúgubre. O filósofo examinou tudo mais uma vez.

   — Pois bem — disse ele —, o que tenho a temer? Um homem não pode vir cá, e contra os mortos e ádvenas do outro mundo eu tenho tais orações que, tão logo as proferir, eles não vão encostar um só dedo em mim. Nada a temer! — repetiu, agitando a mão. — Vamos ler!

Acercando-se do coro, ele viu vários maços de velas.

"Isso é bom" — pensou o filósofo. — "É preciso iluminar toda a igreja de modo que fique tudo claro como de dia. Eh, que pena a gente não poder acender um cachimbo no templo de Deus!"

Ele se pôs a colocar as velas de cera em todas as cornijas, no facistol e perante os ícones, sem poupá-las, e logo toda a igreja ficou cheia de luz. Apenas em cima as trevas pareciam mais negras ainda, e os semblantes dos santos viam-se, cada vez mais soturnos, em suas antigas molduras cujos entalhes brilhavam, aqui ou acolá, com sua douradura. Ele se aproximou do caixão e, tímido, fitou o rosto da morta, cerrando de pronto, com um leve tremor, seus olhos.

Que pavorosa, que fúlgida beleza era a dela!

Ele se virou, querendo afastar-se, mas, em razão daquela estranha curiosidade, daquele estranho e contraditório sentimento que não deixa o homem em paz, sobretudo quando este está com medo, não se conteve, indo embora, e olhou para ela; sentindo o mesmo tremor, olhou a seguir outra vez. A penetrante beleza da morta afigurava-se realmente tétrica. A senhorita não teria causado, talvez, tamanho pavor ao filósofo, se fosse um pouco mais feia. Mas não havia em suas feições nada baço, turvo e morto. Seu rosto estava vivo, e o filósofo teve a impressão de que a finada o mirava com seus olhos fechados. Até mesmo lhe pareceu que uma lágrima tinha surgido sob os cílios do olho direito, e, quando rolou pela face e parou, ele viu com clareza que era um pingo de sangue.

Ele se afastou, apressado, até o coro, abriu um livro e, para se animar um tanto, começou a ler orações tão alto como podia. Sua voz sacudiu as paredes de madeira que estavam, havia tempos, silenciosas e surdas. Sozinha, sem produzir ecos, ela soava, grossa, num absoluto silêncio de morte e parecia meio selvagem até ao próprio leitor.

"O que tenho a temer?" — pensava ele entrementes. — "Ela não se levantará do seu caixão, por medo do verbo divino. Que fique ali deitada! E que cossaco seria eu, se me deixasse amedrontar? Bebi uns golinhos a mais, por isso é que me vêm essas coisas medonhas. E se cheirasse o tabaco, este meu bom tabaco? Eta, que excelente tabaco, que ótimo tabaquinho!"

No entanto, ao virar cada página, ele olhava de esguelha para o caixão, e uma sensação espontânea parecia cochichar-lhe: "Agora, agora mesmo é que ela se levantará! Agora ficará de pé, assomará do caixão!"

Mas o silêncio estava profundo. O caixão permanecia imóvel. As velas derramavam todo um dilúvio de luz. Como é pavorosa uma igreja iluminada à noite, com um cadáver e sem uma alma viva!

Forçando a voz, ele se pôs a cantar de várias maneiras, buscando abafar os restos de seu temor. Mas a cada minuto volvia seus olhos para o caixão, como que perguntando involuntariamente: "E se ela se levantar, se ela ficar de pé?"

Contudo, o caixão não se movia. Tomara que algum som se ouvisse, tomara que algum ser vivo surgisse, um grilo estridulasse num canto! Ouvia-se tão somente a leve crepitação de uma das velas esparsas ou o fraco, levíssimo estalido de uma gota de cera a cair no chão.

"E se ela se levantar?..."

Ela soergueu a cabeça...

O filósofo olhou assustado, esfregando os olhos. De fato, a morta não estava mais deitada e, sim, sentada em seu caixão. Ele desviou os olhos e novamente, tomado de pavor, dirigiu-os para o caixão. Ela se levantara... ela andava pela igreja de olhos fechados, incessantemente abrindo os braços, como se quisesse apanhar alguém.

Ela vinha direto ao seu encontro. Movido pelo terror, o filósofo traçou um círculo à sua volta. Começou, com esforço, a ler orações e a proferir as fórmulas mágicas que lhe ensinara um monge atormentado, durante a vida toda, pelas bruxas e pelos espíritos do mal.

Ela se postou quase à beira do círculo; via-se, no entanto, que já não tinha forças para invadi-lo, ficando toda azul como uma pessoa morta há vários dias. Khomá não se atrevia a olhar para ela. A bruxa estava horrível. Rilhou os dentes e abriu seus olhos mortos, mas, sem nada ter visto, enraiveceu — o que expressou seu rosto tremente —, virou-se para o outro lado e começou, escancarando de novo os braços, a agarrar cada pilar e a vasculhar cada canto, esforçando-se para apanhar Khomá. Enfim parou, ameaçando-o com o dedo, e deitou-se em seu caixão.

O filósofo, que ainda não conseguira reaver sua calma, lançava olhadas medrosas para a estreita morada da bruxa. De súbito, o caixão se desprendeu, num arranco, do seu lugar e, com um silvo estridente, voou por toda a igreja, cruzando o ar em todas as direções. O filósofo viu-o passar quase acima de sua cabeça, mas percebeu, ao mesmo tempo, que o caixão não podia tocar no círculo que ele fizera e reforçou suas orações. O caixão tombou no meio da igreja e ficou imóvel. O cadáver tornou a sair dele, azul, até mesmo esverdeado. Nesse momento, ouviu-se ao longe o cantar do galo. O cadáver retornou ao caixão, cuja tampa se fechou com um estampido.

O coração do filósofo palpitava, o suor lhe escorria aos borbotões, mas, animado com o grito do galo, ele se apressava a ler as páginas que devia ter lido antes. Assim que alvoreceu, o sacristão e o grisalho Yavtukh, o qual assumira, nessa ocasião, as funções de *stárosta* religioso, vieram substitui-lo.

Uma vez em seu leito distante, o filósofo passou muito tempo sem pregar os olhos, porém foi vencido pela estafa e dormiu até o almoço. Quando acordou, todo o acontecido à noite parecia um sonho. Serviram-lhe, para que recuperasse o ânimo, um quartilho de cachaça. Durante o almoço, ele ficou logo descontraído, fez algumas observações oportunas e comeu, quase sozinho, um leitão bastante crescido. Todavia, não ousava contar sobre o que se dera na igreja, por causa de certa sensação incompreensível para ele próprio, e respondia às perguntas dos curiosos: "Sim, houve alguns milagres". O filósofo era uma daquelas pessoas que revelam, se bem alimentadas, uma filantropia extraordinária. Deitado, com seu cachimbo na boca, ele mirava a todos com um olhar particularmente doce e não cessava de cuspir para o lado.

Após o almoço, o filósofo estava totalmente são de espírito. Rodou toda a aldeia e conheceu quase todos os aldeões, sendo mesmo expulso de duas casas; uma bonita moça deu-lhe, inclusive, uma pazada assaz forte nas costas, quando ele resolveu apalpar, por mera curiosidade, sua camisa e sua *plakhta*[29] para saber de que tecido elas eram. Entretanto, à medida que a tarde avançava, o filósofo se mostrava mais e mais pensativo. Uma hora antes do jantar, quase todos os serviçais se reuniram para jogar "a papinha" ou "os kráglis", uma espécie de boliche em que se usam, em vez de bolas, compridos pedaços de pau e o ganhador tem o direito de andar montado no perdedor. Esse jogo se tornava muito interessante para os espectadores: largo que nem uma panqueca, o pastor montava amiúde o guardador de porcos, mofino, baixinho e todo composto de rugas. Outras vezes, o pastor oferecia seu dorso, e Doróch sempre dizia ao pular nele: "Eta, que touro forte!" Aqueles que eram mais comportados sentavam-se à entrada da cozinha. Fumando seus cachimbos, eles aparentavam uma seriedade extrema, mesmo quando os jovens caíam na gargalhada com algum chiste do pastor ou de Spirid. Debalde Khomá tentava participar desse jogo: um pensamento obscuro estava cravado, igual a um prego, em sua cabeça. Por mais que procurasse alegrar-se no decorrer do jantar, o medo se apossava dele com a escuridão que se alastrava no céu.

— Pois bem, senhor *bursak*, está na hora! — disse-lhe o cossaco já conhecido, o de cabelos grisalhos, levantando-se, com Doróch que o acompanharia, do seu assento. — Vamos trabalhar!

---

[29] Saia ucraniana feita de dois panos entrecruzados.

Khomá foi conduzido, da mesma maneira, para a igreja; deixaram-no outra vez só e trancaram a porta. Logo que ele ficou sozinho, a timidez voltou a insinuar-se em seu peito. Viu novamente os ícones escuros, as molduras brilhantes e o bem conhecido caixão preto, instalado, em silêncio e imobilidade ameçadores, no meio da igreja.

— E daí? — disse ele. — Agora esse milagre não é mais milagroso. É só da primeira vez que a gente tem medo. Sim! É tão só da primeira vez que a gente tem um pouquinho de medo, e depois não sente mais medo nenhum, nenhum mesmo.

Ele se apressou a postar-se no coro, traçou um círculo à sua volta, pronunciou algumas fórmulas mágicas e pôs-se a ler em voz alta, decidindo não desviar os olhos do livro nem dar atenção a nada. Estava lendo havia cerca de uma hora e já começava a cansar-se e a tossir. Tirou do bolso um corninho de tabaco[30] e, antes de levá-lo até o nariz, lançou uma tímida olhadela para o caixão. Seu coração gelou.

O cadáver já estava na sua frente, à beira do círculo, fixando nele seus mortos olhos esverdeados. O *bursak* estremeceu, e o frio percorreu-lhe sensivelmente todas as veias. Abaixando os olhos para o livro, tornou a ler, mais alto ainda, suas rezas e imprecações, ouvindo o cadáver ranger novamente os dentes e agitar os braços a fim de apanhá-lo. Mas, ao olhar de soslaio, com o cantinho de um só olho, percebeu que o cadáver não o buscava lá onde ele estava plantado nem, pelo

---

[30] Pequena tabaqueira feita de corno.

visto, conseguia enxergá-lo... Então a bruxa começou a murmurar em voz surda e a pronunciar, com seus lábios mortos, palavras terríveis, roucas e soluçantes como o borbulhar do piche em ebulição. Ele não saberia dizer o que significavam aquelas palavras, mas algo medonho estava contido nelas. Amedrontado, o filósofo entendeu que ela lhe atirava maldições.

Um vento soprou na igreja com as palavras da bruxa; ouviu-se um barulho como que produzido por muitas asas a voarem. Ele ouvia essas asas baterem contra as vidraças e os caixilhos de ferro das janelas, as garras ringirem a arranhar o ferro e uma incontável horda tentar pôr as portas abaixo e invadir a igreja. Seu coração pulsava forte o tempo todo; cerrando os olhos, ele não parava de repetir suas fórmulas e orações. Por fim, algo silvou ao longe: era um distante cantar do galo. Exausto, o filósofo se calou e retomou fôlego.

As pessoas que vieram substituir o filósofo encontraram-no semimorto. Encostando-se na parede e arregalando os olhos, ele fitava, petrificado, os cossacos que o empurravam. Quase o carregaram para fora e precisaram arrimá-lo ao longo de todo o caminho. Chegando ao pátio do *sótnik*, ele se animou um pouco e mandou que lhe servissem um quartilho de cachaça. Ao emborcá-lo, alisou sua cabeleira eriçada e disse:

— Há muita porcaria neste mundo! A gente sente, às vezes, tamanho medo que... — Dito isso, o filósofo fez um gesto brusco com a mão.

O grupelho que se juntara ao seu redor abaixou a cabeça, ouvindo as suas palavras. Até o garotinho que todos os serviçais se achavam em pleno direito de incumbir, no lugar deles mesmos, de limpar a cocheira ou de trazer água do poço, até esse pobre petiz ficou boquiaberto.

Enquanto isso, passava por perto uma mulherzinha não muito idosa ainda, cuja blusa colante punha em destaque seu tronco arredondado e forte, ajudante da velha cozinheira e uma coquete incorrigível que sempre arranjava algum enfeite para o seu *otchipok*: um pedaço de fita, um cravo ou mesmo um papelzinho por falta de outra coisa.

— Bom dia, Khomá! — disse ela, ao ver o filósofo. — Ai-ai-ai, o que é que tu tens? — exclamou, levantando os braços.

— Como assim, o que tenho, bobinha?

— Ah, meu Deus! Mas tu ficaste todo grisalho!

— Puxa vida! Ela fala verdade! — notou Spirid, fitando-o com atenção. — Ficaste mesmo grisalho que nem o nosso velho Yavtukh.

Ouvindo isso, o filósofo se arrojou para a cozinha onde tinha visto um estilhaço triangular de espelho, colado numa parede e manchado por moscas, diante do qual havia não-me-esqueças, pervincas e mesmo uma guirlanda de boninas a mostrarem que ele servia para o toalete daquela elegante moça. E viu com terror que ela dissera a verdade: metade dos seus cabelos havia, de fato, embranquecido.

Cabisbaixo, Khomá Brut se entregou às meditações.

— Vou falar com o senhor — disse, enfim. — Contarei tudo para ele e explicarei que não quero mais rezar. Que me mande, agora mesmo, de volta para Kiev.

Pensando assim, ele se dirigiu à entrada da casa senhoril.

Quase imóvel, o *sótnik* estava sentado em sua *svetlitsa*; a irremediável tristeza, que o filósofo já havia percebido em seu rosto, permanecia a mesma. Aliás, suas faces tinham ficado ainda mais cavadas. Era óbvio que o *sótnik* comia bem pouco ou, sabe-se lá, nem sequer tocava na comida. Uma palidez extraordinária tornava-o semelhante a uma estátua de pedra.

— Bom dia, homenzinho — proferiu ele, vendo Khomá parar às portas, com seu chapéu nas mãos. — Como é que tens passado? Está tudo em paz?

— Que paz, mas que paz? Tanto horror diabólico que dá para pegar o chapéu e fugir aonde as pernas levarem.

— Como assim?

— Sua filha, senhor... A raciocinar bem, ela é certamente do gênero senhoril; isso aí ninguém vai contestar, mas... digo para não o deixar furioso... que Deus acolha a alma dela...

— O que tem minha filha?

— Tem andado com Satanás. Ela faz tais horrores que nenhuma Escritura se lê.

— Pois vai lendo, vai lendo! Não foi à toa que ela te chamou. Cuidava, minha filhinha, da sua alma e queria banir, com rezas, qualquer espírito mau.

— A ordem é sua, senhor, mas juro por Deus que não aguento mais.

— Vai lendo, vai lendo! — continuou o *sótnik* com a mesma voz de quem exorta. — Só te resta rezar uma noite. Farás um negócio cristão, e eu te recompensarei.

— Sejam quais forem as recompensas... Queira ou não, meu senhor, mas não vou rezar mais! — disse Khomá, resoluto.

— Escuta, filósofo! — redarguiu o *sótnik*, cuja voz se tornara forte e ameaçadora. — Não gosto dessas besteiras. Podes fazer isso na tua Bursa, mas aqui comigo é diferente: não vou açoitar-te como o tal de reitor. Sabes o que é um bom açoite de couro?

— Como não saberia? — disse o filósofo, moderando o tom. — Todo mundo sabe o que é um açoite de couro: em grande quantidade, é uma coisa insuportável.

— Sim. Mas ainda não sabes como os meus rapazes costumam bater! — disse o *sótnik*, ameaçador, e ficou em pé; seu semblante adquiriu uma expressão imperiosa e feroz que manifestava toda a sua índole indomável, apenas por um tempo entorpecida pelo pesar. — Primeiro eles te chicoteiam, depois te salpicam com a cachaça e chicoteiam de novo. Vai, pois, vai! Termina o teu ofício! Se não o terminares, não te levantarás mais; se terminares, mil rublos de ouro!

"Oh-oh, que valentão é esse!" — pensou o filósofo na saída. — "Não se brinca com ele. Espera aí, espera, meu camarada: vou passar tanto sebo nas canelas que não me apanharás nem com teus cães."

E Khomá resolveu que escaparia na certa. Esperava apenas a hora da sesta, quando todos os serviçais tinham o costume de repimpar-se no feno embaixo das granjas e, de bocas abertas, soltar tais roncos e apitos que a fazenda senhoril se assemelhava a uma fábrica. Enfim essa hora chegou. Até Yavtukh fechou os olhos, estendendo-se sob o sol. Medroso e trêmulo, o filósofo foi sorrateiramente ao jardim do *sótnik* de onde lhe parecia mais cômodo fugir, despercebido, para os campos. Aquele jardim estava, de ordinário, muito malcuidado, contribuindo bastante, por consequência, para qualquer empreendimento secreto. À exceção de uma só vereda aberta por necessidade caseira, tudo ali estava tomado por denso mato de ginjeiras, sabugueiros, bardanas cujos caules providos de tenazes espinhos rosados cresciam bem altos. O lúpulo recobria, qual uma rede, o topo de toda aquela variada assembleia de árvores e arbustos, formando em cima deles um toldo que se prendia à cerca e deixava suas serpentes enroscadas descerem, ornadas de silvestres campânulas, até o solo. Além da cerca, que limitava o jardim, erguia-se todo um matagal de ervas daninhas que, aparentemente, nenhum curioso visitava, pois mesmo uma gadanha se esfacelaria caso sua lâmina tocasse naqueles grossos caules enrijecidos.

Indo o filósofo cruzar a cerca, seus dentes batiam e seu coração palpitava tanto que ele mesmo levou um susto. As abas de sua veste comprida pareciam grudar-se ao chão, como se alguém as tivesse pregado. Quando ele passava a cerca, uma voz parecia gritar, com um silvo ensurdecedor, aos seus ouvidos: "Aonde vais, hein?" O filósofo mergulhou no matagal e foi correndo embora, tropeçando volta e meia em velhas raízes e pisando nas toupeiras. Via bem que, saindo do matagal, precisaria atravessar um campo, detrás do qual crescia um espesso abrunheiro escuro: lá ele estaria a salvo e, segundo conjeturava, poderia encontrar um caminho direto até Kiev. Percorreu o campo num rompante e alcançou aquele denso abrunheiro. Passou através dele, deixando, como tributo, pedaços de sua sobrecasaca em cada ponta aguda, e chegou a uma pequena clareira. Ali um salgueiro inclinava seus galhos furcados quase até o solo, e um riacho brilhava límpido como a prata. Antes de tudo, o filósofo se deitou para beber água, porquanto sentia uma sede insuportável.

— Que água boa! — disse ele, enxugando os lábios. — Aqui poderia descansar um pouco.

— Não, é melhor correr adiante, senão te apanham!

Essas palavras soaram sobre a sua cabeça. Ele olhou para trás: era Yavtukh que estava na sua frente.

"Maldito Yavtukh!" — pensou o filósofo, enfurecido. — "Bem que te pegaria nas pernas... e teu focinho nojento e tudo, tudo o que tens, espancaria com um madeiro de carvalho!"

— Foi à toa que fizeste tamanho rodeio — prosseguiu Yavtukh. — Seria bem melhor escolher o caminho que eu mesmo tomei: direto pela cocheira. É pena que tenhas rasgado a sobrecasaca. O tecido é bom. Quanto foi que pagaste por um *archin*?[31] Contudo, já passeamos bastante, está na hora de ir para casa.

Coçando-se, o filósofo seguiu Yavtukh. "Agora a danada bruxa me servirá um bocado de *pfeffer*"[32] — pensava ele. — "De resto, por que estou assim, afinal de contas? De que sinto medo? Não sou mais

---

[31] Antiga medida de comprimento russa, equivalente a 0,71 m.
[32] Pimenta (em alemão).

um cossaco? Rezei duas noites, Deus me ajudará a aguentar a terceira. Decerto a bruxa maldita pecou a rodo, já que a força das trevas lhe dá tanto apoio."

Essas reflexões ocupavam-no, quando ele entrou no pátio do *sótnik*. Animando-se com tais pensamentos, pediu a Doróch, que, amparado pelo almoxarife, tinha por vezes acesso aos porões do senhor, que tirasse de lá uma *suleia* de cachacinha, e os dois companheiros se aboletaram ao pé de uma granja e sorveram quase meio balde, de modo que o filósofo se levantou de repente, berrou: "Chamem os músicos, chamem agorinha!" e, sem esperar pelos músicos, foi dançando o *tropak* num lugar limpo, no meio do pátio. Dançou até chegar a hora do lanche, até os serviçais, que o haviam rodeado como se faz em tais casos, ficarem aborrecidos e irem embora, dizendo: "Vejam só quanto tempo o homem dança!" Enfim o filósofo adormeceu ali mesmo, e foi apenas uma boa tina de água gelada que conseguiu despertá-lo para o jantar. Jantando, ele falava do que era um cossaco e afirmava que este não devia temer nada no mundo inteiro.

— Está na hora — disse Yavtukh. — Vamos!

"Um fósforo para a tua língua, maldito *knur*!"[33] — pensou o filósofo e, uma vez em pé, disse:

— Vamos.

Pelo caminho, o filósofo não cessava de olhar para todos os lados, puxando conversa com seus acompanhantes. Todavia, Yavtukh se mantinha calado; mesmo Doróch não falava muito. A noite era infernal.

---

[33] Javali (em ucraniano).

Toda uma alcateia de lobos uivava ao longe. O próprio latido dos cães dava certo medo.

— É outro bicho que está uivando, parece, não é um lobo — disse Doróch.

Yavtukh continuava silencioso. O filósofo não achou o que responder.

Eles se acercaram da igreja, passando sob as suas vetustas abóbadas de madeira que demonstravam quão pouco se preocupava o fazendeiro com Deus e com a sua alma. Yavtukh e Doróch retiraram-se, como dantes, e o filósofo ficou só. Tudo estava no mesmo lugar; tudo era terrificante, do mesmo modo bem conhecido. Ele parou por um minuto. No meio da igreja permanecia, imóvel, o caixão da horrível bruxa. "Não temerei, juro por Deus que não temerei!" — disse ele e, traçando de novo um círculo à sua volta, começou relembrando todas as suas imprecações. O silêncio era medonho; as velas tremeluziam, iluminando toda a igreja. O filósofo virou uma página, depois a outra e percebeu ler aquilo que não constava no livro. Benzeu-se com medo e desandou a cantar. Isso o animou um tanto: a leitura foi avançando, as páginas vinham uma após a outra. De chofre... em pleno silêncio... arrebentou-se, com um estrondo, a tampa de ferro, e o cadáver se levantou do caixão. Estava ainda mais tétrico que da primeira vez. Seus dentes arreganhados rangiam; seus lábios tremeram convulsamente, e as maldições dispararam com um guincho animalesco. Um turbilhão dominou a igreja, os ícones tombaram no chão, desabaram os vidros quebrados das janelas. As portas caíram, arrombadas, e uma incontável horda de monstros irrompeu na igreja de Deus. O terrível barulho das asas e garras a arranharem o ferro encheu-a inteira. Todos voavam e corriam, por toda parte, à procura do filósofo.

As últimas sobras de embriaguez evaporaram-se da mente de Khomá. Ele se benzia apenas e lia, de qualquer jeito, as orações. Ouvia, ao mesmo tempo, a força das trevas se agitar ao seu redor, quase a tocá-lo com as pontas de suas asas e caudas repugnantes. Não tinha a coragem de examiná-los; via somente um monstro enorme que ocupava toda a parede, erguido, no meio de seus cabelos emaranhados, como numa floresta: dois olhos medonhos fulgiam através da rede desses cabelos, ao levantar um pouco as sobrancelhas. Acima dele flutuava no ar algo semelhante a uma imensa bolha no centro da qual sobressaíam milhares de pinças e aguilhões de escorpião. Pendiam nos monstros mancheias de terra negra. Todos olhavam para Khomá, procuravam-no, mas não conseguiam vê-lo, cercado pelo seu círculo misterioso.

— Tragam para cá Vyi! Vão buscar Vyi! — soaram as palavras da morta.

De supetão, a igreja ficou toda silenciosa; ouviu-se ao longe um uivar do lobo e, pouco depois, os passos pesados ressoaram pela igreja. Olhando de esguelha, o filósofo viu os monstros trazerem um ser achaparrado, robusto, cambaio. Ele estava todo coberto de terra negra. Como umas raízes duras e nodosas, estendiam-se os seus braços e pernas que a terra cobria. Ele andava a custo e tropeçava a cada minuto. Compridas, as pálpebras dele desciam até o solo. Khomá percebeu, com pavor, que seu rosto era de ferro. Conduziram-no pelos braços e colocaram bem defronte daquele lugar onde estava Khomá.

— Levantem as minhas pálpebras: não vejo! — disse Vyi, com uma voz subterrânea, e toda a turba acudiu para erguer-lhe as pálpebras.

"Não olhes!" — soprou uma voz interior ao filósofo, mas ele não se conteve e olhou.

— Ali está ele! — bradou Vyi, apontando-o com o seu dedo de ferro. E todos os monstros que lá estavam atacaram o filósofo. Exânime, ele caiu no chão, e sua alma abandonou-o de tanto pavor.

Ouviu-se o cantar do galo. Era já o segundo grito, tendo os gnomos despercebido o primeiro. Assustados, os espíritos foram voando embora, numa caótica disparada, tentando logo passar através das janelas e portas, mas não conseguiram escapar: ficaram presos ali, naquelas portas e janelas. O sacerdote que veio parou, escandalizado com tal profanação do santuário divino, e não se atreveu a rezar o ofício dos mortos nesse lugar. Assim se quedou a igreja, com os monstros presos nas portas e nas janelas, para os séculos dos séculos, invadida pelo mato, tomada de raízes, ervas daninhas e abrunheiro espinhoso. Ninguém achará, hoje em dia, o caminho até ela.

* * *

Quando os boatos sobre o ocorrido alcançaram Kiev, o teólogo Khaliava acabou ciente do tal destino do filósofo Khomá e passou uma hora inteira a refletir. Havia mudado bastante, nesse meio-tempo. A felicidade lhe sorrira: ao terminar seu curso de ciências, ele fora nomeado o sineiro do mais alto campanário e, desde então, andava quase sempre de nariz machucado, visto que a escada de madeira daquela torre tinha sido feita de modo extremamente precário.

— Ouviste falar do fim que levou Khomá? — perguntou, aproximando-se dele, Tibêri Gorobetz que já era, nessa ocasião, um filósofo e ostentava seu bigode recém-crescido.

— Foi Deus que assim decidiu — disse o sineiro Khaliava. — Vamos para a bodega e bebamos à paz de sua alma!

O jovem filósofo que começara a aproveitar seus direitos com o ardor de um entusiasta, de maneira que a bombacha, a sobrecasaca e até mesmo o chapéu lhe cheiravam a álcool e a raízes de tabaco, confirmou num instante a sua prontidão.

— Que homem bom foi Khomá! — disse o sineiro, quando o taberneiro manco pôs na sua frente a terceira caneca. — Foi um homem notável! E pereceu em vão.

— Mas eu sei por que ele pereceu: por ter medo. E se não tivesse medo, aquela bruxa não teria podido fazer nada com ele. A gente precisa apenas benzer-se e cuspir direto no rabo dela, então nada acontecerá. Eu cá já sei tudo isso. Pois todas as mulherzinhas que vendem na feira, em nossa Kiev, são bruxas.

Dito isso, o sineiro abanou a cabeça em sinal de acordo. Contudo, ao perceber que sua língua não podia mais articular uma só palavra, levantou-se cautelosamente da mesa e, balançando de um lado para o outro, foi esconder-se no recanto mais perdido entre as ervas daninhas. E não se esqueceu, conforme o seu hábito enraizado, de levar consigo a velha sola de uma bota que estava largada em cima do banco.

O CAPOTE

NIKOLAI GÓGOL

No Departamento de... não, é melhor não dizermos em que departamento. Não há nada mais chato do que toda espécie de departamentos, regimentos, repartições e, numa palavra, toda espécie de nossas corporações. Hoje em dia, qualquer particular acha que, se alguém o ofender pessoalmente, ofenderá assim a sociedade inteira. Dizem por aí que um capitão de polícia (não lembro mais de que cidade) encaminhou, mui recentemente, uma denúncia em que deixou bem claro que estavam perecendo as instituições públicas e que o nome sagrado dele próprio era pronunciado de modo decididamente blasfemo, juntando a ela, como prova, um enorme tomo de certa obra romântica onde, a cada dez páginas, aparecia um capitão de polícia, não raras vezes no estado de absoluta embriaguez. Dessa forma, para evitarmos quaisquer constrangimentos, é melhor que chamemos o Departamento em questão de "um departamento". Pois então, num departamento servia um funcionário. Não se pode dizer que aquele funcionário fosse muito notável, já que era baixinho, tinha o rosto um tanto bexiguento e os cabelos um tanto ruivos, parecia mesmo bastante míope, ostentava uma pequena calvície na testa, umas rugas em ambas as faces e uma tez que se costuma chamar de hemorroidal... a culpa é do clima petersburguense, fazer o quê? No que se refere ao seu título (porquanto em nossas plagas é necessário, antes de tudo, especificar o título), ele era, como se diz, um daqueles eternos servidores de nona classe[1] dos quais, como se sabe, têm caçoado com gosto vários escritores cujo louvável hábito consiste em importunar a quem não pode morder. O sobrenome do servidor era Bachmátchkin. Deduz-se do próprio sobrenome que este proveio, em tempos remotos, do termo "sapato",[2] mas quando, em que época e de que maneira ele proveio do termo "sapato", disso não temos nenhuma notícia. Seu pai, seu avô e mesmo seu cunhado — todos os Bachmátchkin sem exceções usavam botas, apenas trocando, umas três vezes por ano, as solas desgastadas. O nome dele era Akáki Akákievitch. Talvez o leitor o considere meio esquisito e rebuscado; podemos, no entanto, asseverar-lhe que não o inventaram nem procuraram de modo proposital, tendo surgido, espontaneamente, tais circunstâncias que não seria possível aplicar outro nome, e que ocorreu, notadamente, o seguinte. Akáki

---

[1] Os servidores civis e militares do Império Russo dividiam-se em 14 classes consecutivas, sendo a 1ª (chanceler, marechal de exército ou almirante) a mais alta.
[2] A palavra russa башмак significa "sapato", geralmente de feitio grosseiro.

Akákievitch nasceu, se a memória não nos falha, no início da noite de 23 de março. Sua mãezinha, esposa de um funcionário público e uma mulher muito boa, dispôs-se a batizar o recém-nascido como se deve. A mãezinha ainda estava deitada na cama, em frente às portas, e do seu lado direito encontravam-se o compadre Ivan Ivânovitch Yeróchkin, homem das mais altas qualidades que dirigia uma seção no Senado, e a comadre Arina Semiônovna Belobriúchkova, mulher das mais raras virtudes casada com o inspetor policial da quadra. Pediram qua a parturiente escolhesse qualquer um dos três nomes oferecidos: Mókki, Sóssi ou então o do mártir Khozdazat. "Não" — pensou a mãezinha —, "mas que nomes são esses?" Para agradá-la, abriram o calendário em outra página e viram de novo três nomes: Trifíli, Dula e Varakhássi. "Ai, que castigo!" — disse a mãe. — "Ai, que nomes! Na verdade, eu nunca ouvi nem falar deles. Ainda bem se fossem Varadat ou Varukh, mas aqueles Trifíli e Varakhássi..." Viraram mais uma página e acharam: Pavsikákhi e Vakhtíssi. "Pois bem" — disse a mulher —, "já estou vendo que este será, quem sabe, o seu destino. Se for assim, é melhor que se chame como o pai dele. O pai se chamava Akáki, então que o filho também seja Akáki." Foi desse modo que apareceu Akáki Akákievitch. Mal batizado, o neném desandou a chorar e fez uma careta, como se pressentisse que seria um servidor de nona classe. Eis de que maneira se deu tudo isso. Citamos essa história para que o leitor possa ver sozinho que foi uma necessidade imperiosa e que não houve a mínima possibilidade de escolher outro nome. Quando e em que ocasião Akáki Akákievitch ingressou no departamento e por quem foi designado, disso ninguém pôde lembrar-se. Por mais que se revezassem seus diretores e outros chefes, todos o viam sempre no mesmo lugar, na mesma posição e no mesmo cargo de escrevente, acabando persuadidos de que ele já nascera, provavelmente, pronto para o seu serviço, todo uniformizado e com uma calvície na cabeça. Não lhe expressavam, naquele departamento, nem o menor respeito. Os vigias não só permaneciam sentados, quando Akáki Akákievitch passava, mas nem sequer olhavam para ele, como se fosse uma simples mosca a sobrevoar a sala de recepção. Os superiores tratavam-no de maneira fria e algo despótica. Um reles assessor do chefe de seção esfregava a papelada bem na cara dele, mesmo sem dizer "queira copiar" ou "eis um negocinho interessante e bonzinho" ou alguma coisa agradável que se diz nas repartições corteses. E ele pegava a tal papelada, olhando tão somente para ela, sem ver quem a entregava e se tinha o direito de fazer isso; apenas pegava os papéis e logo se punha a copiá-los. Os jovens servidores se riam e debochavam dele em toda a extensão de seu humor burocrático, contavam, na sua presença, diversas histórias fantasiosas sobre ele, dizendo que sua locadora, uma velha de setenta anos, batia nele e perguntando quando os dois se casariam, jogavam-lhe na cabeça farrapos de papel que chamavam de neve. Entretanto, Akáki Akákievitch não lhes respondia uma só palavra, como se não houvesse ninguém na sua frente; isso tampouco influenciava o seu ofício: em meio a todas as zombarias, ele não fazia nenhum erro de escrita. Apenas se o gracejo era por demais insuportável, se alguém lhe empurrava o braço, impedindo que cumprisse direito as suas tarefas, ele proferia: "Deixem-me em paz. Por que me magoam?" E algo estranho estava contido nessas palavras e na voz que as pronunciava. Ouvia-se nelas algo tão lastimoso que um jovem funcionário, novato daquele departamento que se permitira, a exemplo dos outros, uma chacota, parou de repente, como se ferido de par em par, e nesse momento tudo teria mudado e adquirido, aos seus olhos, um novo aspecto. Certa força antinatural afastou-o dos colegas que ele tomara, acabando de conhecê-los, por umas pessoas decentes e bem-educadas. E por muito tempo ainda, mesmo em seus minutos mais alegres, aparecia-lhe um baixinho servidor, com uma pequena calvície na testa, que dizia as comoventes palavras: "Deixem-me em paz. Por que me magoam?", e dessas comoventes palavras se formava outra frase: "Sou seu irmão". E o pobre jovem tapava o seu rosto com a mão e amiúde estremecia depois, ao longo de sua vida, por ver quão desumano é o homem, quanta rudeza feroz se esconde na refinada e instruída mundanalidade e mesmo — meu Deus do céu! — naquelas pessoas que o mundo reconhece como nobres e honestas...

É pouco provável que se pudesse encontrar algures outro homem que assim exercesse seu cargo. Não bastaria dizermos que ele servia com zelo; não, ele servia com amor. No próprio ato de copiar os papéis apresentava-se-lhe um mundo à parte, bem variado e aprazível. Um deleite transparecia em seu rosto; certas letras eram suas favoritas, e, achegando-se a elas, o servidor quase perdia a cabeça: soltava risadinhas, lançava piscadas, auxiliava a escrita com os lábios, de modo que se afigurava possível ler em seu semblante cada letra que sua pena traçava. Se o condecorassem de acordo com o seu afinco, ele teria chegado, para sua grande surpresa, mesmo a servidor de quinta classe; porém conseguiu apenas, conforme se expressavam os espirituosos colegas, uma fivela dianteira e uma mazela traseira.[3] De resto, não podemos afirmar que Akáki Akákievitch não atraía nenhuma atenção. Um dos diretores, sendo um homem bom e desejando recompensá-lo pelo seu longo serviço, mandou conceder-lhe uma tarefa mais importante que a trivial copiagem; em termos exatos, incumbiram-no de redigir, com base num dossiê já pronto, um ofício para outra repartição pública: a incumbência consistia somente em alterar o cabeçalho e converter, aqui ou acolá, a primeira pessoa dos verbos na terceira. Isso lhe proporcionou tamanha labuta que ele ficou ensopado de suor, esfregou sua testa e acabou dizendo: "Não, é melhor que eu copie alguma coisa". Desde então, não fazia outro trabalho senão o de copiar. Parecia que, afora essas cópias, não existia para ele mais nada. Akáki Akákievitch não cuidava nem um pouco das suas roupas: seu uniforme já não era verde e, sim, de uma cor arruivada e farinhenta. Seu colarinho era

---

[3] Alusão às hemorroidas de que sofriam os servidores públicos da época, como se fosse uma doença profissional.

muito estreito e baixo, de sorte que seu pescoço, apesar de não ser tão comprido assim, parecia compridíssimo ao sair do dito colarinho, igual ao daqueles gatinhos de gesso que movem as cabecinhas e ornamentam, às dezenas, as cabeças dos estrangeiros russos.[4] E sempre havia uma coisinha grudada em seu uniforme: uma hastezinha de feno ou um filete; ainda por cima, ele andava pelas ruas com uma habilidade especial de passar justamente sob aquelas janelas das quais, naquele exato momento, jogavam o mais variegado lixo e sempre levava, portanto, cascas de melancia ou melão e similar porcaria nas abas de seu chapéu. Nenhuma vez, em toda a sua vida, Akáki Akákievitch prestou atenção ao que se fazia e acontecia diariamente na rua, àquilo que, como se sabe, observa sempre o seu colega, um funcionário jovem cujo olhar esperto possui tanta perspicácia que repara até mesmo na descosida barra da calça de um transeunte a seguir a calçada oposta: ninharia que sempre imprime um sorrisinho malicioso no rosto dele.

Contudo Akáki Akákievitch, se é que olhava para alguma coisa, só via por toda parte suas esmeradas linhas escritas em letras regulares; apenas se, surgindo não se sabe de onde, um cavalo lhe punha a cabeça no ombro e lançava, com suas narinas, toda uma lufada para a sua face, apenas então ele percebia que não estava no meio de uma linha, mas, precisamente,

---

[4] Trata-se dos mascates de origem estrangeira que vendiam bugigangas nas ruas de São Petersburgo, por vezes colocando seus tabuleiros portáteis na cabeça.

no meio de uma rua. Uma vez em casa, sentava-se de imediato à mesa, comia às pressas uma sopa de repolho e um pedaço de carne de vaca com cebola, sem mesmo reparar em seus sabores, comia-os com moscas e tudo quanto Deus lhe mandava àquela altura. Dando-se conta de que a barriga lhe borbulhava de tão cheia, levantava-se da mesa, tirava um frasco de tinta e copiava os papéis que trazia do escritório. Se não tinha papéis a copiar, fazia propositalmente, por mero prazer, uma cópia para si mesmo, sobretudo quando o tal documento, sem se distinguir pela beleza de seu estilo, era destinado a uma pessoa que pouco antes se tornara conhecida ou influente.

Mesmo naquelas horas em que o céu cinza de Petersburgo se apaga completamente e todo o mundaréu de funcionários governamentais está saciado, ao almoçar cada um de seu jeito, em conformidade com os vencimentos que recebe e os caprichos que lhe dão na telha... quando todos já estão descansados do ranger das penas no departamento, da correria, das próprias e alheias ocupações indispensáveis e de tudo aquilo que se impõe voluntariamente, ainda mais do que lhe for necessário, o homem turbulento... quando os servidores se apressam a consagrar o resto de seu tempo ao prazer: um deles, mais animado que os colegas, corre para o teatro; um outro anda pela rua, dedicando-se à busca por certos chapeuzinhos[5] ou vai a um sarau para gastar a noite em cortejar alguma

---

[5] Isto é, procurando pelas prostitutas que muitas vezes usavam chapéus vistosos e de mau gosto.

moça bonitinha, estrela de um pequeno círculo de funcionários; um outro ainda (isso ocorre na maioria das vezes) visita apenas o seu confrade domiciliado no quarto ou no terceiro andar, o qual ocupa dois cômodos apertados com uma antessala ou uma cozinha e exibe certas pretensões em voga, como um candeeiro ou similar bagatela que lhe custou muitos sacrifícios, almoços desprezados e passeios abortados... numa palavra, mesmo naquele momento em que todos os servidores se espalham pelos humildes apartamentos dos companheiros a fim de jogar baralho, sorvendo, aos poucos, chá dos seus copos, comendo torradinhas de um copeque, sugando o fumo dos compridos cachimbos, contando, ao passo que as cartas são distribuídas entre os jogadores, algum boato advindo da alta sociedade, da qual o homem russo não pode distanciar-se nunca e em nenhum estado, ou então repetindo, quando não há mais assuntos a abordar, a eternal anedota sobre o comandante a quem informaram que o rabo do cavalo do monumento de Falconet[6] tinha sido cortado... numa palavra, mesmo quando todo mundo aspira a diversões, Akáki Akákievitch não se entregava a diversão alguma. Ninguém poderia dizer que o vira, uma noite, num sarau: farto de escrever, ele ia para a cama, sorrindo de antemão aos seus pensamentos sobre o dia vindouro — o que é que Deus me mandará amanhã para copiar? Assim fluía

---

[6] O autor tem em vista o chamado "Cavaleiro de cobre", a estátua equestre do imperador Piotr (Pedro) I erguida, em São Petersburgo, pelo escultor francês Étienne Maurice Falconet (1716–1791).

a pacata vida do homem que, ganhando um salário anual de quatrocentos rublos, sabia contentar-se com seu destino; fluiria, quiçá, até a mais profunda velhice, se não houvesse diversas calamidades esparsas pelo caminho dos servidores não só de nona, mas até mesmo de sétima, terceira, segunda e qualquer outra classe, inclusive daqueles que não aconselham a ninguém nem aceitam conselhos de outrem.

Existe em Petersburgo um poderoso inimigo de todos os assalariados que ganham quatrocentos rublos por ano ou em torno disso. Tal inimigo é ninguém mais e ninguém menos que nosso frio boreal, embora se diga, na realidade, que ele é muito saudável. Por volta das nove horas da manhã, exatamente naquela hora em que as ruas pululam de funcionários rumando ao departamento, ele se põe a dar piparotes tão bruscos e brutos em todos os narizes sem exceção que os coitados funcionários ignoram absolutamente onde os esconder. Nesse período, quando até mesmo os titulares dos cargos mais altos têm frontes doloridas e lágrimas nos olhos, os pobres servidores de nona classe veem-se, várias vezes, desprotegidos. Toda a salvação deles consiste em percorrerem o mais depressa possível cinco ou seis ruas, com seus precários capotezinhos, e depois baterem bastante os pés no vestíbulo, até que degelem todas as suas faculdades congeladas pelo caminho e volte ao normal a sua capacidade de levar o serviço adiante. Fazia, pois, algum tempo que Akáki Akákievitch vinha sentindo uma ardência peculiar nas costas e num dos ombros, conquanto buscasse atravessar o referido espaço com toda a velocidade possível. Acabou questionando se não havia alguns defeitos em seu capote. Ao examiná-lo devidamente em casa, descobriu que em dois ou três lugares — a saber, nas costas e nos ombros — ele se transformara em meros andrajos: o tecido se desgastara tanto que ficara transparente e o forro se desfiara. É preciso sabermos que o capote de Akáki Akákievitch também servia de objeto às caçoadas dos funcionários; privavam-no, inclusive, da nobre denominação de capote e chamavam-no de roupão. Ele tinha, de fato, uma estrutura algo estranha: sua gola diminuía a cada ano, utilizada para consertos de suas outras partes. Sem revelarem nenhuma arte da alfaiataria, esses consertos tornavam o capote ainda mais canhestro e feio. Percebendo qual era o problema, Akáki Akákievitch decidiu levar o capote à casa de Petróvitch, alfaiate que morava algures no quarto andar (subindo a escada dos fundos) e, mesmo que fosse caolho e de cara toda bexiguenta, arrumava assaz oportunamente as calças e casacas dos servidores e outros fregueses — bem entendido, quando estava sóbrio e não nutria, em sua mente, nenhum outro desígnio. É claro que não nos cumpriria falar muito desse alfaiate, mas, como o caráter de todo personagem de uma novela deve ser, em regra, plenamente descrito, nada podemos fazer senão pôr o tal Petróvitch em foco. A princípio, ele se chamava simplesmente Grigóri e era servo de um fidalgo; passou a chamar-se Petróvitch desde que recebeu sua alforria e começou a beber, com bastante fervor, por ocasião de várias festas, primeiro das festas grandes e depois, sem discernimento, de todas as festas religiosas, contanto que as respectivas datas comemorativas fossem marcadas no calendário com uma cruz. Por esse lado, ele permanecia fiel aos costumes dos ancestrais e, brigando com sua mulher, rotulava-a de mundana e alemã. Visto que já dissemos meia palavra a respeito de sua mulher, precisaremos acrescentar mais duas palavras; infelizmente, não sabemos muita coisa sobre ela, apenas que Petróvitch tinha uma mulher, a qual não usava lenços, mas até mesmo uma touquinha, e não podia, ao que nos parece, gabar-se de sua beleza: ao menos, eram tão só os soldados da guarda que lançavam, ao encontrá-la, uma olhada por baixo de sua touca, estremecendo-lhes então o bigode e soltando a sua boca certa exclamação bem particular.

Escalando a escada que levava até Petróvitch e, cabe-nos ser justos, estava toda untada de lavagens e totalmente impregnada daquele cheiro alcoólico que pica os olhos e, como se sabe, encontra-se sempre presente em todas as escadas dos fundos nos prédios petersburguenses... escalando, pois, essa escada, Akáki Akákievitch já pensava na soma que pediria Petróvitch e resolveu consigo mesmo que não lhe daria mais de dois rublos. A porta estava aberta, porquanto a dona da casa produzira, fritando um peixe, tanta fumaça na cozinha que não se podia ver lá nem sequer as baratas. Akáki Akákievitch passou através da cozinha, sem que a própria dona da casa reparasse nele, e acabou por entrar no quarto onde viu Petróvitch sentado numa larga mesa de madeira jamais pintada, cruzando as pernas como um paxá turco. Seus pés, segundo o hábito dos alfaiates atarefados, estavam nus. Antes de tudo, saltou aos olhos de Akáki Akákievitch seu dedão, que ele bem conhecia, com uma unha mutilada, grossa e dura que nem o crânio de uma tartaruga. Um novelo de seda e fios pendia no pescoço de Petróvitch, uns farrapos jaziam no colo dele. Havia cerca de três minutos ele tentava introduzir o fio no buraco de sua agulha, mas não acertava e zangava-se, por esse motivo, com a escuridão e mesmo com o fio propriamente dito, resmungando a meia-voz: "Não entra, bárbaro; encheu o meu saco, bicho!" Akáki Akákievitch não gostou de ter vindo naquele exato momento em que Petróvitch estava zangado: ele preferia encomendar algo a Petróvitch quando este andava meio "encorajado" ou, conforme se expressava a sua mulher, "tava cheinho de cachaça, diabo zarolho". Em tal estado Petróvitch costumava, de muito bom grado, abaixar o preço e aceitar as condições do cliente, saudando-o, todas as vezes, com gratidão. É verdade que depois vinha sua mulher e reclamava, chorosa, que o marido estava bêbado e cobrara, portanto, barato demais; todavia, bastava dar-lhe uma *grivna*[7] para que a desculpa colasse. Mas agora Petróvitch parecia sóbrio e mostrava-se, por conseguinte, ríspido, intratável e disposto a cobrar só o diabo sabe que preços. Akáki Akákievitch entendeu logo isso e já queria, como se diz, bater em retirada, mas o negócio estava iniciado. Petróvitch cravou

---

[7] Antiga moeda russa equivalente a 10 copeques.

nele, com atenção excessiva, seu único olho, e Akáki Akákievitch disse de forma involuntária:

— Bom dia, Petróvitch!

— Desejo saúde ao senhor — respondeu Petróvitch e mirou de soslaio as mãos de Akáki Akákievitch, querendo definir a espécie de presa que este trouxera.

— É que, Petróvitch, aquilo ali...

É preciso sabermos que Akáki Akákievitch se exprimia, na maior parte das vezes, com tais preposições, advérbios e, afinal, partículas que decididamente não possuíam significado algum. E, sendo o assunto muito difícil de explicar, costumava até mesmo não terminar a frase, de modo que amiúde, ao começar seu discurso com as palavras: "É, na verdade, bem aquilo ali...", não adicionava mais nada, esquecendo o que ia dizer ou pensando que já dissera tudo.

— O que é? — perguntou Petróvitch, examinando, ao mesmo tempo, com o seu único olho todo o uniforme do servidor, desde a gola até as mangas, as costas, as abas e as casas de botões, e reconhecendo muito bem tudo isso por tê-lo costurado pessoalmente. Assim é o hábito dos alfaiates e a primeira coisa que eles fazem ao encontrar alguém.

— É que, Petróvitch, aquilo ali mesmo... é que o capote, o tecido... estás vendo, em todas as demais partes continua bem forte, só empoeirou um tiquinho e parece velho, mas ainda está novo, num lugar só é que ficou um pouco assim... nas costas e mais aqui, num dos ombros, um pouco surrado... e mais neste ombro também um pouquinho... estás vendo, é só isso. E não há tanto trabalho assim.

Petróvitch tomou o capote, desdobrou-o primeiramente na mesa, fitou-o por muito tempo, abanou a cabeça e estendeu a mão em direção ao peitoril da janela para pegar uma redonda tabaqueira com o retrato de um general: não sabemos ao certo que general era aquele, tendo o ponto onde se encontrava o rosto sido perfurado com um dedo e depois remendado com um pedacinho quadrangular de papel. Ao cheirar seu tabaco, Petróvitch abriu o capote com ambas as mãos, examinou-o à contraluz e tornou a abanar a cabeça. Em seguida, virou-o de forro para cima e abanou outra vez a cabeça, voltou a tirar a tampa com o general remendado mediante o tal papelzinho e, atulhando o nariz de tabaco, fechou e guardou a tabaqueira, dizendo afinal:

— Não tem jeito de arrumar, não: o traje tá ruim!

Essas palavras fizeram o coração de Akáki Akákievitch pular de susto.

— Por que não tem jeito, Petróvitch? — indagou ele com a voz quase suplicante de uma criança. — É que ficou só um pouquinho gasto nos ombros... é que tu tens aí uns pedacinhos de pano...

— Posso, sim, posso achar uns pedacinhos — disse Petróvitch —, mas não tem como os botar em cima: o negócio tá todo podre, é só meter a agulha e eis que se rasga...

— Deixa rasgar-se, pois, e coloca um remendinho.

— Mas não tem onde botar esse remendinho, não tem onde o prender, que o estrago é grande demais. Só se chama tecido... mas, se soprar um ventinho, não sobra nada.

— Pois prende de algum modo. O que está havendo? É, realmente, aquilo ali...

— Não — disse Petróvitch, resoluto —, não dá pra fazer nada. O negócio tá ruim mesmo. É melhor que o senhor faça dele, quando chegar o frio do inverno, um bocado de *onutchas*, já que as meias não esquentam. Foram os alemães que inventaram isso pra arrumar mais dinheiro (em ocasiões favoráveis, Petróvitch gostava de alfinetar os alemães). Quanto ao capote, parece que o senhor vai precisar de um novo.

Dita a palavra "novo", uma neblina sombreou os olhos de Akáki Akákievitch, e tudo o que estava no quarto ficou mesclado na sua frente. Ele enxergava com clareza apenas o general de cara remendada com papelzinho, que se encontrava na tampa da tabaqueira de Petróvitch.

— Como assim, um novo? — disse ele, ainda nesse estado de estupor. — É que nem dinheiro eu tenho para isso.

— Sim, um novo — confirmou Petróvitch com uma tranquilidade bárbara.

— Se eu precisar, pois, de um novo capote, então aquilo ali...

— Quer dizer quanto ele vai custar?

— Sim.

— Mas três cinquentinhas e tanto precisará desembolsar — disse Petróvitch, cerrando os lábios de uma maneira significante. Ele gostava muito de efeitos fortes, gostava de atordoar repentinamente alguém e de espiar, a seguir, de esguelha a careta que esse alguém fazia em resposta às suas palavras.

— Cento e cinquenta rublos por um capote! — exclamou o coitado Akáki Akákievitch; exclamou, quem sabe, pela primeira vez na vida, visto que sempre se destacava pela mansidão de sua voz.

— Siiim — disse Petróvitch —, e ainda depende de como é o capote. Se a gente botar uma marta como gola e aprontar um capuz com forro de seda, aí serão uns duzentos.

— Petróvitch, por favor — insistiu Akáki Akákievitch em tom de súplica, sem ouvir as palavras de Petróvitch, com todos aqueles efeitos, nem mesmo tentar ouvi-las —, arruma o capote de algum jeito para que sirva mais um tempinho.

— De jeito nenhum: é matar o trabalho e gastar o dinheiro em vão — redarguiu Petróvitch, e Akáki Akákievitch foi embora totalmente aniquilado por essas palavras.

E Petróvitch, quando ele saiu, ficou ainda muito tempo em pé, cerrando os lábios de sua maneira significante e sem voltar ao trabalho, todo satisfeito de ter preservado sua dignidade e defendido, de igual modo, a arte da alfaiataria.

Uma vez na rua, Akáki Akákievitch estava como que entorpecido. "Eta, mas que negócio assim e assado" — pôs-se a falar consigo mesmo. — "Eu, na verdade, nem pensava que fosse aquilo ali..." — e, após certo silêncio, acrescentou: "Pois é aquilo ali! Eis o que ocorreu, enfim... e eu, na verdade, nem podia supor que fosse aquilo ali." Seguiu-se, de novo, um longo silêncio, ao cabo do qual ele pronunciou: "Assim, é aquilo ali! Eis, realmente, uma inesperada...

nem podia pensar naquilo ali... uma circunstância assim!" Dito isso, ele tomou, em vez de ir para casa, o rumo contrário, sem mesmo imaginar aonde ia. Um limpa-chaminés empurrou-o, pelo caminho, com seu flanco sujo e manchou-lhe o ombro todo de preto; uma porção de cal desabou sobre ele do topo de um prédio em construção. Ele não reparou em nada disso e só depois, esbarrando num vigilante policial que, ao deixar sua alabarda de lado, sacudia um corninho de tabaco sobre o seu punho caloso, só depois recuperou um pouco de sua consciência, e foi porque o vigilante lhe disse: "Sai de cima do meu focinho! Não te basta a calciçada?"[8] Isso o fez olhar ao redor e retornar para casa. Apenas então ele começou a juntar suas ideias, vendo claramente a sua verdadeira situação, e a falar consigo de forma não sincopada, mas razoável e sincera, como se fala com um camarada sensato a quem se pode confiar o mais íntimo dos assuntos. "Não" — disse Akáki Akákievitch —, "agora não dá para negociar com Petróvitch: agora ele está... aquilo ali... talvez a mulher tenha batido nele. É melhor que eu o visite domingo de manhãzinha: ele estará vesgo e sonolento, após sua 'sabatina', e vai querer mais bebida, mas a mulher não lhe dará dinheiro; enquanto isso, eu cá porei uma *grivna*... naquilo ali, na mão dele, e Petróvitch ficará mais suave; pois então, o capote será... bem aquilo ali." Assim resolveu Akáki

---

[8] Corruptela da palavra "calçada" pronunciada por um vigilante analfabeto e, talvez, bêbado. O termo russo seria "trotuar", mas o tal vigilante diz "trukhtuar", o que gera um efeito cômico.

Akákievitch com seus botões, animou-se, esperou até o domingo seguinte e, vendo de longe a mulher de Petróvitch sair de casa, foi direto ao quarto dele. Após sua bebedeira sabatina, Petróvitch estava, de fato, bastante vesgo, andava cabisbaixo e todo sonolento, mas, apesar disso tudo, ficou como que endiabrado, tão logo soube de que se tratava. "Não posso" — respondeu ele. — "Digne-se o senhor a encomendar um novo capote." Nisso Akáki Akákievitch pôs uma *grivna* em sua mão. "Agradeço ao senhor, vou tomar um pinguinho à sua saúde" — disse Petróvitch. — "Quanto ao capote, tenha a bondade de não se preocupar: ele não serve mais pra serventia nenhuma. Vou fazer um novo capote pro senhor, um ótimo, e assim é que tamos combinados."

Akáki Akákievitch tentou novamente falar em consertos, mas Petróvitch não o escutou direito e concluiu: "Farei, pois, um novo capote incomparável pro senhor, tenha a bondade de confiar na gente, que vamos aplicar todo o esmero. Até poderemos fazer como a moda exige: a gola terá fechos iguais a patinhas de prata como que *appliquées*".

Foi então que Akáki Akákievitch entendeu que não passaria sem o novo capote e ficou totalmente desanimado. Como, na realidade, de que maneira e com que dinheiro o faria? É claro que poderia contar com o futuro bônus por ocasião da festa, mas aquele dinheiro estava, havia tempos, distribuído e comprometido de antemão. Ele precisaria arranjar uma nova calça, pagar ao sapateiro a antiga dívida por ter munido suas botas de novas gáspeas e, ademais, encomendar à costureira três camisas e umas duas peças daquela roupa de baixo que é indecente mencionarmos no texto impresso — numa palavra, todo o dinheiro seria gasto por completo; e mesmo se o diretor fosse generoso o suficiente para lhe conceder, em vez de quarenta rublos de gratificação, uns quarenta e cinco ou cinquenta rublos, ainda assim lhe restaria uma soma desprezível, equivalente, naquele capital do capote, a uma gota no mar. Decerto Akáki Akákievitch sabia que Petróvitch tinha a extravagância de cobrar, quando menos se esperava, sabe lá o diabo que preços exorbitantes, de modo que a própria mulher dele não podia abster-se de gritar nesses casos: "Ficaste doido, seu besta? Da outra vez trabalhaste de graça, e agora o capeta te leva a cobrar tal preço que nem tu mesmo tens!" Decerto ele sabia que Petróvitch se dignaria a fazer o capote até por oitenta rublos, porém... de onde sairiam esses oitenta rublos? Ainda conseguiria metade dessa quantia; conseguiria, sim, quem sabe um pouco mais que isso, mas onde acharia a outra metade?... Contudo, o leitor necessita saber, antes do mais, como surgiu a primeira metade. Ao gastar cada seu rublo, Akáki Akákievitch costumava guardar um vintém numa caixinha fechada à chave, em cuja tampa havia um buraquinho para moedas. Terminado o semestre, ele conferia o cobre amealhado e substituía-o por miúdos de prata. Agia dessa maneira por muito tempo e acabou juntando, ao cabo de vários anos, mais de quarenta rublos. Assim, a primeira metade estava em suas mãos, mas onde arrumaria a segunda? Onde encontraria mais quarenta rublos?

Akáki Akákievitch ficou pensando, cismando, e decidiu que teria de reduzir suas despesas ordinárias, pelo menos ao longo de um ano: suprimir o consumo de chá à noite; deixar de acender velas e, precisando fazer alguma coisa, ir ao quarto da locadora e trabalhar lá, com a velinha dela; andando pelas ruas, pisar nas pedras e lajes com a maior leveza e cautela, quase se pondo nas pontas dos pés a fim de não estragar, antes da hora, as solas; entregar o mais raro possível suas roupas de baixo à lavadeira e, para que estas não se gastassem, tirá-las todas as vezes que chegasse a casa e ficar apenas com um roupão de *demi-coton*,[9] muito velho e poupado até pelo próprio tempo. A princípio, cumpre-nos dizer a verdade, ele teve alguns problemas em habituar-se a tantas limitações, mas depois se habituou de alguma forma, entrando nos eixos, e mesmo aprendeu a suportar bem sua fome noturna: alimentava-se, em compensação, espiritualmente, agregando aos seus pensamentos a eterna ideia do futuro capote. Desde lá, a própria existência de Akáki Akákievitch teria ficado mais plena, como se ele tivesse desposado alguém, como se vivesse com outra pessoa, como se não estivesse mais só, tendo uma agradável amiga consentido em acompanhá-lo nos caminhos da vida — e essa amiga era nada mais e nada menos que o dito capote provido de um sólido forro de algodão, forro este que nunca se gastaria. De certo modo, ele recuperou um pouco de seu ânimo, e seu caráter se

---

[9] Tecido feito parcialmente de algodão.

tornou mais firme como o de um homem que já determinara e fixara um objetivo. Tanto seu semblante quanto suas ações se viram, por si só, livres da dúvida, da indecisão... numa palavra, de todos os traços hesitantes e indefinidos. Um fogo se acendia, por vezes, em seus olhos, e as ideias mais ousadas e denodadas despontavam-lhe na cabeça: e se realmente pusesse uma marta como gola? Tais reflexões quase o deixaram relapso. Um dia, copiando um papel, ele já ia cometer um erro, de sorte que exclamou "ui!", praticamente em voz alta, e fez um sinal da cruz. No decorrer de cada mês ele visitava, ao menos uma só vez, Petróvitch para falar sobre o capote — onde seria melhor comprar o tecido e de que cor e por qual preço? — e regressava, embora um tanto preocupado, mas sempre contente, a casa, pensando em como viria afinal o tempo em que tudo isso seria comprado e o capote ficaria pronto. O negócio avançou ainda mais depressa do que ele esperava. A despeito de todas as previsões, o diretor não concedeu a Akáki Akákievitch apenas quarenta ou quarenta e cinco, mas até mesmo sessenta rublos: tivesse ele pressentido que Akáki Akákievitch precisava de um capote ou tivesse aquilo ocorrido casualmente, o fato é que lhe vieram, por consequência, vinte rublos a mais. Essa circunstância acelerou o andar da carruagem. Ainda uns dois ou três meses de ligeira abstinência, e Akáki Akákievitch juntou, de fato, cerca de oitenta rublos. Seu coração, em geral bem tranquilo, rompeu a bater. Logo no primeiro dia conveniente ele foi, com Petróvitch, às lojas. Compraram um tecido de lã muito bom, e não era de admirar-se, pois vinham pensando nisso com meio ano de antecedência, sendo raros os meses em que não iam às lojas para sondar os preços; em compensação, Petróvitch disse que não havia tecido melhor. Para o forro escolheram o *buckram*,[10] mas bem encorpado e sólido, o qual seria, segundo Petróvitch, ainda melhor que a seda e, mesmo em aparência, mais bonito e lustroso. Prescindiram da marta, por ser realmente cara, porém escolheram, em lugar dela, uma gata — aliás, a melhor que acharam na loja —, uma gata que sempre se poderia confundir, de longe, com uma marta. Petróvitch dedicou ao capote tão só duas semanas, e isso porque teve de acolchoá-lo todo, senão o teria feito mais rápido ainda. Pelo trabalho Petróvitch cobrou doze rublos, já que não tinha como cobrar menos: fora absolutamente tudo costurado a fios de seda, com aqueles pontos miúdos e duplos que Petróvitch depois percorreu, um por um, com seus dentes para estampar diversas figuras. E foi... é difícil dizermos, com exatidão, em que dia, mas provavelmente no dia mais solene da vida de Akáki Akákievitch que Petróvitch lhe trouxe enfim o capote. Trouxe-o de manhã, pouco antes da hora em que ele devia ir ao departamento. E nunca, em nenhum outro momento, o capote viria tão a calhar, porquanto um frio assaz forte já se estabelecera, ameaçando, pelo que se via, ficar mais forte ainda. Petróvitch entregou o capote como um bom alfaiate que era. Seu rosto

---

[10] Tecido liso e reluzente, de modo geral usado para fazer capas de livros.

tinha uma expressão deveras significante que Akáki Akákievitch jamais vira antes. Ele parecia sentir plenamente que fizera um grande negócio e revelara, de supetão, em si próprio aquele abismo que separa os alfaiates a remendarem e ajustarem roupas velhas dos aptos a produzir roupas novas. Tirou o capote do pano que o envolvia e acabava de ser lavado; dobrou, em seguida, o pano e guardou-o para o uso posterior. Abrindo o capote, lançou um olhar orgulhoso e, segurando-o com ambas as mãos, colocou-o com muita destreza nos ombros de Akáki Akákievitch, depois o puxou para baixo e alisou sua parte traseira; por fim drapejou Akáki Akákievitch com o capote desabotoado. Akáki Akákievitch quis, como um homem já idoso, experimentar as mangas; Petróvitch o ajudou também nisso, e, uma vez enfiados os braços nas mangas, o capote lhe caiu de igual modo ótimo. Numa palavra, concluiu-se que o capote servia perfeitamente bem. Petróvitch não perdeu, nessa ocasião, a oportunidade de dizer que havia cobrado tão pouco só pelo fato de morar numa rua pequena, de trabalhar sem tabuleta e de conhecer Akáki Akákievitch de longa data, e que na Avenida Nêvski[11] lhe cobrariam, apenas pelo trabalho, setenta e cinco rublos. Akáki Akákievitch não estava disposto a discutir isso com Petróvitch, sentindo, ainda por cima, medo daquelas somas vultosas que Petróvitch citava com gosto para jogar poeira nos olhos: acertou a conta, agradeceu ao alfaiate e logo se dirigiu ao departamento com o seu

---

[11] A principal via pública do centro histórico de São Petersburgo.

novo capote. Petróvitch saiu atrás dele e, plantado no meio da rua, ficou mirando o capote de longe, depois tomou de propósito uma viela entortada para, usando esse atalho, ultrapassar seu cliente que ia pela rua e rever sua obra do outro lado, isto é, bem de frente. Nesse ínterim, Akáki Akákievitch caminhava no mais festivo estado de todos os sentimentos. Sentia, a cada instante, seu novo capote nos ombros e acabou sorrindo, algumas vezes, de satisfação interior. Possuía, na realidade, duas vantagens: em primeiro lugar, estava agasalhado e, em segundo, estava bem. Nem sequer reparou em seu percurso e subitamente se viu no departamento; despiu o capote no vestíbulo, examinou-o de todos os lados e confiou-o à vigilância especial do porteiro. Não se sabe de que modo o departamento inteiro ficou, de chofre, ciente do novo capote de Akáki Akákievitch e de que o roupão não existia mais. No mesmo minuto, todo mundo veio correndo ao vestíbulo para ver esse novo capote de Akáki Akákievitch. Os colegas se puseram a parabenizá-lo e a saudá-lo, de sorte que a princípio ele se mostrou apenas sorridente e depois até mesmo envergonhado. E quando o rodearam dizendo que seria preciso comemorar o novo capote e que ele deveria, ao menos, fazer uma festinha para todos, Akáki Akákievitch se perdeu completamente e não sabia mais como se comportar, o que responder e que desculpas inventar. Passados alguns minutos, enrubesceu todo e já ia afirmar, com muita ingenuidade, que não era, de jeito nenhum, um novo capote e, sim, aquele ali, o antigo. No fim das contas, um dos funcionários

— aliás, o assessor do próprio chefe de seção — disse com o provável intuito de demonstrar que não era nada arrogante e mexia, inclusive, com os inferiores: "Pois bem, eu é que faço uma festinha, em vez de Akáki Akákievitch, e convido vocês a vir tomar chá comigo: meu aniversário é hoje, como que de propósito". Os funcionários não demoraram, bem entendido, a felicitar o assessor do chefe de seção e aceitaram de boa vontade o convite dele. Akáki Akákievitch começou a forjar pretextos para não ir, mas todos alegaram que era falta de educação e, simplesmente, vexame e opróbrio, e assim não lhe deixaram a mínima possibilidade de recusar o convite. De resto, ele chegou mais tarde a sentir mesmo certo prazer, tão logo lembrou que teria com isso o ensejo de passear à noitinha de novo capote. Todo aquele dia foi, para Akáki Akákievitch, igual à maior e à mais solene das festas. Ele voltou para casa felicíssimo, tirou o capote e pendurou-o cuidadosamente numa parede, para admirar outra vez o tecido e o forro, pegando em seguida, por mero cotejo, o capote antigo, já todo desmantelado. Olhou para ele e mesmo se pôs a rir, tamanha era a diferença entre os dois trajes! E muito tempo depois, durante o almoço, continuou sorrindo ao recordar o estado em que se encontrava o capote antigo. Almoçou jovialmente e não escreveu nada após o almoço, não copiou papelada alguma, mas se refestelou um tantinho, qual um sibarita,[12] em sua cama e ficou descansando até o

---

[12] Alusão aos habitantes da antiga cidade grega de Síbaris que levavam uma vida ociosa, leviana e desregrada.

anoitecer. Vestiu-se a seguir, sem atrasar a saída, envergou seu capote e foi embora. Infelizmente não podemos dizer qual era o endereço exato do servidor que o convidara: a memória começa a falhar-nos para valer, e tudo quanto houver em Petersburgo, todas as ruas e todos os edifícios se juntam e se misturam tanto em nossa mente que é bastante difícil retirarmos dali algum objeto de aparência nítida. Seja como for, é seguro ao menos que o tal servidor morava na parte melhor da cidade, ou seja, nada perto de Akáki Akákievitch. De início este teve de percorrer certas ruas desertas e parcamente iluminadas; todavia, à medida que se aproximava da morada do servidor, as ruas se tornavam mais animadas, mais populosas e mais claras. Os pedestres apareciam lá com mais frequência, avistavam-se até mesmo algumas damas bem-apessoadas, os homens ostentavam, vez por outra, golas de castor; em vez dos precários trenós de madeira com grades pontilhadas de pregos dourados, passavam volta e meia os trenós envernizados com seus cocheiros de escarlates chapéus de veludo e suas cobertas de pele de urso, e as carruagens de luxo, cujas boleias estavam todas enfeitadas, atravessavam voando a rua, fazendo suas rodas guincharem por sobre a neve. Akáki Akákievitch via tudo isso como uma novidade: fazia já alguns anos que ele não saía de casa à noite. Parou, curioso, diante da janela iluminada de uma loja para ver o quadro a representar uma bonita mulher que descalçava sua botina, desnudando assim toda a perna, também muito jeitosa, enquanto por trás dela assomava, das portas do outro cômodo, a cabeça de um homem de costeletas e um belo cavanhaque debaixo do lábio. Akáki Akákievitch abanou a cabeça, sorriu e retomou seu caminho. Por que será que ele sorriu? Talvez por ter encontrado uma coisa totalmente desconhecida, a respeito da qual todo mundo conserva, porém, certo faro, ou por ter pensado, a exemplo de muitos outros servidores, o seguinte: "Ora, esses franceses! Nada a dizer: se quiserem aquilo ali, então será justamente aquilo ali...". Ou, sabe-se lá, não pensou nem isso: feitas as contas, não podemos penetrar na alma de um homem e descobrir tudo o que ele pensa. Por fim, ele alcançou o prédio em que residia o assessor do chefe de seção. Este vivia em grande estilo: uma lanterna alumiava a escadaria, ficando o apartamento dele no segundo andar. Uma vez na antessala, Akáki Akákievitch viu compridas fileiras de galochas no chão. No meio do cômodo, cercado dessas galochas, estava um samovar que borbulhava e soltava bufadas de vapor. Muitos capotes e capas pendiam nas paredes, tendo alguns deles até mesmo golas de castor ou lapelas de veludo. Detrás da parede ouviam-se ruídos e falas que se tornaram, de repente, nítidos e sonoros quando se abriu a porta e passou um lacaio trazendo em sua bandeja vários copos vazios, uma leiteira e uma cestinha de torradas. Era óbvio que os servidores estavam lá havia muito tempo e já tinham tomado o primeiro copo de chá. Ao pendurar seu capote, Akáki Akákievitch adentrou o quarto, surgindo na sua frente, de uma vez só, as velas, os convidados, os cachimbos, as mesas de jogo e afetando-lhe vagamente o ouvido uma conversa desinibida, que soava de todos os lados, e o barulho das cadeiras deslocadas. Muito embaraçado, ele se postou no meio do quarto, buscando inventar para si alguma ocupação. Entretanto, os colegas o avistaram e saudaram aos berros, indo de imediato à antessala para examinar novamente o seu capote. Akáki Akákievitch ficou um pouco confuso, mas, sendo um homem sincero, não pôde deixar de alegrar-se ao ver todos elogiarem o traje dele. Depois todo mundo o abandonou, bem entendido, com esse capote e dirigiu-se, como de praxe, às mesas reservadas para jogar baralho. Tudo isso — o barulho, a conversa e a multidão reunida — era, de certa forma, estranho para Akáki Akákievitch. Ele ignorava simplesmente como se portar, onde pôr as mãos, os pés e o corpo todo; acabou por acomodar-se ao lado dos jogadores e foi olhando ora as cartas ora as fisionomias de uma ou outra pessoa, passando algum tempo depois a bocejar e a sentir-se enfadado, ainda mais que já chegara o momento em que ele ia, de ordinário, para a cama. Ele queria despedir-se do anfitrião, mas não o deixaram fazer isso, dizendo que era obrigatório todos despejarem uma taça de champanhe em homenagem ao seu traje novo. Uma hora mais tarde foi servido o jantar composto de salada russa, carne de vitela fria, patê, pasteizinhos doces e champanhe. Akáki Akákievitch se viu constrangido a tomar duas taças, sentindo em seguida que o quarto se animara bastante, mas não conseguiu, de maneira alguma, esquecer que já era meia-noite e que estava bem na hora de retornar para casa. A fim de que o dono da festa não procurasse detê-lo, saiu às ocultas do quarto, achou na antessala o seu capote, vendo-o, não sem tristeza, jogado no chão, sacudiu-o para tirar a menor sujeira, vestiu-o e desceu a escada que levava para a rua. Ainda estava tudo claro ali. Umas lojinhas de varejo, aqueles permanentes clubes de servos e outra plebe, continuavam abertas; as outras lojas, que estavam trancadas, derramavam, no entanto, compridas faixas de luz através de todas as frestas das suas portas, manifestando assim que havia gente lá dentro e que a criadagem estava, por certo, longe de terminar a sua tagarelice e, desse modo, deixava os seus senhores em plena perplexidade quanto à sua localização. Akáki Akákievitch caminhava bem-humorado e mesmo se pôs a correr, não se sabe por que motivo, no encalço de uma dama que tinha passado, feito um relâmpago, perto dele e cujo corpo estava todo repleto de extraordinário requebro. Contudo, parou imediatamente e voltou a andar devagarinho, surpreso, ele próprio, com esse trotar de origens ignotas. Em breve, estenderam-se na sua frente aquelas ruas desertas que não eram nada alegres nem mesmo de dia, sem falar em como se tornavam à noite. Agora elas estavam ainda mais ermas e isoladas: os postes de luz surgiam cada vez mais raros (fornecia-se, pelo visto, menos óleo); apareciam as casas e cercas de madeira; não havia uma alma viva arredor, apenas a neve cintilava pelas ruas e as baixinhas cabanas tristes dormiam de contraventos fechados. Ele se achegou àquele lugar onde a rua desembocava numa infinda praça semelhante, com umas casas quase invisíveis do outro lado, a um horrível deserto.

Ao longe, sabe Deus a que distância, uma luz bruxuleava numa guarita que parecia situada nos confins do mundo. A alegria de Akáki Akákievitch diminuiu consideravelmente. Ele enveredou pela praça com certo receio involuntário, como se seu coração pressentisse algo ruim. Olhou para trás e para os lados: um verdadeiro mar rodeava-o. "Não, é melhor nem olhar" — pensou então e foi avançando de olhos fechados; quando os reabriu para saber se estava perto do fim da praça, viu-se, de súbito, face a face com dois homens bigodudos, mas já não conseguiu discernir quais eram aqueles homens. Sua vista se turvou e seu coração desandou a palpitar. "Mas esse capote é meu!" — disse um dos homens com uma voz retumbante, pegando-o pela gola. Akáki Akákievitch ia gritar "socorro!", mas o outro homem aproximou da sua boca um punho do tamanho de sua cabeça, ameaçando: "Só tenta aí dar um pio!". Akáki Akákievitch sentiu apenas tirarem-lhe o capote e golpearem-no com uma acha de lenha, tombou de costas na neve e não percebeu mais nada. Minutos depois, recuperou os sentidos e levantou-se, mas já não havia ninguém ao seu lado. Sentindo que no ermo fazia frio e que ele estava sem o capote, começou a gritar; todavia, sua voz nem se dispunha, aparentemente, a atingir os limites da praça. Desesperado, sem se cansar de gritar, foi correndo através da praça, em direção à guarita junto da qual estava plantado um vigilante policial que se apoiara em sua alabarda e olhava com perceptível curiosidade, desejando saber por que diabos um homem vinha, a correr, de longe e vociferava. Acercando-se dele,

Akáki Akákievitch rompeu a gritar, ofegante, que o vigilante estava dormindo e não vigiava coisa nenhuma, nem via como um cidadão tinha sido roubado. O vigilante respondeu que não vira nada mesmo, apenas que dois homens o haviam detido no meio da praça, e pensara que fossem seus amigos; aconselhou-o depois que fosse no dia seguinte, em vez de xingar por ali em vão, ver o inspetor da quadra, o qual encontraria aquele que roubara o capote. Akáki Akákievitch veio a sua casa em plena desordem: os cabelos que ainda lhe sobravam, pouco numerosos nas têmporas e na nuca, estavam todos despenteados; o flanco, o peito e toda a calça dele, cobertos de neve. Ao ouvir alguém dar pancadas medonhas na porta, sua velha locadora saltou, às pressas, da cama e, calçando tão só um chinelo, correu para abrir; levava uma mão ao peito, a segurar por pudor sua camisola, mas, uma vez aberta a porta, pulou para trás de ver Akáki Akákievitch nesse estado. E, quando ele contou o que ocorrera, agitou os braços e disse que era preciso ir ver o delegado, que o inspetor ia engabelá-lo, prometendo mundos e fundos para ganhar tempo, e que o melhor seria ir logo falar com o delegado em pessoa, que ela o conhecia, inclusive, pois Anna, finlandesa que antes lhe servira de cozinheira, trabalhava agora como babá na casa do delegado, que ela própria via o delegado frequentemente, passando ele de carruagem perto da sua casa, e que ademais ele ia todo domingo à igreja, rezava lá e, ao mesmo tempo, olhava para todos com alegria, dando tudo isso a entender que devia ser um homem bom. Ouvindo tal decisão, Akáki Akákievitch foi, entristecido, para o seu quarto, e como ele passou a noite, disso propomos julgar a quem possa imaginar, de alguma forma, a situação de outrem. Foi, de manhã cedo, à casa do delegado, porém lhe disseram que este estava dormindo; voltou às dez horas, porém lhe disseram de novo que o delegado dormia; veio às onze, porém lhe disseram que o delegado não estava em casa; reapareceu na hora do almoço, porém os escribas da antessala não quiseram deixá-lo entrar, insistindo em saberem sem falta por que razão ele viera, que necessidade o trouxera e o que lhe acontecera. Afinal de contas, Akáki Akákievitch resolveu, uma vez na vida, exibir sua índole e atalhou que necessitava ver o delegado em pessoa e que os escribas não tinham o direito de impedi-lo de entrar, que ele viera do departamento por motivos oficiais e que, quando se queixasse deles, então eles veriam o que era bom para a tosse. Os escribas não se atreveram a dizer nada contra isso, e um deles foi chamar o delegado. No entanto, o delegado escutou o relato sobre o roubo do capote de uma maneira extremamente estranha. Em vez de prestar atenção ao essencial ponto do tema, passou a interrogar Akáki Akákievitch — por que este voltava para casa tão tarde? teria visitado, porventura, algum lugar indecente? —, de modo que Akáki Akákievitch ficou totalmente confuso e foi embora sem saber se o inquérito concernente ao seu capote teria devida continuação ou não. Ao longo de todo aquele dia (a única vez em toda a sua vida), ele não apareceu no escritório. No dia seguinte foi trabalhar todo pálido e com seu capote antigo, o qual se tornara ainda mais deplorável. A narração sobre o roubo enterneceu muitos funcionários, conquanto alguns deles tivessem aproveitado mesmo esse caso para se rirem de Akáki Akákievitch. Decidiram logo fazer, em favor dele, uma caixinha, mas a soma que os servidores conseguiram juntar revelou-se ínfima, tendo eles já esbanjado bastante dinheiro para encomendar o retrato do diretor e bancar um livro cujo autor era amigo do chefe de seção. Movido pela compaixão, um dos servidores resolveu, pelo menos, ajudar Akáki Akákievitch com um bom conselho, dizendo que não lhe cumpria ir falar com o policial, pois este, mesmo capaz de encontrar, por algum acaso, o capote a fim de merecer a aprovação dos superiores, reteria o capote na polícia se a vítima não apresentasse legítimas provas de ser o dono da vestimenta, mas que o melhor seria dirigir-se a certa pessoa influente, a qual se comunicaria por escrito com quem de direito, fazendo assim que a investigação avançasse com mais sucesso. Por falta de alternativas, Akáki Akákievitch decidiu recorrer àquela pessoa influente. Que cargo exercia a pessoa em questão e como eram suas funções, isso nos resta até agora desconhecido. É preciso sabermos que a pessoa influente se tornara influente há pouco tempo, tendo sido antes uma pessoa sem influência alguma. Seu cargo continuava, aliás, a ser considerado pouco considerável em comparação com outros cargos mais consideráveis. Todavia, existe sempre um círculo de indivíduos ao qual aquilo que é pouco considerável, aos olhos de outrem, parece merecer muita consideração. De resto, a dita pessoa influente buscava aumentar sua influência com vários métodos, a saber: mandara que os funcionários inferiores a cumprimentassem ainda na escada, quando ela vinha ao escritório, e que ninguém ousasse recorrer a ela diretamente, indo o expediente em rigorosa conformidade com a hierarquia dos títulos, dirigindo-se o servidor de décima quarta classe ao servidor de décima segunda classe, o de décima segunda classe ao de nona classe e assim por diante, para que o assunto chegasse, dessa maneira, ao seu influente conhecimento. Assim é que tudo, na santa Rússia, está contaminado de imitação: cada um representa e arremeda o seu chefe. Dizem, inclusive, que um servidor de nona classe designado o gerente de uma pequena repartição pública arranjou, desde logo, um cômodo especial, chamando-o de "gabinete de chefia", e pôs às suas portas uma espécie de camaroteiros, de golas vermelhas e galões, que pegavam no puxador das portas e abriam-nas a cada visitante, embora no tal "gabinete de chefia" mal coubesse uma simples escrivaninha. Os usos e costumes da pessoa influente eram imponentes e majestosos, porém não muito complexos. O principal fundamento de seu sistema era a rigidez. "Rigidez, rigidez e... rigidez" — dizia ela de praxe e, pronunciando a última palavra, olhava de modo bem significativo para o rosto de seu interlocutor, ainda que não houvesse nenhuma razão para isso: uma dezena de funcionários, que compunha todo o mecanismo governamental da repartição, vivia devidamente amedrontada e, ao avistar o chefe de longe, abandonava de pronto o trabalho e esperava, em posição de sentido, até que ele passasse pela sua sala. A conversa da pessoa influente com os subordinados manifestava, de ordinário, severidade, contendo praticamente três frases: "Como você ousa? Você sabe com quem está falando? Você compreende quem está na sua frente?" Aliás, era um homem bondoso, lá no fundo da alma, um bom companheiro e um servidor prestativo, mas o generalato o deixara completamente desnorteado. Promovido a general, ele se confundira de certa maneira, perdera o rumo e não tinha mais a menor ideia de como se comportar. Quando lidava com seus iguais, ainda era um homem decente, um homem bastante honesto e mesmo não muito tolo em vários aspectos; contudo, assim que se via em presença das pessoas que estavam, ao menos, um degrau abaixo dele, enfrentava a pior das situações possíveis: mantinha-se calado, e sua postura suscitava tanto mais piedade que ele próprio sentia que seu passatempo poderia ser incomparavelmente melhor. Em seus olhos surgia, de vez em quando, uma forte vontade de aderir a uma conversa ou companhia interessante, coibida, porém, pelo pensamento se não seria aquilo por demais familiar de sua parte, e se, agindo dessa maneira, ele não faria sua significância diminuir. Em consequência de tais reflexões, ele permanecia eternamente no mesmo estado de silêncio, articulando tão só vez por outra alguns sons monossilábicos, e acabou adquirindo assim a reputação do homem mais tedioso do mundo. Foi essa a pessoa influente que veio abordar nosso Akáki Akákievitch: veio, por sinal, no momento menos oportuno para si mesmo, embora assaz oportuno para a pessoa influente. O general se encontrava em seu gabinete e conversava, de modo muito e muito alegre, com um velho conhecido recém-chegado, um amigo de infância que não tinha visto por vários anos. Nesse ínterim, informaram-no que viera um tal de Bachmátchkin. O general perguntou bruscamente: "Quem é?" — "Um funcionário" — responderam-lhe. — "Ah! Ele pode esperar, agora estou ocupado" — disse o homem influente. Aqui, cumpre-nos dizer que era uma mentira descarada: o homem influente estava livre, tendo já falado com seu companheiro sobre todas as coisas, e ambos alternavam, havia tempos, sua conversa com longas pausas, apenas dando tapinhas um na coxa do outro e comentando: "É isso aí, Ivan Abrâmovitch!" — "Isso mesmo, Stepan Varlâmovitch!" Apesar disso tudo, mandou que o funcionário esperasse a fim de mostrar ao amigo, o qual deixara de servir muitos anos atrás, mofando desde então em sua propriedade rural, quanto tempo os servidores passavam à espera de sua recepção. Ao conversar e, mais ainda, ao ficar calado até dizer chega, fumando um charutinho numa poltrona bem confortável de costas dobráveis, lembrou-se afinal da visita e disse subitamente ao secretário que estava às portas com uns relatórios na mão: "Ah, sim, parece que há um funcionário lá fora; diga que ele pode entrar". Vendo a humilde aparência de Akáki Akákievitch e seu uniforme vetusto, voltou-se de supetão para ele e perguntou: "O que deseja?" com aquela voz brusca e firme que tinha ensaiado, proposital e antecipadamente, em seu quarto, sozinho ante o espelho, ainda uma semana antes de obter seu cargo presente e seus privilégios de general. Akáki Akákievitch, que vinha sentindo de antemão uma timidez própria das circunstâncias, ficou um tanto confuso e, como podia, ou seja, como lhe permitia a sua desenvoltura verbal, explanou, com a adição mais frequente que noutras ocasiões do termo "aquilo ali", que tinha um capote novinho em folha e fora assaltado de modo bem desumano, e que agora pedia ao general que fizesse, de alguma forma, "aquilo ali", escrevendo ao senhor comandante da polícia ou a quem de direito para estes encontrarem o seu capote. Não se sabe por que o general achou tal solicitação descortês.

— O que é isso, prezado senhor? — disse ele bruscamente. — Não conhece a ordem? Por que veio aqui? Não sabe como se fazem as coisas? Antes o senhor deveria encaminhar seu pedido ao secretariado: ele iria do chefe de seção ao chefe de repartição, em seguida seria entregue ao secretário, e o secretário o entregaria depois para mim...

— Mas, Vossa Excelência — respondeu Akáki Akákievitch, procurando juntar toda a pequena porção de ânimo que possuía e sentindo, ao mesmo tempo, que suara de maneira horrível — ... eu, Vossa Excelência, ousei causar-lhe contrariedade porque os secretários são... aquilo ali... um povo inconfiável...

— Quê, quê, quê? — retrucou a pessoa influente. — Onde foi que o senhor se contagiou com esse espírito? Onde se contaminou com essas ideias? Qual é esse frenesi que se propaga entre os jovens para desafiarem seus chefes e superiores?

A pessoa influente não percebeu, pelo visto, que Akáki Akákievitch já tinha mais de cinquenta anos. Assim sendo, mesmo se fosse possível chamá-lo de jovem, seria apenas de forma relativa, ou seja, em comparação com um homem que já passara dos setenta.

— O senhor sabe a quem está dizendo isso? O senhor compreende quem está na sua frente? O senhor compreende isso, compreende? Sou eu que pergunto!

Nisso ele deu uma patada no chão, elevando a voz até uma nota tão forte que não apenas Akáki Akákievitch levaria um susto. Akáki Akákievitch ficou semimorto, cambaleou e, tremendo-lhe todo o corpo, não conseguiu mais manter-se em pé: se os vigias não tivessem logo acorrido para arrimá-lo, ele teria caído. Carregaram-no para fora quase exânime. E a pessoa influente, satisfeita com o efeito que até mesmo transcendera suas expectativas, e toda entusiasmada com a ideia de sua palavra ser capaz de fazer um homem desmaiar, olhou de soslaio para o seu companheiro a fim de saber o que ele pensava disso e viu, não sem prazer, que o próprio companheiro se encontrava num estado algo indefinido e já começava, por sua parte, a sentir medo.

Como desceu a escada, como saiu do prédio... de nada disso Akáki Akákievitch não se lembraria mais. Falhavam-lhe os braços e as pernas. Ainda não fora, em toda a sua vida, repreendido assim por um general que, para completar, era do outro departamento. Ia através de uma tempestade de neve a silvar pelas ruas, ia de boca aberta, sem respeitar as calçadas; o vento soprava nele, conforme um hábito petersburguense, de todos os lados, de toda ruela. Fez-se, num instante, uma inflamação em sua garganta; ele voltou para casa incapaz de dizer uma só palavra, ficou todo inchado e caiu de cama. Eis que abalos produz, às vezes, uma reprimenda conveniente! Já no dia seguinte uma grave febre se apossou dele. Graças à generosa contribuição do clima petersburguense, a doença avançava mais depressa do que se podia esperar, e, quando compareceu um doutor, não lhe restava outra coisa a fazer senão, apalpando o pulso, prescrever um cataplasma, com a única finalidade de não deixar o doente sem a ajuda salutar da medicina; declarou, aliás, que este faleceria na certa, ao mais tardar daí a um dia e meio. Dito isso, voltou-se para a locadora e acrescentou: "E você, queridinha, nem perca seu tempo à toa; encomende logo um caixão de pinho para ele, já que o de carvalho será caro demais". Se Akáki Akákievitch ouviu essas palavras fatais e se, uma vez ouvidas, elas lhe provocaram uma impressão arrebatadora, se ele lamentou a sua vida cheia de sofrimentos — não sabemos nada acerca disso, porquanto ele estava o tempo todo com muita febre e delirando. Diversas imagens, uma mais esquisita que a outra, atormentavam-no incessantemente: ora ele via Petróvitch, encomendando-lhe um capote munido de armadilhas para os ladrões, que o delírio fazia pulularem debaixo da sua cama, e chamava a cada minuto a locadora para que esta apanhasse um ladrão até mesmo sob a sua coberta, ora indagava por que o velho capote estava pendurado na sua frente, desde que ele tinha um capote novo, ora imaginava estar diante do general, escutando aquela reprimenda conveniente e repetindo: "Perdão, Vossa Excelência" ou mesmo chegando a proferir as mais terríveis injúrias, de modo que a velhinha locadora até se benzia por nunca o ter ouvido dizer nada parecido, ainda mais que essas palavras vinham imediatamente após o título "Vossa Excelência". A seguir, ele dizia coisas totalmente sem nexo, e não se podia compreender mais nada; percebia-se apenas que seus pensamentos e falas giravam, desconexos, em torno daquele mesmo capote. Afinal, o pobre Akáki Akákievitch expirou. Nem o seu quarto nem os seus pertences ficaram lacrados, porque, primeiro, não havia herdeiros e, segundo, o patrimônio dele era muito escasso, incluindo, notadamente, um feixe de penas de ganso, uma pilha de papel branco de escritório, três pares de meias, dois ou três botões que se tinham desprendido da sua calça e o capote que o leitor já conhece. Deus sabe quem levou tudo isso: confesso que o narrador desta história nem sequer teve interesse em sabê-lo. Akáki Akákievitch foi carregado até o cemitério e enterrado. E Petersburgo ficou sem Akáki Akákievitch, como se este jamais tivesse morado ali. Sumiu para sempre a criatura que ninguém defendia, a que ninguém dava valor, por que ninguém se interessava, a qual não atrairia a atenção nem mesmo de um naturalista que não perde a oportunidade de perfurar, com um alfinete, uma simples mosca para examiná-la ao microscópio; uma criatura que aturava humildemente as caçoadas dos servidores e, sem ter feito nenhuma coisa relevante, desceu à sepultura, mas foi visitada, embora bem no final da vida, por algo luminoso em forma daquele capote, que animara, por um instante, a sua pobre existência, e acabou logo esmagada por uma desgraça insuportável, a mesma desgraça, aliás, que esmaga os reis e soberanos do mundo... Alguns dias após sua morte, um dos vigias do departamento foi mandado para a sua casa com a prescrição de comparecer sem demora, por ordem do chefe, mas esse vigia se viu obrigado a voltar de mãos vazias, comunicando que o funcionário não podia mais comparecer, e respondeu à pergunta "por quê?" com a frase seguinte: "Pois ele morreu, já faz quatro dias que está enterrado". Assim o departamento ficou ciente da morte de Akáki Akákievitch, e o lugar dele ocupou, um dia depois, um servidor bem mais alto, cuja letra não era tão reta assim, mas bem mais oblíqua e sinuosa.

Contudo, quem poderia imaginar que nisso a história de Akáki Akákievitch não terminaria e que ele iria viver alguns dias escandalosos após ter morrido, como se fosse uma recompensa pela sua vida em que ninguém reparara? Aconteceu isso mesmo, e nossa humilde narrativa teve um desfecho inesperadamente fantástico. Em Petersburgo correram, de repente, rumores de que perto da ponte Kalínkin e muito além dela começou a aparecer, de noite, um servidor morto que procurava um capote roubado e arrancava de todos os ombros, sem distinção de título e patente, quaisquer capotes, como se fosse aquele: os de felinos e de castor, forrados de algodão, assim como as peliças de guaxinim, de raposa, de urso — numa palavra, toda espécie de peles e couros que os humanos haviam inventado para cobrir a sua própria pele. Um dos funcionários do departamento viu o defunto pessoalmente e logo reconheceu neste Akáki Akákievitch; porém isso lhe causou tamanho medo que ele foi correndo de todas as forças e não pôde, portanto, enxergá-lo bem, vendo-o apenas fazer, de longe, um gesto ameçador com um dedo. Por toda a parte circulavam, sem parar, as queixas de que as costas e os ombros dos servidores não só de nona, mas até mesmo de terceira classe, estavam sujeitos ao total resfriado por causa dos roubos noturnos de seus capotes. A polícia recebeu a ordem de prender o defunto custasse o que custasse, vivo ou morto, e de puni-lo de forma exemplar e crudelíssima, tendo a polícia quase conseguido realizar tal proeza. O vigilante de certa quadra pegou o defunto pela gola na travessa Kiriúchkin, indo já flagrar-lhe a tentativa de roubar o capote de *frise*[13] de um músico aposentado que havia tocado, tempos atrás, a flauta. Pegando-o, pois, pela gola, o vigilante chamou, aos berros, dois companheiros, mandou que o segurassem e enfiou, ele próprio, a mão em sua bota, por um minutinho apenas, para tirar de lá uma tabaqueira e refrescar assim o seu nariz seis vezes congelado ao longo de sua vida, mas o tabaco era, sem dúvida, de tal espécie que nem o defunto poderia aguentá-lo. Mal o vigilante tapou, com um dedo, a narina direita e sugou com a esquerda meio punhado de tabaco, o defunto deu um espirro tão forte que turvou os olhos dos três policiais com sua

---

[13] Termo francês que designa um grosso e felpudo tecido de lã.

baba. Enquanto eles se enxugavam com as mãos, o fantasma lhes escapou, de sorte que mais tarde eles nem saberiam dizer se o haviam flagrado de fato. Desde então os vigilantes sentiam tanto pavor dos defuntos que receavam prender até mesmo os vivos, gritando apenas de longe: "Ei, tu, vai aonde ias!", e o servidor morto passou a aparecer, inclusive, aquém da ponte Kalínkin e a impor bastante medo a todas as pessoas pusilânimes. Entretanto, nós nos esquecemos completamente de certo homem influente, o qual era, na realidade, quase o primordial motivo da direção fantástica desta nossa história perfeitamente verídica. Antes de tudo, nosso dever de sermos justos manda dizer que, tão logo o pobre Akáki Akákievitch levou a maior bronca e foi embora, o homem influente sentiu algo semelhante ao arrependimento. A compaixão não lhe era alheia: seu coração conhecia vários bons ímpetos, conquanto o título os impedisse amiúde de se revelarem. Assim que o companheiro recém-chegado saiu do seu gabinete, ele ficou refletindo no pobre Akáki Akákievitch. Desde então passou a cismar, quase todos os dias, naquele pálido servidorzinho que não suportara a censura superior. Tal pensamento o incomodava a ponto que, uma semana mais tarde, ele decidiu mesmo enviar um funcionário para saber como Akáki Akákievitch estava e se não seria realmente possível ajudá-lo de alguma maneira; quando lhe comunicaram que Akáki Akákievitch morrera de uma febre fulminante, sofreu até um baque, sentiu remorsos e passou o dia inteiro fora de si. Querendo divertir-se um pouco e esquecer sua impressão desfavorável, o homem influente foi ao sarau de um dos seus companheiros, em cuja casa encontrou uma sociedade decente e, o melhor de tudo, composta de pessoas que tinham, quase todas, o mesmo título, de modo que literalmente nada o constrangeria ali. Isso exerceu um influxo pasmoso sobre o seu estado de espírito. Ele se tornou descontraído, agradável em suas conversas, amável — numa palavra, passou a noite com muito prazer. Tomou, durante o jantar, umas duas taças de champanhe, bebida que, como se sabe, tem bastante eficiência em relação à jovialidade. O champanhe gerou-lhe a disposição para diversas excentricidades: ele resolveu, em particular, não voltar rápido para casa, mas visitar uma dama que conhecia, Carolina Ivânovna, dama de origem provavelmente alemã pela qual nutria sentimentos bem amigáveis. É preciso dizermos que o homem influente era uma pessoa já vivida, um bom esposo e um respeitável pai de família. Dois filhos, um dos quais já servia numa repartição pública, e uma bonita filha de dezesseis anos, provida de um narizinho um tanto curvo, mas também bonitinho, vinham diariamente beijar-lhe a mão, dizendo: "*Bonjour, papa.*[14]" Sua esposa, uma mulher ainda fresca e mesmo não tão feiosa assim, deixava o marido beijar a mão dela e depois, virando-a para outro lado, beijava a mão dele. Contudo, o homem influente (de resto, bem satisfeito com o carinho de seus familiares), achou decoroso arranjar, noutra parte da cidade, uma mulher para relações

---

[14] Bom dia, papai (em francês).

amigáveis. Essa amiguinha não era nada melhor nem mais nova que sua esposa, porém tais casos acontecem neste mundo, e não nos cabe julgar a respeito deles. Enfim, o homem influente desceu a escada, sentou-se no seu trenó e disse ao cocheiro: "À casa de Carolina Ivânovna", ficando, ele próprio, suntuosamente agasalhado com um capote quentinho, a desfrutar daquele estado gostoso que é o melhor dos estados idealizados para um homem russo, ou seja, quando você mesmo não pensa em nada e os pensamentos lhe vêm, por si só, à cabeça, um mais aprazível que o outro, sem o forçarem a persegui-los nem a buscá-los. Cheio de satisfação, ele relembrava, distraído, todos os ditosos momentos da noite, todas as palavras que tinham levado o pequeno círculo de seus amigos a cair na gargalhada, até repetia, a meia-voz, muitas daquelas palavras, achando-as tão engraçadas quanto antes e pensando que, por essa razão, não era estranho rir à vontade delas. Por vezes atrapalhavam-no, todavia, as rajadas de vento que, surgindo de supetão Deus sabe de onde e por que motivo, cortavam o seu rosto, jogavam nele flocos de neve, erguiam a gola do seu capote feito uma vela ou, repentinamente, punham-na com uma força sobrenatural em sua cabeça e causavam-lhe assim o constante problema de se livrar desse empecilho. De chofre, o homem influente sentiu alguém agarrá-lo, com bastante vigor, pela gola. Virando-se para trás, avistou um homem de pequena estatura, vestindo um velho uniforme surrado, e não sem pavor reconheceu nele Akáki Akákievitch. O rosto do servidor estava branco como a neve e parecia absolutamente morto. Mas o pavor do homem influente ultrapassou todos os limites quando ele viu a boca do finado entortar-se e, exalando o medonho cheiro do túmulo, pronunciar as palavras seguintes: "Ah, eis-te aí, finalmente! Enfim te peguei... por aquilo ali... pela gola! É do teu capote que estou precisando! Não me ajudaste a encontrar o meu e, ainda por cima, fizeste aquela censura, então me dá agora o teu capote!" O coitado homem influente quase morreu de susto. Por mais que mostrasse o seu caráter no escritório e perante os inferiores em geral, embora todos dissessem, ao ver o semblante viril e a postura dele: "Eta, que caráter!", ele sentiu, a exemplo de muitos outros covardes de aparência valente, tamanho medo que até começou a temer, não sem justa causa, que alguma crise mórbida o acometesse. Não demorou em tirar, ele próprio, o capote dos ombros e gritou ao cocheiro, com uma voz alterada: "Vai para casa, tão rápido quanto puderes!" Ouvindo aquela voz usada, de ordinário, em momentos decisivos e mesmo acompanhada então de ações muito mais drásticas, o cocheiro abaixou, por via das dúvidas, sua cabeça, rolou o chicote e voou que nem uma flecha. Ao cabo de uns seis minutos e pouco, o homem influente já estava ao pé do portão do prédio onde morava. Pálido, assustado e sem o capote, veio a casa, em vez de ir visitar Carolina Ivânovna, arrastou-se até o seu quarto e passou a noite numa notável desordem, de sorte que na manhã seguinte, na hora do chá, a filha lhe disse sem rodeios: "Estás todo pálido hoje, papai". Entretanto o papai se calava, sem dizer uma só palavra a respeito daquilo que ocorrera nem contar onde ele estava e aonde queria ir. Esse acontecimento deixou-lhe uma impressão forte. Daí em diante, ele diria aos subordinados: "Como você ousa, você compreende quem está na sua frente?" bem menos frequentemente que antes e, mesmo se lançasse mão dessas palavras, seria depois de escutar o que lhe pediam. Mas o fato ainda mais marcante é que, desde aquela noite, o servidor morto cessou de aparecer em definitivo: pelo visto, o capote do general lhe servira muito bem; ao menos, não se ouvia falarem, em parte alguma, dos roubos de capotes! Muitas pessoas enérgicas e solícitas não se dispunham, aliás, a quietar-se e comentavam que o servidor morto continuava aparecendo em bairros longínquos da cidade. Com efeito, um vigilante policial de Kolomna[15] viu, com os próprios olhos, um fantasma assomar detrás de um edifício, mas, sendo meio fraquinho por natureza, a ponto de um simples leitão crescido fazê-lo cair, arrojando-se, um dia, para fora de uma casa particular e provocando a maior gargalhada dos cocheiros que estavam reunidos naquele lugar e foram obrigados, por causa do tal escárnio, a pagar-lhe um vintém de compensação para que comprasse tabaco... pois então, sendo fraquinho, o vigilante não teve a coragem de deter o fantasma e apenas caminhou no encalço dele através da escuridão, até o fantasma olhar, de súbito, para trás, perguntar, parando: "O que é que tu queres?" e mostrar-lhe um

---

[15] Uma das partes mais importantes do centro histórico de São Petersburgo.

punho tão grande que nem mesmo um ser vivo teria um punho desses. O vigilante respondeu: "Nada" e logo tomou o caminho de volta. No entanto, aquele fantasma era muito mais alto que Akáki Akákievitch, usava um enorme bigode e, dirigindo-se, aparentemente, para a ponte Obúkhov, acabou desaparecendo nas trevas noturnas.

O PRIMEIRO AMOR

IVAN TURGUÊNEV

Dedicado a P. V. Ânnenkov[1]

Os convidados tinham ido embora havia tempo. O relógio deu meia-noite e meia. No quarto estavam apenas o dono da casa, Serguei Nikoláievitch e Vladímir Petróvitch. O anfitrião tocou a campainha e mandou o criado recolher os restos do jantar.

— Pois bem, o assunto é o seguinte — disse ele, acomodando-se em sua poltrona e acendendo um charuto. — Cada um de nós deve contar a história de seu primeiro amor. É sua vez, Serguei Nikoláievitch.

Serguei Nikoláievitch, um homem rechonchudo de rosto arredondado e cabelos louros, primeiro olhou para o dono da casa e depois ergueu os olhos para o teto.

— Não tive o primeiro amor — respondeu afinal —, comecei logo pelo segundo.

— Como assim?

---

[1] Ânnenkov, Pável Vassílievitch (1813–1887): crítico literário e estudioso russo.

— Muito simples. Eu tinha dezoito anos quando fui cortejando, pela primeira vez, uma senhorita bem bonitinha; porém a cortejava como se não fosse uma coisa tão nova assim para mim, da mesma maneira que namoraria mais tarde outras mulheres. A falar verdade, a primeira e a última vez que me apaixonei, tendo uns seis anos, foi pela minha babá, mas aquilo aconteceu há muito tempo. Os pormenores de nosso relacionamento se apagaram da minha memória e, mesmo se eu me lembrasse deles, quem se interessaria por isso?

— Então, o que vamos fazer? — prosseguiu o anfitrião. — O meu primeiro amor também é pouco interessante. Não me apaixonara por ninguém antes de conhecer Anna Ivânovna, minha esposa de hoje, e tudo correu às mil maravilhas para nós dois: nossos pais combinaram o casamento, nós nos enamoramos rapidamente um pelo outro e casamo-nos sem demora. Meu conto de fadas cabe em duas palavras. Confesso, meus senhores, que, levantando a questão do primeiro amor, contava com vocês, solteiros não digo "velhos", mas que tampouco são muito jovens. Talvez o senhor nos divirta com algo, Vladímir Petróvitch?

— O meu primeiro amor não pertence, de fato, à categoria de amores banais — respondeu, após uma pequena pausa, Vladímir Petróvitch, homem de uns quarenta anos cujos cabelos negros começavam a embranquecer.

— Ah! — disseram o dono da casa e Serguei Nikoláievitch numa voz só. — Melhor ainda... Conte-nos, pois.

— Está bem... mas não: eu não vou contar sobre isso. Não sei contar muito bem, as minhas histórias são secas e breves ou então longas e falsas; se me permitirem, anotarei tudo o que recordar num caderno e depois lerei para vocês.

A princípio, seus amigos não concordaram, mas Vladímir Petróvitch acabou insistindo. Ao cabo de duas semanas, eles se reuniram de novo, e Vladímir Petróvitch cumpriu a promessa.

Eis o que constava em seu caderno:

I

Isso aconteceu no verão de 1833. Eu tinha, na época, dezesseis anos.

Morava com meus pais em Moscou. Eles alugavam uma chácara perto do linde Kalújski,[2] em frente ao parque Neskútchny.[3] Eu me preparava para entrar na universidade, mas estudava bem pouco e sem pressa.

Ninguém restringia a minha liberdade. Fazia o que queria, sobretudo desde que me despedi do meu último preceptor francês, o qual não conseguia, de modo algum, acostumar-se à ideia de ter caído "como uma bomba" (*comme une bombe*) na Rússia e passava dias inteiros prostrado, de cara exasperada, na sua cama. O pai me tratava com um carinho indiferente;

---

[2] Trata-se do limite urbano voltado em direção à cidade de Kaluga.
[3] Grande jardim público (seu nome significa, em russo, "divertido" ou, literalmente, "não enfadonho") situado na margem direita do rio Moscovo.

a mãezinha quase não me dava atenção, embora não tivesse outros filhos além de mim: estava dominada por graves preocupações. Meu pai, um homem ainda novo e muito bonito, desposara-a por interesse, sendo ela dez anos mais velha que ele. Minha mãezinha levava, pois, uma vida tristonha: inquietava-se sem parar, sentia ciúmes, ficava zangada, mas sempre na ausência do pai; tinha muito medo dele, tão rígido, frio, distante em relação à esposa... Eu não conhecia nenhum homem que fosse mais requintadamente tranquilo, seguro de si e autoritário.

Nunca me esquecerei das primeiras semanas vividas naquela chácara. O tempo estava maravilhoso; nós deixáramos a cidade em nove de maio, justo no dia de São Nicolau. Eu passeava — ora no jardim de nossa casa, ora no parque Neskútchny, ora além do linde; levava comigo algum livro, por exemplo, o curso de Kaidânov,[4] mas raramente o abria, preferindo recitar, em voz alta, aqueles inúmeros versos que sabia de cor. O sangue estava fermentando em mim, e meu coração sentia uma dorzinha doce e engraçada: tímido e surpreso com todas as coisas, eu esperava por algo, estava todo alerta; minha fantasia voava, brincando, em volta das mesmas ideias, tal e qual aqueles gaivões que volteiam, ao raiar do sol, em torno de um campanário. Eu andava pensativo, triste, até chorava, mas através dessas lágrimas, através da tristeza suscitada ora por um verso melodioso, ora pela beleza da tarde,

---

[4] Kaidânov, Ivan Kuzmitch (1782–1843): célebre pedagogo russo, autor de numerosos manuais de história antiga.

brotava, feito a relva primaveril, a jovial sensação de uma jovem, efervescente vida.

Tinha um cavalinho de sela; montava-o sozinho e ia para algum lugar afastado, ali galopava, imaginando-me um cavaleiro num torneio — com quanta alegria o vento soprava em meus ouvidos! — ou, dirigindo o semblante para o céu, acolhia em minha alma aberta a luz fulgurante e a cor azul dele.

Lembro que, naquele tempo, a imagem de uma mulher, o fantasma de um amor feminino, quase nunca surgia em minha mente como uma figura bem definida; no entanto, em tudo o que eu pensava, em tudo o que eu experimentava havia um pressentimento oculto, semientendido, pudico de algo novo, inefavelmente gostoso, feminino...

Esse pressentimento, ou essa espera, impregnava todo o meu ser: eu o respirava, ele rolava nas minhas veias, contido em cada gota de sangue... indo em breve tornar-se realidade.

Nossa chácara era composta de uma mansão senhoril, feita de madeira e provida de colunas, e duas baixas casinhas dos fundos; na casa esquerda encontrava-se uma pequenina fábrica de papel de parede barato. Mais de uma vez fui lá para ver uma dezena de magros garotos, de cabelos arrepiados e rostos macilentos, vestindo roupões ensebados, que saltavam volta e meia em cima das alavancas de madeira, destinadas a pôr em movimento as peças quadrangulares da prensa, e dessa forma estampavam, com o peso de seus corpos mofinos, os ornamentos variegados naquele papel. A casinha direita permanecia vazia e estava para alugar.

Um dia (foi umas três semanas após nove de maio), os contraventos daquela casinha abriram-se, uns rostos femininos assomaram das janelas... uma família se hospedara ali. Lembro que no mesmo dia a mãezinha perguntou ao mordomo, na hora do almoço, quem eram os nossos novos vizinhos e, ouvindo o sobrenome da Princesa Zassêkina, primeiro disse com certo respeito: "Ah, uma princesa...", e depois acrescentou: "Deve ser uma pobre coitada".

— Vieram em três carroças — notou o mordomo, servindo com deferência um prato. — Não têm carruagem própria, e seus móveis são muito reles.

— Sim — redarguiu a mãezinha —, todavia, é melhor que seja uma fidalga.

O pai mirou-a com frieza; ela ficou calada.

De fato, a Princesa Zassêkina não podia ser uma mulher rica: a casinha dos fundos que tinha alugado era tão precária, pequena e baixa que as pessoas minimamente abastadas não consentiriam em morar nela. De resto, deixei tudo isso sem atenção naquele momento. O título principesco não me impressionou muito: acabava de ler *Os bandoleiros* de Schiller.[5]

II

Eu tinha o hábito de perambular, toda tarde, em nosso jardim, espreitando as gralhas com uma espingarda. Fazia tempo que sentia ódio por essas

---

[5] Friedrich von Schiller (1759–1805): grande poeta e dramaturgo alemão cujo drama *Os bandoleiros* (1781) era bem popular na Rússia daquela época.

aves prudentes, atrozes e pérfidas. No dia de que se trata, fui também ao jardim e, ao percorrer em vão todas as aleias (as gralhas me teriam reconhecido, soltando, apenas de longe, seus bruscos grasnidos), aproximei-me casualmente da baixa cerca que separava a nossa morada como tal da estreitinha faixa do jardim adjacente à casinha direita e situada atrás desta. Eu caminhava de olhos no chão. Ouvi, de súbito, umas vozes; olhei por cima da cerca e fiquei petrificado. Apresentou-se-me um estranho espetáculo.

A alguns passos de mim, numa clareira entre as verdes moitas de framboesa, estava plantada uma moça alta e esbelta, que usava um vestido rosa listrado e um lenço branco na cabeça; quatro rapazes se comprimiam ao redor dela, e a moça fazia, um por um, estalarem nas suas testas aquelas florzinhas cinza cujo nome não sei, mas que são bem familiares às crianças, florzinhas que formam pequenas cápsulas e rebentam, com um estalo, quando batidas contra uma superfície dura. Os rapazes ofereciam-lhe suas testas com tanto gosto e nos movimentos da moça (via-a de lado) havia algo tão encantador, imperioso, carinhoso, jocoso e meigo que eu quase gritei de espanto e prazer: parece que daria de pronto tudo o que houvesse no mundo para esses belos dedinhos me aplicarem também uma pancadinha na testa. Deixei a minha espingarda deslizar e cair na relva, esqueci tudo e fiquei devorando, com o olhar, esse corpo formoso, esse pescoço, esses lindos braços, esses cabelos louros, um pouco despenteados sob o lencinho branco, esses olhos entrefechados, inteligentes, esses cílios e essa terna face que eles encimavam...

— Jovem, ó jovem — uma voz ressoou, de repente, bem perto. — Será que é permitido olhar desse jeito para as mocinhas estranhas?

Estremeci todo, atordoado... Um homem de cabelos negros e rasos estava ao meu lado, detrás da cerca, e fitava-me com ironia. Nesse mesmo instante a moça também se virou para mim... Avistei seus enormes olhos cinza num rosto vivo e animado, e todo aquele rosto estava rindo, vibrante: os alvos dentes fulgiam, as sobrancelhas se levantavam de modo tão engraçado... Enrubescido, apanhei minha espingarda e fui correndo para o meu quarto, seguido por uma gargalhada sonora, mas não maldosa, joguei-me na cama e tapei o rosto com as mãos. Meu coração estava pulando; eu sentia, de vez, muita vergonha e alegria; uma emoção incomum apoderou-se de mim.

Ao descansar um pouco, arrumei os cabelos, limpei as roupas e desci para tomar chá. A imagem daquela moça pairava na minha frente; o coração não me pulava mais, premido por uma angústia agradável.

— O que tens? — perguntou-me, de chofre, o pai. — Mataste uma gralha?

Eu queria contar-lhe tudo, porém me contive e apenas sorri a mim mesmo. Indo dormir, girei, não sabia com que intuito, umas três vezes num pé, passei brilhantina em meus cabelos, deitei-me e dormi toda a noite como uma pedra. Ao amanhecer, despertei por um minutinho, soergui a cabeça, olhei ao redor com encantamento e peguei outra vez no sono.

III

"Como poderia conhecer as vizinhas?" — foi esse o primeiro pensamento que tive ao acordar de manhã. Antes do chá fui ao jardim, mas não me acheguei muito perto à cerca nem vi ninguém. Após o chá passei algumas vezes pela rua, defronte da chácara, olhando de longe para as janelas... Achei ter visto, por trás da cortina, o rosto dela e, assustado, retirei-me depressa. "Contudo, é preciso conhecê-la" — pensava, caminhando sem rumo pelo ermo arenoso que se estendia diante do Neskútchny —, "mas de que modo? Eis a questão". Rememorava os mínimos detalhes do nosso encontro: por alguma razão, imaginava com especial clareza aquela moça zombando de mim... Mas, ao passo que me inquietava e fazia diversos planos, o fado já se dispunha a auxiliar-me.

Em minha ausência, a mãezinha recebera de nossa nova vizinha uma carta escrita num papel cinza e selada com um lacre marrom usado apenas para intimações enviadas pelo correio e rolhas do vinho barato. Naquela carta, de estilo rudimentar e letra desmazelada, a princesa pedia que a mãezinha lhe concedesse o seu apoio: na opinião da princesa, minha mãe conhecia bem certas pessoas influentes das quais dependia o destino dela própria e de seus filhos, visto que ela movia processos judiciais de suma importância. "Recorro-lhe" — escrevia, em particular — "como de uma dama nobre para outra dama nobre, agradando-me proveitar esta ocasião". Finalizando, solicitava a permissão de vir conversar com a mãezinha. Encontrei minha mãe de mau humor: o pai não estava em casa, e ela não tinha a quem pedir conselho. Ignorar uma "dama nobre", e, ainda por cima, uma princesa, seria impossível, mas como lhe responder... a mãezinha não o sabia. Parecia despropositado mandar um bilhete em francês e, quanto à ortografia russa, minha mãe tampouco era forte nela, estava ciente disso e não queria comprometer-se. Ela se alegrou com a minha chegada e logo mandou que fosse à casa da princesa e explicasse a esta, oralmente, que a mãezinha estava sempre pronta a prestar à Sua Alteza um favor, na medida de suas forças, e pedia que a princesa viesse visitá-la depois do meio-dia. A realização inesperadamente rápida dos meus desejos secretos deixou-me feliz e amedrontado, porém eu não demonstrei a ansiedade que se apossara de mim e fui, previamente, ao meu quarto para vestir minha sobrecasaca e atar uma gravata novinha. Ainda usava, em casa, jaquetas de colarinho caído, se bem que elas me incomodassem muito.

IV

Na antessala apertada e meio suja da casa dos fundos, em que eu entrara com um tremor involuntário por todo o corpo, recebeu-me um velho criado de cabeça branca e rosto escuro que nem o cobre. Seus olhos eram pequenos, como os de um porco, e lúgubres; eu nunca tinha visto rugas tão profundas quanto aquelas que lhe cortavam a testa e as têmporas. No prato que ele segurava jazia a espinha limpa de um arenque, e fechando, com o pé, a porta que levava ao outro cômodo, ele me disse bruscamente:

— O que deseja?

— A Princesa Zassêkina está em casa? — perguntei eu.

— Vonifáti! — gritou, detrás da porta, uma rangente voz feminina.

O criado me virou, silencioso, as costas, mostrando nesse momento quão gasta estava a parte traseira de sua libré com um só botão descorado, outrora munido de um brasão, pôs o prato no chão e retirou-se.

— Já foste à delegacia? — repetiu a mesma voz feminina.

O criado murmurou algo.

— Ah?... Veio alguém?... — ouviu-se de novo aquela voz. — O sinhô moço, filho dos vizinhos? Pois bem, chama-o.

— Venha, por favor, à sala de estar — proferiu o criado, aparecendo outra vez na minha frente e recolhendo o prato do chão.

Recompus-me e entrei nessa "sala de estar".

Fiquei num cômodo pequeno e não muito asseado, de móveis pobres e como que dispostos às pressas. Perto da janela, numa poltrona de braço quebrado, estava sentada uma mulher de uns cinquenta anos de idade, feia e despenteada, que trajava um velho vestido verde com um lenço multicolor de *harus*[6] em volta do pescoço. Ela cravou em mim seus pequeninos olhos negros.

---

[6] Tecido de algodão ou lã, bastante áspero e barato (em polonês).

Aproximei-me dela e cumprimentei-a.

— Tenho a honra de falar com a Princesa Zassêkina?

— Sou a Princesa Zassêkina. E você é o filho do senhor V.?

— Exatamente. Trouxe para a senhora um recado de minha mãe.

— Sente-se, por favor. Vonifáti, onde estão minhas chaves, não as viste?

Comuniquei à Senhora Zassêkina o que a mãezinha dissera em resposta à sua mensagem. Ela me escutou, tamborilando no peitoril da janela com os seus gordos dedos vermelhos, e, quando eu terminei, voltou a olhar para mim.

— Muito bem, irei sem falta — disse afinal. — Mas como você ainda é jovem! Permite saber quantos anos tem?

— Dezesseis anos — respondi com um gaguejo involuntário.

A princesa tirou do bolso uns papéis sebentos e rabiscados, aproximou-os do seu nariz e começou a remexê-los.

— Boa idade — pronunciou de repente, virando-se, agitada, em seu assento. — Deixe, por gentileza, quaisquer cerimônias. A minha casa é simples.

"Simples demais" — pensei eu, examinando todo o seu vulto desleixado com um asco espontâneo.

Nesse momento a outra porta da sala de estar abriu-se, rapidamente, de par em par, e na soleira apareceu a moça que eu vira, um dia antes, no jardim. Ela levantou a mão, e no seu rosto surgiu um leve sorriso.

— Eis aí minha filha — disse a princesa, apontando-a com o cotovelo. — Zínotchka,[7] é o filho do senhor V. nosso vizinho. Permite saber qual é seu nome?

— Vladímir — respondi, pondo-me em pé e ciciando de emoção.

— E seu patronímico?[8]

— Petróvitch.

— Sim! Conhecia um comandante policial que também se chamava Vladímir Petróvitch. Vonifáti, não procures mais as chaves, elas estão no meu bolso.

A moça continuava a mirar-me com o mesmo sorriso, entrefechando os olhos e inclinando um pouco a cabeça para o lado.

— Já vi *monsieur* Voldemar — começou ela. (O som argênteo de sua voz suscitou-me um friozinho gostoso). — Você me permite chamá-lo assim?

— É claro — balbuciei eu.

— Como é? — perguntou a princesa.

A princesinha não respondeu à sua mãe.

— Você está ocupado? — prosseguiu ela, sem despregar os olhos de mim.

— Nem um pouco.

— Quer ajudar-me a desenrolar a lã? Venha cá, comigo.

Ela fez um gesto convidativo com a cabeça e saiu da sala de estar. Fui atrás dela.

Os móveis do quarto em que entramos estavam um tanto melhores e colocados com muito gosto. Aliás,

---

[7] Forma diminutiva e carinhosa do nome Zinaída.
[8] Parte integrante do nome russo, derivada do nome paterno.

nesse instante eu não conseguia perceber quase nada: movia-me como um sonâmbulo e sentia, em todo o meu ser, uma beatitude estupidamente tensa.

A princesinha se sentou, tirou uma meada de lã vermelha e, apontando-me para uma cadeira posta diante dela, abriu zelosa aquela meada e colocou-a sobre as minhas mãos. Fez tudo isso calada, com certa lentidão engraçada e o mesmo sorriso travesso e luminoso nos lábios soabertos. Começou a enovelar a lã numa carta dobrada e, de repente, alumbrou-me com um olhar tão claro e veloz que abaixei, sem querer, a cabeça. Quando seus olhos, de ordinário entrefechados, ficavam abertos de todo, seu rosto mudava completamente, como se uma luz o iluminasse.

— O que pensou de mim ontem, *monsieur* Voldemar? — perguntou ela após uma pausa. — Decerto me condenou?

— Eu, princesa... não pensei nada... como eu poderia... — respondi, confuso.

— Escute — retorquiu ela. — Ainda não me conhece: sou muito estranha, quero que sempre me digam só a verdade. Pelo que ouvi dizer, você tem dezesseis anos, e eu tenho vinte e um: sou, como vê, bem mais velha, portanto você deve sempre me dizer a verdade... e obedecer-me — acrescentou. — Olhe para mim... Por que não me olha?

Fiquei ainda mais constrangido, mas reergui os olhos. Ela sorriu, e esse sorriso era bem diferente, aprobativo.

— Olhe para mim — disse ela, baixando carinhosamente o tom —, isso não me desagrada... Gosto do seu rosto, pressinto que seremos amigos. E você gosta de mim? — adicionou, manhosa.

— Princesa... — ia dizer-lhe.

— Primeiro, chame-me Zinaída Alexândrovna e, segundo, qual é esse hábito dos meninos (ela se corrigiu)... dos moços, o de não falarem diretamente naquilo que eles sentem? Isso é bom para os adultos. Pois você gosta de mim?

Embora sua conversa tão franca assim me agradasse em cheio, fiquei um pouco sentido. Queria mostrar-lhe que não era apenas um menino e, tomando, na medida do possível, uma aparência desinibida e séria, disse:

— Por certo, eu gosto muito de você, Zinaída Alexândrovna; não quero esconder isso.

Ela abanou pausadamente a cabeça.

— Você tem um preceptor? — perguntou de chofre.

— Não, já faz tempo que não tenho preceptor.

Estava mentindo: não fazia nem sequer um mês que me despedira do meu francês.

— Oh! Pelo que vejo, está bem grande — ela me deu um tapinha nos dedos. — Mantenha as mãos retas! — E continuou a dobar, laboriosa, a lã.

Aproveitando que ela não levantasse os olhos, pus-me a examiná-la, primeiro às escondidas e depois com mais e mais ousadia. Seu rosto me pareceu ainda mais lindo que no dia anterior: todas as suas feições eram finas, inteligentes e meigas. Ela estava sentada de costas para a janela fechada com uma cortina branca; atravessando essa cortina, um raio do sol derramava sua macia luz em seus fartos cabelos dourados, seu inocente pescoço, seus ombros roliços, seu peito sereno e terno. Eu olhava para a moça, e como ela se tornava cara e próxima para mim! Tê-la-ia conhecido havia muito tempo, não vira nada nem mesmo vivera antes de conhecê-la... Ela usava um vestido escuro e já gasto, com um avental, e parecia-me que eu acariciaria com deleite cada prega desse vestido e desse avental. As pontinhas de suas botinas viam-se debaixo do seu vestido, e eu me curvaria, venerador, até essas botinas... "Eis-me sentado na frente dela" — pensei. — "Conheci-a... quanta felicidade, meu Deus!" Quase pulei fora da minha cadeira, de tão arrebatado, mas acabei por balançar apenas os pés como uma criança que saboreia doces. Estava tão bem naquele quarto como um peixe na água e passaria lá séculos, sem deixar meu lugar.

As pálpebras dela se ergueram devagarinho, seus olhos claros e carinhosos brilharam outra vez na minha frente. Ela voltou a sorrir.

— Como é que olha para mim? — disse lentamente e ameaçou-me com o dedo.

Enrubesci logo... "Ela entende tudo, vê tudo" — pensei de relance. — "E como não entenderia, como não veria tudo?"

De supetão, um barulho se ouviu no cômodo vizinho: era o tilintar de um sabre.

— Zina! — gritou a velha princesa na sala de estar. — Belovzórov trouxe um gatinho para ti.

— Gatinho! — exclamou Zinaída, levantou-se, num pulo, da sua cadeira, jogou o novelo sobre o meu colo e saiu correndo.

Levantei-me também e, deixando a meada de lã e o novelo no peitoril da janela, fui à sala de estar onde parei estupefato. Um gatinho de pelo raiado estava deitado, escancarando as patas, no meio da sala; Zinaída se pusera de joelhos ao lado dele e levantava, cuidadosa, o seu focinho. Junto da velha princesa via-se, ocupando quase todo o espaço entre duas janelas, um valentão de cabelos louros e crespos, hussardo de rosto corado e olhos um tanto esbugalhados.

— Como é engraçado! — repetia Zinaída. — Seus olhos não são cinzentos, mas verdes, e suas orelhas são grandes assim. Obrigada, Víktor Yegórytch! Você é muito gentil.

O hussardo, em que eu havia reconhecido um dos rapazes vistos no dia anterior, sorriu e saudou a princesinha, fazendo estalarem suas esporas e retinirem os elos da corrente de seu sabre.

— A senhorita se dignou a dizer ontem que gostaria de ter um gatinho de pelo raiado e grandes orelhas... pois eu arranjei um. As promessas são uma lei. — E ele tornou a saudá-la.

O gatinho soltou um pio bem fraco e desandou a cheirar o chão.

— Ele está com fome! — exclamou Zinaída. — Vonifáti, Sônia! Tragam leite.

Uma criada de velho vestido amarelo, com um lenço desbotado no pescoço, trouxe um pires de leite e colocou-o na frente do gatinho. O gatinho estremeceu, fechou os olhos e começou a beber.

— Que língua rosadinha ele tem — notou Zinaída, abaixando sua cabeça quase até o chão e olhando de lado o focinho do bichano.

Uma vez saciado, o gatinho se pôs a ronronar e a mexer, dengoso, as suas patas. Zinaída se levantou e, voltando-se para a criada, disse indiferente:

— Leva-o embora.

— Sua mãozinha pelo gatinho — pediu o hussardo com um largo sorriso, movendo todo o seu corpo robusto, moldado pelo novo uniforme.

— Ambas — replicou Zinaída, estendendo-lhe suas mãos. Enquanto o hussardo as beijava, ela me fitava por cima do ombro.

Eu estava imóvel, no mesmo lugar, e não sabia o que fazer: rir, dizer alguma coisa ou continuar em silêncio. De repente, através da porta aberta da antessala, saltou-me aos olhos o vulto de nosso lacaio Fiódor. Ele me chamava com gestos. Aproximei-me maquinalmente dele.

— O que tens? — perguntei.

— Sua mãezinha mandou ir buscá-lo — cochichou ele. — Está zangada porque o sinhô não volta com a resposta.

— Será que estou aqui há muito tempo?

— Mais de uma hora.

— Mais de uma hora! — repeti de maneira involuntária e, retornando à sala de estar, comecei a despedir-me e a fazer rapapés.

— Aonde vai? — perguntou-me a princesinha, assomando por trás do hussardo.

— Preciso ir para casa. Eu digo, pois — acrescentei, dirigindo-me à velha —, que a senhora nos visitará por volta das duas horas.

— Diga isso aí, queridinho.

A velha princesa se apressou a tirar uma tabaqueira e cheirou o tabaco com tanto ruído que eu tive até um sobressalto.

— Diga isso aí — repetiu ela, piscando os olhos lacrimejantes e gemendo baixinho.

Fiz mais uma reverência, virei-me e saí da sala com aquela sensação de embaraço que experimenta um homem muito jovem por saber que alguém lhe mira as costas.

— Pois veja, *monsieur* Voldemar, se nos visita! — gritou Zinaída e riu outra vez.

"Por que ela está rindo o tempo todo?" — pensei, regressando a casa com Fiódor que não dizia nada, mas me seguia de modo algo reprovador. A mãezinha me exprobrou e ficou perplexa: o que eu podia fazer tanto tempo na casa da velha princesa? Não lhe respondi nada e fui ao meu quarto. Senti, de súbito, muita tristeza. Esforçava-me para não chorar. Tinha ciúmes por causa daquele hussardo.

V

Cumprindo a sua promessa, a princesa veio visitar a mãezinha, que não gostou dela. Eu não presenciei esse encontro; contudo, na hora do almoço, a mãezinha contou ao meu pai que a tal de Princesa Zassêkina lhe parecera *une femme très vulgaire*,[9] que a entediara muito com seus pedidos de interceder por ela junto ao Príncipe Sêrgui, que tinha montes de processos

---

[9] Uma mulher muito vulgar (em francês).

em curso (*de vilaines affaires d'argent*)[10] e que devia ser uma grande trapaceira. No entanto, a mãezinha adicionou que a convidara, juntamente com sua filha (ouvindo a palavra "filha", eu mergulhei o nariz no meu prato), a almoçarem conosco no dia seguinte, por ser, afinal de contas, nossa vizinha e ter um nome aristocrático. Nisso o pai declarou à mãezinha que recordava quem era aquela senhora: ele conhecera, na juventude, o finado Príncipe Zassêkin, homem de excelente educação, mas leviano e irrequieto, chamado nas altas-rodas *le Parisien*[11] devido a suas longas estadas em Paris; o tal homem era muito rico, mas acabou perdendo todo o seu patrimônio no jogo e, não se sabe por que razão ("Talvez por dinheiro, se bem que pudesse escolher melhor" — comentou o pai com um frio sorriso), desposou a filha de um feitor e, uma vez casado, afundou em especulações e ficou totalmente arruinado.

— Será que ela vai pedir um empréstimo? — notou a mãezinha.

— Isso é bem possível — disse tranquilamente o pai. — Ela fala francês?

— Muito mal.

— Hum. De resto, não faz diferença. Tu me disseste, parece, que tinhas convidado também a filha dela. Alguém me asseverou que era uma moça muito bonita e instruída.

— Ah é? Então não puxou à mãe.

---

[10] Sujos negócios de dinheiro (em francês).
[11] O parisiense (em francês).

— Nem ao pai — redarguiu meu pai. — Aquele ali também era instruído, mas tolo.

A mãezinha suspirou e ficou pensativa. O pai se calou. Eu me sentia todo confuso ao longo dessa conversa.

Após o almoço fui ao jardim, mas sem a minha espingarda. Teria jurado a mim mesmo que não me achegaria ao "jardim de Zassêkina", porém uma força irresistível me conduzia ali — e não sem motivo. Mal me aproximei da cerca, vi Zinaída. Dessa vez ela estava sozinha. Caminhava devagar por uma senda, com um livro nas mãos. Não reparara em mim. Já ia deixá-la passar, mas de repente mudei de ideia e tossi.

Ela se voltou, mas não parou, afastou com uma mão a larga fita azul do seu redondo chapéu de palha, olhou para mim, sorriu silenciosamente e fixou de novo seus olhos no livro.

Tirei o boné, hesitei um pouco e fui embora, sentindo um peso no coração. "*Que suis-je pour elle?*"[12] — pensei (Deus sabe por que) em francês.

Os passos familiares soaram atrás de mim. Olhando lá, vi o meu pai que vinha de seu habitual modo rápido e ligeiro.

— É a princesinha? — perguntou-me o pai.

— É

— Será que tu a conheces?

— Vi-a esta manhã na casa da velha princesa.

Meu pai parou e, virando-se energicamente nos calcanhares, tomou o caminho de volta. Ao aproximar-se

---

[12] O que sou para ela? (em francês).

de Zinaída, saudou-a com polidez. Ela também o cumprimentou, com certo espanto no rosto, e abaixou o seu livro. Vi-a acompanhar meu pai com os olhos. Ele sempre se vestia com muito requinte, originalidade e simplicidade, mas nunca seu corpo me parecera tão enxuto, nunca seu chapéu cinza ficara tão elegante sobre os seus cabelos que rareavam apenas um pouco.

Eu ia acercar-me de Zinaída, mas ela nem sequer olhou para mim, levantou novamente o livro e foi embora.

VI

Passei toda a tarde e toda a manhã seguinte numa espécie de estupor melancólico. Lembro como tentei estudar e abri o livro de Kaidânov, porém as linhas e páginas espaçadas do famoso manual revezavam-se em vão ante meus olhos. Li, umas dez vezes a fio, as palavras: "Júlio César destacava-se pelo seu denodo bélico", não entendi patavina e larguei o livro. Pouco antes do almoço voltei a passar brilhantina em meus cabelos e vesti outra vez minha sobrecasaca e a gravata.

— Para que é isso? — indagou a mãezinha. — Ainda não és estudante, e sabe lá Deus se serás aprovado no vestibular. E não faz muito tempo que tens essa jaqueta. Não podes jogá-la fora!

— Mas nós teremos uma visita — cochichei, quase desesperado.

— Bobagem! Que visita é essa?

Cumpria-me obedecer. Substituí a sobrecasaca pela jaqueta, mas não retirei a gravata. A princesa e sua filha vieram meia hora antes do almoço; a velha pusera um xale amarelo, por cima do vestido verde que eu já conhecia, e uma touca antiquada com fitas da cor de fogo. De imediato, começou a falar sobre as suas cambiais, suspirando, queixando-se da sua pobreza, choramingando, mas sem manifestar nenhuma arrogância: cheirava o tabaco com o mesmo ruído e revirava-se, com a mesma desenvoltura, em sua cadeira. Parecia que seu título principesco nem lhe passava pela cabeça. Por outro lado, Zinaída se comportava de maneira bem rígida, quase altiva, como uma verdadeira princesa. Seu rosto estava friamente imóvel, aparentava soberba, e eu não a reconhecia, não reconhecia os olhares nem o sorriso dela, conquanto a achasse igualmente encantadora com esse seu novo aspecto. Ela usava um leve vestido de *barège*[13] com ramagens azul-claro; as mechas compridas de seus cabelos desciam ao longo das suas faces, à moda inglesa, e tal penteado combinava bem com a expressão fria de seu semblante. No decorrer do almoço, meu pai estava sentado perto dela e entretinha a moça com sua costumeira amabilidade graciosa e calma. Por vezes olhava para ela, e Zinaída também o mirava, de vez em quando, de modo muito estranho, quase hostil. Zinaída conversava com ele em francês; lembro que fiquei admirado com a pureza da sua pronúncia. Quanto à velha princesa, ela não se constrangia com nada, durante o almoço, comia muito e elogiava os pratos. Pelo visto, estava incomodando a mãezinha,

---

[13] Tecido fino de algodão, lã ou seda (em francês).

que lhe respondia com certo desdém tristonho, e, vez por outra, o pai franzia levemente o sobrolho. Zinaída tampouco agradava a mãezinha.

— Ela é toda orgulhosa — disse ela no dia seguinte.
— E se tivesse, ao menos, com que se orgulhar *avec sa mine de grisette!*[14]
— Decerto não viste aquelas grisetes — retrucou o pai.
— Graças a Deus!
— Bem entendido, graças a Deus... mas como podes julgar a respeito delas?

Zinaída não me deu a mínima atenção. Logo depois do almoço a velha princesa se despediu de nós.

— Vou contar com a sua proteção, Maria Nikoláievna e Piotr Vassílytch — disse, com uma voz cantante, aos meus pais. — Fazer o quê? Os velhos tempos passaram. Eu cá sou uma Alteza — acrescentou com um riso desagradável —, mas não tem o que cantar quem não tem o que papar.

Cumprimentando-a cortesmente, meu pai a acompanhou até a porta da casa. Eu estava ali mesmo, com minha jaqueta curtinha, e olhava para o chão como um condenado à morte. O tratamento que Zinaída me dispensara acabou comigo. Qual não foi, pois, o meu pasmo quando, ao passar na minha frente, ela me cochichou bem depressa e com a mesma expressão carinhosa dos olhos:

---

[14] Com sua cara de grisete (em francês); *grisette* era a denominação de uma jovem parisiense, frequentemente uma artesã, que levava uma vida independente e, não raro, desregrada.

— Venha à nossa casa, às oito horas, ouviu? Venha sem falta.

Apenas movi os braços... mas ela já tinha ido embora, pondo uma echarpe branca em sua cabeça.

VII

Às oito horas em ponto, de sobrecasaca e com um topete espetado, entrei na antessala da casa dos fundos onde morava a princesa. O velho criado lançou-me uma olhada soturna e levantou-se, a contragosto, do seu banco. Na sala de estar ouviam-se umas vozes alegres. Abri a porta e recuei espantado. No meio da sala, de pé em cima de uma cadeira, a princesinha segurava na sua frente um chapéu masculino; cinco homens se comprimiam em volta dela. Eles tentavam meter as mãos naquele chapéu, mas a princesinha erguia-o bem alto e sacudia-o com força. Ao avistar-me, ela exclamou:

— Esperem, esperem! Veio um novo convidado, temos que dar um bilhete a ele também — e, pulando ligeiramente da cadeira, puxou-me pela manga da sobrecasaca. — Vamos, então — disse ela. — Por que está parado? *Messieurs*, permitam apresentar-lhes *monsieur* Voldemar, filho de nosso vizinho. E estes — acrescentou, dirigindo-se a mim e apontando, um por um, seus amigos — são o Conde Malêvski, o Doutor Lúchin, o poeta Maidânov, o capitão reformado Nirmátski e Belovzórov, o hussardo que você já viu. Com muito prazer.

Fiquei tão confuso que nem sequer cumprimentei a ninguém. Reconheci no Doutor Lúchin aquele senhor moreno que me envergonhara, de forma tão inclemente, no jardim; os outros me eram desconhecidos.

— Conde! — prosseguiu Zinaída. — Escreva um bilhete para *monsieur* Voldemar.

— É injusto — respondeu, com um leve sotaque polonês, o conde, um homem muito bonito e elegante, de cabelos escuros, olhos castanhos e bem expressivos, narizinho estreito e branco e fino bigode sobre uma boca minúscula. — Ele não brincou conosco de multas.

— Injusto — repetiram Belovzórov e o senhor chamado de capitão reformado, um quarentão repugnantemente bexiguento, crespo que nem um negro, de dorso meio curvado e pernas tortas, que trajava uma túnica militar desabotoada e sem dragonas.[15]

— Escreva o bilhete, digo-lhe — insistiu a princesinha. — Que rebelião é essa? *Monsieur* Voldemar está conosco pela primeira vez e hoje não há leis para ele. Deixe de resmungar e escreva, assim eu quero.

O conde encolheu os ombros, mas inclinou docilmente a cabeça, pegou uma pena com sua mão branca e enfeitada de anéis, destacou um pedacinho de papel e começou a escrever nele.

— Deixe-me, pelo menos, explicar a *monsieur* Voldemar de que se trata — disse, com uma voz escarninha, Lúchin —, pois ele ficou totalmente perdido. Está vendo, meu jovem, a gente brincava de multas;

---

[15] Pala ornada de franjas de ouro que os militares usam em cada ombro.

a princesa foi multada, e quem tirar agora o bilhete da sorte terá o direito de beijar a mãozinha dela. Você entendeu o que eu lhe disse?

Apenas olhei para ele, permanecendo como que entorpecido, e a princesinha se pôs novamente em cima da cadeira e voltou a sacudir o chapéu. Todos estenderam os braços em sua direção, eu também.

— Maidânov — disse a princesinha a um alto jovem de rosto magro, que tinha pequenos olhos míopes e cabelos negros e extremamente compridos —, você, como um poeta, deve ser complacente e ceder o seu bilhete a *monsieur* Voldemar para que ele tenha duas chances em vez de uma só.

Todavia, Maidânov fez um gesto negativo com a cabeça e agitou sua cabeleira. Assim, enfiei por último minha mão no chapéu, tomei um bilhete e abri-o... Meu Deus, o que se fez comigo, quando vi naquele bilhete a palavra "beijo"!

— Beijo! — exclamei sem querer.

— Bravo! Ele ganhou — concluiu a princesinha.

— Como estou contente! — Ela desceu da cadeira e fitou-me, bem nos olhos, tão clara e docemente que meu coração deu um salto. — E você está contente? — perguntou-me ela.

— Eu?... — balbuciei.

— Venda-me seu bilhete — grasnou, de repente, Belovzórov ao meu ouvido. — Eu lhe darei cem rublos.

Respondi ao hussardo com um olhar tão indignado que Zinaída bateu as palmas e Lúchin exclamou: "Eta, bichão!".

— Mas — continuou ele — eu, como mestre de cerimônias, tenho de observar o cumprimento de todas as regras. Ponha-se num joelho, *monsieur* Voldemar. Assim é que a gente costuma fazer.

Zinaída se postou diante de mim, inclinou um pouco a cabeça para um lado, como que para me ver melhor, e estendeu-me, com altivez, sua mão. Meus olhos turvaram-se; em vez de me pôr num joelho, tombei em ambos, e meus lábios roçaram nos dedos de Zinaída de modo tão desastrado que sua unha arranhou de leve a ponta do meu nariz.

— Ótimo! — bradou Lúchin e ajudou-me a ficar em pé.

A brincadeira continuava. Zinaída fez que eu me sentasse ao seu lado. Que multas divertidas ela inventava! Teve, aliás, de representar uma "estátua" e escolheu como pedestal o horroroso Nirmátski, mandando que se deitasse de bruços e, para completar, curvasse a cabeça até o peito. As gargalhadas não cessavam um só instante. Quanto a mim, garoto criado num ambiente recolhido e sóbrio, que crescera numa família séria e nobre, todo aquele barulho e gritaria, toda aquela insolente, quase tempestuosa alegria, todas aquelas inéditas relações com pessoas desconhecidas subiram-me à cabeça. Senti-me simplesmente estonteado, como se tivesse bebido vinho. Passei a gargalhar e a tagarelar mais alto que os outros, de sorte que até a velha princesa, sentada no quarto vizinho com um feitor do portão Ivêrski[16] chamado para uma

---

[16] Um dos portões do Kremlin, perto do qual se reuniam, na época, muitos comerciantes e agentes de negócios.

consulta, veio olhar para mim. Mas eu estava feliz a tal ponto que, como se diz, não ligava a mínima para quaisquer caçoadas nem me importava com nenhum olhar de soslaio. Zinaída insistia em demonstrar-me a sua preferência e não deixava que me afastasse dela. Uma das multas consistia em sentar-me pertinho da moça, cobrindo-nos com o mesmo lenço de seda: devia contar-lhe então um segredo meu. Lembro como as nossas cabeças mergulharam, de súbito, numa escuridão abafada, translúcida e cheirosa, como seus olhos luziam, tão próximos e suaves, naquela escuridão e seus lábios abertos exalavam um quente alento e seus dentes se exibiam e as pontinhas de seus cabelos me cocegavam e abrasavam. Estava calado. Ela sorria, brejeira e misteriosa, e acabou cochichando: "Pois então?", e eu apenas enrubescia e ria e virava a cara e quase perdia o fôlego. Cansados das multas, fomos brincar de cordinha. Meu Deus, que êxtase eu senti quando, distraído, recebi dela uma forte e brusca pancada nos dedos, e depois me fingi, várias vezes, de distraído, enquanto ela nem tocava, provocando-me, nas mãos que eu lhe oferecia!

E não foram tão só essas coisas que fizemos ao longo da noite! Tocamos piano, cantamos, dançamos, representamos um bando de ciganos. Fantasiamos Nirmátski de urso e demos-lhe água com sal. O Conde Malêvski mostrou-nos diversos truques com cartas e acabou por mesclar o baralho e pegar para si mesmo todos os trunfos do jogo, dizendo Lúchin que "tinha a honra de felicitá-lo" por isso. Maidânov nos declamou trechos do seu poema "Assassino" (estávamos bem no ápice do romantismo) que pretendia editar numa capa preta com o título em letras maiúsculas da cor de sangue. Furtamos o chapéu que o feitor do portão Ivêrski pusera em seu colo e obrigamo-lo a dançar o cossaquinho[17] para resgatar esse seu acessório. Colocamos uma touquinha feminina na cabeça do velho Vonifáti, e a própria princesinha pôs um chapéu masculino... Não dá para listar todas as brincadeiras. Apenas Belovzórov se mantinha num canto, sombrio e aborrecido... Às vezes, seus olhos ficavam vermelhos de sangue, ele enrubescia todo e parecia prestes a atacar os companheiros e a jogar nós todos, como lascas de madeira, para todos os lados; entretanto, a princesinha olhava para ele, ameaçava-o com o dedo, e ele se recolhia logo no seu canto.

Sentimo-nos, finalmente, exaustos. Mesmo a velha princesa que era, segundo uma expressão dela, "uma mulheraça" — nenhum grito a deixaria confusa! — cansou-se também e quis repousar. Por volta da meia-noite foi servido o jantar composto de um pedaço de queijo velho e seco e uns pasteizinhos frios de presunto picado, que me pareceram mais saborosos que quaisquer patês. Houve apenas uma garrafa de vinho, e era uma garrafa meio estranha — escura, de gargalo inchado e com cheirinho de tinta rosa; aliás, ninguém bebeu aquele vinho. Cansado e feliz ao extremo, saí da casa dos fundos; Zinaída se despedira de mim com um forte aperto de mão e mais um sorriso misterioso.

---

[17] Dança folclórica russa.

A noite lançou seu alento pesado e úmido no meu rosto ardente; parecia que vinha uma tempestade: as nuvens negras cresciam e rastejavam pelo céu, mudando, a olhos vistos, seus contornos fumosos. Um leve vento estremecia, inquieto, entre as árvores escuras, e, como que falando consigo mesmo, um trovão rosnava, bruta e surdamente, nalgum lugar bem distante, além do próprio firmamento.

Esgueirei-me até o quarto pela entrada dos fundos. Meu criado dormia no chão, tive de passar por cima dele; uma vez acordado, ele me viu e comunicou que a mãezinha se zangara comigo de novo e quisera mandá-lo trazer-me, mas o meu pai a retivera. (Nunca me deitava sem antes desejar boa-noite à minha mãe e pedir sua bênção). O que faria com isso?

Respondi ao criado que me despiria e deitaria sozinho e apaguei a vela. Contudo, não tirei a roupa nem me deitei.

Sentado numa cadeira, passei muito tempo como que enfeitiçado. Aquilo que vivenciava era tão novo e tão doce! Permanecia sentado, sem me mover, apenas olhava para os lados, respirava bem devagar e, de vez em quando, ora ria baixinho com minhas recordações ora sentia um frio por dentro, pensando que estava apaixonado, que era assim, que era o amor. O rosto de Zinaída surgia silenciosamente nas trevas, pairava na minha frente e não desaparecia: seus lábios sorriam, misteriosos, seus olhos me fitavam um tanto de esguelha, indagadores, meditativos e ternos... como naquele momento em que me despedira dela. Por fim, levantei-me, fui nas pontas dos pés até a minha cama e, sem me despir, coloquei a cabeça no travesseiro, bem cautelosamente, como se temesse perturbar, com um movimento brusco, aquilo que me transbordava...

Deitei-me, mas nem sequer fechei os olhos. Pouco depois vislumbrei alguns fracos reflexos que iluminavam, o tempo todo, meu quarto. Soerguendo-me, olhei pela janela. Seu caixilho se distinguia nitidamente dos vidros que alvejavam vaga e misteriosamente. "A tempestade" — pensei, e era, de fato, uma tempestade que passava tão longe que nem se ouviam as trovoadas; apenas os raios pálidos, compridos e como que ramificados fulguravam amiúde no céu, e nem tanto fulguravam quanto tremiam convulsamente, como a asa de uma ave moribunda. Uma vez em pé, acheguei-me à janela e fiquei lá parado até o amanhecer... Os raios não cessavam de rutilar por um só instante; era, como se diz no meio popular, uma noite dos pardais. Eu mirava o mudo campo de areia, a massa obscura do parque Neskútchny, as fachadas amareladas dos prédios longínquos que também pareciam tremelicar após cada fraco clarão... mirava-os e não conseguia desviar os olhos: aqueles mudos relâmpagos, aquela cintilação recatada como que respondiam aos silenciosos impulsos secretos que me alumiavam da mesma maneira por dentro. O dia raiou, avistaram-se manchas rubras da aurora. À medida que o sol se aproximava, os raios se tornavam mais breves e pálidos, surgiam cada vez mais raros e, afinal, desapareceram, vencidos pela refrescante e indubitável luz do dia nascente...

E meus relâmpagos também se apagaram em mim. Senti um imenso cansaço e calma... porém a exultante imagem de Zinaída continuava a pairar, em silêncio, sobre a minha alma. Apenas ela mesma, essa imagem, aparentava serenidade: como um cisne que se desprende a voar das ervas de um pântano, ela se afastara das outras figuras que a cercavam, feiosas, e pela última vez eu a abracei, adormecendo, com uma adoração confiante da despedida...

Ó meigos sentimentos, suaves sons, bondade e sossego da alma enternecida, ó alegria derretida das primeiras comoções do amor, onde estão, onde estão?

VIII

Na manhã seguinte, quando desci para tomar chá, a mãezinha me censurou — de resto, menos do que eu esperava — e fez-me contar como tinha passado a noite anterior. Respondi-lhe em poucas palavras, omitindo vários detalhes e procurando dar àquilo tudo a aparência mais ingênua.

— Ainda assim, elas não são *comme il faut*[18] — notou a mãezinha —, portanto não deves andar por ali em vez de te preparar para o vestibular e de estudar.

Como eu já sabia que a preocupação da mãezinha com meus estudos se limitaria a essas breves palavras, não achei necessário contradizê-la. Contudo, após o chá, o pai me tomou pelo braço e, indo comigo ao jardim, obrigou-me a contar tudo o que eu tinha visto na casa de Zassêkina.

---

[18] Pessoas decentes (em francês).

O pai exerce uma estranha influência sobre mim, e nossas relações, em geral, eram estranhas. Ele quase não se ocupava de minha educação, mas nunca me ofendia; ele respeitava a minha liberdade e mesmo estava, se é permitido dizer assim, cortês comigo... Entretanto, não deixava que eu me aproximasse dele. Eu o amava, eu o admirava, eu o considerava um homem exemplar — e com quanta paixão me apegaria ao pai, meu Deus, se não sentisse constantemente a sua mão que me afastava! Em compensação, quando ele queria isso, sabia quase num átimo, com uma só palavra, um só movimento, despertar em mim uma confiança ilimitada. Minha alma se abria, e eu conversava com ele da mesma forma que conversaria com um sensato amigo ou um mentor indulgente... Depois ele me abandonava de chofre, e sua mão me afastava de novo — branda e carinhosamente, mas afastava.

Por vezes, meu pai se tornava alegre e estava prestes a brincar comigo e a traquinar como um garoto (ele gostava de qualquer forte movimento corporal); uma vez — sim, uma vez só! — afagou-me com tanta ternura que quase chorei! Mas sua alegria e seu carinho desapareciam sem deixar rastros, e aquilo que se passava então entre nós não me gerava nenhuma esperança voltada para o futuro, como se eu visse tudo em sonhos. Quando me punha a mirar, ocasionalmente, seu rosto inteligente, bonito e luminoso... meu coração palpitava e todo o meu ser se direcionava a ele... contudo, o pai parecia intuir o que se dava comigo, alisava-me de passagem a face e ora se retirava ora se ocupava de alguma coisa ou ficava, de supetão, todo rígido, daquela maneira que só ele sabia enrijecer, e eu também me contraía todo e congelava. Seus raros acessos de simpatia nunca vinham proporcionados pelos meus rogos silenciosos, mas inteligíveis: surgiam sempre de improviso. Refletindo mais tarde na índole do meu pai, cheguei à conclusão de que ele não se importava comigo nem com a vida conjugal; ele gostava de outras coisas e acabou por usufruí-las plenamente. "Apanha, tu mesmo, o que puderes, porém não deixes que te apanhem; pertencer a si próprio, eis toda a manha da vida" — disse-me ele um dia. Outro dia eu, jovem democrata que era, rompi a deliberar, em sua presença, a respeito da liberdade (daquela feita ele estava, como eu mesmo dizia, "bonzinho", ou seja, podia-se falar com ele sobre qualquer assunto).

— Liberdade — repetiu o pai. — Por acaso, tu sabes o que pode dar liberdade ao homem?

— O quê?

— Vontade, a própria vontade dele que dá também o poder, e o poder é melhor ainda que a liberdade. Sabe querer e viverás livre, e ficarás no comando.

Antes de tudo e acima de tudo meu pai queria viver — e vivia... talvez estivesse pressentindo que não gozaria "a manha" da vida por muito tempo: ele morreu aos quarenta e dois anos.

Relatei detalhadamente ao pai minha visita à casa de Zassêkina. Sentado num banco, ele me escutava meio atento e meio distraído, desenhando na areia com a ponta de sua vergasta. De vez em quando, soltava risadinhas, olhava para mim de um jeito franco e engraçado e incitava-me com suas breves perguntas e objeções. A princípio, eu não ousava pronunciar nem sequer o nome de Zinaída, mas não me contive e comecei a elogiá-la. O pai continuava a sorrir. Depois ficou pensativo, esticou os braços e pôs-se em pé.

Lembrei que, saindo de casa, ele mandara selar um cavalo. Era um ótimo cavaleiro e sabia, bem antes do Senhor Rerey,[19] adestrar os corcéis mais selvagens.

— Eu vou contigo, papai? — perguntei-lhe.

— Não — respondeu ele, e seu rosto tomou a costumeira expressão de carinhosa indiferença. — Passeia sozinho, se quiseres, e diz ao cocheiro que não vou cavalgar.

O pai me virou as costas e, rápido, foi embora. Acompanhando-o com os olhos, vi-o sumir detrás do portão. Vi o seu chapéu se mover ao longo da cerca: ele entrou na casa de Zassêkina. Permaneceu lá, no máximo, uma hora, mas logo depois foi à cidade e regressou à chácara somente de tardezinha.

Após o almoço eu mesmo fui à casa de Zassêkina. Na sala de estar encontrei apenas a velha princesa. Vendo-me, esta coçou a cabeça, sob a touca, com sua agulha de tricô e repentinamente me perguntou se eu podia copiar uma solicitação para ela.

— Com prazer — respondi e sentei-me na ponta de uma cadeira.

— Só veja se põe letras grandes — disse a princesa, entregando-me uma folha rabiscada. — Não poderia ser hoje, meu queridinho?

---

[19] Jóquei norte-americano que se tornou muito conhecido na Europa nos anos 1850.

— Copiarei hoje mesmo, sim.

A porta do quarto vizinho entreabriu-se, e o semblante de Zinaída surgiu na fresta — pálido, meditativo, de cabelos jogados, desleixadamente, para trás. Ela me fitou com seus grandes olhos frios e fechou devagar a porta.

— Zina, hein, Zina! — chamou a velha.

Zinaída não respondeu. Levei a solicitação da velha princesa comigo e passei a tarde inteira a copiá-la.

IX

Minha "paixão" começou naquele dia. Lembro-me de ter sentido então algo semelhante ao que deve sentir uma pessoa que acaba de arranjar um emprego: deixara de ser apenas um jovem, era um jovem apaixonado. Disse que minha "paixão" datava daquele dia; poderia acrescentar que os meus sofrimentos também remontavam a ele. Andava angustiado na ausência de Zinaída: nada me vinha à mente, tudo me caía das mãos; eu pensava intensamente nela por dias inteiros. Andava angustiado, sim... porém na presença dela não me sentia melhor. Padecia de ciúmes, compreendia a minha nulidade, zangava-me e humilhava-me como um tolo; ainda assim, uma força irresistível me atraía a ela e, toda vez que eu atravessava a soleira do seu quarto, era com um tremor involuntário da felicidade. Zinaída logo adivinhou que me apaixonara por ela (de resto, eu nem pensava em esconder isso), passando a brincar com a minha paixão, a caçoar de mim, a mimar-me, a torturar-me. É doce ser a única fonte, a despótica e submissa razão das maiores alegrias e dos mais profundos pesares de outrem — e eu estava feito uma dócil cera nas mãos de Zinaída. Não fora só eu, aliás, quem se enamorara dela: todos os homens que frequentavam a sua casa estavam loucos por Zinaída, e ela os mantinha todos, como que atrelados, aos seus pés. Achava graça em suscitar-lhes ora esperanças ora receios, em manipulá-los conforme o seu capricho (ela chamava isso de "bater os homens um contra o outro"), e eles nem cogitavam em resistir e rendiam-se à moça com todo o gosto. Havia, em todo o seu ser vivaz e lindo, uma mistura especialmente sedutora de astúcia e leviandade, de artífice e simplicidade, de sossego e turbulência; um charme fino e airoso pairava sobre tudo o que ela fazia ou dizia, sobre cada movimento dela; uma singular força gracejadora manifestava-se em tudo. E seu semblante também gracejava, mudando sem trégua e exprimindo, quase ao mesmo tempo, malícia, meditação e ardor. Os mais diversos sentimentos, ligeiros e rápidos como as sombras das nuvens num dia ensolarado e ventoso, deslizavam-lhe volta e meia nos olhos e lábios.

Ela precisava de cada um dos seus admiradores. Belovzórov, que ela chamava, às vezes, de "meu bicho" ou simplesmente de "meu", saltaria com gosto às chamas por ela; sem contar muito com as suas faculdades mentais e outras vantagens, ele não cessava de oferecer-lhe o matrimônio, aludindo que todos os demais só falavam à toa. Maidânov correspondia às cordas poéticas de sua alma: um homem bastante frio, como quase todos os escritores, assegurava intensamente a ela ou, talvez, a si próprio que a adorava, cantava a moça em seus versos intermináveis e lia-os para ela com um arroubo antinatural e, ao mesmo tempo, sincero. Zinaída tinha piedade dele e ria um tanto de sua cara; dava pouco crédito às suas expansões e, ao escutá-las até dizer chega, obrigava o poeta a ler Púchkin[20] para limpar, como ela dizia, os ares. Lúchin, um médico zombeteiro e cínico em suas falas, conhecia-a melhor que todo mundo e gostava dela mais que todos, embora a reprovasse às ocultas e às escâncaras. Ela respeitava Lúchin, mas não o poupava e, vez por outra, fazia-o sentir, com um especial prazer malicioso, que ele também estava em suas mãos. "Sou uma coquete, não tenho coração, sou uma atriz por natureza" — disse-lhe, um dia, na minha presença. — "Ah, bem! Então me dê sua mão, que eu enfiarei nela um alfinete e você terá vergonha desse rapaz; digne-se, pois, a rir, seu amante da verdade, por mais que lhe doa". Lúchin enrubesceu, virou-lhe as costas, mordiscou os lábios, mas acabou estendendo a mão. Zinaída picou sua mão, e ele se pôs realmente a rir... e ela ria também, enfiando bastante fundo o alfinete e fitando-o bem nos olhos que procuravam em vão esquivar-se...

As relações que eu menos compreendia eram as que existiam entre Zinaída e o Conde Malêvski. Esse homem era bonito, expedito e inteligente, mas algo

---

[20] Alexandr Serguéievitch Púchkin (1799–1837): o maior poeta russo do século XIX, criador da língua russa contemporânea; autor de novelas *A dama de espadas* e *A filha do capitão*, além da obra dramática *Pequenas tragédias*.

suspeito, algo falso se revelava nele até para mim, um garoto de dezesseis anos, e surpreendia-me o fato de Zinaída não reparar nisso. Ou, quem sabe, ela percebia tal falsidade e não a repugnava. Uma educação errada, seus estranhos conhecidos e hábitos, a constante presença da mãe, a pobreza e a desordem de sua casa — tudo, a começar pela própria liberdade que desfrutava a moça, pela consciência de sua primazia em relação às pessoas que a rodeavam, desenvolvera nela certa negligência meio desdenhosa e certa indiferença. Ocorresse o que ocorresse — viesse Vonifáti para informar que não havia mais açúcar, despontasse algum boato ruim, estivessem brigando os seus visitantes — ela sacudia apenas suas madeixas, dizia: "Bobagem!" e não se encabulava mais com o ocorrido.

Por outro lado, todo o meu sangue entrava em ebulição quando Malêvski se acercava dela com sua postura astuciosa e andar vacilante de uma raposa, apoiava-se, elegantíssimo, no espaldar da sua cadeira e começava a cochichar algo ao seu ouvido, sorrindo de modo fátuo e bajulador, enquanto ela cruzava os braços sobre o peito, olhava atentamente para o conde, sorria por sua vez e abanava a cabeça.

— Que vontade é essa de receber o Senhor Malêvski? — perguntei-lhe um dia.

— É que ele tem um bigodinho tão lindo — respondeu Zinaída. — Aliás, isso não é da sua conta.

— Não pensa porventura que amo esse Malêvski? — disse-me ela noutra ocasião. — Não; não posso amar a quem tenho de olhar de cima para baixo. Preciso de um homem que me arrebente... Mas Deus é misericordioso, não vou encontrar um homem assim! Não cairei nas mãos de ninguém, não e não!

— Quer dizer que não amará nunca?

— E você mesmo? Será que não o amo? — disse ela e bateu com a pontinha de sua luva no meu nariz.

Sim, Zinaída me escarnecia muito. Via-a todo dia, ao longo de três semanas, e que coisas, que coisas ela fazia comigo! Vinha raramente à nossa casa, mas isso não me entristecia: conosco ela se transformava numa senhorita, numa jovem princesa, e eu me mantinha a distância. Temia trair os meus sentimentos diante da mãezinha que não demonstrava um pingo de simpatia por Zinaída, observando-nos com hostilidade. Não tinha tanto medo do pai: ele parecia nem reparar em mim; quanto à moça, conversava com ela pouco, mas de uma maneira especialmente arguta e significante. Deixei de estudar e de ler; deixei até mesmo de passear pelas redondezas e de andar a cavalo. Como um besouro amarrado por uma perna, girava o tempo todo em torno da amada casinha dos fundos: parecia-me que ficaria ali para todo o sempre... mas isso não era possível, pois a mãezinha resmungava comigo e, vez por outra, a própria Zinaída me expulsava. Então me enclausurava no meu quarto ou ia para a extremidade longínqua do jardim, galgava as ruínas de uma alta estufa de pedra e, pendendo-me as pernas no vazio, permanecia horas esquecidas sentado em cima do muro que se voltava para a estrada e olhava, olhava sem ver nada. As indolentes borboletas brancas esvoaçavam, ao meu lado, sobre as poeirentas urtigas; um pardal corajoso pousava pertinho, num tijolo vermelho e meio rachado, e gorjeava, irritado, virando incessantemente o corpo todo e abrindo sua caudinha. Ainda desconfiadas, as gralhas grasnavam, de vez em quando, pousadas bem alto, no topo desnudo de uma bétula; o sol e o vento brincavam, silenciosos, entre os galhos escassos desta, e o tilintar dos sinos do mosteiro Donskoi vinha, por momentos, tranquilo e lúgubre — e eu olhava e escutava, sentado lá, enchendo-me todo de uma sensação anônima em que havia de tudo: tristeza, alegria, antevisão do futuro, desejo e medo de viver. Mas não entendia nada, àquela altura, nem poderia definir nada daquilo que fermentava em mim, ou então definiria aquilo tudo com um só nome, o nome de Zinaída.

E Zinaída continuava a brincar comigo, igual a uma gata que brinca com um rato. Ora coqueteava diante de mim, emocionado e enternecido, ora me repelia de súbito, e eu não me atrevia mais a chegar perto dela, não ousava lançar-lhe uma olhada.

Lembro que fiquei todo tímido por ela me ter tratado, durante alguns dias seguidos, com muita frieza. Dando um pulinho à casa dos fundos, buscava permanecer, medroso, junto da velha princesa, conquanto esta esbravejasse e xingasse muito nesse exato momento: seus negócios de câmbio iam mal, e ela já aturara duas explicações com o delegado.

Um dia, eu passava rente à bem conhecida cerca do jardim e vi Zinaída: ela estava sentada na relva, apoiando-se em ambas as mãos, e não se movia. Já ia retirar-me prudentemente, mas ela ergueu de chofre sua cabeça e chamou-me com um gesto imperativo.

Fiquei imóvel, sem a ter entendido na hora. Ela repetiu o seu gesto. Saltei, de imediato, a cerca e corri, todo alegre, em direção à moça, mas Zinaída me fez parar com uma olhada e apontou-me uma vereda a dois passos dela. Confuso, sem saber o que fazer, ajoelhei-me na margem dessa vereda. A princesinha estava tão pálida, cada traço seu denotava tanta tristeza amarga e tanto cansaço profundo que meu coração se cerrou, e eu murmurei sem querer:

— O que tem?

Zinaída estendeu a mão, pegou uma ervinha, mordiscou-a e jogou-a fora, bem longe.

— Você me ama muito? — perguntou afinal. — Sim?

Eu não respondi nada. Aliás, por que precisaria responder?

— Sim — repetiu ela, continuando a olhar para mim. — É isso mesmo. Os mesmos olhos — acrescentou, pensativa, e tapou o rosto com as mãos. — Estou farta de tudo — sussurrou então —, iria aos confins do mundo, não posso suportar isso, não consigo. E o que me espera pela frente? Ah, quanto peso! Meu Deus, quanto peso!

— Por quê? — perguntei com timidez.

Zinaída não me respondeu, apenas deu de ombros. Ainda de joelhos, mirava-a com muito pesar. Cada palavra dela perpassava o meu coração. Naquele momento teria sacrificado, com gosto, a minha vida para que ela não se afligisse mais. Olhava para Zinaída e, sem entender, todavia, que peso ela tinha em vista, imaginava claramente como, tomada de uma tristeza súbita e irrefreável, viera ao jardim e caíra no solo como ceifada. Havia luz e verdor à nossa volta; o vento farfalhava entre as folhas das árvores, balançando por vezes um comprido ramo da moita de framboesa sobre a cabeça de Zinaída. Os pombos arrulhavam algures, e as abelhas zuniam a voar roçando na relva rala. O céu azulava, carinhoso, ali no alto, e eu estava tão triste...

— Leia-me alguns versos — pediu Zinaída, a meia-voz, e apoiou-se num cotovelo. — Gosto de ouvi-lo ler versos. Você está cantando, mas isso não faz mal, é coisa de jovem. Leia-me "Nos altos montes georgianos".[21] Mas, primeiro, sente-se.

Eu me sentei e li "Nos altos montes georgianos".

— "De não poder deixar de amar-te" — repetiu Zinaída. — Eis o que torna a poesia boa: ela nos diz algo que não existe e que não só é melhor daquilo que existe, mas até mais se parece com a verdade... "De não poder deixar de amar-te", ou seja, queria deixar de amar, mas não pode! — Ela se calou de novo e repentinamente se animou e ficou em pé. — Vamos. Maidânov está com a mãezinha: ele me trouxe seu poema, e eu o deixei sozinho. Ele também está triste

---

[21] Antológico poema de Alexandr Púchkin (tradução de Oleg Almeida):
A escuridão noturna jaz
Nos altos montes georgianos.
O Aragva suas águas traz,
Ruidoso. Tristes são, mas lhanos
Meus sonhos. A tristeza luz,
E, vendo-te por toda a parte,
Carrego minha doce cruz
De não poder deixar de amar-te.

agora... fazer o quê? Um dia você saberá... apenas não se zangue comigo!

Zinaída me apertou, apressada, a mão e foi correndo embora. Voltamos para a casinha dos fundos. Maidânov se pôs a ler para nós o seu "Assassino" que acabava de ser impresso, mas eu não o ouvia. Ele bradava, de maneira cantante, seus iambos[22] de quatro pés, as rimas se revezavam e retiniam como guizos, sonoras e ocas, e eu não cessava de olhar para Zinaída, procurando compreender o significado das suas últimas palavras.

— Ou meu rival dissimulado / Talvez te tenha conquistado? — exclamou, de repente, Maidânov com um eco nasal, e meus olhos encontraram os de Zinaída. Ela abaixou o olhar. Vi-a corar levemente e gelei de susto. Já vinha sentindo ciúmes dela, mas tão somente naquele minuto fulgiu em minha cabeça uma ideia aterradora: "Meu Deus! Ela ama alguém!".

X

Meus verdadeiros sofrimentos começaram naquele momento. Quebrava-me a cabeça, pensava, cismava e observava Zinaída — o tempo todo, mas, na medida do possível, às escondidas. Uma mudança se operara nela, isso era evidente. Ela ia passear sozinha, e passeava por muito tempo. De vez em quando, não aparecia perante os seus convidados, permanecendo

---

[22] Tradicionais versos russos cuja estrutura remonta à métrica greco-latina.

horas inteiras no seu quarto. Nunca fizera isso antes. De improviso, eu fiquei — ou então imaginei ter ficado — cheio de perspicácia. "Seria este? Ou seria aquele?" — perguntava a mim mesmo, ao passo que meu pensamento alarmado pulava de um dos admiradores dela para o outro. O Conde Malêvski (se bem que tivesse vergonha de reconhecer que Zinaída podia amá-lo) parecia-me, no íntimo, mais perigoso que os outros homens.

Minha perspicácia não se estendia além do meu nariz e minha discrição não enganara, provavelmente, a ninguém; o Doutor Lúchin, ao menos, desmascarou-me logo. Aliás, ele também havia mudado nos últimos tempos: emagrecera, ria com tanta frequência que antes, porém de maneira mais surda, maldosa e breve, tendo uma irritabilidade nervosa e espontânea substituído a leve ironia e o falso cinismo que ele nos demonstrara.

— Para que é que rasteja o tempo todo por aqui, meu jovem? — indagou ele, um dia, quando ficamos a sós na sala de estar de Zassêkina. (A princesinha ainda não voltara do seu passeio, e a estridente voz da princesa ressoava no mezanino: ela brigava com a sua criada). — Deveria estudar, trabalhar, enquanto é novo, e você faz o quê?

— Você não pode saber se estou trabalhando em casa — redargui com certa arrogância, mas sem embaraço algum.

— Que trabalho é esse? Tem outras coisas em mente. Pois bem, não estou discutindo... na sua idade, isso é natural. Mas sua escolha é muito azarada. Não vê porventura em que casa estamos?

— Não o compreendo — notei eu.

— Não compreende? Pior para você. Tenho por dever avisá-lo. Nós, os velhos solteirões, podemos vir para cá: o que nos pode acontecer? Somos um povo curtido, nada nos afetará, e você tem uma pelezinha frágil ainda, o ar daqui é nocivo para você. Acredite que pode contagiar-se.

— Como assim?

— Assim mesmo. Está saudável agora? Encontra-se num estado normal? Aquilo que está sentindo é útil, é bom para você?

— Mas o que estou sentindo? — disse eu, conquanto entendesse, no âmago, que o doutor tinha razão.

— Ah, meu jovem, meu jovem — prosseguiu o doutor com uma expressão escarninha, como se nessas duas palavras houvesse algo bem ofensivo para mim —, de que jeito me enganaria, desde que, graças a Deus, ainda tem o mesmo na alma e na cara. De resto, para que falar nisso? Nem eu mesmo viria aqui, se (o doutor cerrou os dentes)... se não fosse também um esquisitão. Eis o que me admira apenas: como você, tão inteligente, não vê o que se faz ao seu redor?

— Mas o que é que se faz? — repliquei, todo alerta.

O doutor me fitou com certa compaixão gozadora.

— Mas que bobalhão eu sou — disse, como que conversando consigo mesmo. — Não vale a pena contar isso a ele. Numa palavra — adicionou, elevando a voz —, repito-lhe: a atmosfera daqui não lhe convém. Está à vontade, sim, mas há outras coisas ainda! A estufa também tem um cheiro gostoso, só que não dá para viver nela. Ei, escute-me, volte a ler Kaidânov!

A velha princesa entrou e começou a reclamar, dirigindo-se ao doutor, da sua dor de dentes. Depois apareceu Zinaída.

— Ei-la aí — acrescentou a princesa. — Dê uma bronca nela, senhor doutor. Bebe o dia todo água com gelo. Será que é bom para ela, com esse seu peito fraco?

— Por que faz isso? — perguntou Lúchin.

— E o que é que pode acontecer?

— O quê? Você pode apanhar um resfriado e morrer.

— Verdade? Será mesmo? Pois então, benfeito para mim!

— Ah é? — resmungou o doutor.

A velha princesa retirou-se.

— É, sim — repetiu Zinaída. — Será que essa vida é feliz? Olhe ao seu redor! E aí, está bem? Ou você acha que não compreendo nem sinto isso? Beber água com gelo é um prazer para mim, e você pode asseverar, seriamente, que vale a pena não arriscar essa vida por um átimo de prazer — sem falar em felicidade?

— Pois é — notou Lúchin — fricote e independência... essas duas palavras descrevem-na exaustivamente: toda a sua natureza está nessas duas palavras.

Zinaída começou a rir, nervosa.

— Seu correio vem atrasado, amável doutor. Você observa mal e fica para trás. Ponha os óculos. Agora não tenho ânimo para fazer fricotes: caçoar de você, caçoar de mim mesma... não é uma delícia? Quanto à independência... *monsieur* Voldemar — acrescentou, de súbito, Zinaída, batendo o pezinho —, não faça essa fisionomia melancólica. Detesto que se apiedem de mim. — Ela se retirou depressa.

— Nociva é a atmosfera daqui para você, meu jovem, nociva — tornou a dizer-me Lúchin.

XI

Na mesma tarde os visitantes de sempre se reuniram na casa de Zassêkina; eu também estava no meio deles. A conversa se referia ao poema de Maidânov; Zinaída elogiava-o de todo o coração.

— Mas você sabe — disse-lhe a moça —, se eu fosse um poeta, escolheria outros temas. Talvez seja bobagem tudo isso, mas, às vezes, os pensamentos estranhos me vêm à cabeça, sobretudo quando estou acordada, ao amanhecer, e quando o céu se torna, aos poucos, rosa e cinza. Eu, por exemplo... vocês não vão rir de mim?

— Não, não! — exclamamos nós todos em coro.

— Eu imaginaria — prosseguiu ela, cruzando os braços sobre o peito e dirigindo seus olhos para o lado — toda uma companhia de moças, à noite, num grande barco, num rio sossegado. A lua brilha, e todas elas estão de branco, com as grinaldas de flores brancas, e cantam, vocês sabem, algo semelhante a um hino.

— Entendo, entendo! Continue — disse Maidânov, presunçoso e sonhador.

— De repente, um barulho, uma gargalhada, archotes e pandeiros pela margem do rio: é uma multidão de bacantes[23] que corre cantando, gritando. Aí é seu negócio, senhor poeta, o de pintar um quadro... mas eu queria apenas que os archotes fossem vermelhos e soltassem muita fumaça, e que os olhos das bacantes fulgissem sob as grinaldas, e que aquelas grinaldas fossem escuras. Não se esqueça, aliás, das peles de tigre e das copas... e de ouro também, muito ouro.

— Mas onde é que ficaria aquele ouro? — perguntou Maidânov, jogando para trás seus cabelos lisos e enfunando as narinas.

— Onde? Nos ombros, nos braços, nas pernas, por toda a parte. Dizem que na antiguidade as mulheres punham anéis de ouro nos tornozelos. As bacantes chamam as moças do barco. As moças já deixaram de cantar o seu hino, não podem mais entoá-lo, mas não se movem: o rio carrega-as para junto da margem. E eis que uma delas se levanta, de súbito, caladinha... é preciso descrever bem aquilo, como ela se levanta, silenciosa, ao luar e como suas amigas se assustam! Ela sai, pois, do barco, as bacantes a cercam e levam correndo para a escuridão da noite... então imaginem as bufadas daquela fumaça, e tudo se confunde. Apenas se ouve o berro das bacantes, e a grinalda dela fica na margem do rio.

Zinaída calou-se. ("Oh, sim, ela ama alguém!" — pensei eu de novo).

— Apenas isso? — perguntou Maidânov.

— Apenas — respondeu ela.

---

[23] Na mitologia clássica, ninfas campestres que participavam das festas de Baco, deus do vinho e da alegria (bacanais).

— Não pode ser o tema de um poema inteiro — rebateu ele com imponência —, mas vou aproveitar sua ideia para um poemeto lírico.

— Do gênero romântico? — perguntou Malêvski.

— É claro que do gênero romântico, byroniano.[24]

— E para mim Hugo[25] é melhor que Byron — disse desdenhosamente o jovem conde —, é mais interessante.

— Hugo é um escritor de primeira linha — argumentou Maidânov —, e meu amigo Tonkochéie, no seu romance espanhol "El Trovador"...

— Ah, é aquele livro com pontos de interrogação de cabeça para baixo? — interrompeu Zinaída.

— Sim, é um hábito dos espanhóis. Queria dizer que Tonkochéie...

— Não, vocês vão discutir outra vez o Classicismo e o Romantismo. — Zinaída voltou a interrompê-lo. — É melhor a gente brincar...

— De multas? — aprovou Lúchin.

— Não, brincar de multas é chato. Vamos brincar de comparações. (Fora a própria Zinaída que inventara aquela diversão: citava-se algum objeto, e cada um procurava compará-lo a outras coisas, ganhando um prêmio quem escolhesse a melhor das comparações).

---

[24] Relativo a George Gordon Byron (1788–1824), famoso poeta inglês cujas obras estimularam o desenvolvimento do Romantismo literário em toda a Europa.

[25] Victor Hugo (1802–1885): grande escritor francês, extremamente popular, na época do Romantismo, graças a seus poemas, peças de teatro (*Cromwell, Hernani, Marion de Lorme*) e, sobretudo, o romance *Notre-Dame de Paris* lançado em 1831.

Ela se achegou à janela. O sol acabava de se pôr: havia, lá no céu, compridas nuvens vermelhas.

— Com que se parecem aquelas nuvens? — indagou Zinaída e, sem esperar pelas nossas respostas, disse: — Eu acho que se parecem com as velas purpúreas do navio de ouro que levava Cleópatra[26] ao encontro de Antônio. Lembra, Maidânov, como me contou isso recentemente?

Todos nós, iguais a Polônio de "Hamlet", concordamos que as nuvens traziam à memória exatamente aquelas velas e que nenhum de nós acharia comparação melhor.

— E quantos anos é que tinha então Antônio? — perguntou Zinaída.

— Decerto era um homem jovem — supôs Malêvski.

— Sim, jovem — confirmou Maidânov com segurança.

— Desculpem! — exclamou Lúchin. — Ele tinha mais de quarenta anos.

— Mais de quarenta anos — repetiu Zinaída, lançando-lhe um rápido olhar.

Pouco depois eu fui para casa. "Ela ama" — cochichavam, involuntariamente, meus lábios. — "Mas a quem?".

---

[26] Cleópatra (69–30 a.C.), a última rainha do Egito helenístico, era amante do político e general romano Marco Antônio (83–30 a.C.), que tinha 41 anos quando de seu primeiro encontro.

XII

Os dias passavam. Zinaída se tornava cada vez mais estranha, mais incompreensível. Um dia, entrei no seu quarto e vi-a sentada numa cadeira de palha, apertando a cabeça contra a quina da mesa. Ela se endireitou... todo o seu rosto estava banhado de lágrimas.

— Ah, é você! — disse ela com um sorriso cruel. — Venha cá.

Aproximei-me da moça; ela me pôs uma mão na cabeça e, agarrando repentinamente os meus cabelos, começou a torcê-los.

— Dói... — reclamei enfim.

— Ah é, dói? E eu não sinto dor, não? — retorquiu ela. — Ai! — exclamou de chofre, vendo que me arrancara uma pequena mecha. — O que eu fiz? Coitado *monsieur* Voldemar!

Devagarinho, ela alisou os cabelos arrancados, enrolou-os em seu dedo e fez um anelzinho.

— Vou colocar seus cabelos no meu medalhão e levá-los comigo — disse ela, enquanto as lágrimas brilhavam ainda em seus olhos. — Talvez isso o console um pouco... e agora, adeus.

Voltei para casa e flagrei ali uma intempérie. A mãezinha estava altercando com o pai: censurava-o por algum motivo, e ele permanecia, conforme o seu hábito, num silêncio friamente polido e acabou indo embora. Não pude ouvir de que falava a mãezinha nem tive interesse em descobri-lo: recordo apenas que, terminada a altercação, ela mandou chamar-me para o seu gabinete e disse que estava muito descontente com as minhas frequentes visitas à casa da princesa, a qual, de acordo com suas palavras, era *une femme capable de tout*.[27] Vim beijar-lhe a mão (sempre fazia isso, quando queria pôr fim à conversa) e retornei ao meu quarto. As lágrimas de Zinaída me haviam tirado do meu compasso; não sabia, decididamente, em que ideia me fiaria e estava, eu mesmo, prestes a chorar: de qualquer modo, ainda era uma criança apesar de meus dezesseis anos. Não pensava mais em Malêvski, conquanto Belovzórov ficasse cada dia mais furioso e olhasse para o espertinho conde como um lobo olha para um carneiro; aliás, não pensava em nada nem em ninguém. Perdia-me em cogitações e procurava sem trégua por lugares discretos. Apeguei-me, sobretudo, às ruínas da estufa. Galgava, por vezes, o alto muro e sentava-me lá em cima, tão infeliz, solitário e triste que chegava a sentir pena de mim mesmo. E como aquelas sensações dolorosas me eram agradáveis, como me deliciava com elas!...

Um dia estava sentado em cima do muro, mirava o longínquo espaço e escutava o tinir dos sinos... De supetão, algo me percorreu o corpo: não era um ventinho nem um arrepio, mas como que um bafejo, a sensação de proximidade alheia. Dirigi o olhar para baixo. Zinaída passava às pressas por ali, seguindo a estrada, de leve vestido cinza e com uma sombrinha rosa no ombro. Ela me avistou e parou; erguendo a

---

[27] Uma mulher capaz de tudo (em francês).

aba do seu chapéu de palha, fixou em mim seus olhos aveludados.

— O que está fazendo aí, nessa altura toda? — perguntou-me com um sorriso meio estranho. — É que — prosseguiu — você vive assegurando que me ama; então pule aqui, na estrada, se é que me ama de verdade.

Zinaída mal teve tempo para articular essas palavras, e eu já voava para baixo, como se alguém me tivesse empurrado por trás. O muro tinha cerca de duas braças de altura. Meus pés encontraram o solo, mas o choque foi tão violento que não consegui manter-me em pé: tombei e, por um instante, perdi os sentidos. Quando me recobrei, senti, antes ainda de reabrir os olhos, que Zinaída estava ao meu lado.

— Meu querido menino — dizia ela, inclinando-se sobre mim, e uma ternura inquieta ouvia-se em sua voz —, como pudeste fazer isso, como pudeste obedecer! É que eu te amo... levanta-te.

O peito dela respirava perto do meu, suas mãos tocavam em minha cabeça e, de repente — o que se fez comigo então! —, seus lábios macios e frescos cobriram-me todo o rosto de beijos... roçaram em minha boca! Mas aí Zinaída teria adivinhado, pela expressão do meu rosto, que já recuperara a consciência, embora meus olhos continuassem fechados, e disse, reerguendo-se rapidamente:

— Levante-se, pois, seu peralta maluco! Por que está deitado nessa poeira?

Fiquei em pé.

— Passe-me a minha sombrinha — disse Zinaída —, está vendo aonde a joguei! E não olhe para mim desse jeito... que bobagem é essa? Não se machucou? Decerto se queimou com as urtigas. Digo-lhe para não me olhar assim! Mas ele não compreende nada nem me responde — acrescentou, como que falando sozinha. — Vá para casa, *monsieur* Voldemar, limpe suas roupas e não se atreva a ir atrás de mim, senão ficarei zangada e nunca mais...

Ela não terminou suas falas e retirou-se lestamente, e eu me sentei na estrada... falhavam-me as pernas. Minhas mãos estavam queimadas pelas urtigas, meu dorso doía, minha cabeça girava, porém a sensação de beatitude, que experimentara então, jamais se repetiria em minha vida. Ela estava em todos os meus membros, como uma dor prazerosa, e resultou, afinal, em saltos e exclamações de arroubo. Era verdade: ainda não passava de uma criança.

XIII

Estava tão alegre e orgulhoso ao longo de todo aquele dia! Guardava, com tanta vivacidade, a sensação dos beijos de Zinaída no meu rosto, lembrava cada palavra dela com tanto tremor extático, acalentava tanto a minha felicidade inesperada que mesmo chegava a sentir medo e não queria nem sequer vê-la, culpada daquelas novas sensações minhas. Parecia-me que não podia exigir mais nada ao destino, que agora me cumpria "parar, respirar bem fundo, pela última vez, e morrer". Por outro lado, indo no dia seguinte à casa dos fundos, sentia muita vergonha que em vão tentava dissimular sob uma aparente desenvoltura modesta, particular de quem dá a entender que sabe guardar um segredo. Zinaída me recebeu de modo bem simples, sem a mínima emoção; apenas me ameaçou com o dedo e perguntou se não tinha manchas roxas pelo corpo. Toda a minha modesta desenvoltura e aparência misteriosa sumiram num piscar de olhos e, juntamente com elas, a minha vergonha. É claro que não esperava por nada especial, mas a tranquilidade de Zinaída foi como um balde de água fria. Compreendi que era um menino aos olhos dela e senti um enorme peso na alma! Zinaída andava, de lá para cá, pelo quarto e, toda vez que olhava para mim, sorria depressa; seus pensamentos estavam, no entanto, bem longe, e eu percebi isso com nitidez. "Puxar conversa sobre o dia de ontem" — pensei —, "perguntar aonde ela ia tão apressada, a fim de saber em definitivo...", mas fiz apenas um gesto com a mão e sentei-me num canto.

Entrou Belovzórov; fiquei contente com a sua vinda.

— Não encontrei um cavalo de sela que fosse dócil para você — disse ele com uma voz severa. — Freitag está prometendo um, mas eu cá não tenho certeza. Estou com medo...

— Está com medo de quê? — inquiriu Zinaída. — Permite saber isso?

— De quê? Pois você não sabe montar. E se, Deus me livre, acontecer alguma coisa? Mas que fantasia é que lhe subiu, de repente, à cabeça?

— Pois isso é meu negócio, *monsieur* meu bicho. Nesse caso, vou pedir a Piotr Vassílievitch... (Meu pai se chamava Piotr Vassílievitch. Fiquei surpreso de ela ter mencionado seu nome tão simples e despojadamente, como se estivesse segura de meu pai estar pronto a prestar-lhe esse favor).

— Ah é? — replicou Belovzórov. — É com ele que a senhorita quer passear?

— Com ele ou com outro, não faz diferença para você. Tomara que não seja com o senhor.

— Não comigo — repetiu Belovzórov. — Como quiser. Pois bem, vou arranjar um cavalo para você.

— Mas veja se não é uma vaca qualquer. Aviso, desde já, que quero galopar.

— Galope, então! Com quem, pois, é que vai? Talvez com Malêvski?

— E por que não iria com ele, guerreiro? Acalme-se — adicionou ela —, e não faça seus olhos brilharem. Você também vai comigo. Bem sabe que agora Malêvski é para mim... pffft! — Ela sacudiu a cabeça.

— Diz isso para me consolar — resmungou Belovzórov.

Zinaída entrefechou os olhos.

— Isso o consola? Oh... oh... oh, meu guerreiro! — disse ela, por fim, como se não achasse outras palavras. — E você, *monsieur* Voldemar, iria passear conosco?

— Eu não gosto... em grande companhia... — murmurei, sem erguer os olhos.

— Prefere passear *tête-à-tête?*[28] Está bem: a liberdade é para o libertado e o paraíso é... para o perdoado[29] —

---

[28] A sós (em francês).
[29] Ditado russo que corresponde aproximadamente a *cada um com seu cada qual*.

disse com um suspiro. — Vá, pois, Belovzórov, e tome suas providências. Preciso de um cavalo até amanhã.

— Sim, mas onde arrumar o dinheiro? — intrometeu-se a velha princesa.

Zinaída franziu o sobrolho.

— Não o peço à senhora; Belovzórov confia em mim.

— Acredita, acredita... — resmungou a princesa e, de improviso, gritou de todas as forças: — Duniachka!

— *Maman*,[30] presenteei a senhora com uma campainha — notou Zinaída.

— Duniachka! — gritou novamente a velha.

Belovzórov se despediu; eu saí com ele. Zinaída não me reteve.

XIV

Na manhã seguinte eu me levantei cedo, recortei um bastão e fui passear além do linde. "Vou dissipar os pesares", pensava. O dia estava belo: claro, mas não muito quente; um vento alegre e fresco sobrevoava a terra e, moderado, fazia barulho, brincava, bulia com tudo e não perturbava nada. Passei muito tempo vagueando pelas colinas e pelas florestas; não me sentia feliz, tendo saído de casa no intuito de me entregar à tristeza, mas a juventude, o tempo ótimo, o ar fresco, o prazer de caminhar depressa e o deleite de ficar deitado na relva abundante de um recanto venceram-me: a lembrança daquelas palavras inesquecíveis, daqueles beijos, voltou a invadir minha

---

[30] Mamãe (em francês).

alma. Agradava-me pensar que Zinaída não podia, contudo, deixar de reconhecer meu denodo, meu heroísmo... "Os outros são melhores que eu para ela" — pensava eu —, "que sejam! Mas os outros apenas falam em fazer alguma coisa, e eu fiz mesmo! E não só isso é que poderia ainda fazer por ela!..." Dei largas à minha fantasia. Comecei a imaginar como a salvaria das mãos de seus inimigos, como a tiraria de uma masmorra e, todo ensanguentado, morreria aos seus pés. Lembrei-me do quadro que pendia em nossa sala de estar, representando Malek-Adhel[31] a carregar Mathilde em seus braços, e logo passei a espiar um grande pica-pau versicolor que subia, azafamado, o fino tronco de uma bétula, assomando por trás deste com inquietude, ora do lado direito ora do lado esquerdo, como um músico por trás do braço de seu contrabaixo.

A seguir, desandei a cantar "Não são as neves brancas",[32] atacando depois a romança[33] "Espero-te, tão logo o zéfiro travesso", bem conhecida na época; em seguida, pus-me a declamar em voz alta o apelo de Yermak[34] às estrelas, trecho da tragédia de

---

[31] O tema deste quadro está relacionado ao romance *Mathilde ou Memórias tiradas da história das cruzadas,* da escritora francesa Sophie Cottin (1770–1807).

[32] Canção folclórica russa.

[33] Pequena música sentimental para canto e piano, gênero bem popular no século XIX.

[34] Yermak Timoféievitch (1532 ou 1534 ou 1542–1585): desbravador russo que deu início, em 1581, à conquista e colonização da Sibéria.

Khomiakov;[35] tentei mesmo compor algo sentimental, inventei a linha que haveria de encerrar o poema todo — "Ó Zinaída, Zinaída!" —, mas não obtive êxito. Entretanto chegava a hora do almoço. Desci para o vale: uma estreita vereda de areia atravessava-o, sinuosa, e levava à cidade. Tomei essa vereda... um surdo ruído dos cascos de cavalo ouviu-se atrás de mim. Olhei para lá, parei espontaneamente e tirei o boné: vi o meu pai e Zinaída. Eles cavalgavam juntos. O pai dizia algo à princesinha, inclinando todo o seu corpo em sua direção e apoiando sua mão no pescoço do cavalo; estava sorridente. Zinaída o escutava calada, abaixando o olhar com severidade e cerrando os lábios. A princípio, só os vi a eles; apenas alguns instantes depois é que Belovzórov apareceu na virada do vale, com sua farda de hussardo, montando um cavalo murzelo coberto de espuma. O murzelo veloz agitava a cabeça, fungava e saltitava: o cavaleiro retinha-o e dava-lhe esporadas ao mesmo tempo. Afastei-me um pouco. Meu pai empunhou as rédeas, apartou-se de Zinaída, a qual ergueu devagar os olhos para fitá-lo, e ambos foram embora a galope... Belovzórov disparou no encalço deles, fazendo tinir o seu sabre. "Está vermelho feito um pimentão" — pensei eu —, " e ela... Por que ela está tão pálida assim? Andou a cavalo toda a manhã e está pálida?".

Redobrei o passo e consegui voltar para casa pouco antes do almoço. O pai já estava sentado, de outras

---

[35] Alexei Stepânovitch Khomiakov (1804–1860): poeta, filósofo e pintor russo, autor do drama histórico *Yermak* (1832).

roupas, limpo e fresco, perto da poltrona de minha mãe e lia para ela, com sua voz regular e sonora, um folhetim do "Journal des Débats,"[36] porém a mãezinha o escutava sem atenção e, avistando-me, perguntou onde tinha andado o dia inteiro e acrescentou que não gostava de ver-me perambular Deus sabe por onde e Deus sabe com quem. "Mas eu passeava sozinho" — já ia responder-lhe, mas olhei para o pai e permaneci, não se sabe por que, calado.

XV

Ao longo dos cinco ou seis dias que se seguiram quase não via Zinaída: ela se dizia doente, o que não impedia, aliás, os habituais visitantes da casa dos fundos de fazerem, como eles mesmos se expressavam, os seus plantões. Eles vinham todos, salvo Maidânov que ficava desanimado e entediado tão logo perdia a oportunidade de extasiar-se. Belovzórov estava sentado num canto, todo vermelho e carrancudo, de túnica bem abotoada; no fino semblante do Conde Malêvski surgia amiúde um sorriso algo maldoso: ele estava, de fato, desfavorecido por Zinaída e bajulava, com um afinco especial, a velha princesa, indo com ela de carruagem à casa do governador militar. De resto, essa visita redundou num fracasso, tendo Malêvski arrumado até mesmo uma contrariedade: lembraram-lhe

---

[36] Trata-se provavelmente de um dos folhetins do escritor e crítico Jules Janin (1804–1874) publicados no "Journal des Débats" (jornal francês editado desde 1789) e muito populares na Rússia da respectiva época.

certa história relacionada a oficiais engenheiros, e ele teve de dizer, em suas explicações, que "àquela altura era ainda inexperiente". Lúchin vinha umas duas vezes por dia, mas não demorava muito; eu o temia um pouco após a nossa recente conversa e, não obstante, sentia um sincero interesse por ele. Um dia, ele foi dar uma volta comigo no parque Neskútchny; estava bem-humorado e amável, citava-me nomes e qualidades de várias ervas e flores, e de repente — como se diz, sem mais aquela —, exclamou, dando um tapa em sua testa:

— E eu, abestalhado, pensava que era uma coquete! É doce, pelo visto, sacrificar a si mesmo pelos outros.

— O que quer dizer com isso? — perguntei eu.

— A você não quero dizer nada — rebateu bruscamente Lúchin.

Zinaída me evitava: o meu aparecimento (não podia deixar de reparar nisso) fazia-lhe uma impressão desagradável. Ela me virava involuntariamente as costas... sim, involuntariamente; eis o que me amargurava, eis o que me afligia! Contudo, eu não tinha nada a fazer e buscava não aparecer na sua frente, espreitando-a tão só de longe, o que nem sempre dava certo. Algo incompreensível continuava a acometê-la: seu rosto mudara, ela própria mudara de todo. Essa mudança assombrou-me, em especial, numa tardinha quente e sossegada. Estava sentado num baixo banquinho, sob uma larga moita de sabugueiro; gostava daquele lugar de onde se via a janela do quarto de Zinaída. Estava sentado ali; sobre a minha cabeça, um passarinho azafamado se remexia numa folhagem escurecida, e uma gata cinzenta se esgueirava, esticando o dorso, pelo jardim. O pesado zunido dos primeiros besouros ressoava no ar, ainda transparente, porém não mais claro. Estava sentado e olhava para a janela, esperando que esta se abrisse; a janela abriu-se de fato, e Zinaída assomou nela. Trajava um vestido branco, e ela mesma, seu rosto, seus ombros, seus braços estavam pálidos até a brancura. Ficou muito tempo imóvel, olhando fixamente e de sobrolho carregado. Eu nem conhecia esse olhar dela. Depois a moça crispou, com toda a força, as mãos, levou-as aos lábios, à testa, e de improviso, desunindo os dedos, retirou seus cabelos das orelhas, sacudiu a cabeleira e, abanando a cabeça de cima para baixo com certa firmeza, fez estalarem as folhas da janela.

Ao cabo de uns três dias, Zinaída me encontrou no jardim. Queria esquivar-me dela, mas a princesinha me deteve.

— Dê-me sua mão — disse-me ela com a ternura de antes. — Faz tempos que não conversamos mais.

Olhei para ela: seus olhos irradiavam uma luz branda, seu rosto sorria todo, como através de uma névoa.

— Ainda está indisposta? — perguntei-lhe.

— Não, agora está tudo bem — respondeu ela, colhendo uma pequena rosa escarlate. — Estou um pouquinho cansada, mas isso também vai passar.

— E você tornará a ser como antes? — perguntei então.

Zinaída levou a rosa ao seu rosto, e pareceu-me que o vivo reflexo das pétalas lhe caíra nas faces.

— Será que eu mudei? — indagou-me ela.

— Mudou, sim — repliquei a meia-voz.

— Sei que estava fria com você — começou Zinaída —, mas você não devia prestar atenção àquilo... eu não podia agir de outra maneira... mas não vale a pena falarmos nisso.

— Você não quer que eu a ame, eis o que é! — exclamei num rompante espontâneo e sombrio.

— Sim, ame-me, mas não como antes.

— E como?

— Sejamos amigos, assim! — Zinaída deixou-me cheirar a rosa. — Escute, sou muito mais velha que você e poderia ser sua tia, palavra de honra; tudo bem, não tia, mas sua irmã mais velha. E você...

— Sou uma criança para a senhorita — interrompi-a.

— Pois é, uma criança, mas uma criança meiga, boazinha, inteligente, que eu amo muito. Sabe de uma coisa? Desde hoje mesmo, aceito-o como meu pajem; e não esqueça que os pajens não devem afastar-se das suas senhoras. Eis um símbolo de sua nova condição — acrescentou ela, colocando a rosa na lapela da minha jaqueta —, um sinal da benevolência que lhe concedo.

— Antes você me concedia outros favores — murmurei eu.

— Ah! — disse Zinaída, olhando-me de soslaio. — Que memória é que ele tem! Pois bem, estou pronta agora mesmo...

E, inclinando-se para mim, ela estampou um beijo cândido e sereno na minha testa.

Mirei-a apenas, e ela me virou as costas e, dizendo: "Siga-me, meu pajem", foi à casa dos fundos. Segui a princesinha, ainda perplexo. "Será que..." — pensava — "será que esta moça dócil e sensata é aquela mesma Zinaída que conheci?". Até seu andar me parecia mais calmo, e todo o seu corpo, mais esbelto e majestoso...

Meu Deus, com quanta força o amor se reacendia em mim!

XVI

Após o almoço os visitantes se reuniram de novo na casa dos fundos, e a princesinha veio cumprimentá-los. Toda a assembleia estava presente ali, como naquela primeira noite, inesquecível para mim: até Nirmátski havia mostrado a cara, e Maidânov chegara, dessa vez, mais cedo que todos e trouxera novos versos. O jogo de multas recomeçou, mas sem aquelas estranhas travessuras de antes, sem tolas brincadeiras nem algazarras — o elemento cigano tinha desaparecido. Zinaída comunicou um novo humor à nossa reunião. Eu estava sentado perto dela, na qualidade de pajem. Ela propôs, entre outras coisas, que o jogador multado contasse seu recente sonho, mas isso não deu certo. Os sonhos eram pouco interessantes (Belovzórov teria sonhado que alimentava seu cavalo de carpas e que a cabeça desse cavalo era de madeira) ou então artificiais, forjados. Maidânov serviu-nos toda uma novela, havendo nela jazigos fúnebres, anjos com liras, flores que conversavam e sons que vinham de longe. Zinaída não o deixou terminar suas falas.

— Desde que começamos a inventar — disse ela —, que cada um conte alguma história toda fantasiosa.

O primeiro a contar seria outra vez Belovzórov. O jovem hussardo ficou confuso.

— Eu não consigo inventar nada! — exclamou ele.

— Mas que bobagem! — retorquiu Zinaída. — Pois imagine, por exemplo, que você está casado e conte-nos como passaria o tempo com sua esposa. Iria trancafiá-la?

— Iria trancafiá-la, sim.

— E ficaria trancado com ela?

— E ficaria, sem falta, trancado com ela.

— Perfeito. E se ela se aborrecesse com isso e fosse traí-lo?

— Matá-la-ia.

— E se ela fugisse?

— Correria atrás dela e matá-la-ia em todo caso.

— Pois bem. E se, suponhamos, eu fosse sua esposa, o que faria então?

Belovzórov ficou calado.

— Então me mataria a mim...

Zinaída se pôs a rir.

— Pelo que vejo, seu canto não é tão longo.

A segunda multa coube a Zinaída. Meditativa, ela ergueu os olhos para o teto.

— Escutem, pois — começou afinal —, o que inventei: imaginem um suntuoso palácio, uma noite de verão e um baile admirável. Quem dá esse baile é uma jovem rainha. Por toda a parte há ouro, mármore, cristal, seda, luzes, diamantes, flores, incensos e todos os requintes do luxo.

— Você gosta de luxo? — interrompeu-a Lúchin.

— O luxo é bonito — argumentou ela —, eu gosto de tudo o que é bonito.

— Mais que daquilo que é belo? — perguntou ele.

— É meio complicado, não compreendo. Não me atrapalhe. Pois bem, o baile está esplêndido. Há muitos convidados, eles todos são jovens, belos e corajosos, e andam loucamente apaixonados pela rainha.

— Não há mulheres dentre os convidados? — inquiriu Malêvski.

— Não... ou melhor, sim, há mulheres.

— Todas feias?

— Lindíssimas. Entretanto, todos os homens estão apaixonados pela rainha. Ela é alta e esbelta; há um pequeno diadema de ouro em seus cabelos negros.

Olhei para Zinaída, e nesse momento ela me pareceu sobrepujar a nós todos; sua fronte branca e seu sobrolho imóvel irradiavam tanta inteligência iluminada e tanto poder que pensei: "Tu mesma és aquela rainha!".

— Todos se comprimem ao redor dela — prosseguiu Zinaída —, todos derramam na frente dela os discursos mais lisonjeiros.

— E ela gosta de ser lisonjeada? — perguntou Lúchin.

— Que homem insuportável! Não faz outra coisa senão me interromper! Quem é que não gosta de ser lisonjeado?

— Mais uma pergunta, a última — intrometeu-se Malêvski. — A rainha tem um marido?

— Nem pensei nisso aí. Não, por que teria marido?

— É claro — aprovou Malêvski —, por que teria marido?

— *Silence!*[37] — exclamou Maidânov, que falava francês muito mal.

— *Merci*[38] — disse-lhe Zinaída. — Então, a rainha escuta aqueles discursos, escuta a música, mas não olha para nenhum dos seus convidados. Seis janelas estão abertas de par em par, do teto ao chão; além delas, um céu escuro com suas grandes estrelas e um escuro jardim com suas árvores grandes. A rainha está mirando aquele jardim. Ali, ao pé das árvores, há um chafariz que alveja nas trevas, comprido, comprido que nem um espectro. Através da conversa e música, a rainha ouve um leve ruído da água. Ela olha e pensa: "São todos nobres, inteligentes e ricos, meus senhores, rodeiam-me, valorizam cada palavra minha, estão todos prontos a morrer aos meus pés; sou sua dona... e lá, perto do chafariz, perto da água que rumoreja, espera por mim aquele que eu amo e que me possui. Ele não tem trajes ricos nem pedras preciosas, ninguém o conhece, mas ele espera por mim, seguro de que eu virei, e eu irei mesmo, não há força que possa deter-me quando eu quiser vê-lo e ficar com ele e perder-me com ele lá, na escuridão do jardim, sob o farfalho das árvores e o rumorejo do chafariz...".

Zinaída calou-se.

— É uma fantasia? — perguntou, maliciosamente, Malêvski.

---

[37] Silêncio (em francês).
[38] Obrigada (em francês).

Zinaída nem sequer olhou para ele.

— O que é que faríamos, meus senhores — disse de supetão Lúchin —, se estivéssemos entre os convidados e soubéssemos daquele felizardo do chafariz?

— Esperem, esperem — interrompeu Zinaída. — Eu mesma lhes direi o que faria cada um de vocês. Você, Belovzórov, iria desafiá-lo para um duelo. Você, Maidânov, escreveria um epigrama contra ele; aliás, não! Você não sabe escrever epigramas; faria então um longo iambo, como aqueles de Barbier,[39] e publicaria essa sua obra no "Telégrafo".[40] Você, Nirmátski, pedir-lhe-ia dinheiro emprestado... não, dar-lhe-ia dinheiro emprestado para cobrar juros. Você, doutor...
— ela parou. — Não sei mesmo o que você faria.

— Sendo o médico da corte — respondeu Lúchin —, aconselharia que a rainha não desse bailes quando não estivesse disposta...

— E teria, quem sabe, razão. E você, conde...

— E eu? — repetiu Malêvski com seu sorriso maldoso.

— Você lhe ofereceria um bombonzinho envenenado.

O rosto de Malêvski entortou-se de leve e tomou, por um segundo, a expressão judaica, mas logo ele desandou a rir.

— Quanto a você, Voldemar... — continuou Zinaída.
— Aliás, chega disso; vamos brincar de outra coisa.

---

[39] Auguste Barbier (1805–1882): poeta francês cuja coletânea de *Iambos* (1831) gozava de notável sucesso na Rússia.
[40] "Telégrafo moscovita": revista literária e científica, publicada, a cada duas semanas, de 1825 a 1834.

— *Monsieur* Voldemar, como o pajem da rainha, seguraria a cauda de seu vestido quando ela corresse para o jardim — notou Malêvski de modo sarcástico.

Enrubesci todo, mas Zinaída pôs lestamente a mão no meu ombro e, soerguendo-se, disse com uma voz um pouco trêmula:

— Eu nunca concedi à Vossa Alteza o direito de ser insolente, portanto lhe peço que vá embora.

Ela apontou para a porta.

— Misericórdia, princesa — murmurou Malêvski e ficou todo pálido.

— A princesa tem razão! — exclamou Belovzórov e também se levantou.

— Juro por Deus que não esperava, de modo algum — prosseguiu Malêvski. — Parece que não houve, nessas palavras minhas, nada que... eu nem pensava em ofendê-la! Perdoe-me.

Zinaída lançou-lhe um olhar gélido e sorriu com frieza.

— Acho que pode ficar — disse, movendo desdenhosamente a mão. — Nós cá, eu e *monsieur* Voldemar, zangamo-nos à toa. Pode então lamentar à vontade.

— Perdoem-me — repetiu Malêvski, e eu voltei a pensar, recordando o gesto de Zinaída, que nem uma verdadeira rainha poderia mandar um afoito embora com maior dignidade.

O jogo de multas durou pouco após essa pequena cena; todos ficaram um tanto embaraçados, e não foi por causa da própria cena, mas, sim, devido a outro sentimento, não bem definido, porém constrangedor.

Ninguém falava nesse sentimento, mas cada um o percebia em si mesmo e no seu vizinho. Maidânov leu-nos seus versos, e Malêvski elogiou-os com um entusiasmo exagerado. "Como ele quer agora parecer bonzinho" — cochichou-me Lúchin. Despedimo-nos logo. De súbito, Zinaída ficou pensativa; a velha princesa mandou dizer que estava com dor de cabeça; Nirmátski rompeu a queixar-se de seus reumatismos...

Passei muito tempo sem dormir, assombrado pela história de Zinaída.

— Será que havia lá uma alusão? — perguntava a mim mesmo. — Mas a quem ou a que ela aludia? E se houver, de fato, a que aludir... como ela teria a coragem? Não, não pode ser, não — cochichava, virando-me de uma face ardente para a outra... Contudo, lembrava a expressão de Zinaída na hora de seu relato, rememorava a exclamação que escapara de Lúchin no parque Neskútchny e as mudanças inesperadas do tratamento que ela me dispensava, e perdia-me em conjeturas. "Quem é ele?" — essas três palavras como que estavam ante meus olhos, escritas na escuridão; era como se uma baixa nuvem sinistra pendesse sobre mim, e eu sentia a sua pressão e pressentia que a tempestade não demoraria em vir. Habituara-me a diversas coisas, nesses últimos tempos, vira diversas coisas na casa de Zassêkina: aquela desordem toda, cotos de velas, facas e garfos quebrados, o lúgubre Vonifáti e as criadas esfarrapadas, as maneiras da própria princesa — toda aquela vida estranha não me surpreendia mais... no entanto, não conseguia acostumar-me àquilo que vislumbrava agora em Zinaída... "Uma aventureira"

— disse, um dia, minha mãe a respeito dela. Seria ela uma aventureira — ela, meu ídolo, minha divindade? Esse nome me abrasava, tentando eu, indignado, esconder-me dele sob o meu travesseiro; ao mesmo tempo, o que não aceitaria, o que não daria, só para ser aquele felizardo perto do chafariz!...

Meu sangue entrou em ebulição. "Jardim... chafariz..." — pensei eu. — "E se eu for ao jardim?" Vesti-me depressa e saí, às ocultas, de casa. A noite estava escura, as árvores mal sussurravam; um brando friozinho caía do céu, um cheiro de funcho vinha da horta. Rodei todas as aleias; o leve som de meus passos inquietava-me e animava-me de uma vez só. Eu parava, esperava, ouvia meu coração bater forte e apressadamente. Por fim, aproximei-me da cerca e apoiei-me numa fina vara. De chofre (ou tive apenas uma ilusão?), um vulto feminino surgiu, de passagem, a alguns passos de mim. Cravei os olhos nas trevas e retive a minha respiração. O que seria? Ouvia mesmo aqueles passos ou meu coração palpitava de novo? "Quem está aí?" — murmurei com uma voz quase inaudível. O que seria, enfim: um riso contido... o sussurro das folhas... um suspiro ao meu ouvido? Senti medo... "Quem está aí?" — repeti mais baixo ainda.

Por um instante, o ar se moveu: uma faixa brilhante atravessou o céu; uma estrela caiu. "Zinaída?" — queria perguntar, mas a voz me entorpecera nos lábios. E, de repente, fez-se um profundo silêncio ao meu redor, como muitas vezes ocorre em plena noite... Até os grilos cessaram de estridular nas árvores, apenas uma janela tiniu algures. Fiquei algum tempo imóvel e retornei ao meu quarto, à minha cama que tinha esfriado. Sentia uma estranha emoção, como se tivesse ido a um encontro de amor e ficado sozinho e passado junto da felicidade alheia.

XVII

No dia seguinte vi Zinaída apenas de relance: ela ia a algum lugar com a velha princesa, numa carruagem de aluguel. Em compensação, vi Lúchin, que, aliás, mal me cumprimentou, e Malêvski. O jovem conde sorriu e falou amigavelmente comigo. Dentre todos os frequentadores da casa dos fundos, ele fora o único que soubera insinuar-se em nossa família e agradar a mãezinha. Meu pai não gostava dele e tratava-o com uma polidez que beirava a ofensa.

— *Ah, monsieur le page!*[41] — começou Malêvski. — Muito prazer em encontrá-lo. O que anda fazendo a sua bela rainha?

Seu rosto bonito e fresco gerava-me, nesse momento, tamanha repulsa, e o conde olhava para mim com tanto desdém jocoso, que eu não lhe dei nenhuma resposta.

— Ainda está zangado? — prosseguiu ele. — Não vale a pena. Não fui eu quem o chamou de pajem, e são principalmente as rainhas que têm pajens. Deixe-me notar, porém, que você cumpre mal suas obrigações.

— Como assim?

---

[41] Ah, senhor pajem! (em francês).

— Os pajens devem ser inseparáveis das suas soberanas; os pajens devem saber tudo o que elas fazem, devem até mesmo observá-las — acrescentou ele, abaixando a voz — de dia e de noite.

— O que você quer dizer?

— O que quero dizer? Parece que me expresso com clareza. De dia e de noite. De dia ainda está tudo bem: de dia há luz e muita gente por aí; agora de noite... o mal não demora a acontecer. Aconselho-o a não dormir de noite e a observar, observar com todas as forças. Lembre-se: no jardim, de noite, perto do chafariz! Eis onde é preciso vigiar. Ainda vai agradecer-me.

Malêvski riu e virou-me as costas. Decerto não dava tanto valor àquilo que me dissera; tinha a reputação de um ótimo mistificador e destacava-se pela sua habilidade em ludibriar as pessoas nos bailes de máscaras, para a qual contribuía muito a falsidade quase inconsciente que impregnava todo o seu ser. Ele queria apenas provocar-me; todavia, cada palavra sua me percorreu, como um veneno, todas as veias. O sangue me subiu à cabeça. "Ah, é isso?" — disse eu a mim mesmo. — "Pois bem! Então meus pressentimentos de ontem foram justos! Não foi à toa, então, que algo me chamou para o jardim! Pois isso não vai acontecer!" — exclamei em voz alta e dei-me uma punhada no peito, embora não soubesse, na realidade, o que não iria acontecer. "Quer seja o próprio Malêvski a vir ao jardim" — pensava eu (talvez ele tivesse falado demais: era descarado o bastante para isso!) — "quer seja outra pessoa (a cerca do nosso jardim era muito baixa, de sorte que não havia nenhuma dificuldade em atravessá-la), mas aquele que eu pegar não se dará bem! Não aconselho que ninguém me encontre ali! Vou provar a todo o mundo e àquela traidora (chamei-a mesmo de traidora) que sei tomar a desforra!".

Voltei ao meu quarto, tirei da minha escrivaninha um canivete inglês recém-comprado, apalpei a ponta da sua lâmina e, franzindo o sobrolho, coloquei-o no bolso com uma firmeza fria e concentrada, como se tais negócios não me fossem estranhos nem novos. Meu coração se soergueu, irado, e petrificou-se; até o cair da noite, não afastei as sobrancelhas nem descerrei os lábios, andando volta e meia de lá para cá, empunhando a faca que se esquentara dentro do bolso e preparando-me de antemão para algo terrível. Essas sensações novas e inabituais ocupavam-me e mesmo me alegravam tanto que eu refletia pouco em Zinaída propriamente dita. Eis o que me vinha, sem trégua, à mente: Aleko, jovem cigano — "Aonde vais, meu jovem belo?" — "Não te levantes...", e depois: "Estás ensanguentado todo!... O que fizeste?..." — "Nada!"[42] Com que sorriso cruel eu repeti aquele "nada"! Meu pai não estava em casa, mas a mãezinha, que se encontrava, desde um certo momento, num estado de irritação surda e quase permanente, prestou atenção à minha aparência fatal e disse-me durante o jantar: "Por que estás com essa cara amarrada?" Apenas sorri, indulgente, em resposta e pensei: "Se eles soubessem!" O relógio deu onze horas. Fui ao meu quarto, mas não

---

[42] Alusão ao poema *Ciganos*, de Alexandr Púchkin, cujo protagonista comete um crime passional.

me despi à espera da meia-noite; ela chegou, afinal. "Está na hora!" — murmurei por entre os dentes cerrados e, todo abotoado e mesmo de mangas arregaçadas, dirigi-me para o jardim.

Havia escolhido antecipadamente um lugar para espreitar. Na extremidade do jardim, onde a cerca que separava a nossa área da de Zassêkina juntava-se a um muro externo, crescia um solitário abeto. De pé sob os seus ramos espessos e baixos, eu podia ver, na medida em que a escuridão noturna o permitia, o que se passava ao meu redor. Ali mesmo havia uma vereda tortuosa que sempre me parecera enigmática: como uma serpente, ela rastejava embaixo da cerca, a qual ostentava naquele local pegadas dos que a tinham pulado, e conduzia até um pavilhão redondo e todo circundado de acácias. Cheguei ao pé do abeto, encostei-me no seu tronco e pus-me a observar.

A noite estava tão silenciosa quanto a precedente; contudo, havia menos nuvens no céu, e os contornos dos arbustos e mesmo das altas flores viam-se com maior nitidez. Os primeiros instantes de espera foram angustiantes, quase medonhos. Decidi que faria qualquer coisa, estava somente pensando: de que maneira faria aquilo? Bradaria: "Aonde vais? Para e desembucha, senão morrerás!" ou simplesmente desferiria uma facada? Cada som, cada sussurro ou farfalhar pareciam-me significativos, extraordinários. Eu me preparava: inclinei-me para frente... entretanto, passou-se meia hora, depois uma hora inteira; meu sangue se aquietava e se esfriava; a consciência de que fazia aquilo tudo em vão e mesmo estava um pouco ridículo, tendo Malêvski zombado de mim, começou a infiltrar-se em minha alma. Abandonei o meu esconderijo e percorri todo o jardim. Não se ouvia, como que de propósito, nem o menor barulho em parte alguma; tudo estava bem sossegado, e até nosso cachorro dormia, enrodilhado junto da portinhola. Subi às ruínas da estufa e vi, na minha frente, um campo longínquo, lembrei o encontro com Zinaída e fiquei pensativo...

Estremeci! Teria ouvido o ranger de uma porta que se abria e, a seguir, um leve estalo de um galho quebrado. Desci das ruínas em dois saltos e parei onde estava. Os passos rápidos e enérgicos, mas prudentes, ressoavam nitidamente pelo jardim. Eles se aproximavam de mim. "Ei-lo! Ei-lo enfim!" — vibrou-me o coração. Com um gesto convulso, tirei a faca do bolso, abri-a convulsamente... umas fagulhas vermelhas giraram ante meus olhos e meus cabelos ficaram em pé de medo e fúria. Os passos vinham em minha direção; eu me curvava, prestes a arrojar-me ao seu encontro. Apareceu um homem: meu Deus, era meu pai!

Reconheci-o logo, se bem que ele estivesse todo envolto numa capa escura e que o chapéu lhe descesse no rosto. Ele passou ao meu lado nas pontas dos pés. Não reparou em mim, conquanto nada me ocultasse; eu apenas me encolhera e me enroscara tanto que parecia afundado no próprio solo. Ciumento, pronto a cometer um assassinato, Otelo se transformara, de improviso, num escolar... o repentino aparecimento do pai causara-me tamanho susto que a princípio nem sequer percebi de onde ele vinha e para onde se dirigia. Endireitei-me e pensei: "Por que é que o pai anda de noite pelo jardim?" só quando tudo se apaziguou novamente ao meu redor. Amedrontado, deixei a faca cair na relva, mas nem tentei procurá-la: estava com muita vergonha. Refresquei, de uma vez, a cabeça. Voltando para casa, acerquei-me, porém, do meu banquinho sob a moita de sabugueiro e olhei para a janela do quarto de Zinaída. Os vidros dessa janela, pequenos e um tanto convexos, estavam vagamente azulados à fraca luz que caía do céu noturno. De súbito, a sua cor foi mudando: detrás deles (eu via isso, via claramente), uma cortina branca descera, com lentidão e cautela, até o peitoril, permanecendo depois imóvel.

— O que é isso, enfim? — disse eu em voz alta, quase involuntariamente, mal retornei ao meu quarto. — Um sonho, uma casualidade ou... — as suposições que de repente me vieram à cabeça eram tão novas e estranhas que eu nem ousava entregar-me a elas.

XVIII

Acordei de manhã com dor de cabeça. A emoção da noite anterior desaparecera: fora substituída por uma dolorosa perplexidade e uma tristeza antes desconhecida, como se algo estivesse morrendo em mim.

— Por que tem essa cara do coelho a que arrancaram metade do cérebro? — perguntou Lúchin, ao encontrar-se comigo.

Na hora do desjejum eu olhava furtivamente ora para o pai ora para a mãe: ele estava tranquilo, por hábito; ela, também por hábito, irritava-se às ocultas. Eu esperava que o pai falasse comigo de modo amigável, como lhe acontecia falar vez por outra. Mas ele nem sequer me concedeu seu frio carinho de todos os dias. "Vou contar tudo a Zinaída?" — pensei. — "De qualquer jeito, está tudo acabado entre nós". Fui à casa dela, porém não apenas não lhe contei nada, como não consegui, ao menos, conversar com ela conforme desejava. O filho da velha princesa, cadete de uns doze anos de idade, viera de Petersburgo a fim de passar as férias com a mãe, e Zinaída logo me confiou seu irmão.

— Esse aí — disse ela — é meu querido Volódia[43] (foi pela primeira vez que me chamou assim), meu amigo. Ele também se chama Volódia. Ame-o, por favor; ele ainda está meio acanhado, mas tem um coração bom. Mostre-lhe o Neskútchny, passeie com ele, dê-lhe a sua proteção. Você fará isso, não é? Você também é tão bom!

Ela me pôs, com ternura, ambas as mãos nos ombros, e eu me senti totalmente perdido. A vinda daquele menino transformava-me num menino igual. Calado, eu olhava para o cadete, que também me fitava de boca fechada. Zinaída soltou uma gargalhada e empurrou-nos um para o outro:

— Abracem-se, pois, crianças!

Nós nos abraçamos.

— Quer que o leve para o jardim? — perguntei ao cadete.

---

[43] Forma diminutiva e carinhosa do nome Vladímir.

— Faça o favor — respondeu ele com a voz rouquenha de um verdadeiro cadete.

Zinaída tornou a rir. Tive o tempo de reparar naquelas lindíssimas cores que ainda não vira nunca no rosto dela.

Levei o cadete embora. Em nosso jardim havia um balanço velhinho. Fiz que ele se sentasse em cima da fina tabuinha e comecei a balançá-lo. Ele se mantinha imóvel, com sua nova fardazinha de grosso tecido de lã munida de largos galões dourados, e segurava com força as cordas.

— Desabotoe, pois, sua gola — disse-lhe eu.

— Não é nada, estamos acostumados — rebateu ele com uma tosse.

Ele se parecia com sua irmã; recordavam-na, sobretudo, seus olhos. Era-me agradável entretê-lo e, ao mesmo tempo, a mesma dolorosa tristeza roía-me discretamente o coração. "Agora é que sou uma criança" — pensava eu — ", mas ontem...". Lembrei onde tinha perdido, na noite anterior, o meu canivete e reencontrei-o. O cadete pediu que lhe desse o canivete, pegou um grosso caule de um arbusto, recortou um pífaro[44] e pôs-se a assoviar. Otelo também assoviou.

Mas como ele chorou de noite, aquele mesmo Otelo, nos braços de Zinaída, quando esta o encontrou num cantinho do jardim e perguntou por que estava tão triste! As lágrimas me jorraram com tanta força que ela levou um susto.

---

[44] Espécie de flauta rústica de som agudo e estridente.

— O que tem, o que tem, Volódia? — repetia ela e, vendo que eu não lhe respondia nem cessava de chorar, já ia beijar minha face molhada. Mas eu lhe virei as costas e murmurei, através dos prantos:

— Sei tudo! Por que você brincava comigo? Para que precisava de meu amor?

— Tenho culpa perante você, Volódia... — disse Zinaída. — Ah, tenho muita culpa... — acrescentou, crispando as mãos. — Quanta coisa ruim, obscura e pecadora é que há em mim! Mas agora não estou brincando com você; eu o amo, e você nem suspeita por que nem como... todavia, o que é que você sabe?

O que podia dizer-lhe? Ela estava de pé, na minha frente; ela me fitava, e eu pertencia-lhe todo, da cabeça aos pés, desde que ela olhava para mim... Um quarto de hora mais tarde, já apostava corrida com o cadete e Zinaída; não chorava, mas ria, embora as minhas pálpebras túmidas deixassem caírem as lágrimas enquanto ria assim; uma fita de Zinaída pendia-me no pescoço, em vez da gravata, e eu gritei de alegria ao conseguir apanhar a princesinha pela cintura. Ela fazia de mim tudo quanto queria.

XIX

Eu ficaria muito embaraçado se me fizessem contar detalhadamente o que se dera comigo ao longo da semana subsequente à minha malograda expedição noturna. Era um tempo estranho, febricitante, uma espécie de caos em que giravam, qual um turbilhão, os mais contraditórios sentimentos e pensamentos, suspeitas e esperanças, alegrias e sofrimentos; eu temia olhar para dentro de mim mesmo, se é que um garoto de dezesseis anos pode olhar para dentro de si, temia dar-me conta de qualquer acontecimento que fosse. Estava apenas apressado a passar o dia e atingir a noite; em compensação, dormia bem de noite... era a leviandade infantil que me ajudava. Não queria saber se me amavam nem reconhecer, no íntimo, que não me amavam; andava distante do pai, porém não conseguia distanciar-me de Zinaída. Era como se um fogo me abrasasse em sua presença... mas para que necessitaria saber que fogo seria aquele que me queimava e derretia, se era tão doce ser queimado e derretido? Eu me entregava a todas as minhas impressões, enganava a mim mesmo, virava as costas às recordações e fechava os olhos perante aquilo que pressentia lá no futuro. Essa angústia não teria durado, quiçá, muito tempo... uma trovoada acabou, de pronto, com tudo e arremessou-me numa direção nova.

Voltando um dia, na hora do almoço, de um passeio bastante longo, fiquei espantado de saber que almoçaria sozinho, que meu pai havia saído e minha mãe estava indisposta e não queria comer, trancada no quarto dela. Ao ver os rostos de nossos lacaios, adivinhei que sobreviera algo extraordinário. Não tive a coragem de interrogá-los, mas recorri ao meu amigo, jovem copeiro chamado Filipp que adorava ler versos e tocava violão como um verdadeiro artista. Ele me contou que uma horrível cena ocorrera entre meu pai e a mãezinha (tudo se ouvira, até a última palavra, no quarto das criadas; muita coisa fora dita em francês, mas a criada Macha tinha servido, por cinco anos, na casa de uma modista de Paris e entendia tudo), que minha mãe acusara o pai de ser infiel, tendo um caso com a senhorita vizinha, que a princípio o pai tentara desmentir tais acusações, mas depois explodira e, por sua vez, dissera uma palavra cruel — "parece que sobre a idade da senhora" —, e que a mãezinha ficara chorando. Contou-me também que a mãezinha se referira a uma letra de câmbio, a qual teria sido entregue à velha princesa, tratando-a, bem como a senhorita, de forma muito ofensiva, e que então meu pai chegara a ameaçá-la.

— E aconteceu todo o mal — prosseguiu Filipp — por causa de uma carta anônima, mas quem a escreveu não se sabe; senão, que razão haveria para esse negócio sair assim para fora?

— Será que houve alguma coisa? — articulei essa frase a custo, enquanto as mãos e os pés me gelaram e algo estremeceu bem no fundo do meu peito.

Filipp lançou uma piscadela significante.

— Houve. Não dá para esconder essas coisas; por mais que seu papaizinho fosse cauteloso nesse caso, mas precisou, por exemplo, arrumar uma carruagem ou mais algum negocinho... e não se faz isso sem ajudantes.

Mandei Filipp embora e desabei sobre a minha cama. Não fiquei soluçando nem me entreguei ao desespero; não me perguntei quando e como tudo aquilo acontecera; não me espantei de não ter descoberto aquilo antes, havia tempos, nem mesmo me zanguei com o pai. O que soubera ultrapassava as minhas forças: a imprevista revelação me esmagara. Estava tudo acabado. Arrancadas de vez, todas as minhas flores jaziam ao meu redor, esparsas e pisoteadas.

XX

No dia seguinte a mãezinha declarou que se mudaria para a cidade. De manhã, o pai entrou no seu quarto e passou muito tempo a sós com ela. Ninguém ouviu o que ele lhe dissera, mas a mãezinha deixou de chorar: acalmou-se e pediu comida, se bem que não tivesse reaparecido nem mudado a sua decisão. Lembro como perambulei o dia todo, sem entrar no jardim nem olhar nenhuma vez para a casa dos fundos, e como de noite testemunhei um acidente pasmoso: meu pai levou o Conde Malêvski através da sala até o vestíbulo, segurando-o pelo braço, e disse-lhe com frieza, na presença de um lacaio: "Alguns dias atrás, apontaram à Vossa Alteza a porta de uma casa aí; não vou explicar-me com o senhor agora, mas tenho a honra de comunicar-lhe que, se o senhor me visitar mais uma vez, eu o jogarei da janela. Não gosto de sua letra". O conde se curvou, cerrou os dentes, encolheu-se todo e desapareceu.

Começamos a preparar-nos para voltar à cidade, onde possuíamos uma casa na rua Arbat.[45] Decerto o próprio pai não queria mais morar na chácara; teria conseguido, porém, fazer que minha mãe não tramasse escândalos. Tudo se passava em surdina, sem pressa;

---

[45] Uma das principais vias públicas do centro histórico de Moscou.

a mãezinha mandou mesmo saudar a velha princesa e dizer-lhe que sentia muito não poder revê-la, por motivos de saúde, antes da nossa partida. Eu andava como que enlouquecido e desejava apenas que tudo aquilo terminasse o mais rápido possível.

Havia um pensamento que não me saía da cabeça: como ela — uma moça tão jovem e, ainda por cima, uma princesa — tivera a ousadia de fazer uma coisa assim, sabendo que meu pai não era solteiro e tendo a possibilidade de casar-se, por exemplo, com Belovzórov? Com que ela contava, pois, como não tinha medo de destruir todo o seu futuro? "Sim" — pensava eu — ", aquilo ali é um amor, é uma paixão, é uma abnegação"... e lembrava-me das palavras de Lúchin: é doce sacrificar a si mesmo pelos outros. Um dia, vi por acaso uma mancha pálida numa das janelas da casa dos fundos... "Será o rosto de Zinaída?" — pensei. Era, de fato, o rosto dela. Não me contive. Não poderia abandoná-la sem lhe ter dito o último adeus. Escolhi um momento oportuno e fui à casa dos fundos. A velha princesa recebeu-me, na sala de estar, com sua costumeira saudação desleixada e desdenhosa:

— Por que é que os seus se agitaram tão cedo, meu queridinho? — disse ela, enchendo ambas as narinas de tabaco.

Olhei para ela e senti um alívio. A palavra "letra de câmbio" dita por Filipp atormentava-me. A velha não suspeitava de nada... ao menos, foi o que me pareceu naquele momento. Zinaída assomou do quarto vizinho, de vestido preto, pálida e despenteada; pegou-me, silenciosa, pela mão e levou-me consigo.

— Ouvi sua voz — começou ela — e logo entrei. Foi tão fácil você nos abandonar, mau garoto?

— Vim despedir-me da senhorita, princesa — respondi eu —, provavelmente para sempre. Você já ouviu, por certo, dizer que nós vamos embora.

Zinaída olhou para mim, atenta.

— Ouvi, sim. Agradeço-lhe ter vindo. Já pensava que não o veria mais. Não me leve a mal. Eu o apoquentava, às vezes; contudo, não sou como você me imagina.

Ela me virou as costas, apoiando-se no peitoril da janela.

— Juro que não sou assim. Eu sei que você pensa mal de mim.

— Eu?

— Sim, você... sim.

— Eu? — repeti, entristecido, e meu coração voltou a vibrar sob o influxo daquele mesmo charme irresistível, inexprimível. — Eu? Acredite, Zinaída Alexândrovna: faça você o que fizer, apoquente-me como quiser, eu vou amá-la e adorá-la até o fim dos meus dias.

Depressa, ela se virou para mim e, abrindo de todo seus braços, abraçou-me a cabeça e beijou-me forte e ardentemente. Deus sabe por quem procurava aquele longo beijo de despedida, mas fui eu quem provou, com avidez, a sua doçura. Sabia que ele não se repetiria nunca mais.

— Adeus, adeus — dizia eu...

Zinaída se afastou de mim e saiu. Eu também fui embora. Não sou capaz de expressar o sentimento com que me retirei. Não gostaria que ele ressurgisse algum dia; porém me acharia infeliz se jamais o tivesse experimentado.

Mudamo-nos para a cidade. Não foi rápido que me libertei do passado, não foi logo que tornei a estudar. Minha ferida se cicatrizava demoradamente; no entanto, eu não tinha nenhum sentimento ruim em relação ao meu pai como tal. Pelo contrário: ele teria crescido ainda mais aos meus olhos. Que os psicólogos expliquem essa contradição como puderem. Um dia, eu caminhava por um bulevar e, para minha inenarrável alegria, deparei-me com Lúchin. Gostava dele por sua índole sincera e alheia à hipocrisia; ademais, Lúchin me era caro graças àquelas recordações que me suscitava. Corri ao encontro dele.

— Ah-ah! — disse ele, franzindo o sobrolho. — É você, meu jovem? Mostre-se, venha. Está amarelo ainda; contudo, não tem mais aquela droga de antes nos olhos. Parece um homem e não um cachorrinho de salão. Isso é bom. Mas então, o que faz da vida, está trabalhando?

Soltei um suspiro. Não queria mentir, mas sentia vergonha em dizer a verdade.

— Não faz mal — continuou Lúchin —, não se acanhe. O principal é viver normalmente e não ceder às paixões. Que utilidade é que elas têm? Aonde quer que nos leve a onda, não nos damos bem; é melhor que vivamos de pés no chão, nem que estejamos em cima de uma pedra. Eu cá ando tossindo, e Belovzórov... já ouviu falar nele?

— Não. O que foi?

— Desapareceu sem rastro algum; dizem que partiu para o Cáucaso. É uma lição para você, meu jovem. E toda a história aconteceu porque a gente não sabe recuar na hora certa, romper as redes. Você, pelo que me parece, escapou ileso. Pois veja se não cai outra vez no anzol. Adeus.

"Não cairei..." — pensei eu. — "Não a verei mais". Estava fadado, porém, a rever Zinaída.

XXI

Meu pai andava a cavalo todos os dias; tinha um excelente cavalo inglês, um alazão tordilho, com um pescoço comprido e fino, de pernas compridas, incansável e bravo. O nome dele era Électrique. Ninguém conseguia montá-lo, à exceção de meu pai. Um dia, o pai veio ao meu quarto bem-humorado, o que não lhe acontecia havia muito tempo; pretendia passear a cavalo e já tinha calçado suas botas com esporas. Eu comecei a pedir que me levasse consigo.

— É melhor a gente brincar de eixo-badeixo — respondeu-me o pai —, que tu não vais alcançar-me com teu rocim.

— Vou, sim; eu também botarei as esporas.

— Vamos, então.

Fomos juntos. Eu montava um cavalinho murzelo, todo felpudo, de pernas fortes e assaz rápido; é verdade que ele tinha de correr a todo o galope quando o Électrique trotava para valer, mas não deixava, ainda assim, que este o ultrapassasse. Eu nunca vira um cavaleiro igual ao meu pai: ele cavalgava de uma maneira tão bela e negligentemente destra que o próprio cavalo parecia perceber isso e orgulhar-se com o seu dono. Passamos por todos os bulevares, vimos o campo Devítchie,[46] saltamos algumas cercas (de início, eu tinha medo de saltar, mas o pai desprezava a gente medrosa, e eu superei o medo), atravessamos duas vezes o rio Moscovo; eu já pensava que estávamos voltando para casa, tanto mais que o pai reparara no cansaço do meu cavalo, mas de repente ele se afastou de mim na altura do vau Krýmski e cavalgou ao longo do rio. Fui cavalgando atrás dele. Ao acercar-se de uma alta pilha de velhos madeiros, o pai apeou, num pulo, do Électrique, mandou que eu também apeasse e, entregando-me as rédeas do seu cavalo, disse que o esperasse ali mesmo, junto dos madeiros empilhados, enveredou para uma ruela e sumiu. Pus-me a caminhar, de lá para cá, pela margem do rio, puxando os cavalos e xingando o Électrique que sacudia volta e meia a cabeça, agitava o corpo todo, fungava, relinchava e, quando eu parava, ora se punha a escavar o solo com o seu casco ora mordia, guinchando, o pescoço do meu rocim — numa palavra, portava-se com um mimado *pur sang*.[47] O pai demorava a voltar. Uma umidade desagradável vinha do rio; um chuvisco miúdo e silencioso caía a salpicar de manchinhas escuras aqueles estúpidos madeiros cinza junto dos quais eu andava e que me haviam aborrecido bastante. Um tédio se apoderava

---

[46] Sítio histórico na parte central de Moscou.
[47] Cavalo de puro sangue (em francês).

de mim, mas o pai não voltava. Um vigilante policial, aparentemente finlandês, também todo cinza, com um enorme capacete velho, em forma de um pote, na cabeça e uma alabarda na mão (por que é que um vigilante se encontraria na margem do rio Moscovo?), abordou-me e, dirigindo para mim seu rosto senil e coberto de rugas, disse:

— O que está fazendo aí com esses cavalos, sinhô? Deixe-me segurá-los.

Não lhe respondi, e o vigilante me pediu tabaco. Para me livrar dele (além do mais, a impaciência me atormentava), fiz alguns passos na mesma direção que tomara meu pai, depois percorri a ruela até o fim, dobrei a esquina e parei. Meu pai estava de pé, virando-me as costas, naquela rua, a uns quarenta passos de mim, defronte da janela aberta de uma casinha de madeira. Ele se apoiava no peitoril, e dentro da casinha estava sentada uma mulher de vestido escuro; meio tapada pela cortina, ela conversava com o meu pai. Aquela mulher era Zinaída.

Fiquei petrificado. Confesso que não esperava, de modo algum, por isso. Meu primeiro impulso consistia em fugir. "O pai olhará para trás" — pensara — ", e estou perdido...". Mas um sentimento estranho, um sentimento mais forte que a curiosidade, até mesmo mais forte que o ciúme e o medo, deteve-me lá. Passei a olhar, a escutar com toda a atenção. O pai parecia insistir em algo. Zinaída não concordava. Como se fosse agora, vejo o rosto dela — tristonho, sério, bonito, marcado por uma inexprimível mistura de abnegação, tristeza, amor e certo desespero... não consigo escolher outro termo. Ela pronunciava palavras monossilábicas, não levantava os olhos, apenas sorria dócil e persistente. Só por aquele sorriso reconheci minha Zinaída de antes. O pai deu de ombros e ajustou o seu chapéu na cabeça, gesto que sempre atestava a sua impaciência. Depois se ouviram as palavras: *"Vous devez vous séparer de cette..."*.[48] Zinaída se reergueu e estendeu o braço. De súbito, algo incrível se deu ante meus olhos: o pai agitou repentinamente a vergasta, com a qual tirava, a pancadinhas, a poeira da aba de sua sobrecasaca, e um brusco golpe atingiu aquele braço desnudo até o cotovelo. Mal pude reter um grito, e Zinaída estremeceu, olhou, calada, para o meu pai e, levando devagarinho o braço aos lábios, beijou o vergão rubro que surgira nele. O pai jogou a vergasta fora e, subindo a correr os degraus de entrada, irrompeu na casa... Zinaída se virou e, estendendo os braços, atirando para trás a cabeça, também se afastou da janela.

Gelando de susto, com certo pavor mesclado com a perplexidade no coração, fui correndo embora dali, atravessei a ruela, quase deixei o Électrique fugir e voltei, afinal, para a margem do rio. Não conseguia entender nada. Sabia que, frio e reservado, meu pai era, de vez em quando, acometido por acessos de raiva, mas não chegava, ainda assim, a compreender o que tinha visto. No entanto, logo percebi que, por mais longa que viesse a ser minha vida futura, jamais

---

[48] Você deve separar-se daquela... (em francês).

me seria possível esquecer aquele gesto, aquele olhar, aquele sorriso de Zinaída, cuja imagem, aquela nova imagem que de improviso surgira na minha frente, ficaria para sempre gravada em minha memória. Olhava, atordoado, para o rio, e não reparava nas lágrimas que me rolavam pelas faces. "Batem nela" — pensava —, "batem... batem...".

— O que tens, hein? Traz-me o cavalo! — a voz de meu pai ressoou atrás de mim.

Passei-lhe maquinalmente as rédeas. Ele montou, saltando, o Électrique. O cavalo, que estava com frio, ergueu-se nas pernas traseiras e pulou para a frente, uma braça e meia de vez... porém o pai o dominou de pronto, enfiando-lhe as esporas nos flancos e dando um murro no seu pescoço. "Eh, que pena não ter vergasta!" — murmurou ele.

Lembrei-me do recente silvo e do golpe daquela vergasta e estremeci todo.

— Onde foi que a meteste? — perguntei ao pai pouco depois.

O pai não me respondeu e foi galopando. Alcancei-o. Queria ver, de qualquer maneira que fosse, o rosto dele.

— Sentiste minha falta? — disse ele sem descerrar os dentes.

— Um pouquinho. Onde foi, pois, que deixaste cair a tua vergasta? — voltei a perguntar.

O pai me lançou uma rápida olhadela.

— Não a deixei cair — respondeu —, joguei-a fora.

Ele ficou pensativo e abaixou a cabeça. E foi então que, pela primeira e, quem sabe, pela última vez, eu vi quanta ternura e contrição podiam exprimir as suas severas feições.

Ele tornou a galopar, e eu não consegui alcançá-lo de novo; cheguei a casa um quarto de hora mais tarde que ele.

"Eis o que é um amor" — dizia-me novamente, sentado, de noite, junto da minha escrivaninha em cima da qual já começavam a aparecer cadernos e livros — ", eis o que é uma paixão! Parece que não se pode deixar de se revoltar, que é impossível suportar o golpe de qualquer mão que fosse... nem da mão mais querida! Ah, sim, dá para ver que é possível quando se ama! E eu... eu cá imaginava...".

Aquele último mês me amadurecera muito, e meu amor, com todas as suas comoções e mágoas, parecera a mim mesmo algo tão pequeno, tão infantil e mesquinho perante aquele outro sentimento desconhecido, sentimento que eu podia apenas intuir e que me amedrontava como um semblante alheio, belo, mas pavoroso semblante que se procura em vão enxergar na penumbra...

Naquela mesma noite, eu tive um sonho estranho e assustador. Sonhei que estava entrando num quarto baixo e escuro. Meu pai se encontrava ali, com uma vergasta na mão, e batia os pés; recolhida num canto, Zinaída não tinha mais marca vermelha no braço e, sim, na testa. E, por trás deles, surgia Belovzórov, todo ensanguentado, abrindo seus lábios exangues e ameaçando, furioso, meu pai.

Dois meses mais tarde eu me matriculei na universidade, e seis meses depois meu pai faleceu (vítima de um derrame) em Petersburgo, para onde acabava de mudar-se com minha mãe e comigo. Alguns dias antes da sua morte ele recebera de Moscou uma carta que o deixara extremamente emocionado: fora pedir alguma coisa à mãezinha e, dizem, até chorara — ele, meu pai! Naquela mesma manhã em que seria fulminado pelo derrame, ele se pôs a escrever uma carta para mim. "Meu filho" — escrevia-me em francês — ", teme o amor feminino, teme essa felicidade, esse veneno...". Quando ele morreu, a mãezinha enviou uma quantia bastante vultosa para Moscou.

XXII

Decorreram uns quatro anos. Acabando de sair da universidade, eu não sabia ainda o que faria da vida, a que porta iria bater: andava, por ora, desocupado. Numa bela tarde, encontrei Maidânov no teatro. Ele tivera o tempo de casar-se e de ingressar no serviço público, mas eu não o achei nem um pouco mudado. Ele continuava a extasiar-se sem justa causa e a desanimar-se de supetão.

— Aliás, você sabe — disse-me ele — que a Senhora Dólskaia está aqui?

— Quem é a Senhora Dólskaia?

— Será que esqueceu? A jovem Princesa Zassêkina pela qual todos nós estávamos apaixonados, inclusive você. Lembra aquela chácara perto do Neskútchny?

— O marido dela se chama Dólski?

— Sim.

— E ela está aqui, no teatro?

— Não, mas está em Petersburgo; veio um dia destes. Prepara-se para ir ao estrangeiro.
— Quem é o marido dela? — perguntei eu.
— Um bom sujeito, abastado. É meu colega moscovita. Você entende, após aquela história... você deve saber muito bem tudo aquilo (Maidânov sorriu de maneira significante)... não foi fácil ela arranjar um marido: houve consequências... mas, com a inteligência dela, tudo é possível. Vá visitar a princesa: ela ficará muito contente de vê-lo. Ficou mais bela ainda.

Maidânov me entregou o endereço de Zinaída. Ela se hospedara no hotel de Demut. Minhas antigas recordações tornaram a mover-se... jurei a mim mesmo que logo no dia seguinte visitaria a minha antiga "namorada". Tive, porém, alguns negócios; passou-se uma semana, depois a outra, e, quando me dirigi, finalmente, ao hotel de Demut e perguntei pela Senhora Dólskaia, fiquei sabendo que, quatro dias antes, ela morrera, quase instantaneamente, de parto.

Foi como se algo me tivesse empurrado o coração. A ideia de que podia tê-la visto e não a vira nem a veria nunca mais, essa ideia amarga perpassou-me com toda a força de um reproche inelutável. "Ela morreu!" — repeti, olhando, embrutecido, para o porteiro. Saí devagar do hotel e fui não sabia aonde. Todo o ocorrido veio, de uma vez só, à tona e postou-se na minha frente. Eis como terminara, eis a que tendera, apressada e emocionada, aquela jovem, ardente e fúlgida vida! Pensava nisso, imaginava aquelas caras feições, aqueles olhos, aquelas madeixas num estreito caixão, na úmida escuridão subterrânea, lá mesmo, perto de mim, ainda vivo, e talvez a poucos passos do meu pai. Pensava nisso tudo, forçando a minha imaginação, enquanto os versos: "Dos lábios impassíveis eu ouvira / A fúnebre notícia, impassível..."[49] soavam em minha alma. Ó juventude, juventude! Tu não te importas com nada, como se possuísses todos os tesouros do universo; até a tristeza te alegra, até o pesar te cai bem! Estás segura de ti e ousada, andas dizendo: "Só eu é que vivo, olhem!", ao passo que os teus dias correm e somem sem rastro nem conta, e todo o teu charme some como a cera derretida pelo sol, como a neve. E pode ser que todo o mistério desse teu charme não consista na possibilidade de fazer tudo, mas, sim, na possibilidade de pensar que farás tudo, precisamente em gastares tuas forças à toa, sem teres podido utilizá-las para outros fins, em cada um de nós se considerar, com plena seriedade, um perdulário e achar seriamente que tem o direito de dizer: "Oh, o que eu teria feito, se não tivesse esbanjado o meu tempo!".

Pois eu também... com que eu contava, por que esperava, que porvir rico previa, despedindo-me com um só suspiro, com uma só sensação tristonha, do espectro de meu primeiro amor que surgira por um só instante.

O que se realizou daquilo tudo com que eu contava? E agora que as sombras noturnas já vêm obscurecendo a minha vida, o que é que me resta de

---

[49] Fragmento do poema *"Foi sob os céus azuis do meu país..."* de Alexandr Púchkin.

mais fresco, de mais precioso, senão as recordações daquela tempestade que passara voando numa manhã primaveril?

Contudo, denigro-me em vão. Mesmo então, naqueles levianos tempos da juventude, eu não me quedei surdo à triste voz que clamara por mim, ao solene som que me viera do além-túmulo. Lembro como, alguns dias depois de saber que Zinaída havia morrido, eu presenciei, incitado pela minha própria vontade irresistível, a morte de uma pobre velhinha que morava no mesmo prédio conosco. Coberta de farrapos, prostrada nas duras tábuas com um sacão sob a cabeça, ela morria lenta e dolorosamente. Toda a sua vida transcorrera numa amarga luta com a penúria cotidiana; ela não vira a alegria nem provara o mel da felicidade — parecia que ia alegrar-se com a morte, sua liberdade e sua paz. Entretanto, ao passo que seu corpo decrépito ainda teimava em viver e seu peito vibrava ainda, com sofrimento, debaixo da gélida mão que o apertava, antes de suas últimas forças a abandonarem, a velhinha não cessava de benzer-se e cochichava sem parar: "Senhor, perdoai-me os meus pecados"; foi apenas com a derradeira chispa da consciência que a expressão de medo e pavor de morrer desapareceu dos seus olhos. E lembro como na hora, ao lado do leito de morte daquela pobre velhinha, eu também senti medo por Zinaída e quis rezar por ela, pelo meu pai e por mim mesmo.[50]

---

[50] Nisso termina o texto original de *O primeiro amor*. O texto a seguir foi escrito por Turguênev especialmente para o leitor ocidental e incluso, como posfácio, nas edições francesas e alemãs deste conto.

* * *

Vladímir Petróvitch calou-se e abaixou a cabeça, como que esperando pelas palavras de seus ouvintes. No entanto, nem Serguei Nikoláievitch nem o dono da casa rompiam o silêncio, e ele próprio não tirava os olhos do seu caderno.

— Parece — começou ele, enfim, com um sorriso forçado — que os senhores se aborreceram com esta confissão minha.

— Não — redarguiu Serguei Nikoláievitch —, mas...

— Mas o quê?

— Assim... eu queria dizer que estamos vivendo numa época estranha... e que somos, nós mesmos, estranhos.

— Por que será?

— Somos um povo estranho — repetiu Serguei Nikoláievitch. — Pois o senhor não acrescentou nada a essa sua confissão?

— Nada.

— Hum. Aliás, dá para perceber isso. Parece-me que apenas na Rússia...

— Uma história assim é possível! — interrompeu-o Vladímir Petróvitch.

— Um conto assim é possível.

Vladímir Petróvitch ficou calado.

— E qual é a sua opinião? — perguntou, dirigindo-se ao dono da casa.

— Concordo com Serguei Nikoláievitch — respondeu este, também sem erguer os olhos. — Mas não se assuste: a gente não quer dizer com isso que é uma pessoa ruim... ao contrário. Queremos dizer que as condições de vida em que todos nós crescemos e fomos criados surgiram de modo peculiar e sem precedentes, e que é pouco provável elas reaparecerem no futuro. Ficamos apavorados com o seu relato simples e natural... não é que ele nos tenha abalado com sua amoralidade, mas houve nele algo mais profundo e obscuro que uma amoralidade comum. De fato, o senhor não tem culpa de nada, porém dá para sentir a culpa geral de um povo inteiro, algo semelhante a um crime.

— Que exagero! — notou Vladímir Petróvitch.

— Pode ser. Mas eu repito a frase de "Hamlet": há algo de podre no reino da Dinamarca. Aliás, esperemos que nossos filhos não tenham de contar sua juventude dessa maneira.

— Sim — disse Vladímir Petróvitch, meditativo. — Vai depender daquilo que preencherá a juventude deles.

— Esperemos, pois — repetiu o anfitrião, e seus amigos foram, silenciosos, embora.

LADY MACBETH DO DISTRITO DE MTSENSK

NIKOLAI LESKOV

Um ensaio

Puxar, corando, seu primeiro canto...

Ditado

CAPÍTULO PRIMEIRO

Às vezes, surgem em nossas plagas tais personagens que nunca se lembra de algumas delas sem certo abalo espiritual, por mais anos que se passem após o encontro com essas pessoas. Pertence à classe das personagens assim Katerina Lvovna Ismáilova, esposa de um comerciante que fez outrora um drama terrível, em consequência do qual nossos fidalgos passaram a chamá-la, segundo a expressão oportuna de alguém, *Lady Macbeth*[1] *do distrito de Mtsensk.*[2]

Katerina Lvovna não nascera uma beldade, mas possuía uma aparência muito agradável. Ainda não completara nem vinte e quatro anos; de estatura pequena, mas toda esbelta, ela tinha um pescoço como que esculpido de mármore, ombros roliços e seios firmes, um narizinho reto e fino, olhos negros e vivos, uma testa branca e alta, e uma cabeleira tão preta que tirava a azul. Estava casada com nosso comerciante Ismáilov, oriundo das redondezas do Tuskar, na província de Kursk:[3] não por amor ou alguma atração mútua, mas porque Ismáilov a pedira em casamento, e ela era uma moça pobre e não podia escolher dentre os noivos. A casa dos Ismáilov não era a última da nossa cidade: essa família vendia cereais em grãos, mantinha um grande moinho arrendado no interior do distrito, dispunha de uma rentável propriedade rural e uma boa casa urbana. Em suma, eram comerciantes abastados. A própria família, ademais, era bem pequena: apenas o sogro, Boris Timoféitch Ismáilov, homem de quase oitenta anos de idade e, há muito tempo, viúvo; seu filho Zinóvi Boríssytch, esposo de Katerina Lvovna que já passara, por sua vez, dos cinquenta anos, e Katerina Lvovna em pessoa. Casada

---

[1] Alusão a *Macbeth*, uma das mais conhecidas tragédias de William Shakespeare (1564–1616), cuja protagonista é retratada como uma mulher ambiciosa e cínica a ponto de cometer um crime.

[2] Pequena cidade localizada na parte central da Rússia (região de Oriol).

[3] Cidade russa situada na foz do rio Tuskar.

com Zinóvi Boríssytch por cinco anos, Katerina Lvovna não tinha filhos. Zinóvi Boríssytch tampouco tinha filhos da sua primeira mulher com a qual vivera uns vinte anos antes de enviuvar e casar-se com Katerina Lvovna. Ele esperava que Deus lhe desse, pelo menos no segundo casamento, um herdeiro de seu nome e capital comerciário, mas nem com Katerina Lvovna conseguiu realizar esse sonho.

Tal infertilidade causava a Zinóvi Boríssytch muita tristeza, e não só a Zinóvi Boríssytch como também ao velho Boris Timoféitch e mesmo à própria Katerina Lvovna. Primeiro, o desmedido fastio da mansão trancada dos comerciantes, com sua alta cerca e cães de guarda que corriam soltos, não raro deixava a jovem mulher enlouquecida de tédio, e ela estaria feliz, Deus sabe como, de poder criar um filhinho; além disso, estava farta de reproches: "Por que te casaste e para que te casaste; por que amarraste o destino do homem, inútil?", como se tivesse realmente cometido um crime perante o marido e o sogro, e toda a sua honesta estirpe comerciária em geral.

Apesar de toda a abastança e opulência, a vida de Katerina Lvovna na casa do sogro era a mais tediosa possível. Raras vezes ela saía com o marido e, mesmo indo visitar, em sua companhia, os comerciantes vizinhos, tampouco se animava com isso. Todas aquelas pessoas eram severas e observavam como ela se sentava e ficava em pé, como estava andando, e Katerina Lvovna tinha uma índole ardorosa e acostumara-se, desde que vivia, moça solteira, na pobreza, à simplicidade e à liberdade: teria gostado de correr, com baldes nas mãos, até o rio e banhar-se, de camisola, embaixo do cais, ou então de jogar, abrindo de chofre a sua portinhola, casquinhas das sementes de girassol num jovem passante. Contudo, vivia de modo bem diferente. O sogro e o marido levantavam-se muito cedo, tomavam chá às seis horas da manhã e iam trabalhar, e ela se punha a vaguear, sozinha, de quarto em quarto. Estava lá tudo limpo, silencioso, vazio; as lamparinas cintilavam ante os ícones, e não havia, em nenhum canto daquela casa, nem um som vivo, nem uma voz humana.

Andava, pois, Katerina Lvovna pelos quartos vazios e, começando a bocejar de tão enfadada, subia a escadinha que conduzia ao quarto dos cônjuges, situado num alto e pequeno mezanino. Ficava sentada ali, observando os serventes pendurarem o cânhamo junto dos celeiros ou descarregarem os grãos, voltava a bocejar e distraía-se dessa maneira; adormecia, por uma hora ou duas, e acordava imersa de novo naquele tédio russo, próprio de uma casa de comerciantes, por causa do qual a gente se enforcaria, como se diz, jovialmente. Katerina Lvovna não tinha gosto pela leitura, e não havia, aliás, outros livros em sua casa senão o *Patericon* de Kiev.[4]

Levava Katerina Lvovna uma vida angustiante na casa rica do sogro, casada por cinco anos com um homem descarinhoso; todavia, ninguém prestava, como de praxe, a mínima atenção àquelas angústias dela.

---

[4] Coletânea de contos sobre os feitos espirituais dos monges que viviam, desde o século XI, no célebre Monastério de Kiev.

CAPÍTULO SEGUNDO

Decorria a sexta primavera desde que Katerina Lvovna estava casada, quando se rompeu a represa do moinho de Ismáilov. Havia lá, como que de propósito, muitos grãos a moer naquele momento, e o estrago que se deu foi enorme: a água se acumulou sob o tablado que recobria parte do açude, e não se podia, de modo algum, retirá-la depressa. Zinóvi Boríssytch mandara os camponeses de todos os arredores virem ao seu moinho e não arredava, ele mesmo, o pé dali. Era o velho quem dirigia, sozinho, os negócios urbanos; quanto a Katerina Lvovna, ela passava dias inteiros em casa, totalmente só e toda agoniada. Sentia-se, a princípio, mais enfadada ainda na ausência de seu marido, mas em seguida achou que seria melhor assim: uma vez só, ficaria mais livre. Nunca tivera, no fundo do coração, especial afeto pelo esposo, e sua partida fez, afinal de contas, que houvesse um comandante a menos na vida dela.

Um dia, Katerina Lvovna estava sentada em suas alturas, perto da janelinha, e bocejava, volta e meia, sem refletir em nada concreto; envergonhou-se, por fim, de estar bocejando. E o tempo, lá fora, estava maravilhoso — quente, luminoso, risonho —, e, através das verdes grades de madeira que circundavam o jardim, dava para avistar vários passarinhos voarem, de galho em galho, por entre as árvores.

"Por que é que estou assim, bocejando o tempo todo?" — pensou Katerina Lvovna. — "Vou levantar-me, ao menos, darei uma volta pelo quintal ou pelo jardim".

Pôs Katerina Lvovna nos ombros um velho casaquinho de *stoff*[5] e saiu de casa.

E no quintal havia tanta luz e respirava-se tão bem, e na galeria, junto dos celeiros, ouvia-se um gargalhar tão alegre!

— Por que essa alegria toda? — perguntou Katerina Lvovna aos empregados do sogro.

— É que, mãezinha Katerina Ilvovna,[6] pesávamos uma porca viva — respondeu-lhe um velho feitor.

— Mas que porca?

— A porca Aksínia que pariu o filhote Vassíli, mas não nos chamou para o batismo — contou, de maneira afoita e engraçada, um valentão cujo rosto, bonito e insolente, estava emoldurado por cachos negros que nem o piche e uma barba que mal começava a brotar.

De uma dorna para farinha, pendurada no travessão da balança, assomou, nesse momento, o gordo carão vermelho da cozinheira Aksínia.

— Rabudos, diabos safados! — xingava a cozinheira, tentando agarrar-se ao travessão de ferro e pular fora da dorna que balouçava.

— Tem oito *puds* antes de almoçar e, se comesse uma meda de feno, então os pesos nos faltariam — tornou a explicar o rapaz bonito e, virando a dorna, jogou a cozinheira sobre uma pilha de sacos amontoados num canto.

Xingando por brincadeira, a mulheraça foi arrumando as roupas.

---

[5] Tecido encorpado de lã ou seda (em alemão).
[6] Forma regional do patronímico Lvovna (isto é, "filha de Lev").

— E que peso eu tenho, hein? — brincou Katerina Lvovna e pôs-se, pegando as cordas, em cima da tábua.

— Três *puds* e sete libras — respondeu o mesmo valentão bonito, Serguei, jogando uns pesos no prato da balança. — Um milagre!

— Por que estás admirado?

— Porque a senhora pesa três *puds*, Katerina Ilvovna. Mesmo se a carregasse — assim é que penso — o dia inteiro nos braços, não ficaria cansado, mas só sentiria prazer.

— Pois eu, por acaso, não sou gente, é isso? Também ficarias cansado — respondeu, corando de leve, Katerina Lvovna que, já desacostumada de semelhantes falas, sentiu um repentino e forte desejo de conversar e de dizer tantas palavras alegres e divertidas.

— Juro por Deus que não! Ia levá-la para a Arábia feliz — rebateu Serguei a objeção dela.

— Mas teu raciocínio, meu caro, está errado — disse o homenzinho que descarregava os grãos. — O que é este peso que temos? Será que o corpo da gente tem algum peso? O corpo da gente, meu queridinho, não significa nada em matéria de peso: é nossa força, a força tem peso, e não o corpo!

— Sim, eu era fortona, quando moça — replicou, sem se conter outra vez, Katerina Lvovna. — Nem todo homem me superava.

— Então me dê a sua mãozinha, se for verdade — pediu o valentão bonito.

Ainda que embaraçada, Katerina Lvovna lhe estendeu a mão.

— Ai, larga a aliança: dói! — gritou Katerina Lvovna, quando Serguei apertou a mão dela com a sua, e empurrou-o, com a mão livre, no peito.

O valentão soltou a mão da senhora e fez, por causa do seu empurrão, dois passos para trás.

— Vixe... nem diria que é uma mulher — espantou-se o homenzinho.

— Não, permita-me que a tome assim, pelos braços — insistia Serguei, agitando os seus cachos.

— Toma, vem — respondeu, toda animada, Katerina Lvovna e soergueu os cotovelinhos.

Serguei abraçou a jovem senhora e apertou o peito durinho dela à sua camisa vermelha. Katerina Lvovna apenas moveu os ombros, e Serguei levantou-a nos braços e segurou-a acima do chão, depois a estreitou com toda a força e colocou, ternamente, sobre a dorna emborcada.

Katerina Lvovna nem tivera tempo para usar sua força alardeada. Rubra até as orelhas, arrumou, ainda sentada em cima da dorna, o casaquinho que lhe deslizara do ombro e saiu, caladinha, do celeiro. E Serguei gritou, com uma tossidela audaz:

— Ei, vocês aí, bobalhões malditos! Mexe-te, amigo, joga aqui o trigo! Enche o celeiro, que vem o teu dinheiro! — como se não tivesse prestado atenção ao que acabava de ocorrer.

— Aquele Seriojka[7] é um mulherengo danado! — contava, capengando atrás de Katerina Lvovna, a

---

[7] Forma diminutiva e carinhosa do nome Serguei (a par das variantes "Serioja", "Seriójetchka" e similares).

cozinheira Aksínia. — Tem tudo, ladrão — e altura e carinha e boniteza —, faz que a gente derreta e leva ao pecado. E como é inconstante, aquele safadão, como é inconstante, mas como é!

— E tu, Aksínia... hein? — dizia, indo na sua frente, a jovem senhora. — Teu menino está vivo?

— Está, mãezinha, está vivinho: não se faz nada com ele. Quem não precisa de filhos tem prole forte.

— Onde foi que o arranjaste?

— Ih! Atrás da primeira moita... que a gente vive no meio do povo... atrás da primeira moita.

— Faz tempo que esse moço trabalha aqui?

— Mas que moço? Serguei, não é?

— É.

— Um mês, por aí. Antes servia na casa dos Koptchônov, mas o senhor o mandou embora. — Aksínia abaixou a voz e terminou seu relato: — Dizem que fazia amores com a própria senhora... eis como é corajoso, que tenha a alma três vezes excomungada!

CAPÍTULO TERCEIRO

Um morno crepúsculo da cor de leite envolvia a cidade. Zinóvi Boríssytch ainda não retornara da sua represa. O sogro Boris Timoféitch tampouco estava em casa: tinha ido ao aniversário de um velho amigo, dizendo para não o esperarem nem para o jantar. Por falta de afazeres, Katerina Lvovna jantou cedo, abriu a janelinha do seu mezanino e, encostando-se no umbral, pôs-se a descascar sementes de girassol.

Os empregados haviam jantado na cozinha e espalhavam-se pelo quintal: um deles ia dormir embaixo de uma granja, um outro ao pé dos celeiros, um outro ainda nos altos e cheirosos feneiros. Serguei foi o último a sair da cozinha. Caminhou um pouco pelo quintal, soltou os cães de guarda, assoviou e, passando sob a janela de Katerina Lvovna, olhou para ela e fez uma profunda mesura.

— Boa noite — disse-lhe, bem baixinho, Katerina Lvovna, lá das alturas, e o quintal ficou todo silencioso, qual um deserto.

— Senhora! — disse alguém, dois minutos depois, às portas trancadas de Katerina Lvovna.

— Quem está aí? — perguntou Katerina Lvovna com susto.

— Não se assuste, por favor: sou eu, Serguei — respondeu o feitor.

— O que queres, Serguei?

— Tenho um pedido, Katerina Ilvovna: venho pedir que vossa mercê me faça um favorzinho. Tenha a bondade de me deixar entrar por um minutinho.

Katerina Lvovna girou a chave e deixou Serguei entrar.

— O que queres? — indagou, afastando-se em direção à janelinha.

— Vim perguntar, Katerina Ilvovna, se a senhora não teria, por acaso, algum livrinho para eu ler. Estou com muito enfado.

— Não tenho, Serguei, nenhum livrinho: não leio livros — respondeu Katerina Lvovna.

— Tanto enfado — queixou-se Serguei.

— Por que é que estás com enfado?

— Misericórdia: como não estaria? Sou jovem, mas a gente vive como que num monastério, e lá na frente só percebo que talvez tenha, até a cova, de me perder nessa solidão toda. Às vezes, fico mesmo desesperado.

— E por que não te casas, então?

— É fácil dizer, senhora, para que me case! Com quem me casaria aqui? Sou um homem insignificante; uma mocinha de boa família não se casará comigo, e nossas moças, Katerina Ilvovna, são todas broncas por causa da pobreza, como a senhora se digna a saber. Será que elas podem entender realmente de amor? Aliás, a senhora está vendo que nem os ricos entendem disso. A senhora, podemos dizer, seria apenas um reconforto para qualquer outro homem que tem sentimentos, e eles a mantêm numa jaula, feito um canário.

— Estou com tédio, sim — deixou escapar Katerina Lvovna.

— E como não estaria com tédio, senhora, nessa vida? Nem mesmo se tivesse algum namorado lá fora, igual a outras mulheres, nem mesmo assim poderia encontrar-se com ele.

— Mas tu falas... coisas erradas. Se eu tivesse dado à luz um filhinho, aí sim, aí ficaria, parece, feliz com ele.

— Pois aquilo ali, senhora... permita dizer-lhe que um filhinho também nasce depois de alguma coisa e não assim, sozinho. Será que eu cá não compreendo isso, já que morei tantos anos nas casas da senhoria e vi como vivem as mulheres de nossos comerciantes?

Como naquela canção: "Estou sem abrigo, se longe do meu amigo", e digo-lhe, Katerina Ilvovna, que sinto tanto, posso dizer, esse negócio de estar sem abrigo no meu próprio coração que o cortaria mesmo, com uma faca de aço, deste meu peito e jogaria aos seus pezinhos. E me sentiria, então, mais leve, cem vezes mais leve...

A voz de Serguei estava tremendo.

— Que coisas são essas que tu me contas aí sobre o teu coração? Não preciso delas. Vai, pois, embora...

— Não, permita, minha senhora — disse Serguei, todo trêmulo, e achegou-se a Katerina Lvovna. — Eu sei, eu vejo e até mesmo percebo e compreendo que a sua vida não é mais fácil que a minha. Só que agora... — pronunciou ele num sopro —, só que agora está tudo isso nas suas mãos e depende da sua vontade.

— O que tens? O quê? Por que foi que vieste aqui? Vou pular da janela — disse Katerina Lvovna, sentindo-se sob o domínio insuportável de um medo indescritível, e agarrou-se, com uma mão, ao peitoril.

— Por que pularias, minha vida incomparável? — cochichou Serguei, desenvolto, e, apartando a jovem senhora da janela, abraçou-a com força.

— Oh, oh, larga-me! — gemia baixinho Katerina Lvovna, enfraquecendo sob os ardentes beijos de Serguei e apertando-se, sem querer, ao seu corpo robusto.

Serguei levantou a senhora, como se fosse uma criança, e carregou-a para um canto escuro.

No quarto fez-se um silêncio rompido apenas por um regular tique-taque do relógio de bolso que pertencia ao esposo de Katerina Lvovna e estava pendurado sobre a cabeceira da sua cama; de resto, isso não atrapalhava nada.

— Agora vai — disse Katerina Lvovna, ao cabo de meia hora, sem olhar para Serguei e arrumando os cabelos despenteados em face de um pequenino espelho.

— Por que é que sairia daqui agora? — respondeu-lhe Serguei, e sua voz denotava felicidade.

— O sogro vai trancar as portas.

— Eh, minha alma, alma! Que homens tu conheceste que só vinham ao quarto de sua mulher pela porta? Para mim, a entrada e a saída são em qualquer lugar — replicou o valentão, apontando para as colunas que sustentavam a galeria.

CAPÍTULO QUARTO

Zinóvi Boríssytch passou mais uma semana fora de casa, e sua mulher se divertiu, durante toda essa semana, com Serguei, ficando com ele noites inteiras, até o amanhecer.

Nessas noites, no quarto de Zinóvi Boríssytch, bebeu-se muito vinhozinho tirado da adega do sogro, comeu-se muito doce dulcíssimo, beijou-se muito a boca saborosa da jovem senhora, brincou-se muito com os cachos negros no travesseiro macio. Nem todo caminho, porém, é liso: há, vez por outra, buracos.

Estava Boris Timoféitch sem sono; andava o velho pela sua casa silenciosa, trajando um pijama de chita versicolor, aproximou-se de uma janela, passou para a outra e viu, de improviso, o valentão Serguei descer sorrateiramente, com sua camisa vermelha, aquela coluna que ficava sob a janela da nora. Eta, diacho, que novidade! Saiu Boris Timoféitch correndo de casa e pegou o tal valentão pelas pernas. Este já ia virar-se para acertar, com todas as forças, uma pancada bem na orelha do seu senhor, mas se conteve por entender que haveria barulho.

— Fala — disse Boris Timoféitch. — Onde estavas, ladrão maldito?

— Pois onde estava, Boris Timoféitch, não estou mais, meu senhor — respondeu Serguei.

— Dormiste com minha nora?

— Só eu sei, meu senhor, onde dormi. Mas escuta, Boris Timoféitch, as minhas palavras: o que se foi, papaizinho, não volta mais. Então, não cubras, ao menos, a tua casa senhoril de tanta vergonha. Diz o que queres de mim agora. Que satisfação é que me reclamas?

— Quero que leves, áspide, quinhentas chibatadas — retrucou Boris Timoféitch.

— A culpa é minha, a vontade é tua — concordou o rapaz. — Diz aonde vou contigo e alegra-te, bebe meu sangue.

Boris Timoféitch conduziu Serguei para a sua despensa de pedra e bateu nele com um chicote até suas próprias forças se esgotarem. Serguei não soltou nem um pio, mas rasgou com os dentes, enquanto isso, metade da manga de sua camisa.

Então Boris Timoféitch deixou Serguei na despensa, até que seu dorso dilacerado sarasse, deu-lhe uma moringa de água, trancou a porta com um grande cadeado e mandou chamar o seu filho.

Contudo, nem hoje se percorre depressa, na Rússia, cem verstas pelas estradas de terra, e Katerina Lvovna já não conseguia viver sem Serguei nem uma horinha. Desdobrou ela, de súbito, toda a largura da sua natureza desperta e tornou-se tão resoluta que não se podia mais reprimi-la. Ficou sabendo onde estava Serguei, conversou com ele através da porta de ferro e foi procurar as chaves. "Deixa, paizinho, Serguei sair" — veio pedir ao sogro.

O velho empalideceu de raiva. Não esperava, em caso algum, tanta afoiteza descarada por parte da nora que acabava de cometer um pecado, mas antes fora sempre tão dócil.

— O que foi que fizeste, assim e assada? — desandou ele a censurar Katerina Lvovna.

— Deixa que Serguei saia — respondeu ela. — Juro-te com a mão na consciência que ainda não houve entre nós dois nada de mau.

— Não houve nada de mau, dizes? — O sogro passou a ranger os dentes. — E o que é que vocês faziam aí de noite? Arrumavam os travesseiros do teu marido?

Mas Katerina Lvovna não parou de insistir: deixa que ele saia, deixa que saia.

— Se for assim — disse Boris Timoféitch —, eis o que será: quando teu marido voltar, vamos chicotear-te, mulher honesta, ali na cocheira, com as nossas próprias mãos; quanto àquele safado, vou mandá-lo, amanhã mesmo, para a cadeia.

Foi essa a decisão de Boris Timoféitch, porém não chegou a ser cumprida.

CAPÍTULO QUINTO

Comeu Boris Timoféitch, à noitinha, mingau com cogumelinhos e logo sentiu uma azia. De supetão, começou a doer-lhe o estômago, fez-se um vômito horrível, e pela manhã ele morreu — justamente do mesmo modo que morriam, em seus celeiros, os ratos para os quais Katerina Lvovna sempre preparava, com as próprias mãos, certa comida misturada com um perigoso pó branco a ela confiado.

Resgatou Katerina Lvovna o seu Serguei daquela despensa de pedra do velho e, sem se importar com a curiosidade alheia, colocou-o na cama de seu marido para que se recuperasse das chibatadas do sogro. E o próprio sogro, Boris Timoféitch, foi enterrado, dúvidas à parte, conforme a lei cristã. Como que por milagre, ninguém suspeitou de nada: morrera Boris Timoféitch assim, depois de comer os ditos cogumelinhos, igual a muita gente que morre depois de comê-los. Enterraram Boris Timoféitch às pressas, nem esperaram pelo seu filho, porque o tempo estava quente e o mensageiro não encontrara Zinóvi Boríssytch em seu moinho. Ele tinha achado, por mero acaso, um lote de madeira barato, ainda a cem verstas dali, e fora olhá-lo sem ter explicado devidamente a ninguém para onde ia.

Feito aquele negócio, Katerina Lvovna desenfreou-se completamente. Já era antes uma mulher das bravas, mas agora não daria nem para adivinhar o que estava tramando: andava como uma pavoa, mandava e desmandava em casa e mantinha Serguei ao seu lado. Os empregados ficaram surpresos com isso, mas Katerina Lvovna soube alcançar cada um deles com a sua mão generosa, e todo aquele espanto acabou num piscar de olhos. "Aconteceu" — percebiam todos — "uma alegoria entre a senhora e Serguei, eis o que foi. O pecado, digamos, é dela, e a resposta será dela também".

Nesse ínterim, Serguei se recuperou, endireitou as costas e pôs-se de novo, um valentão daqueles, a andar em torno de Katerina Lvovna que nem um pavão, e retornaram eles à sua vidinha gostosa. Contudo, o tempo não transcorria tão só para eles: voltava, apressado, para casa, após sua longa ausência, o esposo traído Zinóvi Boríssytch.

CAPÍTULO SEXTO

Fazia um calor sufocante após o almoço, e uma destra mosca importunava insuportável. Katerina Lvovna fechou a janela do quarto com contraventos e, além disso, pendurou nela, do lado de dentro, um lenço de lã, deitando-se, a seguir, para repousar com Serguei na alta cama do comerciante. Dorme Katerina Lvovna e não dorme ao mesmo tempo, mas está tão sonolenta, e seu rosto se banha tanto em suor, e sua respiração se torna tão quente e penosa. Sente Katerina Lvovna que é hora de acordar, de ir tomar chá no jardim, porém não consegue, de jeito nenhum, levantar-se. Veio, por fim, a cozinheira e bateu à porta: "O samovar" — disse — "esfria debaixo da macieira". Katerina Lvovna animou-se a custo e foi afagando o gato. E o gato, que se insinua entre ela e Serguei, é tão bonitinho: cinzento, bem crescido e gorduchíssimo até dizer chega... e seu bigode é como aquele do *burmistr*[8] de *obrok*. Mexe Katerina Lvovna em seu pelo farto, e ele quase vem para cima dela: aperta-lhe seu focinho obtuso contra o peito durinho e ronrona uma cantiga suave, como se contasse, dessa maneira, sobre o amor. "Por que foi que esse gatão veio aqui?" — pensa Katerina Lvovna. — "Coloquei a nata no peitoril da janela: vai, com certeza, comê-la todinha, safado. Pois vou enxotá-lo" — resolveu ela e já queria apanhar o gato e jogá-lo fora, mas o tal gato passou-lhe, feito uma neblina, por entre os dedos. "Como foi, diabos, que esse gato apareceu em nosso quarto?" — cismou Katerina Lvovna em seu pesadelo. — "Jamais houve gato nenhum por aqui, e agora há um enorme assim!" Queria de novo pegar o gato com a mão e não conseguiu. "Oh, o que é isso? Será mesmo um gato?" — pensou Katerina Lvovna. Ficou, de repente, tomada de aflição e não dormia mais nem sequer cochilava. Correu os olhos por todo o quarto, mas não havia lá nenhum gato, apenas Serguei estava deitado, tão lindo, pertinho dela e, com a sua mão vigorosa, apertava-lhe o peito ao seu rosto cálido.

---

[8] Neste contexto, nome do servidor (corruptela russa do termo "burgomestre") encarregado de recolher o tributo, chamado "obrok", que os camponeses pagavam aos latifundiários.

Levantou-se, então, Katerina Lvovna, sentou-se na cama e ficou beijando Serguei, beijando e afagando; depois arrumou o colchão amassado e foi tomar chá no jardim. Enquanto isso, o sol se pusera de todo, e uma noite descia bela, maravilhosa, à terra bem esquentada.

— Dormi demais — contou Katerina Lvovna a Aksínia, acomodando-se num tapete, ao pé de uma macieira em flor, para tomar chá. — O que será, Aksíniuchka, que isso significa? — perguntou à cozinheira, ao passo que enxugava um pires com pano de pratos.

— O que, mãezinha?

— Não era em sonho que um gato me atazanava sem parar, mas como que de verdade.

— Ih, como foi isso?

— Juro que veio um gato.

Katerina Lvovna contou sobre o gato que a atazanava.

— E por que é que a senhora teve de acariciá-lo?

— Pois vai saber! Não sei, eu mesma, por que o acariciava.

— Que coisa estranha! — exclamou a cozinheira.

— Fico estranhando, eu mesma.

— É que alguém virá, sem falta, aboletar-se ao seu lado ou então uma coisa dessas acontecerá.

— Qual coisa, precisamente?

— *Precisamente*... mas não, minha cara, ninguém poderá explicar o que lhe acontecerá precisamente, mas alguma coisa tem de acontecer.

— Sonhava, o tempo todo, com a lua e depois com aquele gato — continuou Katerina Lvovna.

— A lua quer dizer um bebê.

Katerina Lvovna ficou vermelha.

— E se chamar Serguei para que converse com a senhora? — propôs Aksínia, tentando impor-se como amiga de sua dona.

— Pois bem — respondeu Katerina Lvovna. — Tens razão; vai chamá-lo, que servirei o chá para ele.

— Por isso é que falei em trazê-lo aqui — concluiu Aksínia e foi, saracoteando que nem uma pata, às portas do jardim.

Katerina Lvovna contou, a Serguei também, a história do gato.

— Apenas um sonho — respondeu Serguei.

— Mas por que é, Serioja, que eu não tive jamais esse sonho antes?

— E quanta coisa é que a gente não teve antes? Olhava eu para ti com um olho só e definhava todinho, e agora vem ver: possuo todo esse teu corpo branco!

Serguei abraçou Katerina Lvovna, girou-a no ar e, brincando, jogou-a sobre o tapete felpudo.

— Ufa, que tonteira — disse Katerina Lvovna. — Vem cá, Serioja, senta-te perto de mim — chamou, repimpando-se numa pose luxuriosa.

O valentão inclinou a cabeça, para acercar-se da baixa macieira coberta de flores brancas, e sentou-se no tapete, aos pés de Katerina Lvovna.

— E tu definhavas por minha causa, Serioja?

— É claro que definhava.

— Mas como foi? Fala-me disso.

— Como te falaria disso? Será que se pode explicar como a gente definha? Estava triste.

— Então, por que não sentia, Serioja, que andavas sofrendo por mim? Dizem que dá para sentir aquilo.

Serguei não disse nada.

— E para que tu cantavas, já que sofrias, hein? Pois eu te ouvia cantar na galeria — continuava a indagar, em meio às carícias, Katerina Lvovna.

— E daí, se cantava? Olha a muriçoca: está cantando a vida toda, mas não é de alegre — respondeu, secamente, Serguei.

Fez-se uma pausa. Katerina Lvovna estava exaltadíssima com essas confissões de Serguei. Queria conversar mais, entretanto Serguei se calava, franzindo a testa.

— Olha, Serioja, que paraíso, mas olha só! — exclamou Katerina Lvovna, mirando, através dos espessos ramos da macieira florida que a encobriam, o límpido céu azul onde brilhava a lua cheia.

Ao passar pelas folhas e flores da macieira, o luar espalhava manchinhas claras e bem caprichosas pelo semblante e por todo o corpo de Katerina Lvovna deitada de costas; o ar estava silencioso, tão só um ventinho ligeiro e quente movia de leve as sonolentas folhas, esparramando um delicado aroma das ervas e árvores florescentes. Respirava-se lá algo lânguido e propício à indolência, ao prazer, aos desejos obscuros.

Sem receber a resposta, Katerina Lvovna ficou de novo calada, a olhar para o céu através das flores rosadas da macieira. Serguei também estava calado; no entanto, não era o céu que o atraía. Cingindo, com ambos os braços, seus joelhos dobrados, ele fitava as suas botas.

Ó noite de ouro! Silêncio, luar, aroma e uma quentura benéfica, vivificante. Ao longe, além da ravina por trás do jardim, alguém entoou um canto sonoro; embaixo da cerca, num denso mato de cerejeiras, fez um estalo e começou a chilrar em plena voz um rouxinol; uma codorniz sonolenta pôs-se a divagar na gaiola erguida numa alta vara, um gordo cavalo soltou um langoroso suspiro atrás da parede de sua cocheira, e uma alegre matilha de cães percorreu, sem o menor barulho, a pastagem para lá da cerca, que circundava o jardim, e sumiu na disforme sombra negra dos velhos armazéns de sal, já meio desmoronados.

Katerina Lvovna se soergueu em seu cotovelo e olhou para a alta relva do jardim que cintilava ao luar esmiuçado pelas flores e folhas das árvores. A relva estava toda dourada com aquelas manchinhas claras e caprichosas que não cessavam de semeá-la, trêmulas como as vivas falenas em chamas, ou como se ela se recobrisse, ao pé das árvores, de uma rede enluarada e oscilasse de um lado para o outro.

— Ah, Seriójetchka, que gracinha! — exclamou, olhando ao seu redor, Katerina Lvovna.

Serguei lançou uma olhada indiferente.

— Por que estás tão triste, Serioja? Ou será que meu amor já te enfada?

— Para que papear em vão? — respondeu Serguei secamente, inclinou-se e beijou, pachorrento, Katerina Lvovna.

— És traidor, Serioja — Katerina Lvovna ficou enciumada. — Não tens caráter.

— Nem mesmo ponho essas palavras na minha conta — retorquiu Serguei num tom calmo.

— Por que é que me beijas, então, desse jeito?

Serguei permanecia calado.

— São apenas marido e mulher — prosseguiu Katerina Lvovna, brincando com os seus cachos — que tiram assim a poeira dos lábios. Beija-me forte, para que as florzinhas dessa macieira caiam todas, ali de cima, no chão. Assim, assim — sussurrava Katerina Lvovna, enroscando-se no amante e beijando-o com um arroubo apaixonado.

— Escuta, Serioja, o que te digo — começou Katerina Lvovna pouco depois. — Por que todos te chamam juntos de traidor?

— Quem é, pois, que solta essas lorotas?

— Falam alguns por aí.

— Talvez tenha traído, um dia, aquelas que não prestavam para nada.

— Mas por que te envolvias, bobão, com aquelas que não prestavam? Não vale a pena que faças amor com uma mulher imprestável.

— Para de falar! Será que aquele negócio também é feito por raciocínio? Só a tal de sedução é que age. Tu vais com ela, assim simplesmente, sem todas aquelas intenções, além do teu mandamento, e ela te pula já no pescoço. Eis que amor é aquele!

— Escuta-me, pois, Serioja! Quanto a todas as outras, não sei nada delas nem quero saber, mas, como tu mesmo me arrastaste para o nosso amor de hoje e sabes, tu mesmo, que eu o aceitei não apenas por minha vontade como também por tua astúcia, então...

317

se tu me traíres, Serioja, se tu me trocares por outra mulher, seja ela quem for... desculpa-me, meu amigo de coração, mas não te deixarei vivo.

Serguei teve um sobressalto.

— Katerina Lvovna, minha luz clara! — disse ele. — Mas olha, tu mesma, como nós dois vivemos. Reparas agora em como estou pensativo hoje, porém não pensas em como não haveria de estar pensativo. Meu coração, quem sabe, está mergulhado todo no sangue endurecido!

— Conta, Serioja, conta a tua desgraça.

— O que contaria? Eis que agora, em primeiro lugar, vem teu marido, Deus abençoe, e tu, Serguei Filípytch, vai embora, fica naquele quintal dos fundos, onde a musiquinha toca, fica embaixo da granja e olha uma velinha acesa no quarto de Katerina Ilvovna e como ela está arrumando o seu colchãozinho de penas e como se deita lá com Zinóvi Boríssytch, o seu legítimo.

— Isso não vai acontecer! — exclamou Katerina Lvovna com alegria e agitou a mãozinha.

— Como não vai? Eu cá percebo que a senhora não pode viver sem isso. Pois eu também, Katerina Ilvovna, tenho o meu coração e bem vejo os meus sofrimentos.

— Mas chega, chega de falar nisso.

Tal expressão de ciúmes agradou Katerina Lvovna em cheio, e ela rompeu a rir e voltou a beijar Serguei.

— E repetindo — continuou Serguei, livrando aos poucos a sua cabeça dos braços de Katerina Lvovna, desnudos até os ombros —, repetindo, é preciso dizer, igualmente, que o meu estado mais desprezível também me obriga, quem sabe, a ver o negócio de todos os lados, nem uma vez nem dez vezes. Se fosse, digamos, igual à senhora, se fosse algum fidalgo ou comerciante, não a abandonaria, Katerina Ilvovna, até o fim desta minha vida. Mas assim, julgue a senhora mesma que homem eu sou ao seu lado! Vendo agora como a tomam por essas mãozinhas brancas e levam para o quarto de dormir, tenho de suportar tudo isso no meu coração e de tornar-me, talvez, desprezível para mim mesmo, por causa disso, até que a morte chegue. Katerina Ilvovna! Não sou como um outro qualquer, para quem tanto faz, tomara que a mulher lhe dê alegria. Eu sinto como ele é, o amor, e como ele me suga, serpente negra, o coração...

— Por que é que me falas disso o tempo todo? — interrompeu-o Katerina Lvovna. Passara a sentir dó de Serguei.

— Katerina Ilvovna! Mas como é que não falaria disso? Como não falaria? Pois tudo, quem sabe, já está explicado, com isso, por miúdo, e não haverá, talvez, nem cheiro e nem fedor de Serguei nesta casa, e não daqui a alguma distância bem longa, mas amanhã mesmo!

— Não, não, não me digas isso, Serioja! Nunca acontecerá que eu fique sem ti — acalmava-o, com as mesmas carícias, Katerina Lvovna. — Se começar aquele negócio todo, então... morreremos, ou ele ou eu, mas tu ficarás comigo.

— Isso não pode ocorrer, Katerina Ilvovna, de jeito nenhum — respondeu Serguei, abanando pesarosamente a cabeça. — Com esse amor, nem a minha vida me deixa feliz. Amaria aquilo que não valesse mais que eu mesmo e viveria contente. Manteria eu a senhora aqui, ao meu lado, em nosso amor contínuo? Estaria a senhora honrada em ser minha amante? Eu gostaria de ser seu marido, perante o templo santo e sempiterno: então poderia ao menos, ainda que sempre me achasse menor ante a senhora, dizer a todos, em público, como estou merecendo favores de minha esposa com meu respeito...

Katerina Lvovna estava assombrada com essas palavras de Serguei, com esses ciúmes, com esse desejo de ser seu marido, desejo que sempre agrada à mulher, por mais íntimas que sejam suas relações com o homem antes do casamento. Agora Katerina Lvovna estava pronta a ir, por Serguei, ao fogo e à água, à masmorra e à cruz. Serguei a deixara tão apaixonada que sua lealdade não tinha mais nenhuma medida. Ela enlouquecera de tanta felicidade: seu sangue fervia, e ela não podia ouvir mais nada. Selando depressa os lábios de Serguei com a palma da mão, apertou-lhe a cabeça ao seu peito e disse:

— Pois eu sei como te farei um comerciante e como viverei contigo da melhor maneira que houver. Apenas não me entristeças debalde, enquanto o nosso tempo estiver chegando.

E pôs-se novamente a beijá-lo, a afagá-lo.

O velho feitor, que dormia na granja, percebia, em seu profundo sono, ora um cochicho a soar no silêncio noturno, acompanhado de um riso baixinho, como se umas crianças travessas escolhessem algures o modo mais malvado de caçoar da mofina velhice, ora um gargalhar sonoro e alegre, como se as iaras do lago fizessem cócegas a alguém. Era Katerina Lvovna que, chapinhando no luar e rolando pelo tapete macio, brincava, toda assanhada, com o jovem servente de seu marido. As flores brancas caíam sem parar neles da macieira viçosa, e eis que cessaram de cair. Entrementes, a breve noite estival terminava; a lua se escondera atrás do íngreme telhado dos altos celeiros e olhava para a terra de esguelha, cada vez menos fúlgida. Ouviu-se, no telhado da cozinha, um estridente dueto de gatos, seguido de uma cuspida, um bufo zangado, e logo depois dois ou três gatos desceram, rodando com muito barulho, pelo feixe de tábuas encostado naquele telhado.

— Vamos dormir — disse Katerina Lvovna, levantando-se devagar, como se toda quebrada, do seu tapete, e foi, tão somente de camisola e saiote branco que trajava nesse momento, através do silencioso quintal do comerciante, silencioso a ponto de parecer morto. Indo atrás dela, Serguei levava o tapete e a blusa que ela arrancara em meio a suas folganças.

CAPÍTULO SÉTIMO

Assim que Katerina Lvovna assoprou a vela, refestelando-se, toda despida, em seu fofo colchão de penas, o sono lhe envolveu a cabeça. Adormeceu Katerina Lvovna, depois de brincar e deliciar-se à farta, tão profundamente que sua perna dormia e seu braço dormia; contudo, ouviu de súbito, através do sono, a porta se abrir outra vez e o gato das vésperas tombar, feito uma bola pesada, em sua cama.

— Mas que castigo, realmente, é esse gato, hein? — raciocina Katerina Lvovna, cansada. — Fui eu mesma que tranquei agorinha a porta, com minhas próprias mãos e de propósito; a janela está fechada também, mas ele veio de novo. Já, já vou jogá-lo fora daqui...

Quer Katerina Lvovna levantar-se, porém os seus braços e pernas não a ajudam, entorpecidos, e o gato passeia, de lá para cá, por todo o seu corpo e mia de uma maneira tão esquisita, como se novamente dissesse palavras humanas. Então Katerina Lvovna ficou toda arrepiada. "Não" — pensou ela —, "não vou fazer outra coisa senão trazer amanhã, sem falta, a água benta da Epifania[9] para a minha cama, já que um gato tão esquisito assim começou a vir cá".

E o gato faz "mrr-miau" ao ouvido dela, aproxima o focinho e, de repente, diz: "Que gato sou eu? Por que diabos seria um gato? Essa tua ideia, Katerina Lvovna, é muito inteligente, pois não sou gato nenhum, mas, sim, o notável comerciante Boris Timoféitch. Só um defeito é que tenho hoje: as minhas tripas, cá dentro, racharam-se todas da comidinha de minha nora. Por isso..." — ronrona — "fiquei menorzinho e assim me mostro, em forma de gato, àqueles que não entendem direito quem sou na realidade. Pois bem, Katerina Lvovna, como estás agora? Cumpres à risca o teu dever conjugal? Não foi por acaso que vim lá do

---

[9] Trata-se da água abençoada no dia da Epifania (ou Batismo) de Nosso Senhor, que os cristãos ortodoxos celebram em 19 de janeiro.

cemitério, mas para ver como esquentam, tu e Serguei Filípytch, essa caminha do teu marido. Só que... mrr--miau, não vejo coisa nenhuma. Não tenhas medo de mim, que os meus olhinhos também estouraram por causa da tua comida. Olha para os meus olhinhos, querida, não temas!".

Olhou Katerina Lvovna e deu um grito selvagem. Havia de novo um gato entre ela e Serguei, e tinha esse gato a cabeça de Boris Timoféitch, tão grande quanto aquela do finado, e no lugar dos olhos giravam-lhe duas rodinhas de fogo, giravam de um lado para o outro.

Serguei acordou, acalmou Katerina Lvovna e tornou a dormir, mas ela mesma ficou sem um pingo de sono, e isso não foi em vão.

Estava deitada, de olhos abertos, e eis que ouviu, de chofre, alguém escalar o portão e descer para o quintal. Os cães iam já atacá-lo, mas se quietaram e começaram, talvez, a pedir carinho. Passou-se mais um minuto, e a tranca de ferro estalou em baixo, e a porta abriu-se. "Ou estou sonhando com tudo isso ou meu Zinóvi Boríssytch voltou, que a porta foi destrancada com sua chave de reserva" — pensou Katerina Lvovna e empurrou, alarmada, Serguei.

— Escuta, Serioja — disse, toda ouvidos, e soergueu-se num cotovelo.

Alguém subia, de fato, a escada e, pisando com muita cautela, aproximava-se, em silêncio, da porta trancada do quarto.

Apenas de camisola, Katerina Lvovna saltou depressa da cama e abriu a janela. No mesmo instante, Serguei pulou, descalço como estava, para a galeria e abarcou com as pernas aquela coluna que lhe servira diversas vezes para descer do quarto de sua senhora.

— Não precisas, não, não! Deita-te aqui perto... não vás muito longe — cochichou Katerina Lvovna, jogando a Serguei suas botas e roupas pela janela; depois se escondeu debaixo da sua coberta e ficou esperando.

Serguei obedeceu a Katerina Lvovna: não se esgueirou pela coluna, mas se deteve sob a cornija da galeria.

Enquanto isso, ouve Katerina Lvovna o seu marido se achegar à porta e escutar, prendendo a respiração. Ouve mesmo o coração ciumento dele bater descompassado, porém não é a piedade e, sim, um riso maldoso que vem dominando Katerina Lvovna. "Procura o dia de ontem" — pensa ela consigo, sorrindo e respirando como um neném inocente.

Assim decorreram uns dez minutos. Por fim, Zinóvi Boríssytch ficou enfadado de escutar, em pé atrás da porta, a sua esposa dormir. Bateu à porta.

— Quem está aí? — perguntou Katerina Lvovna, após uma longa pausa e com uma voz sonolenta.

— Da casa — replicou Zinóvi Boríssytch.

— És tu, Zinóvi Boríssytch?

— Sou eu! Como se não ouvisses!

Katerina Lvovna se levantou rapidinho, de camisola, deixou o marido entrar no quarto e mergulhou novamente na cama quentinha.

— Parece que está fazendo frio pela madrugada — disse, embrulhando-se com a coberta.

Zinóvi Boríssytch entrou, olhando para os lados, rezou, acendeu uma vela e tornou a olhar em volta.

— Como tens passado? — perguntou à sua esposa.

— Bem — respondeu Katerina Lvovna e, soerguendo-se, começou a vestir sua larga blusa de chita.

— Quer que apronte o samovar? — indagou.

— Não precisa: chame Aksínia, que ela apronte.

Katerina Lvovna calçou, sem meias, suas botinhas e saiu correndo. Passou fora cerca de meia hora. Nesse ínterim preparou, ela mesma, o samovar, e deu um pulinho, às escondidas, na galeria onde estava Serguei.

— Fica aqui — cochichou.

— Até quando? — perguntou Serguei, também em voz baixa.

— Oh, como és bobinho! Fica até que eu te chame.

E Katerina Lvovna deixou-o no mesmo lugar. Serguei pôde ouvir, da galeria, tudo o que se passava no quarto. Ouviu a porta estalar de novo e Katerina Lvovna entrar e falar com o seu marido; ouviu toda a conversa da primeira palavra à última.

— Por que demoraste tanto? — perguntou Zinóvi Boríssytch à esposa.

— Mexia com o samovar — respondeu ela, tranquila.

Fez-se uma pausa. Serguei ouviu Zinóvi Boríssytch pendurar a sua sobrecasaca num cabide. Eis que se lavou, fungando e espalhando água por toda parte; eis que pediu uma toalha; eis que recomeçou suas falas.

— Como foi, pois, que enterraram o papaizinho? — inquiriu o marido.

— Assim... — disse a mulher. — Ele morreu, e nós o enterramos.

— Mas que assombro foi esse, tão repentino?
— Deus sabe — respondeu Katerina Lvovna, fazendo tinirem as chávenas.
Entristecido, Zinóvi Boríssytch andava pelo quarto.
— E como você passava o tempo aí? — voltou a interrogar a sua mulher.
— Nossos prazeres, acho, todo mundo conhece: não vamos aos bailes, tampouco aos teatros.
— Parece que não está muito alegre com a chegada de seu marido — prosseguiu Zinóvi Boríssytch, ao olhar de soslaio.
— Não somos mais tão novinhos assim para nos encontrarmos doidos de alegria. Como me alegrar? Eis-me correndo aqui para o seu agrado.
Katerina Lvovna saiu outra vez correndo, a fim de pegar o samovar, e deu outro pulinho na galeria, cutucou Serguei e disse:
— Fica alerta, Serioja!
Serguei não sabia direito aonde o levaria aquilo tudo, mas ficou alerta.
Voltou Katerina Lvovna para o quarto, e Zinóvi Boríssytch, de joelhos em cima da cama, está pendurando na parede, sobre a cabeceira, o seu relógio de prata com um cordão de miçangas.
— Por que será, Katerina Lvovna, que desdobrou a cama para dois, se dormia sozinha? — perguntou, de supetão, à esposa, de modo bem alusivo.
— Porque esperava você chegar — respondeu Katerina Lvovna, fitando-o com tranquilidade.
— Muito obrigado, ao menos, por isso... e de onde foi que apareceu esse troço no seu colchãozinho?

Zinóvi Boríssytch apanhou do lençol o pequeno cinto de lã de Serguei e, segurando-o pela pontinha, colocou-o diante dos olhos de sua mulher.

Katerina Lvovna não se embaraçou nem um pouco.

— Achei isso no jardim — disse — e amarrei minha saia.

— Sim! — proferiu Zinóvi Boríssytch com um acento peculiar. — Ouvimos também falar um bocado sobre as suas saias.

— O que foi que você ouviu?

— Ouvi falarem de seus negócios bonzinhos.

— Não fiz nenhum negócio errado.

— Pois isso vamos saber, vamos saber tudinho — respondeu Zinóvi Boríssytch, empurrando a sua chávena despejada em direção à mulher.

Katerina Lvovna ficou calada.

— Vamos tirar a limpo todos esses negócios seus, Katerina Lvovna — prosseguiu Zinóvi Boríssytch após um longo silêncio, franzindo, ameaçador, o sobrolho.

— Não é tão medrosa assim sua Katerina Lvovna. Não tem tanto medo disso — retrucou ela.

— O quê? O quê? — indagou, elevando a voz, Zinóvi Boríssytch.

— Nada. Passamos — respondeu a mulher.

— Olha aí a quem estás respondendo! Ficaste linguaruda demais para meu gosto!

— Fiquei, sim; por que não ficaria? — rebateu Katerina Lvovna.

— Olha para ti mesma, que é melhor.

— Não preciso olhar para mim. Foram as más línguas que lhe contaram montes de coisas, e eu cá tenho de suportar cada mágoa dessas! Que é isso, hein?

— Não foram as más línguas que me contaram, mas soube, na certa, de teus namoricos.

— Quais namoricos? — gritou Katerina Lvovna, enrubescendo sem falsidade alguma.

— Eu sei quais são.

— Então, se souber, diga-me claramente!

Calado, Zinóvi Boríssytch voltou a empurrar a chávena vazia em direção à mulher.

— Não tem, pelo visto, o que dizer — atalhou, com desdém, Katerina Lvovna, jogando, desafiadora, uma colherzinha de chá no pires do marido. — Diga, pois, diga quem foi que lhe entregaram! Quem é, no seu entender, meu amante?

— Já vais saber, não te apresses tanto.

— Foi sobre Serguei, por acaso, que lhe contaram lá umas mentiras, não foi?

— Vamos saber, Katerina Lvovna, mas vamos. Ninguém retirou o nosso poder de você e ninguém pode retirá-lo! Você mesma dirá...

— Arre! Não aguento mais isso — exclamou Katerina Lvovna, rangendo os dentes, e, branca como um pano, saiu de repente portas afora.

— Ei-lo aqui! — disse, alguns instantes depois, puxando Serguei pela manga e conduzindo-o para dentro do quarto. — Pergunte a ele e a mim sobre aquilo que você sabe. Talvez saiba ainda mais que aquilo, se desejar.

Zinóvi Boríssytch ficou até mesmo confuso. Olhava ora para Serguei, plantado junto do umbral da porta, ora para a sua mulher, tranquilamente sentada, de braços cruzados, na beira da cama, e nem vislumbrava o desfecho que estava chegando.

— O que estás fazendo, víbora? — ia articular a custo, sem se levantar da poltrona.

— Pergunta sobre aquilo que sabes tão bem — respondeu Katerina Lvovna com ousadia. — Resolveste apavorar-me com chibatadas? — continuou, piscando de modo significativo. — Pois isso não vai acontecer nunca. E o que pensava em fazer contigo, talvez mesmo antes dessas promessas tuas, vou fazer isso logo.

— O quê? Fora daqui! — gritou Zinóvi Boríssytch a Serguei.

— Espera! — reptou-o Katerina Lvovna.

Trancou, com destreza, a porta, pôs a chave no bolso e veio deitar-se outra vez na cama, com essa sua blusa folgada.

— Vem, meu Seriójetchka, vem cá, vem, querido — chamou pelo feitor.

Agitando os seus cachos, Serguei se sentou, afoito, ao lado de sua senhora.

— Meu Deus do céu! O que é isso, enfim? O que estão fazendo, bárbaros?! — bradou Zinóvi Boríssytch, todo vermelho de raiva, levantando-se da poltrona.

— O que é? Não estás gostando? Pois olha aí, olha, meu falcãozinho, como é belo!

Rindo, Katerina Lvovna beijou apaixonadamente Serguei na frente do seu esposo.

No mesmo instante, uma bofetada ensurdecedora queimou-lhe a face, e Zinóvi Boríssytch se arrojou à janela aberta.

CAPÍTULO OITAVO

— Ah... ah, é assim!... Obrigadinha, meu camarada, que eu só esperava por isso! — gritou Katerina Lvovna. — Parece que desta vez não será do teu jeito... mas do meu...

Com um movimento apenas, ela afastou bruscamente Serguei, partiu para cima do seu marido e, antes que Zinóvi Boríssytch conseguisse alcançar a janela, agarrou-lhe, por trás, o pescoço com os seus dedos finos e jogou-o no chão, como se fosse um feixe de cânhamo cru.

Levando um pesado tombo e batendo, com toda a força, a nuca contra o assoalho, Zinóvi Boríssytch perdeu completamente a razão. Nem por sombras antevira um desfecho tão rápido. A primeira violência cometida por sua esposa mostrou-lhe que esta faria tudo para se livrar dele, e que sua situação presente era perigosa ao extremo. Zinóvi Boríssytch compreendeu tudo isso num átimo, no exato momento de sua queda, mas não rompeu a gritar, ciente de que seu apelo não chegaria aos ouvidos de ninguém e tão somente apressaria o fim. Moveu, calado, os olhos e, com uma expressão mista de fúria, reproche e sofrimento, fixou-os em sua mulher, cujos finos dedos lhe apertavam fortemente o pescoço.

Zinóvi Boríssytch não se defendia; seus braços, de punhos cerrados, estendiam-se e tremelicavam convulsamente. Um deles permanecia livre, ao passo que Katerina Lvovna pregava o outro no chão com o seu joelho.

— Segura-o — cochichou ela, indiferente, a Serguei, virando-se para o marido.

Serguei se sentou em cima do seu senhor, calcando-lhe ambos os braços com seus joelhos, e já queria agadanhar o seu pescoço, sob as mãos de Katerina Lvovna, mas no mesmo instante deu, ele próprio, um grito desesperado. Diante do seu ofensor, a sede de sangrenta vingança sublevou as últimas forças de Zinóvi Boríssytch: com um arranco terrível, ele libertou seus braços dos joelhos de Serguei que os premiam e, agarrando os cachos negros do feitor, mordeu-lhe, como um animal, o pescoço. Todavia, isso não durou muito tempo: Zinóvi Boríssytch soltou logo um doloroso gemido e deixou cair a sua cabeça.

Pálida, quase sem respirar, Katerina Lvovna inclinou-se sobre o marido e o amante, tendo na mão direita um castiçal de ferro fundido que segurava pela ponta superior, de parte massuda para baixo. O sangue escorria, qual um filete rubro, pela têmpora e pela face de Zinóvi Boríssytch.

— Um padre... — gemeu surdamente Zinóvi Boríssytch, mantendo, por asco, sua cabeça tão longe quanto podia de Serguei sentado em cima dele. — Quero confessar... — disse com uma voz menos distinta ainda, tremendo e mirando, de viés, o sangue que se espessava, quente, sob os seus cabelos.

— Passarás bem sem isso — cochichou Katerina Lvovna.

— Chega de mexer com ele — disse a Serguei —, aperta bem o pescoço.

Zinóvi Boríssytch ficou arquejando.

Katerina Lvovna se curvou sobre ele, comprimiu com as suas mãos as de Serguei, que seguravam o pescoço do marido, e encostou o ouvido ao peito deste. Ao cabo de cinco minutos silenciosos, levantou-se e disse:

— Basta, ele não precisa mais.

Serguei também se levantou e retomou fôlego. Zinóvi Boríssytch jazia morto, de pescoço prensado e têmpora fendida. Debaixo da sua cabeça, do lado esquerdo, havia uma pequena mancha de sangue que já não fluía, contudo, da ferida coagulada e tampada pelos cabelos.

Serguei levou o corpo de Zinóvi Boríssytch para a adega, que se encontrava no porão daquela mesma despensa de pedra onde o finado Boris Timoféitch trancara, havia tão pouco tempo, o próprio Serguei, e retornou ao mezanino. Enquanto isso, Katerina Lvovna arregaçou as mangas de sua blusa, dobrou bem a saia e começou a lavar cuidadosamente, com uma esponja ensaboada, a mancha de sangue que Zinóvi Boríssytch deixara no assoalho do quarto. A água não se esfriara ainda no samovar, do qual Zinóvi Boríssytch tomara o chá envenenado para acalmar a sua alma senhoril, e a mancha sumiu sem vestígio algum.

Katerina Lvovna pegou uma tigelinha de cobre e a esponja ensaboada.

— Traz a vela — disse a Serguei, dirigindo-se à porta. — Abaixa mais, mais ainda — dizia, examinando com atenção todas as tábuas pelas quais Serguei tivera de carregar o cadáver de Zinóvi Boríssytch até a cave.

Apenas em dois lugares havia, no assoalho pintado, duas manchinhas ínfimas do tamanho de uma ginja. Katerina Lvovna esfregou-as com sua esponja, e elas desapareceram.

— Ganhaste o que querias: não andes, feito um ladrão, atrás da mulher, não espies — arrematou Katerina Lvovna, endireitando-se e olhando para o lado da despensa.

— Agora acabou — disse Serguei e estremeceu com o som de sua própria voz.

Quando eles voltaram para o quarto, a fina listra vermelha do arrebol já brotava no leste e, dourando de leve as macieiras cobertas de flores, lançava seus raios, através das varas verdes da cerca do jardim, à alcova de Katerina Lvovna.

O velho feitor saíra da granja, com uma peliça curta nos ombros, e capengava pelo quintal, benzendo-se e bocejando, rumo à cozinha.

Katerina Lvovna puxou cautelosamente o contravento, que balançava preso por uma corda, e cravou os olhos em Serguei, como se desejasse lobrigar a sua alma.

— Eis-te agora um comerciante — disse ela, pondo as suas mãos brancas nos ombros do homem.

Serguei não lhe respondeu nada. Seus lábios estavam trêmulos, e uma febre sacudia todo o seu corpo. Quanto a Katerina Lvovna, apenas os lábios dela estavam frios.

333

Dois dias depois, surgiram nas mãos de Serguei grandes calos causados pela alavanca e pela pesada pá; em compensação, Zinóvi Boríssytch ficara tão bem arrumado, ali na adega, que, sem o auxílio da sua viúva ou do amante dela, ninguém o encontraria até a ressurreição de todos os mortos.[10]

CAPÍTULO NONO

Serguei andava de pescoço envolto num lenço escarlate e queixava-se de ter a garganta meio fechada. Nesse ínterim, antes de cicatrizarem as dentadas que Zinóvi Boríssytch deixara em seu pescoço, deram pela ausência do marido de Katerina Lvovna. O próprio Serguei começou a falar nele ainda mais que todos os outros. Sentava-se, à noitinha, num banco próximo à portinhola do jardim e puxava conversa com os valentões: "Mas, na verdade, que coisa é essa, rapazes: por que nosso amo não volta até agora?" Os valentões também se espantavam.

Aí veio do moinho a notícia de que o amo teria alugado, havia tempos, uma carroça e partido para casa. O cocheiro, que o trouxera, contou que Zinóvi Boríssytch estava entristecido e acabara por despedir-se dele de modo algo estranho: a umas três verstas da cidade, perto do monastério, largara a carroça, pegara a

---

[10] O autor tem em vista o fim do mundo que, segundo a tradição bíblica, viria acompanhado da ressurreição dos mortos para o juízo final.

sua bagagem e fora caminhando. Ao ouvir esse relato, todos ficaram mais espantados ainda.

Sumira Zinóvi Boríssytch, e ponto final.

Puseram-se então a procurá-lo, mas nada acharam: o comerciante desaparecera sem rastro algum. Com base no depoimento do cocheiro preso, soube-se apenas que junto do rio, ao lado do monastério, o comerciante descera da carroça e fora embora. O sumiço não foi esclarecido; enquanto isso, Katerina Lvovna vivia com Serguei, conforme a sua condição de viúva, em plena liberdade. Dizia-se a esmo que Zinóvi Boríssytch estaria aqui ou acolá, mas Zinóvi Boríssytch não regressava, e Katerina Lvovna sabia, melhor que todo mundo, que não poderia jamais regressar.

Assim transcorreram um mês, dois meses, três meses, e Katerina Lvovna se sentiu grávida.

— O cabedal será nosso, Seriójetchka: tenho um herdeiro — disse ela e foi reclamar na Duma[11] que, além de estar grávida, reparava na estagnação dos negócios de seu marido e queria, portanto, obter acesso a todos os bens da família.

Não se pode deixar perecer um comércio! Katerina Lvovna era a esposa legítima do comerciante, não tinha dívidas e, por consequência, podia obter tal acesso. Obteve-o, afinal.

Vive, pois, Katerina Lvovna como uma rainha, e ao seu lado Serioga[12] já é chamado de Serguei Filípytch,

---

[11] Órgão legislativo na Rússia antiga (uma espécie de Câmara dos Deputados) cujo nome é atribuído, hoje em dia, ao Parlamento russo.
[12] Forma diminutiva e pejorativa do nome Serguei.

mas de repente — baque! — vem não se sabe de onde uma nova desgraça. Escrevem de Lívny[13] ao prefeito que Boris Timoféitch não punha todo o seu cabedal em circulação e que mais empregava, em vez do dinheiro próprio, o de seu sobrinho de pouca idade, Fiódor Zakhárov Liámin, sendo mister, dessa feita, investigar a situação e não entregar o negócio todo a Katerina Lvovna. Veio essa notícia, falou o prefeito acerca dela com Katerina Lvovna, e, uma semana depois — catrapuz! —, chegou de Lívny uma velhinha com um garotinho.

— Eu — disse — sou prima do falecido Boris Timoféitch, e esse é meu sobrinho Fiódor Liámin.

Katerina Lvovna acolheu-os.

Serguei, observando do quintal essa chegada e a recepção feita por Katerina Lvovna, ficou branco que nem um pano.

— O que tens? — perguntou-lhe a senhora, ao perceber essa lividez quando ele viera com as visitas e parou na antessala a examiná-las.

— Nada — respondeu o feitor, dirigindo-se da antessala ao vestíbulo. — Penso eu como aquela cidade é uma maldade — concluiu com um suspiro, fechando atrás de si a porta de entrada.

— Pois bem, o que vamos fazer agora? — perguntava Serguei Filípytch a Katerina Lvovna, sentado com ela, de noite, ao lado do samovar. — Agora, Katerina Ilvovna, todo o negócio nosso irá por água abaixo.

— Por que iria por água abaixo, Serioja?

---

[13] Cidade na região de Oriol.

— Porque tudo isso será dividido agora. E vamos ficar, desse jeito, com as migalhas.

— Será que tu achas pouco, Serioja?

— Mas não se trata de mim! Eu duvido apenas que a gente tenha depois a mesma felicidade.

— Como assim? Por que não teremos felicidade, Serioja?

— É que, devido ao meu amor por você, Katerina Ilvovna, eu gostaria que fosse uma verdadeira dama em vez de levar essa sua vida antiga — respondeu Serguei Filípytch. — E agora tudo se vira às avessas, já que, com a diminuição do cabedal, nós teremos de ficar, por força, mais baixo ainda do que estávamos antes.

— Mas eu cá, Seriójetchka, nem preciso disso.

— É verdade, Katerina Ilvovna, que isso talvez não seja de seu interesse, mas para mim, que tanto a respeito, e, mais ainda, diante daqueles olhares do poviléu, sórdidos e invejosos, será uma dor horrível. Aja você como quiser, bem entendido, mas o meu raciocínio é que jamais poderei ser feliz nessas circunstâncias aí.

E foi Serguei, e foi tocando a mesma nota para Katerina Lvovna, dizendo que se tornara, por causa de Fêdia[14] Liámin, o homem mais infeliz do mundo, privado das possibilidades de engrandecer e de destacar Katerina Lvovna perante toda a estirpe comerciária. E terminava sempre por afirmar que, se não houvesse aquele Fêdia, Katerina Lvovna daria à luz antes de

---

[14] Forma diminutiva e carinhosa do nome Fiódor.

decorrerem nove meses após o sumiço de seu marido, receberia o cabedal todo e não veria, então, nem limites e nem medidas de sua felicidade.

CAPÍTULO DÉCIMO

E depois Serguei parou, inesperadamente, de falar sobre o herdeiro. Tão logo cessaram as suas falas, ficou Fêdia Liámin cravado na mente e no coração de Katerina Lvovna. Ela se tornou pensativa e até mesmo ríspida com o próprio Serguei. Quer dormisse, quer saísse de casa com alguma finalidade ou então rezasse a Deus, só tinha um assunto a ruminar. "O que é isso? Por que, realmente, é que iria perder o cabedal por causa dele? Tanto sofri, tanto pecado assumi na alma" — pensava Katerina Lvovna — ", e ele veio e, sem o menor esforço, arranca-me tudo! Se fosse um homem, daria ainda para engolir, mas é um menino, uma criança...".

Fazia um frio precoce, lá fora. Nenhuma notícia sobre Zinóvi Boríssytch chegara, bem entendido, de parte alguma. Katerina Lvovna andava cada vez mais cheinha e pensativa; batiam tambores, a seu respeito, pela cidade, todos queriam saber como assim e por que motivo a jovem Ismáilova sempre estivera infértil, emagrecendo e definhando sem trégua, e de repente fora ganhando tamanha barriga. E o pequeno herdeiro Fêdia Liámin passeava, de leve casaco de peles de esquilo, pelo quintal e quebrava, brincando, o gelo das poças.

— Eta, Fiódor Ignátytch! Eta, filho do comerciante! — gritava, de vez em quando, a cozinheira Aksínia, atravessando a correr o quintal. — Será que convém a um filho do comerciante mexer com aqueles buracos?

E o herdeiro, estorvo para Katerina Lvovna e seu amante, cabriolava feito um cabrito descuidado ou cochilava, mais descuidado ainda, juntinho da avó que o mimava, sem saber nem imaginar ter criado obstáculos ou subtraído felicidade a quem quer que fosse.

Por fim, apanhou Fêdia a varicela e começou a sentir, ademais, uma dor própria do resfriado no peito. Caiu de cama. Trataram-no, a princípio, com ervas medicinais; em seguida, chamaram um doutor.

Veio, pois, o doutor, prescreveu uns remédios, e pôs-se a avó a dá-los ao garotinho, hora após hora, pedindo às vezes a Katerina Lvovna também:

— Faz o favor, Katerínuchka — dizia —, que andas, tu mesma, grávida e aguardas o julgamento divino. Faz o favor, mãezinha.

Katerina Lvovna não recusava esses pedidos da velha. Indo esta rezar, durante a missa noturna, pelo "menino Fiódor prostrado no leito de sua enfermidade" ou solicitar que o mencionassem no ofício matinal, Katerina Lvovna estava ao lado do garotinho, dando-lhe água e remédios na hora certa.

Assim, foi a velhinha à igreja para presenciar as vésperas e a missa da Apresentação de Nossa Senhora,[15] pedindo que Katerínuchka velasse por Fêdiuchka. Nessa altura, o menino já estava convalescente.

---

[15] Importante festa religiosa que os cristãos ortodoxos celebram no dia 4 de dezembro, apelidando-a de "portão do inverno".

Entrou Katerina Lvovna no quarto de Fêdia, e ele, sentado, com seu casaquinho de peles de esquilo, na cama, lia o *Patericon*.

— O que é que estás lendo, Fêdia? — perguntou-lhe Katerina Lvovna, aboletando-se numa poltrona.

— Leio, titia, as vidas dos santos.

— São interessantes?

— Muito interessantes, titia.

Katerina Lvovna se apoiou numa mão e olhou para Fêdia que movia, lendo, os lábios. De súbito, suas antigas ideias vieram, como os demônios desencadeados, de uma vez só e fizeram-na refletir em quantos males lhe causava esse menino e como seria bom se ele desaparecesse.

"Afinal" — pensou Katerina Lvovna — ", ele está doente, toma remédios... e a doença é uma coisa incerta! Dirão apenas que o doutor arrumou um remédio errado".

— É hora de tomares remédios, Fêdia?

— Por favor, titia — respondeu o menino e, ao tomar uma colherada, acrescentou: — É muito interessante, titia, como se descreve a vida dos santos.

— Lê, pois — deixou escapar Katerina Lvovna e, correndo um olhar frio pelo quarto, fixou-o nas janelas cobertas de geada.

— Tenho que mandar fechar os contraventos — disse ela, indo à sala de visitas, dali à sala de estar e, finalmente, ao seu quarto onde ficou sentada.

Uns cinco minutos depois, Serguei subiu ao mesmo quarto, calado, vestindo uma rica peliça com orladuras de pele felina.

— Fecharam os contraventos? — perguntou-lhe Katerina Lvovna.

— Fecharam — respondeu Serguei de modo entrecortado. Em seguida tirou, com uma pinça, a fuligem da vela e postou-se junto ao forno.

Fez-se um silêncio.

— Hoje a missa não acabará logo? — inquiriu Katerina Lvovna.

— Amanhã será uma grande festa: vão celebrar muito tempo — respondeu Serguei.

Surgiu outra pausa.

— Vamos ver Fêdia: ele está lá sozinho — disse, levantando-se, Katerina Lvovna.

— Sozinho? — perguntou Serguei, mirando-a de soslaio.

— Sozinho — cochichou ela. — E daí?

E uma espécie de rede foi ligando, com rapidez fulminante, os olhos dela aos dele, sem que dissessem uma palavra a mais um ao outro.

Katerina Lvovna desceu do mezanino, passou através dos cômodos vazios. Estava tudo silencioso; as lamparinas brilhavam serenamente; a sua própria sombra se multiplicava pelas paredes; as janelas fechadas com contraventos degelavam, como se estivessem chorando. Fêdia permanecia sentado e lia. Ao ver Katerina Lvovna, disse apenas:

— Ponha, titia, por favor, este livrinho em seu lugar e dê-me aquele que está debaixo dos ícones.

Katerina Lvovna cumpriu o pedido de seu sobrinho e estendeu-lhe o livro.

— Será que não queres dormir, Fêdia?

— Não, titia, vou esperar minha avó chegar.

— Por que vais esperar?

— Ela me prometeu que traria da missa um pãozinho abençoado.

Katerina Lvovna empalideceu de repente: seu próprio bebê se moveu, pela primeira vez, embaixo do coração, e ela sentiu um frio penetrante no peito. Ficou plantada no meio do quarto, depois saiu, esfregando as mãos geladas.

— Vem! — cochichou, ao subir, silenciosa, de volta ao seu quarto e encontrar Serguei no mesmo lugar, junto ao forno.

— O quê? — perguntou Serguei, com uma voz quase inaudível, e engasgou-se.

— Ele está só.

Serguei carregou o cenho, passando a respirar ofegante.

— Vamos — disse Katerina Lvovna e virou-se, bem resoluta, para a porta.

Serguei retirou depressa as botas e perguntou:

— O que eu levo?

— Nada — respondeu, num sopro, Katerina Lvovna e conduziu-o, puxando pela manga, em pleno silêncio.

CAPÍTULO DÉCIMO PRIMEIRO

O menino doente estremeceu e deixou o livrinho cair em seu colo, quando Katerina Lvovna entrou no quarto pela terceira vez.

— O que tens, Fêdia?

— Oh, titia, fiquei de repente com medo — respondeu ele, com um sorriso inquieto, e encolheu-se todo num canto da cama.

— Com medo de quê?

— Quem foi que veio com você, titia?

— Onde foi? Ninguém veio comigo, meu queridinho.

— Ninguém?

Esticando todo o seu corpo, o menino volveu os olhos entrefechados em direção às portas, pelas quais tinha entrado a tia, e acalmou-se.

— Enganei-me, talvez — disse ele.

Katerina Lvovna apoiou-se na cabeceira da cama de seu sobrinho. Olhando para a tia, Fêdia notou que, por alguma razão, ela estava bem pálida. Em resposta à sua observação, Katerina Lvovna tossiu adrede e fitou a porta da sala de estar, como se esperasse por algo. Só uma tábua do assoalho rangeu baixinho por lá.

— Estou lendo, titia, a vida de meu anjo custódio, Santo Feódor Stratilat.[16] Como ele agradou a Deus!

Katerina Lvovna se mantinha calada.

— Se quiser, titia, sente-se aí, que vou ler outra vez para você — o menino lhe pedia carinho.

— Espera, já volto; apenas vou arrumar uma lamparina na sala — replicou Katerina Lvovna e saiu, apressada.

Um cochicho baixíssimo surgiu na sala de estar, alcançando, em meio ao silêncio total, o ouvido sensível do garotinho.

---

[16] Feódor Stratilat (?–319 d.C.): mártir cristão, venerado pelos ortodoxos como um grande santo.

— O que é isso, titia? Com quem é que está cochichando aí? — chamou ele com uma voz de choro. — Venha cá, titia, que estou com medo — gritou, mais choroso ainda, um instante depois e ouviu Katerina Lvovna dizer, na sala, a palavra "vem" que a princípio relacionou consigo.

— De que tens medo? — perguntou, com uma voz um tanto enrouquecida, Katerina Lvovna. Entrara a passos audazes e resolutos, postando-se perto da cama de modo que o doente não conseguisse ver, por trás de seu corpo, a porta da sala. — Deita-te — disse-lhe a seguir.

— Não quero, titia.

— Não, Fêdia, escuta-me: é hora de dormir, deita-te, vem — repetiu Katerina Lvovna.

— O que há, titia? Não quero dormir nem um pouco!

— Não, deita-te logo, deita-te — disse Katerina Lvovna, cuja voz, alterada de novo, soava indecisa, e, pegando o menino sob os braços, deitou-o no travesseiro.

Nesse momento Fêdia soltou um grito desesperado ao ver Serguei que entrava no quarto, pálido e descalço.

Katerina Lvovna tapou com a palma da mão a boca da criança apavorada e ordenou:

— Vem rápido; segura-o direito para que não se debata!

Serguei tomou Fêdia pelas pernas e pelos braços, e Katerina Lvovna cobriu, num relance, o rostinho do pequeno mártir com uma grande almofada de penas e apertou-o com o seu peito firme e duro.

Ao longo de uns quatro minutos, houve no quarto um silêncio sepulcral.

— Está morto — cochichou Katerina Lvovna, e, logo que se levantou para colocar tudo em ordem, as paredes da casa silenciosa que ocultava tantas barbáries puseram-se a tremer sob os golpes ensurdecedores: as vidraças tiniam, os assoalhos se balançavam, as correntes das lamparinas suspensas estremeciam e espalhavam sombras fantásticas pelas paredes.

Serguei, todo trêmulo, arrojou-se para fora do quarto, Katerina Lvovna correu atrás dele. Contudo, o barulho e a algazarra perseguiam-nos: parecia que as forças sobrenaturais sacudiam, até os alicerces, a casa dos pecadores.

Katerina Lvovna receava que, acossado pelo terror, Serguei acabasse fugindo da casa e delatando a si próprio de tão assustado; porém ele foi direto ao mezanino. Subindo a escada, Serguei bateu, na escuridão, a testa contra a porta entreaberta e, com um gemido, caiu de volta, completamente louco de medo supersticioso.

— Zinóvi Boríssytch, Zinóvi Boríssytch! — balbuciava ele, rolando, de cabeça para baixo, pela escada e puxando Katerina Lvovna que acabara de derrubar.

— Onde? — perguntou ela.

— Eis que voou, lá em cima, com uma folha de ferro. De novo, de novo, ai-ai! — vociferava Serguei. — Vem batendo de novo!

Agora estava bem claro que muitas mãos batiam, do lado de fora, a todas as janelas, e que alguém procurava arrombar a porta.

— Bobo! Levanta-te, bobo! — gritou Katerina Lvovna e, ditas essas palavras, retornou depressa ao quarto de Fêdia, repôs a sua cabeça morta sobre os travesseiros, na pose mais natural de quem estaria dormindo, e destrancou, com toda a firmeza, as portas que uma turba tentava forçar.

O espetáculo era terrificante. Katerina Lvovna olhou por cima da multidão, que sitiava a entrada da casa, e viu as pessoas desconhecidas subirem, aos magotes, a alta cerca e ouviu o lastimoso ruído de vozes que vinha da rua.

Mal pôde Katerina Lvovna compreender algo, e o povo reunido ao redor da sua casa já a espremeu toda e jogou-a para dentro dos cômodos.

CAPÍTULO DÉCIMO SEGUNDO

E todo o alarde se deu de maneira seguinte.

Às vésperas das maiores festas religiosas, em todas as igrejas daquela cidade — provinciana, mas bastante grande e industrial — onde morava Katerina Lvovna havia, de praxe, muita e muita gente. Quanto à igreja em que no próximo dia homenageariam os santos padroeiros, os crentes se comprimiam, até mesmo no adro dela, como sardinhas em lata. Cantava ali, de costume, um coral de valentões, filhos dos comerciantes, regido por um entusiasta da arte vocal.

Nosso povo é devoto, afeito à igreja de Deus e, justamente por esse motivo, em certa medida artístico: a beleza dos templos e o harmonioso canto "de órgão" constituem um dos seus deleites mais nobres e puros. Reúne-se, onde canta um coral, quase metade de nossas cidades, em especial os jovens assalariados: feitores, operários das fábricas e usinas, até os empresários com suas esposas — todos se juntam na mesma igreja. Cada um quer ficar, pelo menos, no adro, sob a janela, a fim de ouvir, nem que faça, nesse meio-tempo, calor sufocante ou frio de rachar, as sonoras oitavas cantadas como se um órgão tocasse e os mais caprichosos melismas cunhados por um poderoso tenor.

Na igreja daquela paróquia a que pertencia a casa dos Ismáilov iam celebrar a Apresentação de Nossa Senhora, portanto de noite, às vésperas dessa festa, exatamente quando acontecia a tragédia descrita, os jovens de toda a cidade estavam na dita igreja. Dispersando-se após a missa, essa ruidosa multidão conversava sobre as qualidades do conhecido tenor e as casuais falhas do também conhecido baixo.

No entanto, nem todos se interessavam pelas questões vocais: havia, no meio da multidão, quem se interessasse por outros temas.

— É que contam, rapaziada, coisinhas bem esquisitas sobre a jovem Ismáilova — disse, ao acercar-se da casa dos Ismáilov, um maquinista novinho que um comerciante trouxera de Petersburgo para trabalhar em seu moinho a vapor. — Contam que ela e seu feitor Seriojka fazem amores a cada minuto...

— Todo mundo já sabe disso — redarguiu um homem de casaco forrado de *nanka*[17] azul. — Hoje ela nem veio, por certo, à igreja.

---

[17] Tecido grosseiro de algodão.

— Que igreja! Aquela mulherzinha ruim está tão rodada que não teme nem Deus, nem sua consciência e nem os olhos da gente.

— Vejam só, há luz na casa deles — notou o maquinista, apontando uma listra clara entre os contraventos.

— Olha aí pela fresta o que estão fazendo! — chiaram algumas vozes.

O maquinista apoiou-se nos ombros de dois amigos e, mal aproximou o olho do batente fechado, gritou de todas as forças:

— Maninhos queridos, esganam alguém lá dentro, esganam!

E o maquinista se pôs a bater, frenético, ao contravento. Uns dez passantes seguiram o seu exemplo e, acorrendo às janelas, também deram largas aos seus punhos.

A multidão foi crescendo a cada instante; assim ocorreu o cerco já referido da casa dos Ismáilov.

— Eu mesmo vi, com os meus próprios olhos — testemunhou o maquinista ao lado de Fêdia morto. — O menino jazia no leito, e eles dois o estrangulavam.

Na mesma noite Serguei foi levado para a delegacia, e Katerina Lvovna conduzida ao mezanino, sob a escolta de duas sentinelas, e trancada ali.

Fazia um frio insuportável na casa dos Ismáilov: os fornos estavam apagados, a porta não se encostava nem por um palmo, uma caterva de curiosos substituía a outra. Todos vinham olhar para Fêdia, cujo corpo já estava no caixão, e mais um grande ataúde de tampa bem fechada e envolta num largo pano. Havia, na testa de Fêdia, uma coroazinha de cetim branco que encobria uma cicatriz vermelha decorrente da trepanação do crânio. A autópsia legista revelou que Fêdia tinha morrido por estrangulamento, e, logo que Serguei, trazido para junto do cadáver, ouviu as primeiras palavras do sacerdote sobre o juízo final e o castigo reservado a quem não se arrependesse, desandou a chorar e não apenas confessou, do fundo de seu coração, o assassinato de Fêdia como também pediu para retirarem o corpo de Zinóvi Boríssytch enterrado sem honrarias póstumas. O cadáver do marido de Katerina Lvovna, que jazia na areia seca, ainda não se decompusera por inteiro; uma vez encontrado, foi posto no ataúde grande. Suscitando um pavor generalizado, Serguei apontou a jovem senhora como sua cúmplice em ambos os crimes. Katerina Lvovna respondeu a todas as indagações que lhe dirigiram somente "não sei nada disso, não faço ideia". Serguei se viu obrigado a acusá-la numa acareação. Escutando os depoimentos dele, Katerina Lvovna fitou-o com uma perplexidade muda, porém sem sombra de ira, e depois declarou, indiferente:

— Desde que ele quer contar essas coisas, não vou desmenti-las: eu matei.

— Mas por quê? — perguntaram-lhe.

— Por ele — disse Katerina Lvovna, apontando para o cabisbaixo Serguei.

Os criminosos ficaram em celas separadas do presídio, e o terrível assunto, que provocara atenção e indignação de todo mundo, foi resolvido prontamente. Em fins de fevereiro, a corte penal condenou

Serguei e a viúva do comerciante de terceira classe Katerina Lvovna a serem açoitados na praça comercial de sua cidade[18] e depois mandados para os trabalhos forçados. No início de março, numa manhã bem fria, o verdugo deixou determinada quantidade de cicatrizes azuis e rubras nas costas brancas e nuas de Katerina Lvovna; em seguida, aplicou uma porção de golpes nos ombros de Serguei e ferreteou o seu rosto bonito com três marcas de presidiário.

Durante todo aquele tempo, Serguei despertava, não se sabia por que, muito mais compaixão nas pessoas que Katerina Lvovna. Imundo e ensanguentado, ele quase caía ao descer do cadafalso preto, enquanto Katerina Lvovna desceu sem lamentos, buscando apenas fazer que sua camisa grossa e seu áspero casaco de presa não lhe tocassem no dorso dilacerado.

Mesmo no hospital da prisão, quando lhe entregaram seu filho recém-nascido, ela só disse: "Não quero nem saber dele!" e, virando-se para a parede sem um gemido nem queixa alguma, tombou de bruços em sua dura tarimba.

CAPÍTULO DÉCIMO TERCEIRO

A caravana de presos em que estavam Serguei e Katerina Lvovna partiu quando a primavera constava apenas do calendário e o solzinho, conforme o ditado popular, "bem brilhava e mal esquentava".

---

[18] Trata-se da "execução comercial" mencionada no conto *Uma anedota ruim*, de Fiódor Dostoiévski.

O neném de Katerina Lvovna foi confiado à velha prima de Boris Timoféitch, porquanto, tido como o filho legítimo do marido trucidado da criminosa, ele se considerava agora o único herdeiro de todo o cabedal dos Ismáilov. Katerina Lvovna estava muito contente com isso, de sorte que entregou o recém-nascido com plena indiferença. Seu amor pelo pai, semelhante ao de várias mulheres fogosas em demasia, não tinha nada a ver com o filho.

Aliás, não havia mais para ela nem luz nem treva, nem mal nem bem, nem tristeza nem alegria: ela não entendia coisa nenhuma, não amava a ninguém, inclusive a si mesma. Vivia ansiosa pela partida da caravana para a Sibéria, onde esperava reencontrar seu Seriójetchka, e nem sequer se lembrava de seu filhinho.

As esperanças de Katerina Lvovna não a ludibriaram: acorrentado com ferros pesados, ferreteado, Serguei saiu, com a mesma chusma de condenados, portão afora.

A gente se acostuma, na medida do possível, a qualquer situação execrável e, na medida do possível, preserva em cada situação dessas a capacidade de reaver suas ínfimas alegrias, mas Katerina Lvovna nem precisava acostumar-se: via novamente Serguei, e com ele até o caminho para a Sibéria florescia de tanta felicidade.

Katerina Lvovna levava consigo poucos objetos de valor, guardados num saco, e menos ainda dinheiro sonante. Distribuiu, porém, tudo isso, bem antes de sua caravana alcançar Níjni,[19] entre os oficiais da escolta em troca da possibilidade de caminhar juntinho de Serguei pela estrada e abraçá-lo, por uma horinha, no breu noturno de um gelado cantinho do estreito corredor da cadeia.

Apesar disso, o amiguinho ferreteado de Katerina Lvovna passou a tratá-la sem muito carinho: fosse qual fosse aquilo que lhe dizia, seu tom era irritado; não dava a mínima para encontros furtivos, embora arranjados, sem ela comer nem beber, com um precioso quarto do rublo[20] tirado do seu porta-níqueis magro, e mesmo chegava a censurá-la:

— Em vez de te esfregares em mim pelos cantos, farias melhor se me desses aquele dinheiro que dás ao oficial.

— Dei um quartinho apenas, Seriójenka — defendia-se Katerina Lvovna.

— Pois um quartinho não é dinheiro? Será que achaste muitos quartinhos assim, pela estrada, para gastá-los agora a torto e a direito?

— Mas nós nos vimos, Serioja.

— Pensa só quanta alegria, a gente se ver depois daquela tortura toda! Amaldiçoaria a minha vida inteira, não só o encontro contigo.

— E para mim, Serioja, tanto faz, tomara que te veja.

---

[19] O autor se refere a Níjni Nóvgorod, grande cidade russa (conhecida como Górki de 1932 a 1990) localizada nas margens do rio Volga.

[20] Moeda equivalente a 25 copeques (¼ do rublo).

— Tudo isso é bobagem — retrucava Serguei.

Às vezes, Katerina Lvovna mordia seus lábios até sangrarem, após essas respostas, e mesmo as lágrimas de fúria e desgosto surgiam, na escuridão dos encontros noturnos, em seus olhos alheios ao choro; todavia, ela se conformava, calada, e continuava a enganar a si própria.

Dessa maneira, mantendo novas relações mútuas, eles chegaram a Níjni Nóvgorod. Ali sua caravana reuniu-se com outro grupo de detentos que seguia para a Sibéria do lado de Moscou.

Neste extenso grupo havia, dentre as mais diversas mulheres presas, duas pessoas muito interessantes: Fiona, viúva de um soldado de Yaroslavl, uma mulher fascinante assim, bem dotada, de grande estatura, com uma farta trança negra e lânguidos olhos castanhos, cobertos de cílios espessos como de um véu misterioso, e uma lourinha de dezessete anos, de rosto agudinho e tenra pele rosada, com uma boquinha minúscula, covinhas nas faces frescas e cachos dourados que lhe caíam, volúveis, sobre a testa debaixo da sua faixa de presidiária. Os presos chamavam essa garota de Sonetka.

A bela Fiona tinha uma índole branda e indolente. Todo o grupo a conhecia, e nenhum homem se entusiasmava demais ao conseguir seus favores nem se entristecia de vê-la agraciar com estes outro pretendente.

— A titiazinha Fiona é uma mulher bondosa, não ofenderá a ninguém — diziam, brincando, todos os detentos.

Quanto a Sonetka, seu caráter era bem diferente. Dizia-se a respeito dela:

— É uma enguia: anda por perto, mas não se rende por certo.

Sonetka tinha bom gosto, sabia escolher e até mesmo tendia, quiçá, a escolhas rígidas em excesso: ela não queria que a paixão lhe fosse servida crua, mas, sim, com um molho picante e ardente, com sofrimentos e sacrifícios. Fiona, por sua vez, representava aquela simplicidade russa que está com preguiça mesmo de dizer a alguém: "Cai fora!", sabendo apenas que é uma mulher. Tais mulheres são muito valorizadas em bandos de salteadores, caravanas de presos e comunas da social-democracia petersburguense.

O aparecimento dessas duas mulheres na mesma caravana reunida de Serguei e Katerina Lvovna teve, para esta última, um significado trágico.

CAPÍTULO DÉCIMO QUARTO

Desde os primeiros dias do caminhar da caravana reunida de Níjni para Kazan,[21] Serguei começou a empenhar esforços visíveis para ganhar a benevolência da viúva Fiona e não se esforçou em vão. A lânguida bonitona Fiona não fez Serguei esperar demais, já que, por sua bondade, cedia a qualquer um. Na terceira ou quarta jornada, Katerina Lvovna arranjou, ao cair

---

[21] Grande cidade na região do rio Volga, atualmente a capital da República Autônoma da Tartária que faz parte da Federação Russa.

do crepúsculo, um encontro com seu Seriójetchka, mediante o habitual suborno, e ficou deitada, mas sem dormir, esperando o oficialzinho de plantão entrar, empurrá-la de leve e cochichar: "Vai logo". A porta se abriu, e uma mulher se esgueirou pelo corredor; abriu-se de novo, e outra presa pulou rapidinho da sua tarimba, sumindo também com o acompanhante; puxaram, enfim, o casaco com que se cobria Katerina Lvovna. A jovem se levantou depressa da tarimba lustrada pelos flancos dos presidiários, pôs o casaco sobre os ombros e cutucou o oficial que estava na sua frente.

Indo pelo corredor, Katerina Lvovna se deparou, apenas num lugarzinho parcamente iluminado por uma cega luminária, com dois ou três casais que de modo algum deixavam perceber a sua presença de longe. Quando passava ao lado da cela masculina, ouviu, através do postigo aberto na porta, um riso contido.

— Eta, que folga — resmungou o oficial e, segurando Katerina Lvovna pelos ombros, empurrou-a para um cantinho e foi embora.

Katerina Lvovna apalpou, na escuridão, um casaco e uma barba; a outra mão dela roçou num quente rosto feminino.

— Quem é? — perguntou Serguei a meia-voz.
— E tu, o que fazes aí? Com quem estás?

Katerina Lvovna arrancou, às escuras, a faixa da sua rival. Esta se esquivou destramente, correu e, esbarrando em alguém no corredor, caiu.

Um gargalhar sonoro ouviu-se na cela masculina.

— Safado! — cochichou Katerina Lvovna e bateu no rosto de Serguei com as pontas do lenço que tirara da cabeça dessa nova amiga dele.

Serguei já ia revidar, mas Katerina Lvovna se precipitou pelo corredor e abriu a porta de sua cela. O gargalhar repetiu-se na cela masculina com tanta força que o guarda, apaticamente plantado defronte da luminária, a cuspir na pontinha de sua bota, soergueu a cabeça e rugiu:

— Calados!

Katerina Lvovna se deitou em silêncio e permaneceu assim até o amanhecer. Queria dizer a si mesma: "Pois não o amo!", porém sentia que o amava mais ainda. E eis que surgia, diante dos seus olhos, surgia sem cessar a mão dele, pulsando sob a cabeça daquela outra mulher, e a outra mão afagando os cálidos ombros dela.

A pobre mulher se pôs a chorar, a chamar, sem querer, por Serguei, para que uma das suas mãos ficasse, naquele momento, sob a cabeça dela e a outra lhe afagasse os ombros histericamente trêmulos.

— Devolve-me, pois, minha faixa — veio pedir-lhe, pela manhã, a viúva Fiona.

— Ah, então foste tu?...

— Devolve, por favor!

— E por que tu separas a gente?

— Como assim, separo? Será, realmente, um amor de verdade ou um interesse para te zangar desse jeito?

Katerina Lvovna pensou um instante, depois retirou a faixa que arrancara à noite e guardara debaixo do seu travesseiro e, jogando-a para Fiona, virou-lhe as costas. Sentia-se aliviada.

— Arre! — disse consigo mesma. — Será que vou ter ciúmes daquela bacia pintada? Que se dane! Até me comparar com ela dá nojo.

— É o seguinte, Katerina Ilvovna — dizia, no mesmo dia, Serguei, caminhando ao seu lado pela estrada. — Entende, por gentileza, que, primeiro, não sou nenhum Zinóvi Boríssytch e, segundo, que tu mesma agora não és mais daquelas riquinhas. Faz, portanto, o favor de não enfunar por demais o papo. Os chifres de cabra não têm lá muito valor.

Katerina Lvovna não respondia nada, caminhando, por uma semana, sem trocar uma só palavra nem um só olhar com Serguei. Magoada, mantinha-se firme; não queria dar o primeiro passo da reconciliação em sua primeira briga com o amante.

Nesse meio-tempo, enquanto Katerina Lvovna estava zangada com Serguci, este começou a bajular e cortejar a lourinha Sonetka. Ora a saudava "com especial respeito", ora lhe sorria, ora tentava abraçá-la bem forte assim que a encontrava. Katerina Lvovna via tudo isso, e seu coração se inflamava cada vez mais.

"Não seria melhor que fizesse as pazes com ele?" — cismava, tropeçando sem ver a terra sob os seus pés, Katerina Lvovna.

No entanto, o orgulho ferido não lhe permitia, agora mais do que nunca, tomar a dianteira. E Serguei cortejava Sonetka mais obstinado ainda, e todos já achavam que a indócil Sonetka, a qual andava, feito uma enguia, por perto, mas não se rendia por certo, ficara de súbito amansada.

— Estavas reclamando comigo — disse, um dia, Fiona a Katerina Lvovna —, e o que foi que eu te fiz? Meu caso já se foi todo; seria melhor olhares para Sonetka.

"Que o diabo carregue este meu orgulho: sem falta farei as pazes, hoje mesmo" — resolveu Katerina Lvovna, pensando apenas em como proceder, da melhor maneira possível, à tal reconciliação.

Foi o próprio Serguei quem a livrou dos apuros.

— Ilvovna! — chamou por ela durante um descanso. — Vem esta noite falar comigo um minutinho: tenho um negócio aqui.

Katerina Lvovna permaneceu calada.

— Talvez não venhas porque te zangas ainda?

Katerina Lvovna não respondeu outra vez. Mas Serguei, bem como todos os que estavam de olho nela, viu Katerina Lvovna se achegar, ao lado da casa de detenção, ao oficial superior da escolta e entregar-lhe dezessete copeques que tinha amealhado como esmola.

— Assim que juntar trocados, darei mais uma *grivna* — implorou Katerina Lvovna.

O oficial escondeu o dinheiro no canhão da manga e disse:

— Está bem.

Quando acabaram essas negociações, Serguei limpou a garganta com um grasnido e lançou uma piscadela a Sonetka.

— Ah, Katerina Ilvovna! — exclamou ele, abraçando-a ao pé da escada que levava à casa de detenção. — Não há, rapazes, no mundo inteiro nenhuma mulher que se compare a essa.

Katerina Lvovna enrubescia e ofegava de tanta felicidade.

Tão logo a porta se entreabriu de noite, ela saiu correndo da cela: tremia toda e procurava Serguei, às apalpadelas, no corredor escuro.

— Minha Kátia! — disse Serguei, ao abraçá-la.

— Ah, ah, meu safadinho! — respondeu Katerina Lvovna em meio aos prantos, beijando o amante.

O guarda andava pelo corredor e, parando, cuspia em suas botas e voltava a andar; os presos roncavam, exaustos, atrás das portas; um rato roía uma pena; embaixo do forno estridulavam, à porfia, os grilos, e Katerina Lvovna continuava a deliciar-se.

Mas eis que se esgotaram os arroubos, e a inevitável prosa veio à tona.

— As pernas doem tanto que dá para morrer: do tornozelo até o joelho, os ossos estão doloridos — queixava-se Serguei, sentado com Katerina Lvovna num canto, no chão.

— O que fazer, hein, Seriójetchka? — perguntava ela, encolhendo-se sob as abas do seu casaco.

— E se pedir que me botem no hospital em Kazan?

— Oh, por que é isso, Serioja?

— E o que faço se dói de matar?

— Mas tu ficas no hospital, e eu vou, caminhando, adiante!

— Fazer o quê? A corrente aperta tanto, mas tanto que, digo-te, quase me entra toda no osso. Só se pusesse, por baixo, um par de meias de lã... — disse Serguei um minuto depois.

— As meias? Ainda tenho, Serioja, um par de meias novinhas.

— Não, para quê? — replicou Serguei.

Sem uma palavra a mais, Katerina Lvovna correu à cela, revirou, em cima da tarimba, a sua bolsinha e retornou apressada, trazendo para Serguei um par de meias azuis de lã com setas vistosas de lado.

— Agora será mais fácil — disse Serguei, despedindo-se de Katerina Lvovna e aceitando as suas últimas meias.

Toda feliz, Katerina Lvovna voltou para a sua tarimba e mergulhou num sono profundo. Não ouviu Sonetka ir para o corredor, depois de ela entrar na cela, e regressar de lá, às escondidas, já ao amanhecer.

Isso aconteceu apenas a duas jornadas de Kazan.

CAPÍTULO DÉCIMO QUINTO

O dia frio e nublado, com vento cortante e chuva mesclada com neve, recebeu mal a caravana que saía dos portões da sufocante casa de detenção. Katerina Lvovna saiu assaz animada, mas, logo que integrou a fileira dos presos, ficou toda tremente e lívida. Seus olhos turvaram-se, todas as juntas lhe fraquejaram, doloridas. Era Sonetka que estava na frente de Katerina Lvovna, calçando as bem conhecidas meias azuis de lã, com setas vistosas.

Katerina Lvovna se pôs a marchar semimorta; apenas seus olhos vidrados fixavam Serguei de maneira medonha.

Na hora do primeiro descanso, ela se aproximou calmamente de Serguei, cochichou "cafajeste" e de súbito lhe cuspiu bem nos olhos.

Serguei queria agredi-la, mas foi retido.

— Espera aí! — disse ele, enxugando a cara.

— Puxa, mas que coragem ela te mostra — zombavam os detentos de Serguei, e o mais alegre era o gargalhar de Sonetka.

O namorico que ela aceitara agradava-lhe em cheio.

— Pois isso eu não vou deixar para lá — ameaçou Serguei Katerina Lvovna.

À noite, cansada de mau tempo e caminhada, Katerina Lvovna dormia inquieta, de coração partido, na tarimba de outra casa de detenção e não ouviu dois homens entrarem na cela feminina.

Quando eles entraram, Sonetka se soergueu, calada, em sua tarimba, apontou com a mão para Katerina Lvovna, deitou-se de novo e cobriu-se com seu casaco.

No mesmo instante, o casaco de Katerina Lvovna lhe envolveu rápido a cabeça, e, desferidos com toda a força de um homem bruto, os golpes da ponta grossa de uma corda dobrada ao meio desabaram nas suas costas cobertas apenas por uma camisa tosca.

Katerina Lvovna gritava, mas sua voz não se ouvia sob o casaco que lhe tapava a cabeça. Ela se debatia, mas também em vão: sentado em seus ombros, um detento robusto lhe segurava os braços.

— Cinquenta — terminou, enfim, de contar os golpes uma voz, que qualquer um reconheceria facilmente como a de Serguei, e os visitantes noturnos sumiram logo atrás da porta.

Katerina Lvovna libertou a cabeça e levantou-se num pulo: não havia mais ninguém, mas uma risada maldosa soava por perto, sob um casaco. Katerina Lvovna reconheceu o gargalhar de Sonetka.

Essa mágoa já não tinha limites; tampouco os teria a sensação de fúria que nesse momento brotava na alma de Katerina Lvovna. Enlouquecida, ela se arrojou para frente, perdeu os sentidos e tombou no peito de Fiona que a arrimara.

E nesse peito roliço, que havia ainda tão pouco tempo aprazia com a doçura da devassidão ao amante infiel de Katerina Lvovna, esta chorava agora o seu insuportável pesar, apertando-se, como uma criança à mãe, à sua tola e corpulenta rival. Agora elas estavam iguais: ambas tinham sido conferidas, quanto ao seu valor, e jogadas fora. Estavam iguais: Fiona, sujeita ao primeiro impulso de amor, e Katerina Lvovna a vivenciar um drama amoroso!...

Aliás, Katerina Lvovna não se importava mais com nada. Ao esgotar suas lágrimas, ela se entorpeceu e, impassível como uma estátua de madeira, aprontou-se para atender à chamada matinal de presos.

Bateu o tambor — ruf-ruf-ruf —, e os detentos, acorrentados ou não, foram ao pátio: Serguei e Fiona, Sonetka e Katerina Lvovna, um *raskólnik*[22] aferrado a

---

[22] Membro do movimento religioso perseguido pelo governo da Rússia czarista.

um judeu e um polonês ligado, com a mesma corrente, a um tártaro.[23]

Todos se agruparam, depois se puseram, bem ou mal, em fileiras e foram caminhando.

Um quadro desolador ao extremo: um punhado de pessoas afastadas do mundo e privadas de sombra de esperanças do futuro melhor, afundando no frio lamaçal preto de uma estrada de terra. Tudo está horroroso ao seu redor: uma infinitude de lama, um céu cinza, uns salgueiros molhados, sem folhas, e nos seus galhos furcados, um corvo de penas eriçadas. O vento ora geme, ora se enfurece, ora se põe a uivar, a bramir. E nesses sons infernais, que laceram a alma e arrematam todo o horror do quadro, ouvem-se os conselhos da esposa do Jó bíblico: "Amaldiçoa o dia de teu nascimento e morre".

Quem não quer dar ouvidos a essas palavras, quem não se consola, nem sequer nesse estado deplorável, com a ideia da morte, mas a teme, precisa tentar abafar as vozes uivantes com algo mais feio ainda que elas. O homem de condição simples entende perfeitamente isso e desencadeia então toda a sua simplicidade animalesca, começa a fazer besteiras, a torturar a si mesmo, a humilhar as pessoas e os sentimentos. Já por si só despojado de delicadeza, torna-se sobremaneira maldoso.

---

[23] O autor se refere, por um lado, à incompatibilidade espiritual dos detentos que cumpriam a pena juntos e, por outro lado, mostra, de forma indireta, a diversidade da população carcerária na Rússia denominada, na época, de "cadeia dos povos".

— Hein, riquinha? Vossa Senhoria está bem de saúde? — perguntou Serguei, insolente, a Katerina Lvovna, tão logo a caravana deixou, atrás de uma colina molhada, a aldeia onde havia pernoitado.

Dito isso, voltou-se de pronto para Sonetka, cobriu-a com sua aba e cantou com um falsete estridente:

— *Vejo da janela, à sombra, a ruça cabecinha:*
Tu não dormes, meu tormento, minha safadinha!
Vou cobrir-te com minha aba para não te verem...

Com essas palavras, Serguei abraçou Sonetka e beijou-a de língua na frente de toda a caravana...

Katerina Lvovna viu tudo isso e não viu nada: continuava a marchar como se estivesse já morta. Os presos desandaram a empurrá-la e a mostrar as travessuras de Serguei com Sonetka. Ela se tornou o objeto de suas caçoadas.

— Não toquem nela — defendia-a Fiona quando algum dos presidiários procurava zombar de Katerina Lvovna, que ia aos tropeços. — Será que não veem, diabos: a mulher está muito doente.

— Deve ter molhado os pezinhos — gracejava um jovem detento.

— É claro: ela é da família comerciária, tem educação fina — replicou Serguei.

— Se tivesse, pelo menos, meias quentinhas, aí sim, estaria, na certa, melhor — prosseguiu ele.

Katerina Lvovna parecia ter acordado.

— Serpente maldita! — disse ela, sem se conter. — Ri, cafajeste, ri de mim!

— Não, riquinha, não é para rir! É que Sonetka está vendendo umas meias muito bonitas, então eu pensei se a nossa comerciante não gostaria de comprá-las.

Muitos presos riam. Katerina Lvovna caminhava como uma máquina a que deram corda.

O tempo vinha piorando. Das nuvens cinzentas a recobrirem o céu começaram a cair os úmidos flocos de neve, que se derretiam, mal tocavam no solo, e aumentavam a lama intransitável. Por fim, apareceu pela frente uma raia escura, da cor de chumbo, cuja borda oposta não se via ao longe. Era o rio Volga. Um vento bastante forte soprava sobre o Volga, puxando de um lado para o outro as ondas escuras que se soerguiam lentas, de bocas escancaradas.

A caravana de presos molhados e tiritantes de frio acercou-se devagar da passagem fluvial e parou à espera da balsa.

Veio uma balsa encharcada e toda escura; a escolta começou a embarcar os detentos.

— Dizem que nesta balsa alguém transporta vodca — notou um presidiário, quando a balsa desatracou e, sob os flocões de neve molhada, foi balançando nas vagas do rio furioso.

— Sim, não seria mal despejar agora um copinho — respondeu Serguei e, atenazando Katerina Lvovna para divertir Sonetka, disse: — Serve-me vodcazinha para brindar à velha amizade. Não sejas sovina, riquinha. Lembra, minha querida, nossos amores antigos, como a gente se lambuzava, minha alegria, como passava as longas noitinhas de outono e como mandava teus familiares à paz eterna sem todos aqueles padres e sacristãos?

Katerina Lvovna tremia toda de frio. Mas além do frio, que a traspassava, debaixo das roupas ensopadas, até os ossos, havia algo bem diferente que acontecia em seu organismo. Sua cabeça estava ardente de febre; suas pupilas dilatadas irradiavam um brilho agudo e vacilante, fixando-se nessas ondas em movimento.

— Eu também tomaria vodcazinha: o frio está de rachar — tilintou Sonetka.

— Vem, serve, riquinha! — insistia Serguei.

— Cria vergonha na cara! — pronunciou Fiona, abanando a cabeça em sinal de reproche.

— Isso não te faz honra nenhuma — apoiou a viúva o bandidinho Gordiuchka.

— Se não te importas com ela, por que não tens vergonha dos outros?

— Ei, tu, tabaqueira mundana! — gritou Serguei a Fiona. — Que papo é esse: vergonha? Por que é que teria vergonha? Talvez nunca tenha amado aquela... e agora a botinha surrada de Sonetka é mais cara para mim que o focinho dela, gata sarnenta. O que é que podes falar sobre isso? Que ame agora esse Gordiuchka de boca torta, ou... — ele olhou para um homenzinho de *burka*[24] e quepe militar com distintivo, que estava a cavalo, e acrescentou: — ... ou, melhor ainda, que afague o oficial: debaixo da sua *burka* não chove, ao menos.

— E todos a chamariam de oficialzinha — tilintou Sonetka.

---

[24] Capa de feltro, de origem caucasiana, usada principalmente por oficiais de cavalaria.

— Pois é! E teria, brincando, dinheiro para comprar as meias — aprovou Serguei.

Katerina Lvovna não se defendia: olhava, cada vez mais atenta, para as ondas do rio e movia os lábios. Em meio às falas ignóbeis de Serguei, ruídos e gemidos ouviam-se, para ela, entre as vagas que se fendiam e baqueavam. E eis que surgiu, de chofre, numa das vagas rachadas a cabeça azul de Boris Timoféitch; da outra onda assomou, balançando, o seu marido a abraçar Fêdia de cabecinha baixa. Katerina Lvovna queria rememorar uma oração e movia os lábios, mas estes só cochichavam: "... como a gente se lambuzava, como passava as longas noitinhas de outono e como matava, de morte horrível, pessoas".

Katerina Lvovna tremia. Seu olhar vago se concentrava e se tornava selvagem. Seus braços se estenderam, umas duas vezes, para algum lugar no espaço e recaíram. Mais um minuto... e de repente ela cambaleou, sem desviar os olhos das ondas escuras, inclinou-se, pegou nas pernas de Sonetka e, num rompante, jogou-se com ela de cima da balsa.

Todos ficaram petrificados de pasmo.

Katerina Lvovna assomou sobre uma onda e mergulhou de novo; a outra onda trouxe à tona Sonetka.

— O croque![25] Joguem o croque! — gritaram na balsa.

Um croque pesado voou, numa corda comprida, e caiu na água. Sonetka desapareceu novamente. Dois

---

[25] Vara com um gancho de metal na ponta, utilizada para facilitar o atracamento de barcos.

segundos depois, carregada por uma rápida correnteza para longe da balsa, ela tornou a agitar os braços, porém, no mesmo instante, Katerina Lvovna se reergueu sobre outra onda, quase até a cintura, agarrou Sonetka, igual a um forte lúcio[26] que ataca um peixe mais fraco, e elas duas não ressurgiram mais das águas do rio.

---

[26] Peixe carnívoro que habita os rios de vários países europeus, inclusive os da Rússia.

UMA ANEDOTA RUIM

FIÓDOR DOSTOIÉVSKI

Esta anedota ruim data precisamente da época em que se iniciaram, com tanta força desenfreada e tanto ímpeto ingenuamente enternecedor, a renascença de nossa amada pátria e a aspiração de todos os virtuosos filhos dela pelas novas metas e esperanças.[1] Naquela época, numa clara e fria noite de inverno (aliás, já passara das onze horas), três varões respeitabilíssimos estavam sentados num confortável e mesmo suntuosamente mobiliado cômodo de uma bela casa de dois andares, situada no Lado Petersburguense,[2] e conversavam animadamente Todos esses três varões possuíam patente de general. Estavam sentados ao redor de uma mesinha, cada um numa linda e macia poltrona, e no decorrer da conversa sorviam champanhe de modo sereno e sossegado. A

---

[1] O autor tem em vista o final dos anos 1850, período de várias disputas políticas que precederam à abolição da servidão na Rússia (1861).

[2] Bairro histórico de São Petersburgo composto de várias ilhas.

garrafa se encontrava ali mesmo, em cima da mesinha, num vaso de prata com gelo. É que o anfitrião, servidor de terceira classe Stepan Nikíforovitch Nikíforov, um solteirão rematado de uns sessenta e cinco anos de idade, comemorava a sua mudança para essa casa recém-comprada e, aproveitando a oportunidade, o seu aniversário que viera a calhar e que ele nunca tinha comemorado antes. De resto, a comemoração não era tão luxuosa assim; como já víramos, havia só dois convidados, ambos antigos colegas do senhor Nikíforov e antigos subordinados dele, a saber: servidor de quarta classe Semion Ivânovitch Chipulenko e outro servidor de quarta classe Ivan Ilitch Pralínski. Vindos por volta das nove horas, eles tomaram chá, depois atacaram o vinho, cientes de que às onze e meia em ponto deveriam retornar para casa. O anfitrião apreciava desde sempre a regularidade. Digamos duas palavras a seu respeito: ele começara sua carreira como um funcionário miúdo e desprovido de meios, arrastando humildemente tal jugo por uns quarenta e cinco anos a fio, sabia muito bem aonde chegara, detestava "apanhar estrelas do céu",[3] embora já tivesse duas estrelinhas,[4] e, sobretudo, não gostava de expressar sua opinião própria e pessoal sobre qualquer tema que fosse. Era, ainda por cima, honesto, ou seja, não lhe acontecera perpetrar nada particularmente desonesto; estava solteiro em razão

---

[3] Ditado russo que significa "ostentar seus conhecimentos, ser pretensioso em demasia, metido".

[4] Alusão aos distintivos do servidor de terceira classe.

de seu egoísmo; não era nem um pouco tolo, porém detestava exibir a sua inteligência; em especial, não gostava de desleixo e entusiasmo, considerando este um desleixo moral, e no final da vida atolou por completo num doce e indolente conforto e numa solidão sistemática. Ainda que visitasse, de vez em quando, as altas-rodas, não suportava, desde moço, visitantes em sua casa e, nesses últimos tempos, se não dispunha as cartas da *grande patience*, contentava-se com a companhia do seu relógio de mesa posto sobre a lareira e passava tardes inteiras a escutar, cochilando imperturbavelmente em suas poltronas, o tique-taque embaixo de uma campânula de vidro. De rosto perfeitamente digno e barbeado, ele não aparentava a sua idade, estava bem conservado, prometia viver muitos anos ainda e comportava-se como o mais rígido dos gentis-homens. Seu cargo era bastante confortável: ele despachava em algum lugar e assinava alguma coisa. Numa palavra, era considerado um homem excelentíssimo. Tinha apenas uma paixão ou, melhor dito, um desejo ardente: conseguir sua própria casa, notadamente uma mansão e não um apartamento por ali. Enfim, esse desejo se realizou: ele achou e comprou uma casa no Lado Petersburguense, a qual, mesmo longínqua, possuía um jardim e, além disso, era elegante. "Quanto mais longe, melhor", raciocinava Nikíforov: ele não gostava de receber pessoas em sua casa e, para ir à de outrem ou ao seu serviço, tinha à disposição uma bela carruagem chocolate de dois assentos, o cocheiro Mikhei e dois cavalos, pequeninos, mas fortes e bonitos. Isso tudo fora adquirido graças à sua meticulosa parcimônia de quarenta anos, portanto seu coração se alegrava agora com tudo isso. Eis o motivo pelo qual, comprando a casa e mudando-se para ela, Stepan Nikíforovitch sentiu tanto deleite no fundo de seu coração sossegado que até mesmo convidou umas pessoas para o seu aniversário, que antes tratava de ocultar da gente mais próxima. Tinha, inclusive, planos especiais no tocante a um dos seus convidados. Ele próprio ocupava o andar superior da mansão, enquanto o inferior, planejado e construído da mesma forma, precisava de um inquilino. Stepan Nikíforovitch contava, pois, com Semion Ivânovitch Chipulenko e, nessa noite, chegou a puxar duas vezes conversa sobre o tal assunto. Contudo, Semion Ivânovitch permanecia calado. Esse homem também se esforçara, durante muito tempo, para abrir caminhos na vida; os cabelos e costeletas dele eram negros, e sua fisionomia, matizada pelo constante derramamento de atrabílis.[5] Era casado, sombrio e insociável, mantinha sua família atemorizada, servia com presunção, sabendo, de igual maneira exata, aonde chegaria e, mais que isso, aonde não chegaria nunca, ocupava um bom cargo e não pretendia abandoná-lo. Se bem que o advento das novas tendências o deixasse um tanto amargurado, ele não se preocupava demais com elas: estava muito seguro de si e ouvia Ivan Ilitch Pralínski discorrer sobre os novos temas com certa maldade

---

[5] Suposto humor, também denominado "bílis negra", cuja secreção pelo baço causava, segundo as antigas doutrinas médicas, melancolia e irritabilidade.

escarninha. Aliás, todos eles estavam um pouco embriagados, de sorte que o próprio Stepan Nikíforovitch se dignara a dar ouvidos ao senhor Pralínski, travando com este uma leve discussão a respeito das referidas tendências. Digamos, entretanto, algumas palavras sobre Sua Excelência o senhor Pralínski, ainda mais que é ele o protagonista da narração por vir.

O servidor de quarta classe Ivan Ilitch Pralínski era chamado de Sua Excelência havia tão só quatro meses, sendo, numa palavra, um general jovem. Sua idade também era pouca — no máximo, uns quarenta e três anos —, e ele parecia e gostava de parecer mais novo. Era um homem bonito, de estatura alta, vestia-se com elegância e ostentava trajes bem requintados, portava, com grande habilidade, uma significante ordem no pescoço, tinha algumas maneiras nobres que soubera assimilar ainda na infância e, solteiro que estava, vivia sonhando com uma noiva rica e até mesmo nobre. Sonhava igualmente com outras coisas, embora não fosse nada estúpido. Tornava-se, às vezes, muito falaz e mesmo gostava de adotar poses parlamentares. Descendente de boa família, era filho de um general e não se dispunha a pegar no pesado, na tenra idade andara de veludo e cambraia, fora educado numa instituição aristocrática e, tendo adquirido lá conhecimentos escassos, conseguira, ainda assim, bom êxito no serviço e alcançara o generalato. Os superiores consideravam-no um homem dotado e mesmo depositavam nele suas esperanças. Stepan Nikíforovitch, sob cujo comando ele começara a servir e levara o seu serviço quase até o próprio generalato, jamais o tomara por um sujeito prático e não depositara nele esperança alguma. O que lhe agradava é que Ivan Ilitch procedia de uma boa família, possuía uma fortuna, ou seja, uma grande mansão com mordomo, era parente de pessoas não muito ordinárias e, além disso, tinha uma postura imponente. Stepan Nikíforovitch censurava-o, mentalmente, por excesso de imaginação e por leviandade. E Ivan Ilitch, em pessoa, sentia-se, certas vezes, suscetível em demasia e mesmo melindroso. Coisa estranha: acometiam-no, vez por outra, acessos de uma escrupulosidade mórbida e de um leve arrependimento por algum feito. Com uma furtiva amargura, a qual lhe feria a alma como uma aguda lasca de madeira, ele reconhecia então que não voava tão alto quanto imaginava voar. Nesses momentos, chegava a render-se a certa melancolia, sobretudo quando as hemorroidas se punham a atormentá-lo, rotulava a sua vida de *une existence manquée*,[6] cessava de acreditar (bem entendido, no íntimo) em seus talentos parlamentares, chamando a si de *parleur*,[7] palavreiro, mas tudo isso, se bem que o honrasse muito, não o impedia de reerguer, meia hora depois, a cabeça nem de recuperar o ânimo e asseverar a si próprio, com obstinação e soberba ainda maiores, que não lhe faltariam oportunidades para destacar-se e tornar-se não apenas um dignitário, mas um grande estadista de que a Rússia se lembraria por muito

---

[6] Uma existência malsucedida (em francês).
[7] Falastrão (em francês).

tempo. De vez em quando, sonhava inclusive com monumentos. Daí se deduz que Ivan Ilitch sonhava bem alto, embora guardasse seus devaneios e anelos indefinidos no âmago e mesmo com certo temor. Numa palavra, era um homem bom e mesmo um poeta no fundo da alma. Os dolorosos momentos de decepção tinham passado, nos últimos anos, a apoquentá-lo com mais frequência. Ele ficara peculiarmente irritadiço, desconfiado, e estava prestes a tomar qualquer objeção por uma ofensa. Mas nossa Rússia renascente engendrara-lhe, de improviso, grandes esperanças, e o generalato viera a arrematá-las. Ele se animou; ergueu a cabeça. De súbito, começou a falar abundante e eloquentemente, a abordar os temas mais atuais de que se compenetrara, de modo bem rápido e inopinado, até o êxtase. Procurava ensejos de palestrar, rodando a cidade inteira, e acabou ganhando, em vários lugares, a reputação de um liberal veemente, o que o lisonjeava muito. E nessa noite, ao despejar umas quatro taças, soltou totalmente as rédeas. Quis mudar todas as opiniões de Stepan Nikíforovitch, com quem não se encontrava havia tempos, tratando-o, no entanto, com o respeito de sempre e mesmo certa obediência. Achou, por algum motivo, que este era retrógrado e atacou-o com um ardor descomunal. Stepan Nikíforovitch quase não retrucava, apenas o escutava, malicioso, posto que o assunto lhe fosse interessante. Ivan Ilitch inflamava-se e, no calor da discussão imaginária, bebia da sua taça mais frequentemente do que deveria beber. Então Stepan Nikíforovitch pegava a garrafa e logo enchia a sua taça de novo: gesto que de repente passara, não se sabe por que, a magoar Ivan Ilitch, ainda mais que Semion Ivânovitch Chipulenko, especialmente desprezado e, ademais, temido por ele em razão de seu cinismo e sua maldade, permanecia de lado, perfidamente silencioso, e sorria mais do que lhe cumpria sorrir. "Parece que eles me tomam por um fedelho" — pensou, de relance, Ivan Ilitch.

— Não, estava na hora e já passava da hora — continuou ele, exaltado. — O atraso foi grande demais, e, a meu ver, o humanismo é, acima de tudo, humanismo em relação aos subalternos, dado que eles também são humanos. É o humanismo que salvará e resgatará tudo...

— Hi-hi-hi-hi! — veio da parte de Semion Ivânovitch.

— Mas por que o senhor nos critica tanto, no fim das contas? — acabou objetando Stepan Nikíforovitch com um sorriso amável. — Confesso, Ivan Ilitch, que até agora não consigo entender aquilo que o senhor se digna a explicar. Está mencionando o humanismo. Quer dizer, o amor ao próximo, não é?

— Sim, pode ser o amor ao próximo mesmo. Eu...

— Espere. Que me conste, não se trata apenas disso. O amor ao próximo sempre foi crucial. Quanto à reforma, ela não se restringe a isso. Surgiram várias questões rurais, judiciais, econômicas, fiscais, morais e... e... elas não têm fim, aquelas questões, e todas juntas, todas de uma vez só, podem gerar, digamos assim, grandes hesitações. Eis com que a gente se tem preocupado e não apenas com esse tal de humanismo...

— Sim, o assunto é mais profundo — notou Semion Ivânovitch.

— Entendo perfeitamente, e deixe-me frisar, Semion Ivânovitch, que não consentirei, de modo algum, em ser-lhe inferior quanto à profundeza de percepção das coisas — redarguiu Ivan Ilitch num tom desdenhoso e por demais brusco. — Todavia, terei a coragem de dizer-lhe também, Stepan Nikíforovitch, que o senhor não me compreendeu nem um pouco...

— Não compreendi mesmo.

— Entretanto a ideia, que sigo à risca e sustento por toda parte, é que o humanismo, notadamente o humanismo em tratar os subalternos, do servidor ao escrevente, do escrevente ao criado, do criado ao servo — esse humanismo, afirmo eu, pode servir, digamos assim, de pedra angular às vindouras reformas e à renovação das coisas em geral. Por quê? Porque sim. Vejam um silogismo: sou humano, logo as pessoas me amam. Amam-me, logo confiam em mim. Confiam em mim, logo acreditam; acreditam em mim, logo me amam... aliás, não; quero dizer que, se acreditarem em mim, acreditarão na reforma também, compreenderão, digamos assim, a própria essência dela e, assim seja dito, abraçar-se-ão moralmente e resolverão todos os problemas de maneira amigável e definitiva. Por que é que está rindo, Semion Ivânovitch? Não dá para entender?

Calado, Stepan Nikíforovitch ergueu as sobrancelhas: estava perplexo.

— Parece-me que bebi um pinguinho a mais — retorquiu maliciosamente Semion Ivânovitch —, por isso entendo com dificuldade. Há certo eclipse em minha mente.

Ivan Ilitch estremeceu todo.

— Não aguentaremos — proferiu, de repente, Stepan Nikíforovitch após uma leve meditação.

— Como assim, não aguentaremos? — perguntou Ivan Ilitch, surpreso com essa súbita e despropositada observação de Stepan Nikíforovitch.

— Assim mesmo, não aguentaremos. — Pelo visto, Stepan Nikíforovitch não queria entrar em detalhes.

— Será que fala de novo vinho e novos barris?[8] — respondeu Ivan Ilitch com certa ironia. — Nada disso; por mim mesmo eu me responsabilizo.

Nesse momento o relógio deu onze e meia.

— Está na hora de nos irmos — disse Semion Ivânovitch, preparando-se para deixar a mesa. Contudo, Ivan Ilitch ultrapassou-o, levantando-se num instante e pegando a sua *chapka*[9] de zibelina que estava em cima da lareira. Parecia um tanto sentido.

— Pois vai pensar, Semion Ivânovitch, não vai? — perguntou Stepan Nikíforovitch, acompanhando seus visitantes.

— No apartamentinho, hein? Vou pensar, vou pensar.

— E, quando decidir, avise-me sem demora.

---

[8] Alusão ao enunciado de Jesus Cristo: "Ninguém coloca vinho novo em barris velhos; porque o vinho novo rebenta os barris velhos, e o vinho e os barris perdem-se. Por isso, o vinho novo deve ser colocado em barris novos". (Evangelho de São Marcos, 2:22)

[9] Chapéu de pele que os eslavos usam no inverno.

— Negócios, negócios? — replicou amavelmente o senhor Pralínski, bulindo em sua *chapka* com um ar meio bajulador. Sentia-se, de certa forma, preterido.

De sobrancelhas erguidas, Stepan Nikíforovitch estava calado em sinal de que não retinha seus convidados. Semion Ivânovitch despediu-se apressadamente dele.

"Ah... bem... depois disso, como o senhor quiser... já que não percebe uma simples amabilidade" — falou o senhor Pralínski consigo mesmo, estendendo a mão a Stepan Nikíforovitch de um modo especialmente independente.

Na antessala Ivan Ilitch envergou a sua peliça leve e cara, buscando, por algum motivo, não reparar no surrado guaxinim[10] de Semion Ivânovitch, e ambos foram descendo a escada.

— Nosso velho parece sentido — disse Ivan Ilitch ao taciturno Semion Ivânovitch.

— Por que será? — respondeu este, calma e friamente.

"Lacaio!" — pensou Ivan Ilitch com seus botões.

Um trenó puxado por um feioso cavalinho cinza aguardava Semion Ivânovitch na saída.

— Que diabo! Onde foi que Trífon meteu o meu coche? — exclamou Ivan Ilitch, sem ter avistado a sua carruagem.

Olhou para todos os lados... a carruagem não estava ali. O criado de Stepan Nikíforovitch não tinha a menor ideia dela. Foram perguntar a Varlam,

---

[10] Isto é, o sobretudo com gola de guaxinim.

cocheiro de Semion Ivânovitch, e ele respondeu que Trífon estivera lá, assim como a carruagem, e que agora não estava mais.

— Que anedota ruim! — proferiu o senhor Chipulenko. — Quer que o leve para casa?

— Povinho safado! — gritou o senhor Pralínski com raiva. — Ele me pediu, canalha, que o deixasse ir a um casamento: uma comadre ia casar-se, aqui mesmo no Petersburguense, que o diabo a carregue. Eu proibi rigorosamente que se ausentasse. E aposto que ele foi àquele casamento!

— Verdade — notou Varlam —, ele foi lá, mas prometeu que voltaria num só minutinho, quer dizer, que estaria de volta na hora certa.

— Ah, é? Eu como que pressentia! Pois ele vai apanhar!

— É melhor o senhor mandar açoitá-lo, umas duas vezes, na delegacia, então ele vai cumprir suas ordens — disse Semion Ivânovitch, envolvendo-se no cobertor do trenó.

— Não se preocupe, por gentileza, Semion Ivânovitch!

— Não quer, pois, que lhe dê carona?

— Boa viagem, *merci*.

Semion Ivânovitch foi embora, e Ivan Ilitch enveredou pelas calçadas de madeira a pé, tomado de uma irritação assaz forte. "Não, agora é que tu vais apanhar, malandro! Vou caminhar de propósito, para que sintas, para que te assustes! Quando voltares, saberás que o amo foi caminhando... safado!"

Ivan Ilitch nunca tinha xingado dessa maneira, mas agora estava furioso demais e, ainda por cima, havia barulho em sua cabeça. Era um homem sóbrio, portanto o efeito de umas cinco ou seis taças de champanhe foi rápido. Entretanto, a noite estava admirável: fria, mas incomumente serena e silenciosa. O céu estava claro e estrelado. A lua cheia banhava a terra com seu opaco brilho argênteo. Ivan Ilitch se sentia tão bem que, ao dar uns cinquenta passos, quase se esqueceu do desgosto. Uma sensação particularmente agradável tomou conta dele. De resto, quem está um tanto bêbado muda depressa de opinião. Ele chegou mesmo a gostar das feiosas casinhas de madeira daquela rua deserta.

"Que bom ter ido a pé" — refletia ele. — "Uma lição para Trífon e um prazer para mim. Decerto é preciso andar mais a pé. Pois enfim? Na Grande Avenida[11] encontrarei logo um carro de aluguel. Que noite maravilhosa! E que casinholas por toda parte. Parece que mora nelas uma gentinha, servidores públicos... talvez comerciantes... Aquele Stepan Nikíforovitch! E como eles todos são retrógrados, aqueles velhos borra-botas! Exatamente borra-botas, *c'est le mot*.[12] Aliás, é um homem inteligente, tem aquele *bon sens*,[13] uma percepção clara e prática das coisas. Mas os velhotes, velhotes! Não têm aquele... como se chama? Não têm, finalmente, alguma coisa... Não aguentaremos! O que ele queria dizer com isso? Até ficou pensativo quando falava nisso. Aliás, ele

---

[11] A principal via pública do Lado Petersburguense.
[12] É o termo certo (em francês).
[13] Bom-senso (em francês).

não me entendeu nem um pouco. Mas como foi que não entendeu? Seria mais difícil não entender do que entender. O principal é que estou convencido, cá dentro da alma. Humanismo... amor ao próximo. Devolver o homem a si próprio... ressuscitar a dignidade dele, e depois... mão na massa com o material já pronto. Parece que está tudo claro! Siim! Espere aí, Vossa Excelência, veja o silogismo: a gente encontra, por exemplo, um servidor, um servidor pobre e retraído. 'Pois bem... quem és?' Resposta: 'Um servidor'. Tudo bem, um servidor, vamos adiante: 'Que servidor é que és?'. Resposta: 'O servidor assim e assado'. — 'Estás servindo?' — 'Estou.' — "Queres ser feliz?' — 'Quero.' — 'De que precisas para a felicidade?' — 'De tal e tal coisa' — 'Por quê?' — 'Porque...' E eis que bastam duas palavras para que o homem me compreenda: o homem é meu, o homem caiu, por assim dizer, nas redes, e eu faço dele tudo quanto quiser, isto é, para o bem dele mesmo. Que pessoa ruim é aquele Semion Ivânovitch! E que cara ruim ele tem... 'Manda açoitar na delegacia' — ele disse aquilo de propósito. Não, nada disso, manda tu mesmo açoitar, e eu cá não vou açoitar; vou castigar Trífon com palavras, com reproches, então é que ele vai sentir. Quanto ao açoite, hum... a questão não foi resolvida, hum... E se fosse visitar Émérence? Arre, diabo, maldita calçada!" — exclamou ele, tropeçando de supetão. — "E essa é a capital! A civilização! Dá para quebrar a perna. Hum. Detesto aquele Semion Ivânovitch com sua cara abominável. Foi de mim que ele se riu, há pouco, quando eu disse 'abraçar-se-ão moralmente'. E abraçar-se-ão, o que tens a ver com isso? Não te abraçarei, de qualquer jeito, antes um servo... Se encontrar um servo, falarei com um servo. Aliás, eu estava bêbado e talvez não me expressasse direito. Pode ser que tampouco me expresse direito agora... Hum. Nunca mais beberei. De noite soltas a língua e, no dia seguinte, ficas arrependido. E daí... ando sem cambalear... Aliás, eles todos são patifes!"

Assim raciocinava Ivan Ilitch, de maneira fragmentária e desconexa, continuando a caminhar pela calçada. O ar fresco surtiu efeito e, por assim dizer, deu-lhe uma sacudida. Ao cabo de uns cinco minutos, ele se acalmaria e ficaria sonolento. De chofre, quase a dois passos da Grande Avenida, ouviu uma música. Olhou ao seu redor. Do outro lado da rua, numa vetusta casa de madeira, de um só andar, mas bastante comprida, havia uma festa de arromba, zumbiam uns violinos, rangia um contrabaixo e uma flauta esparramava, guinchando, um ritmo de quadrilha muito alegre. O público estava sob as janelas, principalmente as mulheres de *salope*[14] forrado de algodão e com lenço na cabeça, fazendo de tudo para enxergar algo pelas frestas dos contraventos. Em aparência, a festinha era animada. O tropel da turba dançante ouvia-se do lado oposto da rua. Ivan Ilitch reparou num policial, que estava por perto, e aproximou-se dele.

— De quem é essa casa, mano? — perguntou ele, abrindo um pouco a sua cara peliça, na medida exata

---

[14] Espécie de largo manto feminino (termo derivado do adjetivo arcaico francês [que significa "descuidado", "largado"], para salientar a precariedade desse traje).

para que o policial pudesse notar a significante ordem no seu pescoço.

— Do servidor Pseldônimov, aquele de décima qualta classe — respondeu o policial, endireitando-se por ter avistado logo a distinção.

— Pseldônimov? Bah! Pseldônimov!... Pois então ele se casa?

— Casa-se, Vossa Senhoria, com a filha do servidor de nona classe. Mamíferov, servidor de nona classe... serviu na Câmara. Essa casa é o dote da noiva.

— Pois agora não é mais a casa de Mamíferov e, sim, de Pseldônimov?

— De Pseldônimov, Vossa Senhoria. Era a casa de Mamíferov e agora é de Pseldônimov.

— Hum. Estou perguntando, mano, porque sou o chefe dele. Sou general naquela mesma repartição onde Pseldônimov serve.

— Entendido, Vossa Senhoria. — O policial se endireitou definitivamente, e Ivan Ilitch ficou imerso numa meditação. Estava plantado ali e raciocinava...

Sim, Pseldônimov era realmente da sua repartição, servia mesmo em seu secretariado; ele se recordava disso. Era um pequeno funcionário que recebia uns dez rublos de ordenado mensal. Tendo o senhor Pralínski encabeçado a sua repartição há bem pouco tempo, podia não se lembrar detalhadamente de todos os seus subalternos, porém se lembrava de Pseldônimov, em particular por causa de seu sobrenome. Este lhe saltara aos olhos desde o primeiro encontro, de modo que ele ficara, naquela mesma ocasião, curioso em examinar o portador de tal sobrenome com maior atenção. Rememorava agora um homem muito novo ainda, de nariz comprido e adunco, de cabelos louros e despenteados, mofino e mal alimentado, que trajava um uniforme impossível e uma calça inexprimivelmente indecente. Voltava-lhe à cabeça o pensamento que tivera então, de relance: e se concedesse àquele pobre coitado uns dez rublos a mais para que se arrumasse um pouco às vésperas da festa? Mas como o rosto daquele pobre coitado era demasiadamente carrancudo, e seu olhar, antipático em excesso e até mesmo repugnante, o bom pensamento evaporou-se de certa forma espontânea, ficando Pseldônimov sem gratificação. Tanto mais o surpreendera aquele mesmo Pseldônimov, apenas na semana anterior, com a sua intenção de casar-se. Ivan Ilitch lembrava que não tinha tempo para abordar esse assunto mais a fundo, de modo que acabara tratando do casamento tão só de passagem, às pressas. Não obstante, lembrava com precisão que a noiva traria a Pseldônimov, como dote, uma casa de madeira e quatrocentos rublos em dinheiro sonante; ficara, aliás, admirado com tal circunstância e mesmo zombara um pouco da colisão dos sobrenomes Pseldônimov e Mamíferova. Lembrava-se claramente de tudo isso.

Em meio àquelas recordações, tornava-se mais e mais pensativo. Sabe-se que raciocínios inteiros surgem, por vezes, em nossa cabeça instanta-neamente, em forma de certas sensações intraduzíveis para a linguagem humana e, menos ainda, para a literária. Procuraremos, contudo, traduzir todas essas sensações de nosso protagonista e apresentar ao leitor, no mínimo, o essencial dessas sensações — digamos, a parte mais indispensável e verossímil delas. É que muitas das sensações nossas pareceriam, se traduzidas para uma linguagem cotidiana, absolutamente inverossímeis. Eis a razão pela qual elas nunca vêm à tona, embora cada um as possua. As sensações e ideias de Ivan Ilitch estavam, bem entendido, um tanto caóticas. Todavia, nós sabemos por que motivo.

"Pois bem!" — era isso que lhe passava pela cabeça. — "A gente fala, fala sem parar, mas, quando se trata de agir, não faz nadica de nada. Eis, como exemplo, aquele mesmo Pseldônimov: ele acaba de vir da igreja, cheio de emoção e de esperança, na expectativa de seus gozos... É um dos felicíssimos dias da sua vida... Agora está mexendo com seus convidados, fazendo um festim — humilde e pobre, mas alegre, prazeroso, sincero... Pois bem, e se ele soubesse que, neste exato momento, eu, eu, o chefe dele, o máximo chefe dele, estou plantado aqui, junto da sua casa, e ouço a sua música? O que se daria, na realidade, com ele, hein? O que se daria com ele, pois, se eu entrasse ali agorinha, de supetão? Hum... É claro que primeiro ele levaria um susto, ficaria mudo de confusão. Eu o atrapalharia, estragaria, quem sabe, tudo... Sim, aconteceria isso mesmo, caso entrasse qualquer outro general, mas não eu... Eis o que é: qualquer outro, mas não eu...

Sim, Stepan Nikíforovitch! O senhor não me compreendeu, há pouco, e eis que tem um exemplo pronto.

Pois sim. Nós todos falamos, aos gritos, do humanismo, porém o heroísmo, a proeza, isso não é conosco.

Mas que heroísmo? Aquele mesmo. Veja bem: com as relações atuais entre todos os membros da sociedade, eu, eu vir, após meia-noite, ao casamento de meu subalterno, servidor de décima quarta classe com dez rublos de ordenado... mas isso é uma confusão, é um redemoinho de ideias, o último dia de Pompeia,[15] o pandemônio! Ninguém compreenderá isso. Stepan Nikíforovitch jamais compreenderá, nem que morra. Bem que ele disse: não aguentaremos. Sim, vocês não aguentarão, gente velha, gente paralisada e entorpecida, e eu a-guen-ta-rei! Eu transformarei o último dia de Pompeia num dia dulcíssimo para o meu subalterno, e um ato selvagem numa ação normal, patriarcal, sublime e moral. Como? Assim. Dignem-se a ouvir...

Pois então... suponhamos que eu entre lá: eles se espantam, param de dançar, olham com susto, recuam. Bem, mas aí é que eu me expresso: vou direto ao encontro do temeroso Pseldônimov e, com o sorriso mais carinhoso, digo da maneira mais simples: 'Assim e assado, pois, estava na casa de Sua Excelência Stepan Nikíforovitch. Acho que tu o conheces, é teu vizinho...' Depois bem de leve, de modo assim, engraçado, conto a aventura com Trífon. De Trífon passo à minha caminhada... 'Ouço, pois, essa música, pergunto ao policial e fico sabendo, mano, que tu te casas. Vou entrar, penso, na casa de meu subalterno

---

[15] Alusão ao famosíssimo quadro *O último dia de Pompeia*, do pintor russo Karl Briullov (1799–1852), que representa a destruição da cidade romana Pompeia, durante a erupção do Vesúvio ocorrida em 79 d.C.

para ver como os meus funcionários se divertem e... se casam. É que tu não vais expulsar-me, creio!' Expulsar! Eta, que palavrinha para um subalterno. Que diabo é que me expulsaria agora? Acho que ele enlouqueceria, viria correndo oferecer-me uma poltrona, tremeria de tão admirado, nem sequer entenderia direito da primeira vez!...

Pois bem... o que é que pode ser mais simples e mais elegante que essa ação? Por que é que entrei? É outra questão! Esse é, digamos assim, o lado moral do evento. Essa é a parte mais suculenta do prato!

Hum... Em que é que estava pensando, hein? Sim!

Pois bem, com certeza eles me acomodam perto do convidado mais importante, um servidor de nona classe ou um parente, um capitão reformado de nariz vermelho... Era Gógol[16] quem descrevia otimamente aqueles engraçadinhos. Venho, bem entendido, conhecer a noiva, elogio-a, animo os presentes. Peço-lhes que não se constranjam, que se divirtam e continuem a dançar, conto piadas, rio, numa palavra, estou gentil e amável. Sempre estou gentil e amável, quando contente comigo mesmo... Hum... o problema é que ainda estou, parece, um pouco assim... quer dizer, não estou bêbado, mas assim...

É claro que, gentil-homem que sou, ficarei em pé de igualdade com eles e não reclamarei nenhuma deferência especial... Mas moralmente, no sentido

---

[16] Gógol, Nikolai Vassílievitch (1809–1852): grande escritor russo, autor da comédia *Inspetor geral* e do romance *Almas mortas*, cujas descrições satíricas de sua época são tidas como incomparáveis.

moral o negócio é diferente: eles entenderão e estimarão... Meu feito lhes ressuscitará toda a nobreza... Passarei lá, pois, meia hora... Até uma hora inteira. Sairei, bem entendido, pouco antes da ceia, e eles vão, correndo, assar e fritar tantas coisas, vão curvar-se na minha frente, mas eu tomarei apenas uma tacinha, felicitarei e recusarei a ceia. Direi: estou ocupado. E tão logo pronunciar esse 'ocupado', as caras deles todos se tornarão respeitosamente sérias. Desse modo eu lembrarei, com delicadeza, que há uma diferença entre mim e eles. A terra e o céu. Não é que queira impor isso, mas é preciso... mesmo no sentido moral é necessário, digam o que disserem. Aliás, sorrirei em seguida, até começarei a rir, quem sabe, e todos se reanimarão num instante... Brincarei, mais uma vez, com a noiva; hum... até algo melhor: aludirei que venha de novo, exatamente nove meses depois, na qualidade de padrinho, he-he! E ela, com certeza, terá dado à luz até lá, que eles procriam como coelhos. Todos cairão, pois, na gargalhada, e a noiva ficará vermelha; vou beijá-la, com emoção, na testa, mesmo lhe darei minha bênção, e... amanhã a repartição já sabe da minha proeza. Amanhã sou, outra vez, rigoroso, amanhã sou, outra vez, exigente, até implacável, mas eles todos já sabem quem sou de fato. Conhecem a minha alma, conhecem a minha essência: 'É rigoroso como chefe, mas como homem é um anjo!'. E eis-me aí, vencedor: venci com uma só pequena ação que nem passa pela cabeça dos senhores; eles são todos meus: eu sou o pai, e eles são filhos... Então, Excelentíssimo Senhor Stepan Nikíforovitch, vá fazer uma coisa assim...

Será que o senhor sabe, será que o senhor entende que Pseldônimov vai contar aos seus filhos como o general em pessoa se banqueteava e mesmo bebia em seu casamento? Pois aqueles filhos vão contar para seus filhos, e estes para seus netos, como se fosse uma anedota sacrossanta, que um dignitário, um estadista (e eu serei tudo isso naquele tempo) concedeu a graça... etc., etc. Pois eu levantarei uma pessoa moralmente humilhada, devolvê-la-ei a si própria... É que ele recebe dez rublos de ordenado por mês!... Mas, se eu repetir isso umas cinco ou dez vezes, ou fizer algo do mesmo gênero, ganharei uma popularidade universal... Em todos os corações ficarei gravado, e só o diabo sabe em que pode resultar aquilo depois, a minha popularidade!..."

Dessa ou quase dessa maneira é que raciocinava Ivan Ilitch (não são poucas as coisas que um homem diz a si mesmo, meus senhores, especialmente num estado algo excêntrico). Todas essas reflexões surgiram em sua cabeça, quando muito, em meio minuto, e ele se contentaria, talvez, com tais devaneiozinhos e, exprobrando mentalmente Stepan Nikíforovitch, iria, com toda a tranquilidade, para casa e dormiria. Faria muito bem, mas todo o problema é que o momento era excêntrico.

Como que de propósito, as presunçosas fisionomias de Stepan Nikíforovitch e Semion Ivânovitch apareceram de chofre, nesse exato momento, em sua imaginação excitada.

— Não aguentaremos! — repetiu Stepan Nikíforovitch, sorrindo com altivez.

— Hi-hi-hi! — ecoou Semion Ivânovitch com o mais torpe dos seus sorrisos.

— Então vamos ver se não aguentaremos! — disse Ivan Ilitch, resoluto, e um calor lhe subiu à face. Ele desceu da calçada e foi atravessando, a passos firmes, a rua em direção à casa de seu subalterno, o servidor de décima quarta classe Pseldônimov.

Uma estrela guia conduzia-o. Todo animado, ele passou pela portinhola aberta e, cheio de desprezo, empurrou com o pé um cachorrinho peludo e enrouquecido que, mais para salvar as aparências do que para atacá-lo, investira contra os seus pés com um roufenho latido. Pisando num tabuado, alcançou o pequeno terraço de entrada coberto, que dava, tal e qual uma casinha, para o pátio, subiu três vetustos degraus de madeira e entrou numa antessala minúscula. Um coto de vela de sebo, ou uma espécie de luminária, bruxuleava num canto, mas isso não impediu Ivan Ilitch, de galochas como estava, de pôr o pé esquerdo na galantina[17] que tinham colocado ali para que esfriasse. Ivan Ilitch se inclinou e, olhando com curiosidade, viu que havia lá mais duas travessas de galantina e duas outras formas que continham, obviamente, o manjar-branco. A galantina esmagada deixou-o um tanto confuso, e ele pensou, por um mínimo lapso de tempo: "E se eu fosse, de pronto, embora?", porém considerou isso baixo em demasia. Concluindo que, como ninguém o vira, não o

---

[17] Prato de carne desossada ou peixe, cobertos com gelatina, que se serve frio.

suspeitariam de modo algum, ele se apressou a limpar a galocha, a fim de remover todos os vestígios, achou às apalpadelas uma porta recoberta de feltro, abriu-a e ficou numa pequenininha saleta. Metade dela estava literalmente atulhada de capotes, *bekechas*,[18] *salopes*, chapéus femininos, cachecóis e galochas. Em outra metade tocavam os músicos: dois violinistas, um flautista e um contrabaixista — no total, quatro pessoas encontradas, bem entendido, na primeira esquina. Sentados em volta de uma mesinha de madeira não pintada e iluminada por uma só vela de sebo, eles terminavam de arranhar, com toda a força possível, a última figura da quadrilha. Através da porta escancarada, podia-se ver as pessoas que dançavam na sala, em meio às nuvens de poeira, fumo e vapor. A alegria estava, de certo modo, histérica. Ouviam-se gargalhadas, brados e guinchos de damas. Os cavalheiros batiam os pés como um esquadrão de cavalaria. Toda aquela sodoma era dominada pelo comando do mestre de cerimônias, homem, sem dúvida, extremamente debochado e até mesmo desabotoado: "Cavalheiros em frente, *chaîne de dames, balancez!*",[19] etc. e tal. Um pouco inquieto, Ivan Ilitch tirou a peliça e as galochas e, com sua *chapka* na mão, adentrou a sala. Aliás, não estava mais raciocinando...

No primeiro minuto ninguém reparou nele: todos terminavam a dança que chegava ao fim. Ivan Ilitch

---

[18] Casaco masculino de pele.
[19] ... fileira de damas, balancem (em francês): uma das figuras da quadrilha tradicional.

estava como que aturdido e não conseguia enxergar nada concreto naquela mescla. Turbilhonavam, à sua volta, os vestidos de damas, os cavalheiros com cigarros nos dentes... Voou a echarpe azul-clara de uma dama, roçando no nariz dele. Um estudante de Medicina, cujos cabelos esvoaçavam no ar, vinha correndo atrás dessa dama, tomado de um arroubo desenfreado, e empurrou-o com força pelo caminho. Também passou na sua frente o oficial de não se sabia que regimento, comprido que nem uma versta. Ao passo que galopava e batia os pés com os outros, bradou, guinchando de modo antinatural: "Eeeh, Pseldônimuchka!". Havia algo viscoso sob os pés de Ivan Ilitch: decerto o assoalho estava untado com cera. Na sala — aliás, não muito pequena — encontravam-se umas trinta pessoas.

Contudo, a quadrilha acabou um minuto depois, e quase logo aconteceu aquilo mesmo que Ivan Ilitch imaginara quando devaneava ali na calçada. No meio dos convidados e dançadores, que ainda não tinham retomado o fôlego nem enxugado o suor do rosto, alastrou-se um rumorejo, um cochicho inusitado. Todos os olhos, todas as caras começaram a virar-se depressa para o visitante que entrara. Em seguida, todos foram recuando aos poucos. Aqueles que não ligavam para o general eram puxados pelas roupas e aconselhados; então olhavam em sua direção e recuavam como os demais. Ivan Ilitch ainda se mantinha às portas, sem ter dado um só passo para a frente, mas entre ele e os presentes abria-se um espaço cada vez maior, com incontáveis invólucros de bombons, bilhetinhos e pontas de cigarros espalhados no chão. De súbito, nesse espaço entrou, com timidez, um jovem uniformizado, de cabelos louros e eriçados e nariz adunco. Ele avançava curvado e olhava para o visitante inesperado exatamente como um cachorro olha para seu dono que o chama para lhe dar um pontapé.

— Boa-noite, Pseldônimov! Reconheces?... — começou Ivan Ilitch e, no mesmo instante, sentiu que dissera uma coisa muito canhestra; sentiu igualmente que talvez estivesse cometendo, nesse momento, uma estupidez terribilíssima.

— Vvvossa Exccelência!... — murmurou Pseldônimov.

— Pois é. Eu, mano, vim aqui por mero acaso, como tu mesmo podes, provavelmente, imaginar isso...

Mas Pseldônimov não podia, pelo visto, imaginar nada. Estava absolutamente perplexo, de olhos esbugalhados.

— É que tu não vais expulsar-me, creio... Com ou sem prazer, mas acolhe a quem vier!... — prosseguiu Ivan Ilitch, que se sentia embaraçado até uma indecente fraqueza, queria sorrir, mas já não podia, enquanto o conto humorístico sobre Stepan Nikíforovitch e Trífon se tornava cada vez menos possível. Todavia, Pseldônimov continuava, como que de propósito, entorpecido, fitando-o com um ar totalmente bobo. Ivan Ilitch estremeceu ao perceber que mais um minuto desses produziria uma confusão extraordinária.

— Será que atrapalhei algo... então vou embora! — articulou a custo, e uma veia se pôs a vibrar junto do canto direito de seus lábios...

Entretanto, Pseldônimov já se recuperara.

— Vossa Excelência me perdoe... É uma honra — murmurava ele, fazendo aceleradas mesuras —, sente-se, por favor... — E, mais desperto ainda, apontava-lhe, com ambas as mãos, o sofá, do qual tinham afastado, para dançar, a mesa...

Ivan Ilitch sentiu um alívio e deixou-se cair no sofá; alguém acorreu de pronto para aproximar a mesa. Lançando uma rápida olhadela ao redor, o general notou que só ele estava sentado, enquanto todos os outros, inclusive as damas, permaneciam em pé. Era um mau sinal, mas o momento de recordar e reanimar ainda não chegara. Os presentes continuavam a recuar; apenas Pseldônimov se mantinha na sua frente, sem entender nada, curvado e nem de longe sorridente. Em breves termos, nosso protagonista estava mal: aturou, nesse minuto, tanta angústia que sua intrusão, por princípios, na casa do subalterno, feito próprio de Harun al-Rashid,[20] poderia realmente ser considerada uma proeza. De chofre, um homenzinho surgiu ao lado de Pseldônimov e começou a fazer rapapés. Para seu inefável prazer e mesmo felicidade, Ivan Ilitch reconheceu logo o gerente de uma das seções do seu secretariado, Akim Petróvitch Zúbikov, que tinha por um servidor de

---

[20] Trata-se do quinto califa de Bagdá (reinou de 786 a 809), cuja personalidade foi mitologizada pelos contos das *Mil e uma noites*.

muita diligência e poucas palavras, ainda que não o conhecesse, naturalmente, de perto. Ele se levantou sem demora e estendeu a Akim Petróvitch a mão, a mão toda e não somente dois dedos. Este a recebeu com ambas as mãos, profundamente reverenciador. O general ficou triunfante: estava tudo salvo.

De fato, agora Pseldônimov não era mais a segunda, mas, por assim dizer, a terceira pessoa. O general poderia contar o ocorrido diretamente ao gerente de seção, tomando-o, para tanto, por um conhecido e mesmo um íntimo, ao passo que Pseldônimov continuaria calado e apenas tremeria de veneração. Por conseguinte, as conveniências seriam cumpridas. E contar era necessário; Ivan Ilitch percebia isso, vendo que todos os convidados esperavam por algo, que todos os parentes e aderentes se espremiam em ambas as portas da sala e quase subiam um em cima do outro a fim de olhar para ele e de escutá-lo. O ruim era que, por mera tolice, o gerente de seção ainda não se tivesse sentado.

— Por que não se senta? — perguntou Ivan Ilitch, fazendo um gesto desajeitado para apontar-lhe um lugar no sofá.

— Ora... estou bem aqui... — e Akim Petróvitch se sentou depressa na cadeira oferecida, num piscar de olhos, por Pseldônimov, que teimava em permanecer de pé.

— Pode imaginar o caso? — começou Ivan Ilitch, dirigindo-se exclusivamente a Akim Petróvitch, com uma voz um pouco trêmula, mas já desinibida. Até mesmo arrastava e dividia as palavras, acentuava as sílabas, pronunciava a letra *a* semelhante à letra *e* — numa palavra, sentia e compreendia, ele próprio, que falava de modo ridículo, mas já não podia conter-se: era uma força externa que agia lá. Muita coisa e com muito sofrimento é que ele percebeu nessa ocasião.

— Imagine só: acabo de visitar Stepan Nikíforovitch Nikíforov (pode ser que tenha ouvido falar dele), um servidor de terceira classe... daquela comissão ali...

Akim Petróvitch inclinou, respeitoso, todo o seu corpo para a frente: "Mas é claro que ouvi falar dele!".

— Agora é teu vizinho — prosseguiu Ivan Ilitch, dirigindo-se, por um só instante e por motivos de decência e socialização, a Pseldônimov, mas lhe virou rapidamente as costas, ao perceber, pela expressão de seus olhos, que tal fato não fazia a mínima diferença para ele.

— Como você sabe, o velho andou, toda a vida, doido para comprar uma casa... Acabou, pois, comprando. Uma casa bem bonitinha. Sim... E o aniversário dele também foi hoje: nunca o tinha comemorado antes, mesmo o escondia da gente, negava-se a comemorá-lo por avareza, he-he, mas agora ficou tão contente com aquela casa nova que me convidou, juntamente com Semion Ivânovitch. Conhece Chipulenko?

Akim Petróvitch se inclinou outra vez. Inclinou-se com zelo! Ivan Ilitch ficou um tanto consolado. Já lhe passara pela cabeça que o gerente de seção vinha adivinhando, talvez, que nesse momento constituía o ponto de apoio necessário a Sua Excelência. Isso seria o pior de tudo.

— Sentamo-nos, pois, os três; ele nos serviu champanhe; conversamos sobre os negócios... disto e daquilo... sobre as ques-tões... Chegamos até a dis--cu-tir... He-he!

Akim Petróvitch soergueu, de modo respeitoso, as sobrancelhas.

— Aliás, não se trata disso. Despeço-me dele, enfim: é um velho pontual, deita-se cedo... você sabe, que a velhice está chegando. Saio... onde está o meu Trífon? Pergunto, inquieto: "Onde foi que Trífon meteu a minha carruagem?". Aí se esclarece que ele, esperando que eu demorasse a sair, foi ao casamento de uma comadre sua ou de uma irmã... só Deus sabe de quem. É aqui mesmo, no Petersburguense. E, de propósito, levou a carruagem consigo. — Por mera decência, o general voltou a olhar para Pseldônimov. Este se curvou de imediato, mas de maneira bem diferente daquela a que aspirava o general. "Não tem compaixão nem coração" — surgiu-lhe um fugaz pensamento.

— Verdade? — proferiu Akim Petróvitch, profundamente espantado. Um leve ruído de admiração atravessou toda a turba.

— Vocês podem imaginar a minha situação... (Ivan Ilitch olhou para todos.) Nada a fazer, fui caminhando. Pensei: 'Vou até a Grande Avenida, lá encontrarei um cocheiro qualquer... he-he!'

— Hi-hi-hi! — respondeu Akim Petróvitch com deferência. O ruído tornou a surgir, dessa vez mais alegre, e espalhou-se na multidão. Nesse momento estourou o vidro de uma luminária de parede. Alguém foi correndo arrumá-la, todo entusiasmado. Estremecendo, Pseldônimov lançou uma olhada severa para a tal luminária; porém o general nem sequer reparou nela, e tudo se acalmou.

— Vou caminhando... e a noite está tão linda, tão silenciosa. De repente ouço a música e o tropel de passos: estão dançando. Pergunto, curioso, ao policial, e ele diz: "Pseldônimov se casou". Pois tu, mano, arrebentas todo o Lado Petersburguense com teus bailes, ha-ha? — De súbito, ele se dirigiu outra vez a Pseldônimov.

— Hi-hi-hi! Sim... — replicou Akim Petróvitch. Os convidados se moveram de novo, porém a coisa mais estúpida era que Pseldônimov, apesar de ter feito outra mesura, nem dessa vez ficou sorridente, como se fosse de madeira. "Pois ele é besta, não é?" — pensou Ivan Ilitch. — "Está bem na hora de o asno sorrir, então tudo iria às mil maravilhas!" A impaciência se agitava, furiosa, em seu coração. — Pensei: "Vou dar um pulinho na casa de meu subordinado. É que ele não vai expulsar-me... com ou sem prazer, mas acolhe a quem vier". Desculpe-me, mano, por favor. Se estiver atrapalhando alguma coisa, irei embora... É que vim apenas para olhar...

Entretanto, a movimentação se tornava, aos poucos, generalizada. Akim Petróvitch olhava com um ar adocicado: "Será que Vossa Excelência pode atrapalhar alguma coisa?". Todos os presentes se moviam, revelando os primeiros indícios de descontração. Quase todas as damas já estavam sentadas: um sinal bom e positivo. Aquelas que eram mais desenvoltas abanavam-se com seus lencinhos. Uma delas, cujo vestido de veludo estava bem gasto, disse algo com força proposital. O oficial, a quem ela se dirigira, já ia responder-lhe num tom igualmente alto, mas, como só eles dois falavam nesse tom, acabou desistindo. Os homens, em sua maioria escribas, além de dois ou três estudantes, trocavam olhadas, como que incitando um ao outro a expandir-se, tossiam para limpar a garganta e mesmo começavam a dar uns dois passos de lá para cá. De resto, ninguém estava por demais intimidado, mas todos se sentiam tão só acanhados e quase todos tinham pensamentos hostis em relação à pessoa que invadira a sua festa para estragá-la. Envergonhado com sua pusilanimidade, o oficial passou a aproximar-se, pouco a pouco, da mesa.

— Mas escuta, mano, permites-me perguntar quais são teu nome e teu patronímico? — perguntou Ivan Ilitch a Pseldônimov.

— Porfíri Petrov,[21] Vossa Excelência — respondeu este, esbugalhando os olhos como numa revista de tropas.

— Então me apresenta, Porfíri Petrov, à tua noiva... Leva-me... eu...

E ele manifestou, nesse instante, a vontade de ficar em pé. De todas as forças, Pseldônimov correu à sala de estar. Sua noiva estava, aliás, ali mesmo, às portas, mas, tão logo percebeu que se tratava dela, não demorou a esconder-se. Um minuto depois,

---

[21] Isto é, "Porfíri, filho de Piotr" (a grafia contemporânea seria "Porfíri Petróvitch").

Pseldônimov trouxe-a puxando pela mão. Todos se afastaram para lhes abrir a passagem. Ao soerguer-se solenemente, Ivan Ilitch dirigiu a ela o mais amável dos seus sorrisos.

— Muito, muito prazer em conhecê-la — disse ele com meia mesura peculiar da alta sociedade —, ainda mais, num dia desses...

Sorriu, astuciosíssimo. As damas sentiram uma emoção agradável.

— *Charmée*[22] — pronunciou a dama de veludo, quase em voz alta.

A noiva parecia digna de Pseldônimov. Era uma mulherzinha bem magra, de apenas uns dezessete anos, pálida, com um rosto diminuto e um nariz agudinho. Velozes e destros, seus olhinhos não estavam nem um pouco tímidos, mas, pelo contrário, olhavam atentamente e mesmo com certo matiz de maldade. Não era, sem dúvida, em razão da beleza que Pseldônimov se casava com ela. A moça trajava um vestido de musselina, branco e recamado de rosa. Seu pescoço era magrinho, o corpo de ossos salientes lembrava o de uma franga. Em resposta à saudação do general ela não pôde dizer absolutamente nada.

— Mas tua cara metade é bem bonitinha — prosseguiu ele a meia-voz, fazendo de conta que se dirigia tão só a Pseldônimov, mas tratando de falar alto o suficiente para que a moça também o ouvisse. Contudo, Pseldônimov não respondeu nada, dessa vez como das outras, e nem sequer se mexeu. Ivan

---

[22] Encantada (em francês).

Ilitch achou, inclusive, que nos seus olhos havia algo frio, dissimulado e até mesmo pérfido, extraordinário, maligno. Cumpria-lhe, porém, sensibilizá-lo, custasse o que custasse. Fora para isso que o general viera.

"Eta, que casalzinho!" — pensou ele. — "De resto..."

E dirigiu-se outra vez à noiva, que se sentara no sofá ao seu lado, mas em resposta a duas ou três perguntas que lhe fez recebeu apenas "sim" e "não", e nem isso, de fato, recebeu plenamente.

"Tomara que ela ficasse, ao menos, embaraçada" — continuou Ivan Ilitch com seus botões. — "Então eu começaria a brincar. Senão, seria um beco sem saída." Como que de propósito, Akim Petróvitch também estava calado, decerto por tolice, mas, ainda assim, de maneira indesculpável.

— Senhores, será que atrapalhei os seus prazeres? — Ele queria dirigir-se a todos em geral. Sentia que mesmo as palmas de suas mãos estavam suando.

— Não... Não se preocupe, Vossa Excelência, agora vamos recomeçar e, por enquanto, estamos dando uma trégua — respondeu o oficial. A noiva olhou para ele com deleite: o oficial era ainda novo e usava o uniforme de algum regimento. Pseldônimov estava plantado lá mesmo, inclinando-se para a frente, e parecia ostentar seu nariz adunco mais que antes. Sua maneira de escutar e de olhar assemelhava-se à de um lacaio que segura a peliça do seu patrão, esperando que este se despeça dos seus interlocutores. Foi Ivan Ilitch em pessoa quem fez essa comparação; ele se perdia, sentindo que estava confuso, horrivelmente confuso, que o chão lhe faltava, que ele tinha entrado em algum lugar e não conseguia mais sair dali, como que imerso na escuridão.

De chofre, todos se dispersaram, e apareceu uma mulher baixa e robusta, já meio idosa, vestida de modo simples, embora festivo, com um grande lenço nos ombros, afivelado junto ao pescoço, e uma touca que, aparentemente, não costumava usar. Ela trouxe uma pequena bandeja redonda em que estava uma garrafa de champanhe, ainda cheia, mas já aberta, e duas taças, sem mais nem menos. A garrafa se destinava, pelo visto, apenas a duas pessoas.

Essa mulher idosa veio direto ao encontro do general.

— Não nos leve a mal, Vossa Excelência — disse ela, cumprimentando-o —, e, como o senhor fez caso da gente, como se dignou a vir ao casamento de meu filhinho, então pedimos que tenha a bondade de brindar aos recém-casados com este vinho. Não nos despreze, conceda-nos a honra.

Ivan Ilitch agarrou-se a ela como à sua salvação. Era uma mulher nada velha ainda, tinha, quando muito, quarenta e cinco ou seis anos. E seu redondo semblante russo era tão bondoso, corado e aberto, ela sorria tão amigavelmente e saudava o general com tanta simplicidade que Ivan Ilitch quase se consolou e foi recuperando as esperanças.

— Pois é vo-cê a pro-ge-ni-to-ra de seu fi-lho? — inquiriu, soerguendo-se no sofá.

— Progenitora, sim, Vossa Excelência — balbuciou Pseldônimov, esticando o seu comprido pescoço e exibindo de novo o seu nariz.

— Ah! Muito prazer, mui-to prazer em conhecê-la.

— Não nos despreze, então, Vossa Excelência.

— Com todo o gosto.

A bandeja foi colocada na mesa; Pseldônimov aproximou-se, num pulo, para servir o vinho. Ainda de pé, Ivan Ilitch tomou a taça.

— Estou sobremodo, sobremodo contente com essa ocasião, porque posso... — começou ele —, porque posso... assim testemunhar... Numa palavra, como o superior... desejo-lhe, minha senhora (ele se dirigiu à noiva), e a ti, meu amigo Porfíri... desejo-lhes uma felicidade plena, próspera e duradoura.

E ele emborcou, emocionado, a sua taça, a sétima nessa noite. Pseldônimov parecia sério e mesmo sombrio. O general começava a sentir um pungente ódio por ele.

"E aquele brutamontes (ele olhou para o oficial) também está lá parado. Por que é que não grita, pelo menos: hurra?! Assim, tudo desencalharia, desandaria..."

— E o senhor também, Akim Petróvitch, beba e felicite-nos — acrescentou a velhota, dirigindo-se ao gerente de seção. — O senhor é chefe, ele é subordinado. Observe, pois, meu filhinho, peço-lhe como mãe. E não se esqueça de nós, daqui em diante, nosso queridinho Akim Petróvitch, que é gente boa.

"Mas como elas são gentis, essas velhas russas!" — pensou Ivan Ilitch. — "Revigorou a todos. Eu sempre gostei desse espírito popular..."

Nesse momento colocaram na mesa outra bandeja. Quem a trouxera fora uma criada, cujo vestido de chita, munido de crinolina, fazia ruge-ruge por não ter sido ainda lavado. Essa bandeja era tão grande que a criada mal conseguia abarcá-la. Havia nela uma quantidade inestimável de pratinhos com maçãs, bombons, *pastilás*,[23] marmeladas, nozes, etc., etc. Antes a bandeja se encontrava na sala de estar, à disposição de todos os convidados, principalmente das damas. Agora se destinava somente ao general.

— Não despreze, Vossa Excelência, nossos quitutes. O que cozinhamos na mesa botamos — repetia a velhota em meio às mesuras.

— Ora, ora... — disse Ivan Ilitch, pegou uma noz e quebrou-a, prazerosamente, com os dedos. Tinha decidido levar sua popularidade aos extremos.

Enquanto isso, a noiva se pôs, de repente, a rir.

— O que há? — perguntou Ivan Ilitch, sorrindo por ter vislumbrado os sinais de vida.

— É Ivan Kostenkínytch que me faz rir — respondeu ela, abaixando os olhos.

O general avistou, de fato, um moço louro, de aparência assaz agradável, que se aboletara numa cadeira, do outro lado do sofá, e vinha cochichando algo ao ouvido da *madame* Pseldônimova. O moço se levantou. Pelo visto, era muito tímido e muito novo.

— Falava-lhe do "Almanaque onirocrítico,"[24] Vossa Excelência — balbuciou ele, como que pedindo desculpas.

— Mas que almanaque é esse? — perguntou Ivan Ilitch, indulgente.

---

[23] Doce tradicional russo, espécie de maria-mole.
[24] Referente à onirocrítica, arte de analisar e interpretar os sonhos.

— Há um novo almanaque onirocrítico, literário.[25] Eu dizia a ela que sonhar com o senhor Panáiev[26] significa derramar o café no peitilho.

"Que inocência" — pensou Ivan Ilitch com certa maldade. Ainda que enrubescesse todo ao dizer isso, o moço estava incrivelmente satisfeito de ter mencionado o senhor Panáiev.

— Sim, sim, já ouvi falar... — replicou Sua Excelência.

— Não, há noticias melhores — disse outra voz, bem perto de Ivan Ilitch. — Um novo dicionário é publicado, e dizem que o senhor Kraiévski[27] vai escrever artigos para ele, Alferáki... e literatura abusadora...

Quem dissera isso fora outro moço, nada tímido, mas, ao contrário, bastante desenvolto. De luvas e colete branco, ele estava com o chapéu na mão. Não dançava, tinha um ar altivo, visto que era um dos colaboradores da revista satírica *Tição*, impunha o tom e viera ao casamento por mero acaso, convidado, como um visitante de honra, por Pseldônimov, que o tratava por "tu" apesar de ter passado, com ele, os apuros, fazia apenas um ano, quando ambos moravam "nos cantinhos" alugados de uma alemã. Todavia,

---

[25] O autor tem em vista o *Almanaque onirocrítico da literatura russa moderna*, obra humorística do poeta Nikolai Chtcherbina (1821–1869) copiada manualmente e repassada de mão em mão.

[26] Panáiev, Ivan Ivânovitch (1812–1862): escritor, crítico literário e jornalista russo.

[27] Kraiévski, Andrei Alexândrovitch (1810–1889): jornalista russo, editor-chefe da revista *Diário Pátrio*, considerado pelos contemporâneos um empresário inescrupuloso e cínico que mudava a orientação de suas publicações conforme a conjuntura política.

bebia vodca e já se ausentara, para tanto, diversas vezes, indo a um reservado quartinho dos fundos que todos bem conheciam. O general não gostou terminantemente dele.

— E isso é engraçado, Vossa Excelência — interrompeu-o, repentinamente animado, o moço louro que contara sobre o peitilho e provocara com isso um olhar de ódio do jornalista de colete branco —, porque o literato acha que o senhor Kraiévski não sabe a ortografia e pensa que é preciso escrever "literatura abusadora" em vez de "literatura acusadora"...

Contudo, o pobre rapaz mal terminou a frase, percebendo, pela expressão dos olhos do general, que ele estava ciente disso havia tempos, já que o próprio general também parecia confuso, decerto por estar ciente disso. O moço sentiu uma vergonha insuportável. Recolheu-se às pressas e ficou, por todo o resto da festa, muito triste. Nesse ínterim, o desenvolto colaborador da *Tição* aproximou-se mais ainda do general, tencionando, pelo visto, sentar-se perto dele. Tal desinibição pareceu a Ivan Ilitch um tanto melindrosa.

— Sim! Diz-me, por favor, Porfíri — começou ele para travar alguma conversa —, por que... já queria perguntar-te acerca disso pessoalmente, por que teu sobrenome é Pseldônimov e não Pseudônimov? É que te chamas, com certeza, Pseudônimov?

— Não posso relatar com exatidão, Vossa Excelência — respondeu Pseldônimov.

— Ainda quando o pai dele ingressava no serviço é que fizeram, talvez, uma bagunça em seus papéis, de modo que ele ficou para sempre Pseldônimov — redarguiu Akim Petróvitch. — Isso acontece.

— Sem dú-vi-da — prosseguiu, entusiasmado, o general —, sem dú-vi-da, porquanto — julgue você mesmo — Pseudônimov vem do termo literário "pseudônimo". E esse Pseldônimov não significa nada.

— Foi por tolice — adicionou Akim Petróvitch.

— O que foi por tolice?

— Às vezes, o povo russo troca, por tolice, as letras e pronuncia as palavras de sua maneira. Dizem, por exemplo, "niválido" e deveriam dizer "inválido".

— Pois é... "niválido", he-he-he...

— Dizem também "preda", Vossa Excelência — intrometeu-se o alto oficial, que vinha sentindo, por muito tempo, uma vontade pruriginosa de dizer algo marcante.

— Como assim, "preda"?

— "Preda" em vez de "pedra", Vossa Excelência.

— Ah, sim, "preda"... em vez de "pedra"... Sim, sim... he-he-he!... — Ivan Ilitch se viu obrigado a soltar uma risadinha para o oficial também.

O oficial arrumou a sua gravata.

— E também dizem "pranta"... — O colaborador da "Tição" ia, por sua vez, envolver-se na conversa, mas Sua Excelência procurou não ouvir isso. Não poderia, afinal de contas, rir para todo mundo.

— "Pranta" em vez de "planta" — insistia o colaborador com perceptível irritação.

Ivan Ilitch olhou para ele de modo severo.

— Por que o amolas? — cochichou Pseldônimov ao jornalista.

— Estou conversando, e daí? Não se pode mais nem conversar, hein? — este já se dispunha a tramar, em voz baixa, uma discussão, porém se calou e, intimamente furioso, saiu da sala.

Insinuou-se direto no atraente quartinho dos fundos, onde à disposição dos cavalheiros estava, desde o início da festa, uma mesinha coberta de uma toalha de Yaroslavl,[28] com vodca de duas marcas, arenque, caviar fatiado e uma garrafa de fortíssimo xerez proveniente de uma adega nacional. Com fúria no coração, ele enchia seu copo de vodca, quando de repente entrou correndo o estudante de Medicina, aquele de cabelos esvoaçantes, o primeiro dançarino de cancã no baile de Pseldônimov. Arrojou-se em direção à garrafa com uma avidez ansiosa.

— Agora vão começar! — disse ele, bebendo às pressas. — Vem ver: farei um solo de cabeça para baixo e, depois da ceia, arriscarei o *peixinho*. Isso combinará mesmo com o casamento: digamos, uma alusão amigável para Pseldônimov... Como é boa essa Cleópatra Semiônovna, com ela a gente pode arriscar qualquer coisa.

— É um retrógrado — replicou o jornalista, soturno, ao tomar um cálice.

— Quem é um retrógrado?

— Aquele figurão na frente do qual puseram a *pastilá*. Digo-te que é um retrógrado!

---

[28] Grande cidade no Norte da Rússia.

— Fala sério! — murmurou o estudante e saiu correndo do quarto, ouvindo uma *ritournelle*[29] da quadrilha.

Uma vez só, o jornalista voltou a encher o copo para aumentar a sua coragem e independência, bebeu, beliscou os petiscos... e nunca ainda o servidor de quarta classe chamado Ivan Ilitch arranjara um inimigo mais ferrenho nem um vingador mais implacável que o menosprezado colaborador da *Tição*, sobretudo após dois cálices de vodca. Mas ai, Ivan Ilitch nem sequer imaginava nada desse gênero. Tampouco imaginava outra circunstância fundamentalíssima que influenciaria todas as posteriores relações entre os convidados e Sua Excelência. O problema é que, apesar de ele ter explicado, decente e até mesmo detalhadamente, a sua presença no casamento de seu subalterno, essa explicação não satisfez, no fundo, a ninguém, e os presentes continuavam acanhados. De chofre, tudo mudou como que por milagre; acalmando-se logo, todos estavam outra vez prontos a fazer farra, a gargalhar, guinchar e dançar, como se não houvesse na sala nenhum visitante inesperado. O motivo disso era o boato que se espalhara repentinamente e não se sabia de que maneira, o zunzum, a notícia de que o visitante em questão estaria, talvez, aquilo ali... pingado. E, posto que tal conjetura tivesse, à primeira vista, o aspecto de uma calúnia horribilíssima, ela passou, aos poucos, a parecer correta, de modo que tudo se esclareceu num

---

[29] Breve melodia repetitiva que serve de introdução a uma obra musical ou às partes dela.

átimo. Ainda por cima, estabeleceu-se uma liberdade extraordinária. E foi justamente nesse momento que começou a quadrilha, a última antes da ceia, de que o estudante de Medicina se apressava tanto a participar.

E logo que Ivan Ilitch se dispôs a puxar novamente conversa com a noiva, tentando, dessa vez, diverti-la com algum trocadilho, o alto oficial deu um salto em direção a ela e dobrou, num ímpeto, um dos joelhos. A moça não demorou a pular do sofá e voou com ele para integrar as fileiras da quadrilha. O oficial nem pediu desculpas, e a moça nem olhou, indo embora, para o general, como se estivesse mesmo contente de se livrar dele.

"Aliás, no fundo ela tem o direito de fazer isso" — pensou Ivan Ilitch —, "e essa gente não respeita as conveniências".

— Hum... tu, mano Porfíri, não precisas de cerimônias — dirigiu-se a Pseldônimov. — Talvez tenhas algum pedido... sobre o expediente... ou mais alguma coisa... fica, por favor, à vontade.

"Será que ele me vigia aqui?" — acrescentou mentalmente. Pseldônimov se tornava insuportável com esse seu pescoço comprido e esses olhos que o fitavam com atenção. Numa palavra, não era nada daquilo que ele buscava, nada mesmo, porém Ivan Ilitch ainda estava bem longe de reconhecê-lo.

A quadrilha começou.

— O senhor aceita, Vossa Excelência? — perguntou Akim Petróvitch, segurando, respeitosamente, a garrafa e preparando-se para encher a taça de Sua Excelência.

— Eu... na verdade, eu não sei, se...

Mas Akim Petróvitch já lhe servia champanhe, e seu semblante irradiava veneração. Ao encher a taça do general, Akim Petróvitch encheu também a sua, encolhendo-se e contorcendo-se todo, como se agisse às escondidas ou furtasse alguma coisa, e a diferença era que, por motivos de reverência, na sua taça havia um dedo de champanhe a menos. Ao lado de seu chefe imediato, ele se comportava como uma mulher prestes a dar à luz. De que poderia falar com o general? No entanto, Akim Petróvitch devia, até mesmo em cumprimento de suas obrigações, divertir Sua Excelência, tendo a honra de lhe fazer companhia. O champanhe foi uma boa opção; Sua Excelência se mostrou, ademais, contente de o funcionário encher sua taça — não por causa do próprio champanhe, quente e nojento em seu estado naturalíssimo, mas assim, no sentido moral.

"O velho gostaria de beber" — pensava Ivan Ilitch —, "mas não ousa beber sem mim. Não vou, pois, contê-lo... Além disso, seria ridículo a garrafa ficar cheinha entre nós dois".

Ele tomou um gole, achando que beber seria preferível a permanecer de braços cruzados.

— É que estou aqui — começou a falar com pausas e acentos —, é que estou aqui, digamos assim, por acaso, e certamente pode ser que alguém pense... que eu... digamos assim, que não me cabe participar de tal... reunião.

Calado, Akim Petróvitch escutava com uma curiosidade tímida.

— Mas eu espero que você compreenda por que estou cá... Não vim, afinal de contas, tão só para tomar vinho. He-he!

Akim Petróvitch já ia soltar uma risadinha, junto de Sua Excelência, mas de repente mudou de ideia e outra vez não disse absolutamente nada que fosse reconfortante.

— Estou cá... para, digamos assim, animar... para mostrar, assim seja dito, o objetivo moral, por assim dizer — prosseguiu Ivan Ilitch, irritado com a obtusidade de Akim Petróvitch, e de improviso também ficou calado. Viu que o pobre Akim Petróvitch até abaixara os olhos, como se tivesse alguma culpa. Tomado de certa perplexidade, o general se apressou a beber mais um gole, e Akim Petróvitch, como se toda a sua salvação consistisse nisso, pegou a garrafa e encheu novamente a taça dele.

"Não tens muitos recursos, não" — pensou Ivan Ilitch, olhando com severidade para o coitado do Akim Petróvitch. Sentindo que o general o mirava com severidade, resolveu calar-se em definitivo e não reerguer mais o olhar. Assim eles passaram uns dois minutos um defronte do outro, dois minutos bem dolorosos para Akim Petróvitch.

Duas palavras a respeito de Akim Petróvitch. Era um homem dócil que nem uma galinha, homem da mais velha têmpera, criado nos moldes do servilismo e, no entanto, bondoso e até mesmo nobre. Era um russo petersburguense, ou seja, seu pai e o pai de seu pai haviam nascido, crescido e servido em Petersburgo, sem terem saído de Petersburgo uma vez só. É um tipo inteiramente especial da gente russa. Eles quase não têm a mínima ideia da Rússia em si, nem se afligem minimamente com isso. Todos os seus interesses se restringem a Petersburgo e, em primeiro lugar, à repartição onde eles servem. Todas as suas preocupações se concentram em volta de sua *préférence*[30] com apostas de um copeque, de uma lojinha e do ordenado mensal. Eles não conhecem nenhum hábito russo, nenhuma canção russa, tirante o "Paviozinho" que lhes é familiar por ser tocado pelos realejos. Existem, aliás, dois sinais importantes e inabaláveis que permitem logo distinguir um verdadeiro russo do russo petersburguense. O primeiro sinal é que todos os russos petersburguenses, todos sem exceção, sempre dizem "Diário acadêmico" e nunca "Diário petersburguense".[31] O segundo sinal, de igual importância, é que um russo petersburguense jamais usa a expressão "café da manhã", mas sempre diz *Frühstück*,[32] acentuando sobremaneira a sílaba "frü". É bem possível reconhecer um russo petersburguense por esses dois sinais enraizados e determinantes; numa palavra, é um tipo dócil e definitivamente formado nos últimos trinta e cinco anos.[33] De resto, Akim Petróvitch não era nada bobo. Se o general lhe perguntasse algo que tivesse a ver com ele, decerto responderia e levaria a

---

[30] Preferência (em francês): jogo de cartas popular na Rússia.
[31] O jornal *Diário Petersburguense* era editado, desde 1728, pela Academia das Ciências da Rússia.
[32] Café da manhã (em alemão).
[33] O autor se refere, notadamente, ao reinado de Nikolai I (1825–1855), um dos períodos mais despóticos em toda a história russa.

conversa adiante, mas, na realidade, seria indecente Akim Petróvitch, como subalterno, responder às perguntas que o chefe lhe fazia, mesmo morrendo de curiosidade para saber alguns pormenores das atuais intenções de Sua Excelência.

Enquanto isso, Ivan Ilitch era cada vez mais absorvido pela meditação e por um redemoinho de ideias; distraído, bebia da sua taça à sorrelfa, mas a cada minuto. Akim Petróvitch, por sua parte, enchia-lhe a taça rápida e zelosamente. Ambos estavam calados. Ivan Ilitch começou a observar as danças e, pouco depois, estas atraíram, em certo grau, a sua atenção. De súbito, uma circunstância chegou a surpreendê-lo...

As danças eram realmente alegres. Dançava-se por mera simplicidade dos corações, para se divertir e mesmo se extasiar. Havia pouquíssimos dançadores hábeis; porém os inábeis batiam os pés com tanta força que bem se podia tomá-los por hábeis. Destacava-se, primeiro, o oficial: ele tinha um gosto particular por aquelas figuras que dançava sozinho, como que fazendo um solo. Aí se dobrava pasmosamente, ou seja, todo reto como uma versta, inclinava-se de supetão para um lado, fazendo pensar que ia logo cair, mas, dado o passo seguinte, inclinava-se de supetão para o lado oposto, mantendo o mesmo ângulo oblíquo em relação ao chão. Tinha uma expressão facial seriíssima e dançava plenamente convencido de que todo mundo se espantava com ele. Outro cavalheiro adormeceu, após a segunda figura, ao lado de sua dama, tendo enchido a cara antes da quadrilha, de sorte que a dama se viu obrigada a dançar sozinha. Um jovem servidor de décima quarta classe, que dançava com uma dama de echarpe azul, fazia o mesmo truque em todas as figuras e em todas as cinco quadrilhas dessa noite: ficava um pouco atrás de sua dama, apanhava a pontinha de sua echarpe no ar e, passando a seguir para o *vis-à-vis*,[34] pregava nessa pontinha umas duas dezenas de beijos. Quanto à dama, ela deslizava na sua frente, como se não percebesse nada. O estudante de Medicina realmente fez um solo de cabeça para baixo e provocou uma louca exaltação, tropel e guinchos de prazer pela sala. Numa palavra, a desinibição era demasiada. Ivan Ilitch se pôs a sorrir, influenciado, aliás, pelo vinho, mas, pouco a pouco, uma dúvida amarga começou a insinuar-se em sua alma: por certo, ele gostava muito de desenvoltura e desinibição; queria essa desenvoltura e mesmo clamava sinceramente por ela, quando todos estavam recuando, e eis que agora essa desenvoltura já ia ultrapassando os limites. Por exemplo, uma dama que trajava um vestido azul de veludo gasto, comprado da quarta mão, prendeu, na sexta figura, esse vestido com alfinetes, dando-lhe o aspecto de uma calça masculina. Era aquela mesma Cleópatra Semiônovna com a qual se podia arriscar qualquer coisa, segundo a expressão de seu cavalheiro, o estudante de Medicina. Nem se falava no próprio estudante de Medicina: era simplesmente um Fókin.[35]

---

[34] Posição em que os dançarinos ficam face a face.
[35] Dançarino de cancã que, na época de Dostoiévski, "era famoso em toda Petersburgo por seus saltos que chegavam ao último grau da sem-vergonhice".

Como assim: havia pouco recuavam e, de repente, ficaram todos emancipados? Não seria nada, mas era meio estranha a transição que pressagiava algo. Eles pareciam ter esquecido que existia neste mundo Ivan Ilitch. Bem entendido, ele era o primeiro a gargalhar e mesmo se atrevia a bater palmas. Akim Petróvitch ria em uníssono, todo respeitoso, embora com visível prazer e sem suspeitar que Sua Excelência já começasse a nutrir um novo verme em seu coração.

— Como você dança bem, meu jovem — Ivan Ilitch foi obrigado a dizer isso ao estudante que passava por perto: a quadrilha acabava de terminar.

O estudante se virou bruscamente para ele, fez uma careta e, pondo o seu rosto indecorosamente próximo de Sua Excelência, soltou, com todas as forças, um cacarejo. Isso já passava dos limites. Ivan Ilitch levantou-se da mesa. Não obstante, seguiu-se uma explosão de riso irrefreável, sendo o cacarejo por demais natural e toda a travessura completamente inesperada. Ivan Ilitch ainda permanecia perplexo quando, de repente, apareceu Pseldônimov em pessoa e, fazendo mesuras, convidou-o para a ceia. Atrás dele veio a sua mãe.

— Vossa Excelência, paizinho querido — disse ela, também se curvando —, faça-nos a honra, não despreze a nossa pobreza...

— Eu... eu, na verdade, não sei — ia dizer Ivan Ilitch — não vim para... eu... já queria ir embora...

De fato, ele estava com sua *chapka* nas mãos. Ainda por cima, jurou a si mesmo, nesse exato momento, que sairia sem falta, agora, custasse o que custasse, e que não ficaria de jeito nenhum, mas... mas ficou. Um minuto depois, encabeçava o desfile rumo à mesa. Pseldônimov e sua mãe iam na frente e abriam-lhe a passagem. Ofereceram ao general o lugar mais honroso, e uma garrafa intacta de champanhe surgiu, outra vez, diante do seu talher. Havia petiscos, arenque e vodca. Ele estendeu a mão, encheu um enorme copo de vodca e bebeu. Jamais tomara vodca antes. Tinha a impressão de escorregar uma ladeira abaixo, voando, voando, voando, sentia que precisava parar, agarrar-se a qualquer coisa, mas já não tinha a menor possibilidade de fazer isso.

Sua situação se tornava, efetivamente, cada vez mais excêntrica. Era, como se todo o restante não lhe bastasse, uma caçoada da sorte. Sabia Deus o que se dera com ele no decorrer de apenas uma hora. Entrando, ele abria os braços, por assim dizer, a toda a humanidade e a todos os seus subalternos; apenas uma hora mais tarde, percebia, com todas as dores do seu coração, e estava ciente de que odiava Pseldônimov, amaldiçoando-o a par de sua noiva e de seu casamento. Ainda por cima, compreendia, tão só pela cara e pelos olhos, que o próprio Pseldônimov o odiava, por sua vez, e parecia prestes a dizer: "Ah, maldito, que o diabo te carregue! Pendurou-se no meu pescoço!...". Havia muito tempo, o general lia tudo isso em seu olhar.

É claro que mesmo agora, sentando-se à mesa, Ivan Ilitch preferiria deixar que lhe decepassem um braço a reconhecer com sinceridade — não só em voz alta, mas para si próprio, no íntimo — que tudo se passava, precisa e realmente, dessa maneira. A hora da verdade ainda não chegara, e ele continuava, de certa forma, balançado no sentido moral. Mas seu coração... seu coração doía, clamava pela liberdade, pelo ar fresco, pelo descanso! É que Ivan Ilitch era um homem bondoso em demasia.

Ele sabia, sabia muito bem que deveria ter ido embora havia tempo, e não apenas ter ido, mas ter corrido embora, que tudo isso ficara, de supetão, diferente, tomando um aspecto absolutamente diverso do que ele tinha imaginado, pouco antes, ali na calçada.

"Por que é que vim, pois? Teria vindo para comer e beber aqui?" — perguntava ele a si mesmo, beliscando o arenque. Chegava a negar sua proeza: uma ironia a respeito desta movia-se, por momentos, em sua alma. Começava, inclusive, a não compreender os reais motivos de sua vinda.

Mas como poderia ir embora? Retirar-se assim, sem ter terminado, seria impossível. "O que vão dizer? Vão dizer que me arrasto pelos lugares indecentes. Acontecerá isso mesmo, aliás, se eu não terminar. O que vão dizer amanhã, por exemplo (já que o boato passará por toda parte), Stepan Nikíforovitch, Semion Ivânovitch, o pessoal dos secretariados, a família Schembel, a família Chúbin? Não, é preciso ir embora de modo que eles todos entendam por que vim, é preciso revelar o objetivo moral..." — Enquanto isso, o momento patético demorava a chegar. — "Eles nem sequer me respeitam" — continuava ele. — "Por que estão rindo? Andam tão insolentes, como se fossem desalmados... Sim, fazia tempo que eu suspeitava que toda essa nova geração fosse desalmada! É preciso ficar custe o que custar!... Agora eles estavam dançando, porém se reunirão todos à mesa... Eu falarei sobre as questões importantes, as reformas, a grandeza da Rússia... ainda vou arrebatá-los! Sim! Talvez nada esteja perdido ainda... Talvez seja isso que sempre ocorre na realidade. Mas como iniciaria essa conversa para atraí-los? Que artimanha é que poderia inventar? Estou simplesmente no mato sem cachorro... E de que eles necessitam, o que exigem?... Vejo-os rirem ali... Será que se riem de mim, meu Deus? Mas o que quero eu mesmo... por que estou aqui, pois, por que não vou embora, o que procuro?..." Ele pensava assim, e uma vergonha, uma vergonha profunda e insuportável, atormentava-lhe cada vez mais o coração.

Mas tudo se desdobrava dessa maneira, e uma coisa puxava a outra.

Exatamente dois minutos depois que ele se sentou à mesa, um pensamento medonho apoderou-se de todo o seu ser. De súbito, ele sentiu que estava horrivelmente bêbado, ou seja, não como antes, mas em definitivo. O porquê disso era o copo de vodca que, tomado logo após o champanhe, surtira um efeito imediato. Ele sentia, percebia com todo o seu âmago, que enfraquecera de forma irremediável. Decerto a sua coragem crescera bastante, porém a consciência não o abandonara ainda, gritando-lhe: "Não é bom, não é nada bom, e mesmo é um vexame!". Na realidade, suas instáveis ideias ébrias não conseguiam fixar-se num ponto só: de chofre, ele passou a apresentar, perceptivelmente para si próprio, duas partes distintas. Uma dessas manifestava coragem, desejo de vencer, superação de obstáculos e uma certeza desesperada de que ele ainda atingiria seu objetivo. A outra parte se traduzia numa penetrante dor na alma e numa angústia sugadora no coração. "O que vão dizer? Como isso vai terminar? O que acontecerá amanhã, amanhã, amanhã?..."

O general já vinha pressentindo, assaz vagamente, que alguns inimigos seus se encontravam no meio dos convidados. "Talvez seja porque eu estava bêbado desde o começo" — surgiu-lhe uma dúvida lancinante. Mas qual não foi o seu pavor quando ele se convenceu realmente, com base em sinais indubitabilíssimos, que seus inimigos estavam, de fato, à mesa e que não havia mais como duvidar disso.

"Por que, mas por quê?" — pensou ele.

Todos os trinta convidados se encontravam em volta daquela mesa, e alguns deles já estavam definitivamente "à vontade". Os outros se comportavam com uma independência desinibida e algo maligna: gritavam, conversavam em voz alta, brindavam fora de propósito, jogavam bolinhas de pão às damas. Um dos presentes, certo feioso personagem de sobrecasaca sebenta, caiu da cadeira, tão logo se sentou à mesa, e permaneceu no chão até o fim da ceia. Um outro queria, a qualquer custo, subir na mesa e proclamar um brinde, e foi apenas o oficial quem conseguiu moderar, pegando-o pelas abas, seu êxtase intempestivo. A ceia era totalmente heterogênea, embora um cozinheiro, servo de um general, tivesse sido chamado para fazê-la: havia galantina, língua com batata, almôndegas com ervilha e, finalmente, ganso e manjar-branco. Quanto às bebidas, havia cerveja, vodca e xerez. A única champanhe estava na frente do general, e isso o incitou a encher a taça de Akim Petróvitch, que não se atrevia a tomar a dianteira na hora da ceia. Os demais convidados brindavam com qualquer bebida que fosse. A própria mesa se compunha de várias mesas, postas uma junto da outra, uma delas a de jogo. Estava coberta de várias toalhas, uma delas a de Yaroslavl, toda colorida. Os homens estavam sentados de mistura com as mulheres. A progenitora de Pseldônimov não quisera ficar à mesa: ela mandava e desmandava. Em compensação, apareceu um maligno vulto feminino, não visto antes, de mandíbula presa por atadura, trajando um vestido de seda avermelhada e uma touca altíssima. Esclareceu-se que era a mãe da noiva que consentira afinal em sair do quarto dos fundos e participar da ceia. Não saíra mais cedo em razão de sua hostilidade irreconciliável pela mãe de Pseldônimov, da qual falaremos a seguir. Essa dama olhava para o general de maneira maldosa, até escarninha, e não queria, obviamente, ser apresentada a ele. Ivan Ilitch achou tal pessoa suspeita ao extremo. Mas, além dela, algumas pessoas também eram suspeitas e suscitavam preocupações e receios involuntários. Parecia mesmo que elas estavam conspirando entre si e que seu complô se voltava, notadamente, contra Ivan Ilitch. Era isso, ao menos, que parecia ao próprio general, e, ao longo de toda a ceia, ele ficava mais e mais convencido disso. Em particular, era maligno um senhor de barbicha, um artista livre; ele chegou a olhar, diversas vezes, para Ivan Ilitch e depois, virando-se para o seu vizinho, cochichou-lhe algo. Outro homem, um estudante, já estava, na verdade, completamente bêbado, mas nem por isso deixava de ser suspeito, a julgar por certos indícios. Maus pensamentos gerava também o estudante de Medicina. Nem o oficial merecia plena confiança. Mas quem irradiava um ódio peculiar e visível era o colaborador da *Tição*: refestelava-se tanto em sua cadeira, olhava com tanto orgulho e altivez, torcia o nariz com tanta independência! E, se bem que os outros convidados não dessem nenhuma atenção especial àquele jornalista, que se transformara num liberal por ter escrito apenas quatro versinhos para a *Tição*, nem, pelo visto, gostassem dele, Ivan Ilitch estaria pronto a jurar pela sua cabeça que não fora outra pessoa senão o colaborador da *Tição* quem fizera uma bolinha de pão, evidentemente destinada a Sua Excelência, cair, de súbito, ao seu lado.

Sem dúvida, tudo isso exercia sobre ele a influência mais lamentável.

Ainda veio à tona outra observação, sobremodo desagradável: Ivan Ilitch ficou totalmente persuadido de que começava a pronunciar palavras de certa maneira obscura e dificultosa e, bem que quisesse dizer muita e muita coisa, não conseguia mexer a língua. Depois ele foi como que perdendo o fio da meada e, o principal, passou, de repente, a fungar e a rir, sem mais nem menos, conquanto não houvesse motivos para o riso. Tal disposição acabou logo após uma taça de champanhe que Ivan Ilitch enchera para si mesmo, mas não queria beber e, de improviso, despejou absolutamente sem querer. Após essa taça, ele estava quase para chorar. Sentia-se afundando na mais excêntrica sensibilidade; voltou a amar, amar a todos, até Pseldônimov, até o colaborador da *Tição*. Subitamente, quis abraçá-los a todos, esquecer tudo e fazer as pazes com eles. E, mais que isso, contar-lhes tudo sinceramente, tudo, mas tudo, ou seja, que homem bondoso e simpático ele era, que primorosos talentos possuía. Contar como ele seria útil para a pátria, como sabia divertir o sexo feminino e, o essencial, como era progressista, com que humanismo estava prestes a condescender a todos, inclusive aos mais humildes, e afinal, à guisa de posfácio, relatar francamente todas as causas que o tinham impelido a vir, sem convite, à casa de Pseldônimov, a tomar duas garrafas de champanhe e a torná-lo feliz com a sua presença.

"Verdade, antes de tudo vêm a santa verdade e a franqueza! Vou arrebatá-los com minha franqueza. Eles acreditarão em mim, vejo isso nitidamente; agora eles me olham com hostilidade, mas, quando eu lhes revelar tudo, a minha conquista será incontestável. Eles encherão seus copos e brindarão, aos brados, à minha saúde. O oficial — tenho certeza disso — quebrará o seu copo contra a espora. Até se poderia gritar 'hurra'! Mesmo se eles quisessem levantar-me em seus braços, à moda dos hussardos, nem isso recusaria — ficaria, ao contrário, muito contente. Vou beijar a noiva na testa: ela é tão bonitinha. Akim Petróvitch também é um homem muito bom. Pseldônimov vai melhorar, na certa, futuramente. O que lhe falta é, digamos assim, aquele verniz mundano... E, se bem que toda essa nova geração não possua, sem dúvida, aquela delicadeza de coração, eu... eu falarei com eles sobre os destinos hodiernos da Rússia no meio das outras potências europeias. Mencionarei a questão agrária também, e... e todos eles me amarão, e eu me retirarei glorioso!..."

Esses devaneios eram, por certo, muito agradáveis, mas o desagradável era que, rodeado de todas essas esperanças cor-de-rosa, Ivan Ilitch descobriu em si próprio mais uma capacidade inopinada, a de cuspir. Pelo menos, a saliva começou, de chofre, a saltar de sua boca totalmente contra a sua vontade. Ele percebeu isso pela cara de Akim Petróvitch, a quem tinha salpicado a bochecha e que nem sequer tivera a audácia de limpar-se, de imediato, por mero respeito. Ivan Ilitch pegou um guardanapo e, de improviso, limpou-o pessoalmente. Mas logo achou isso tão absurdo, tão despojado de todo bom-senso, que mergulhou em silêncio e perplexidade. Embora bebesse, Akim Petróvitch continuava como que escaldado. Então Ivan Ilitch entendeu que lhe falava, havia quase um quarto de hora, de um assunto interessantíssimo, ao passo que Akim Petróvitch não apenas se mostrava meio embaraçado de escutá-lo, mas até mesmo temia alguma coisa. Sentado a uma cadeira dele, Pseldônimov também esticava o pescoço em sua direção e, inclinando a cabeça para um lado, prestava ouvido com o ar mais repugnante. Agia como se o vigiasse de fato. Correndo os olhos pelos convidados, o general viu que muitas pessoas olhavam direto para ele e gargalhavam. O mais estranho, porém, era que não se sentiu nem um pouco confuso, mas, pelo contrário, tomou mais um gole da sua taça e subitamente se pôs a falar alto e bom som.

— Eu já disse — começou ele tão alto quanto podia —, já disse, senhores, agorinha a Akim Petróvitch que a Rússia... sim, justamente a Rússia... numa palavra, os senhores entendem o que quero di-di-zer... A Rússia está vivenciando, conforme a minha profundíssima convicção, o hu-hu-humanismo...

— Hu-humanismo! — ecoou na outra ponta da mesa.

— Hu-hu!

— Bu-bu!

Ivan Ilitch fez uma pausa. Pseldônimov se levantou da sua cadeira e começou a olhar: quem fora que gritara aquilo? Akim Petróvitch abanava discretamente a cabeça, como que chamando pela consciência do público. Ivan Ilitch reparou muito bem nisso, mas continuou a sofrer calado.

— Humanismo! — prosseguiu ele com teimosia. — Há pouco tempo... exatamente, há pouco tempo eu dizia a Stepan Nikíforovitch... sim... que... que a renovação, digamos, das coisas...

— Vossa Excelência! — soou, na outra ponta da mesa, uma voz alta.

— O que deseja? — respondeu Ivan Ilitch, procurando enxergar aquele que o interrompera.

— Absolutamente nada, Vossa Excelência; fiquei empolgado. Continue, con-ti-nue! — ouviu-se a mesma voz. Ivan Ilitch estremeceu todo.

— A renovação, por assim dizer, das coisas em questão...

— Vossa Excelência! — tornou a gritar a voz.

— O que quer?

— Boa-noite!

Dessa vez Ivan Ilitch não se conteve. Interrompendo o discurso, virou-se para o perturbador da ordem e ofensor. Era um estudante, muito novo ainda, que tinha mamado além da conta e suscitava, portanto, enormes suspeitas. Estava vociferando havia bastante tempo e mesmo quebrara um copo e dois pratos, ao afirmar que seria preciso fazer isso num casamento. No momento em que Ivan Ilitch se voltou para ele, o oficial desandou a reprimir severamente esse gritalhão.

— O que tens, por que estás berrando? Seria bom se te botassem fora daqui!

— Não é contra o senhor, Vossa Excelência, não é! Continue! — bradava o escolar animado, refestelando-se na cadeira. — Continue, que estou escutando e muito, muuito, muuuito contente com o senhor! Lou-vável, lou-vável!

— Fedelho embriagado! — sugeriu Pseldônimov em voz baixa.

— Bem vejo que está embriagado, mas...

— É que acabei de contar uma anedota bem engraçada, Vossa Excelência — começou o oficial —, sobre um tenente do nosso regimento que falava com os superiores dessa mesma forma, e o rapaz o imita agora. Após cada palavra do superior o tenente dizia "lou-vável, lou-vável". Foi por isso que o baniram do serviço, já faz dez anos.

— Que-que tenente foi esse?

— Do nosso regimento, Vossa Excelência; pirou da cabeça com aquele "louvável". Primeiro tentaram reeducá-lo e depois o prenderam... O chefe o aconselhava que nem o pai, e ele, em resposta: lou-vável, lou-vável! E coisa estranha: era um oficial corajoso, de nove *verchoks* de altura.[36] Queriam julgá-lo, mas perceberam que era doido.

— Pois então... um escolar. Poderiam não censurar muito essa conduta de escolar... Eu, por minha parte, estaria pronto a perdoar...

— Foi a medicina que o examinou a fundo, Vossa Excelência.

— Como? Foi dis-se-cado?

— Misericórdia, mas ele estava vivinho.

Uma explosão de riso, bem alta e quase generalizada, estourou no meio dos convidados, que se portavam a princípio de modo decente. Ivan Ilitch ficou bravo.

— Senhores, senhores! — gritou ele, de início quase sem gaguejar. — Estou perfeitamente capaz de compreender que não se disseca uma pessoa viva.

---

[36] Antiga unidade de medida de comprimento russa (em russo: вершок), equivalente a 4,445 cm. Na época de Dostoiévski, a altura humana era medida, na Rússia, segundo a fórmula "dois *archins* (aproximadamente 142 cm) + 'tantos' *verchoks*"; assim, a altura do referido tenente é de 9 *verchoks* acima de dois *archins*, ou seja, aproximadamente 182 cm.

Eu achava que, uma vez enlouquecido, ele não estivesse mais vivo... quer dizer, já morreu... ou seja, eu quero dizer... que os senhores não gostam de mim... Enquanto isso, eu gosto de todos aqui... sim, e amo Por... Porfíri... Eu me humilho falando assim...

Nesse momento uma formidável cusparada voou dos lábios de Ivan Ilitch e jorrou em cima da toalha, bem no lugar mais visível. Pseldônimov acorreu para enxugá-la com um guardanapo. Essa última desgraça esmagou o general em definitivo.

— Senhores, isso já é demais! — exclamou ele, desesperado.

— Gente bêbada, Vossa Excelência — voltou a sugerir Pseldônimov.

— Porfíri! Eu vejo que todos... vocês... sim! Eu digo que espero... sim, eu desafio a todos que me digam: como foi que me humilhei?

Ivan Ilitch estava para chorar.

— Tenha dó, Vossa Excelência!

— Porfíri, eu me dirijo a ti... Diz, se eu vim... sim... sim, ao casamento, é que tinha um objetivo. Queria elevar moralmente... queria que sentissem. Eu me dirijo a todos: estou muito humilhado aos seus olhos ou não?

Um silêncio sepulcral. O problema é que se seguiu um silêncio sepulcral e, mais ainda, em resposta a uma indagação tão categórica assim. "Será que não poderiam, não poderiam, nem sequer neste momento, gritar alguma coisa?" — passou, num átimo, pela cabeça de Sua Excelência. Contudo, os convidados apenas se entreolhavam. Akim Petróvitch estava mais morto que vivo, e Pseldônimov, mudo de susto, repetia consigo mesmo a terrível pergunta que o atormentava havia tempo: "O que é que farão de mim amanhã por tudo isso?". De súbito, o colaborador da *Tição*, já muito embriagado, mas até então imerso num lúgubre silêncio, dirigiu-se diretamente a Ivan Ilitch e pôs-se, de olhos fulgentes, a responder em nome de toda a assembleia.

— Sim! — bradou ele com uma voz de trovão. — Sim, o senhor se humilhou, sim, o senhor é um retrógrado... Re-tró-gra-do!

— Cuidado, meu jovem! Com quem é que está falando, digamos assim? — gritou Ivan Ilitch, furioso, pulando outra vez do seu assento.

— Estou falando com o senhor e, além do mais, não sou o seu jovem... O senhor veio para se requebrar e buscar popularidade.

— Pseldônimov, o que é isso? — exclamou Ivan Ilitch.

Mas Pseldônimov se levantou com tamanho pavor que ficou imóvel, qual um poste, sem ter a menor ideia de como devia agir. Os convidados também emudeceram em seus lugares. O artista e o estudante aplaudiam, gritavam "bravo, bravo!".

O jornalista continuava a esbravejar com uma fúria irrefreável:

— Sim, o senhor veio para se gabar de seu humanismo! O senhor atrapalhou a nossa alegria geral. Estava bebendo champanhe e não entendeu que ele é caro demais para um servidor que ganha dez rublos de ordenado por mês, e eu cá suspeito que o senhor seja um daqueles chefes que se babam pelas esposas novinhas de seus subordinados! E, além disso, tenho a certeza de que o senhor apoia o arrendamento exclusivo...[37] Sim, sim, sim!

— Pseldônimov, Pseldônimov! — gritava Ivan Ilitch, estendendo-lhe os braços. Sentia que cada palavra do jornalista seria um novo punhal para o seu coração.

— Agora, Vossa Excelência, tenha a bondade de não se preocupar! — exclamou Pseldônimov energicamente, achegou-se depressa ao jornalista, pegou-o pela gola e puxou-o para fora da mesa. Nem se podia supor que o mofino Pseldônimov possuísse tamanha força física. No entanto, o jornalista estava muito bêbado e Pseldônimov totalmente sóbrio. Deu-lhe, a seguir, umas pancadas nas costas e expulsou-o portas afora.

— Vocês todos são canalhas! — bradava o jornalista. — Amanhã mesmo vou caricaturar todos vocês na minha *Tição*!

Todos ficaram em pé.

— Vossa Excelência, Vossa Excelência! — vociferavam Pseldônimov, sua mãe e alguns convidados, espremendo-se perto do general. — Acalme-se, Vossa Excelência!

— Não, não! — gritava o general. — Estou destruído... eu vim... eu queria, digamos assim, batizar. E eis o que recebi por isso, eis o que recebi!

---

[37] Trata-se do direito de recolher taxas relativas à venda de bebidas alcoólicas (e, parcialmente, de produzir e comercializar essas bebidas), cedido pelo Estado aos particulares, que estava em vigor, na Rússia, de 1765 a 1817 e de 1827 a 1861, sendo depois nacionalizado.

Ele desabou numa cadeira, como que desmaiado, pôs ambos os braços na mesa e deixou a cabeça cair em cima deles, direto num prato de manjar-branco. Nem é preciso descrever o terror generalizado. Um minuto depois, ele se reergueu, querendo, pelo visto, ir embora, cambaleou, tropeçou na perna de uma cadeira, tombou com um forte baque e ficou roncando no chão...

É isso que se dá com as pessoas sóbrias quando elas se embriagam ocasionalmente. Até o último limite, até o último instante, elas se mantêm conscientes e depois caem de supetão, como ceifadas. Ivan Ilitch jazia no chão, privado de todos os sentidos. Pseldônimov agadanhou os cabelos e petrificou-se nessa posição. Os presentes começaram a retirar-se às pressas, e cada um interpretava o ocorrido de sua maneira. Já eram quase três horas da madrugada.

O mais importante, porém, é que as circunstâncias de Pseldônimov eram bem piores do que se poderia imaginar, mesmo com toda a feiura de sua situação atual. Enquanto Ivan Ilitch estiver prostrado no chão e Pseldônimov se inclinar sobre ele, revolvendo com desespero os seus cabelos, interrompamos o curso determinado de nossa narração e digamos algumas palavras esclarecedoras acerca de Porfíri Petróvitch Pseldônimov como tal.

Apenas um mês antes do seu matrimônio, ele perecia no sentido literal e de modo irreparável. Veio da província, onde seu pai tivera, em não se sabia que tempo, não se sabia que cargo e falecera perseguido pela justiça. Quando, uns cinco meses antes do casamento, Pseldônimov, que vegetava em Petersburgo havia um ano inteiro, obteve seu emprego de dez rublos, ele já ia ressuscitar corporal e espiritualmente, mas logo ficou rebaixado pelas circunstâncias. Restavam tão só dois Pseldônimov neste mundo, ele próprio e sua mãe, que abandonara a província após a morte do marido. Juntos, a mãe e o filho estavam morrendo de frio e alimentavam-se de materiais duvidosos. Havia dias em que Pseldônimov ia, com uma caneca, até o Fontanka[38] para beber água diretamente do rio. Conseguindo o emprego, ele se instalou, bem ou mal, com sua mãe num cantinho. Ela se pôs a lavar roupas alheias, e ele passou uns quatro meses amealhando economias para arranjar, de algum jeito, um par de botas e um capotezinho. E quantas calamidades aturou em sua repartição! Os superiores vinham inquirir por quanto tempo ele não tomava banho. Corriam rumores de que os percevejos se aninhavam, aos magotes, sob a gola de seu uniforme. Mas Pseldônimov tinha uma índole firme. Aparentava calma e docilidade; sua instrução era rudimentar, e quase nunca o ouviam conversar com outras pessoas. Não sabemos ao certo se ele pensava, criava planos e sistemas, sonhava com algo. Em lugar disso tudo, formava-se nele uma resolução instintiva, sólida e inconsciente, a de deixar para trás a sua situação precária. Era perseverante como uma formiga: ponham abaixo o formigueiro, e

---

[38] Um dos rios que atravessam a cidade de São Petersburgo.

as formigas começarão logo a reconstruí-lo; desmoronem-no outra vez, e elas o erguerão de novo, e assim por diante, infatigavelmente. Era um ser construtivo e parcimonioso. Estava escrito na sua testa que ele encontraria seu rumo, levantaria sua morada e até mesmo guardaria, quem sabe, um dinheirinho para o futuro. Só a mãe é que o amava neste mundo, amava de coração. Era uma mulher forte, incansável, trabalhadora e, ao mesmo tempo, bondosa. E eles continuariam talvez vivendo, por mais cinco ou seis anos, em seu cantinho, até que as circunstâncias mudassem, se não se tivessem deparado com Mamíferov, servidor de nona classe aposentado, antigo tesoureiro que servira outrora no interior, mas se acomodara, recentemente, em Petersburgo com sua família. Esse servidor conhecia Pseldônimov e mesmo devia algum favor ao pai dele. Tinha dinheiro — decerto não muito, mas tinha; ninguém sabia, aliás, de que quantia ele dispunha na realidade, nem sua esposa, nem a filha mais velha, nem os demais parentes. Era pai de duas filhas e, sendo um mandão terrível, um beberrão, um tirano caseiro e, ainda por cima, um homem doente, teve, de supetão, a ideia de casar uma das filhas com Pseldônimov: "Eu o conheço, seu pai era gente boa, e ele próprio também será gente boa". Mamíferov fazia tudo quanto quisesse: dito e feito. Era um déspota bem estranho. Passava a maior parte do tempo sentado em suas poltronas, já que se privara do uso das pernas em decorrência de certa doença, mas isso não o impedia de beber vodca. Bebia dias inteiros e xingava. Era um homem maldoso:

precisava sem falta atenazar alguém, o tempo todo. Com essa finalidade, mantinha perto de si algumas contraparentas: sua irmã, enferma e rabugenta; duas irmãs de sua esposa, também maldosas e linguarudas; ademais, sua velha tia cuja costela estava quebrada por alguma casualidade. Mantinha igualmente uma parasita, alemã russificada, por seu talento de contar-lhe histórias das *Mil e uma noites*. Todo o prazer dele consistia em judiar de todas essas infelizes comensais, em injuriá-las a cada minuto e da maneira mais feia, conquanto elas, bem como a sua esposa, que já nascera com dor de dentes, não ousassem nem dar um pio na sua frente. Ele fazia que elas brigassem, forjava boatos e provocava rixas no meio delas e depois se alegrava e caía na gargalhada vendo-as quase baterem uma na outra. Ficou todo contente quando sua filha mais velha, a qual vivera, uns dez anos, na miséria com um oficial, seu marido, e finalmente ficara viúva, veio morar na casa dele com três filhos pequenos e doentios. O velho detestava aqueles filhos, mas, como o aparecimento deles aumentara o material com que se podia fazer experiências cotidianas, andava muito contente. Toda essa caterva de maldosas mulheres e enfermas crianças comprimia-se, junto do seu torturador, numa casa de madeira no Lado Petersburguense, comia pouco, porque o velho era avarento e distribuía dinheiro copeque por copeque, embora não economizasse com sua vodca, dormia menos ainda, porque o velho padecia de insônia e reclamava diversões. Numa palavra, toda aquela gente passava necessidades e amaldiçoava o seu fado.

Foi nesse meio tempo que Mamíferov reparou em Pseldônimov. Pasmou-se com o nariz comprido e a aparência humilde dele. Sua filha mais nova, feiosa e macilenta, acabava então de completar dezessete anos. Se bem que tivesse frequentado, outrora, uma *Schule*[39] alemã, não adquirira ali quase nada, senão o mais primitivo bê-á-bá. Crescera depois, escrofulosa e caquética, sob a muleta do progenitor aleijado e bêbado, numa sodoma de mexericos caseiros, delações e maledicências. Nunca tivera amigas, nem a inteligência. Fazia já muito tempo, porém, que queria casar-se. Caladinha na presença das pessoas estranhas, tornava-se maldosa e intrometida, como uma broca, em casa, ao lado da mãezinha e das parasitas. Gostava, em especial, de aplicar beliscões e pancadas nos filhos de sua irmã, de queixar-se deles por causa do açúcar e do pão furtados, razão pela qual existia uma desavença infinda e inextinguível entre ela e sua irmã mais velha. Foi o próprio Mamíferov quem a ofereceu a Pseldônimov. Por mais que este sofresse, pediu, todavia, algum tempo para refletir. Ficou cismando longamente, bem como a mãe dele. Entretanto, uma casa vinha como dote da noiva, uma casa que, embora fosse de madeira, de um só andar e meio nojenta, valia, sem dúvida, alguma coisa. Havia, além disso, quatrocentos rublos: quando é que ele arrumaria tal importância sozinho? "Por que é que coloco aquele homem em minha casa?" — bradava o mandão bêbado. — "Primeiro, porque vocês todas

---

[39] Escola (em alemão).

são mulheres, e eu estou farto do mulherio. Quero que Pseldônimov também dance conforme eu tocar, já que sou o benfeitor dele. Segundo, coloco-o em minha casa porque vocês todas não querem que faça isso e andam com raiva. Farei isso, pois, para que tenham mais raiva ainda. Farei mesmo o que disse! E tu, Porfírka, bate nela depois de casado: há dentro dela sete diabos, desde que nasceu. Expulsa-os todos, e eu te arranjarei um porrete..."

Pseldônimov se calava, mas sua decisão já estava tomada. Ainda solteiro, fora introduzido, com sua mãe, na casa de Mamíferov, lavado, provido de roupas, calçados e dinheiro para o casamento. Talvez o velho os amparasse exatamente porque toda a sua família se voltava contra eles. Chegou a gostar, inclusive, da velhota Pseldônimova, de modo que se abstinha de judiar dela. De resto, obrigou o próprio Pseldônimov, uma semana antes do casamento, a dançar o cossaquinho na sua frente. "Já basta: só queria ver se tu não me faltas com o respeito" — disse, uma vez terminada a dança. Bancou o casamento mui parcamente, mas convidou todos os seus parentes e conhecidos. Pelo lado de Pseldônimov vieram apenas o colaborador da *Tição* e Akim Petróvitch, convidado de honra. Pseldônimov sabia muito bem que a noiva sentia asco por ele e preferiria casar-se com o oficial, mas suportava tudo, conforme havia combinado com sua mãe. Ao longo de todo o dia e toda a noite do matrimônio o velho se embebedava e dizia palavras obscenas. Toda a família se aboletara, por ocasião do casamento, nos quartos dos fundos, espremendo-se lá até a catinga. Quanto aos quartos da frente, eles se destinavam ao baile e à ceia. Enfim, quando o velho adormeceu, totalmente bêbado, por volta das onze horas da noite, a mãe da noiva, especialmente zangada, nesse dia, com a mãe de Pseldônimov, resolveu mudar de humor e sair para participar do baile e da ceia. O aparecimento de Ivan Ilitch pôs tudo de cabeça para baixo. Mamíferova ficou confusa, sentida, e começou a esbravejar, questionando por que não a tinham avisado que viria o próprio general. Diziam-lhe que o general viera por si só, sem convite, mas ela era tão boba que não queria acreditar nisso. Precisou-se então de champanhe. A mãe de Pseldônimov encontrou somente um rublo, Pseldônimov como tal não tinha sequer um copeque. A mãe e o filho viram-se na necessidade de implorar que a maldosa Mamíferova os ajudasse a comprar, primeiro, uma garrafa e depois a outra. Apresentaram à velha o futuro das relações de serviço e da carreira, clamaram pela consciência dela. Mamíferova acabou desembolsando o seu próprio dinheiro, mas antes fizera Pseldônimov engolir tamanha copa de vinho com fel[40] que volta e meia ele ia correndo ao quartinho onde estava o leito nupcial já arrumado, agarrava, calado, os seus cabelos e atirava-se na cama destinada aos deleites paradisíacos, todo trêmulo de impotente fúria. Não, Ivan Ilitch não sabia quanto custavam

---

[40] Alusão à passagem bíblica: "Ali deram-Lhe a beber vinho misturado com fel..." (Evangelho de São Mateus, 27:34).

duas garrafas de Jackson[41] que ele tomara nessa noite! Quais não foram, pois, o pavor, a angústia e mesmo o desespero de Pseldônimov quando a história de Ivan Ilitch teve um desfecho tão inesperado assim. De novo haveria corre-corre e, sabe-se lá, guinchos e choros da enjoada noiva, durante a noite toda, e reproches da sua parentela apalermada. Mesmo sem esses aborrecimentos, o noivo já estava com dor de cabeça, a fumarada e a escuridão já lhe toldavam os olhos. Entrementes, Ivan Ilitch precisava de ajuda, era mister procurar, às três horas da madrugada, um doutor, ou um coche a fim de levá-lo para casa, sem falta um coche, porquanto não se podia transportar tal pessoa e em tal estado num carro de aluguel. E onde, por exemplo, Pseldônimov arranjaria dinheiro para pagar um coche? Enraivecida porque o general não trocara duas palavras com ela nem sequer a olhara durante a ceia, Mamíferova declarou que não tinha mais um copeque. Talvez não tivesse mais um copeque de fato. Onde arranjar dinheiro? O que fazer? Sim, havia motivo para agarrar os cabelos.

Enquanto isso, Ivan Ilitch foi temporariamente acomodado num pequeno sofá de couro que se encontrava ali mesmo, na sala de estar. Ao passo que limpavam e desmontavam as mesas, Pseldônimov corria de um lado para o outro, pedindo dinheiro emprestado a todos, inclusive à criadagem, mas ninguém tinha um tostão furado. Atreveu-se, por fim, a incomodar Akim Petróvitch, o qual demorara a sair.

---

[41] Marca de champanhe.

Mas este, se bem que fosse uma boa pessoa, ficou tão perplexo e mesmo amedrontado, ao ouvi-lo falar em dinheiro, que disse muita porcaria inesperada.

— Em outra ocasião, com todo o prazer — balbuciou ele —, mas agora... desculpe-me, por favor.

E, pegando a sua *chapka*, ele foi correndo embora. Apenas o compassivo jovem que tinha contado sobre o almanaque onirocrítico prestou um serviço — aliás, totalmente inútil. Ele também demorara a sair, compartindo, de modo cordial, das calamidades de Pseldônimov. Afinal de contas, Pseldônimov, sua mãe e aquele jovem decidiram, de comum acordo, não chamar o doutor, mas ir buscar um coche e levar o doente para casa, e por enquanto, antes que o coche aparecesse, lançar mão de certos remédios caseiros, molhando, em particular, as têmporas e toda a cabeça do general com água fria, pondo-lhe gelo no sincipúcio, etc. Quem se encarregou disso foi a mãe de Pseldônimov, e o jovem voou à procura do coche. Como nessa hora não havia mais nem carros de aluguel no Lado Petersburguense, dirigiu-se a uma longínqua cavalariça privada, despertou os cocheiros. Começou a barganha: os cocheiros diziam que, numa hora dessas, até cinco rublos seriam poucos para alugar um coche. Acabaram, contudo, por aceitar três rublos. Mas quando, por volta das cinco horas, o jovem chegou, de coche alugado, à casa de Pseldônimov, ali já vigorava uma decisão bem diferente. Ivan Ilitch, que ainda estava sem sentidos, ficara tão doente, gemera e revolvera-se tanto que seria completamente impossível e até mesmo arriscado carregá-lo até o coche e levá-lo, nesse estado, para casa. "Em que é que isso vai dar?" — dizia Pseldônimov, todo desencorajado. O que tinha a fazer? Aí surgiu outra questão: se o doente permanecesse em casa, aonde o levariam e onde o alojariam? Havia apenas duas camas nessa casa toda: uma imensa cama de casal em que dormia o velho Mamíferov com sua esposa, e a nova cama, também de casal e feita de uma madeira que imitava a nogueira, destinada aos recém-casados. Todos os demais moradores ou, melhor dito, moradoras da casa dormiam no chão, amontoadas em colchões de penas, já parcialmente estragados e fétidos, ou seja, absolutamente inconvenientes, e que, ainda por cima, mal bastavam para servir de camas a elas mesmas. Onde é que se poderia instalar o doente? Daria, talvez, para arranjar um colchão, tomando-o, na pior das hipóteses, de alguém, mas onde e como o colocariam? Esclareceu-se que cumpria pôr o colchão na sala de jantar, pois esse cômodo era o mais distante do íntimo familiar e dispunha de uma saída à parte. Mas onde o poriam, em cima das cadeiras? Sabe-se que apenas os colegiais dormem em cima das cadeiras, vindo passar em casa a noite de sábado para domingo, enquanto no tocante a uma pessoa como Ivan Ilitch aquilo seria uma tremenda falta de respeito. O que diria ele próprio no dia seguinte, vendo-se deitado em cima das cadeiras? Pseldônimov nem queria ouvir falarem nisso. Restava a única opção: levar o general para o leito nupcial. Como já tínhamos dito, esse leito nupcial estava arrumado num quartinho, bem ao lado da sala de jantar. Na cama havia um colchão de casal, novinho em folha e ainda não inaugurado, lençóis limpos, quatro travesseiros revestidos de *buckram* rosa, com fronhas de musselina recamadas de folho. O cobertor era de cetim rosa e todo ornamentado. As cortinas de musselina pendiam numa argola dourada. Numa palavra, estava tudo nos trinques, e os convidados tinham elogiado a decoração, ao visitarem, quase todos, o quarto. Ainda que detestasse Pseldônimov, a noiva viera — diversas vezes ao longo da noite e, sobretudo, às escondidas — ver esse lugarzinho. Qual não foi, pois, a indignação dela, como ela ficou furiosa quando soube que pretendiam colocar em seu leito nupcial um homem acometido de uma espécie de disenteria! A mãezinha da noiva já ia defendê-la, xingando e prometendo que reclamaria, logo no dia seguinte, com seu marido, mas Pseldônimov se mostrou firme e insistiu: Ivan Ilitch foi transferido, tendo a cama dos recém-casados sido arrumada na sala, em cima das cadeiras. A noiva choramingava, estava prestes a beliscar o noivo, mas não ousou desobedecer-lhe: seu paizinho tinha uma muleta, que a moça conhecia de perto, e ela sabia que de manhã o paizinho exigiria, indubitavelmente, um relatório circunstanciado a respeito de certas coisas. Para consolá-la, trouxeram para a sala o cobertor rosa e os travesseiros com fronhas de musselina. Foi justamente nesse momento que apareceu o jovem com o coche; sabendo que o coche não era mais necessário, levou um susto descomunal. Teria de pagar ao cocheiro pessoalmente, mas o problema é que nunca tivera sequer uma *grivna* no bolso. Pseldônimov reconheceu a sua falência definitiva. Tentaram convencer o cocheiro, mas este se pôs a gritar e mesmo a bater nos contraventos. Não sabemos, ao certo, qual foi o desfecho disso. Parece que o jovem foi levado naquele coche, como refém, a Peski,[42] à Quarta rua Rojdêstvenskaia, onde esperava acordar um estudante, que pernoitava na casa de seus conhecidos, e perguntar se ele não tinha porventura dinheiro. Já eram quase cinco horas da manhã quando os recém-casados, enfim sós, foram trancados na sala. À cabeceira do sofredor permaneceria, a noite inteira, a mãe de Pseldônimov. Ela se aboletou no chão, num capacho, cobriu-se com uma peliça, mas não conseguiu dormir, obrigada a levantar-se a cada minuto: Ivan Ilitch padecia de um terrível desarranjo intestinal. Mulher corajosa e generosa, Pseldônimova despiu-o sozinha, tirou todas as suas roupas e ficou cuidando do general durante a noite toda, como se fosse o filho dela, levando embora do quarto, através do corredor, o recipiente necessário e trazendo-o de volta. Entretanto, as desgraças dessa noite ainda estavam longe de terminar.

Não se passaram nem dez minutos desde que os recém-casados estavam trancados, a sós, na sala, e um grito dilacerante soou pela casa: não foi um gemido de gozo, mas sim um clamor da mais maligna qualidade.

---

[42] Bairro histórico de São Petersburgo, habitado, na época, por artesãos e pequenos comerciantes.

Após esse grito ouviu-se um barulho estrondoso, como se as cadeiras estivessem caindo, e de repente toda uma chusma de mulheres vociferantes e assustadas, trajando as mais diversas roupas de baixo, irrompeu, num piscar de olhos, na sala ainda escura. Essas mulheres eram: a mãe da recém-casada, sua irmã mais velha, que abandonara, nesse meio tempo, seus filhos doentes, e três tias, inclusive aquela cuja costela estava quebrada. Até a cozinheira apareceu; até a parasita alemã, a qual contava histórias e fora despojada, em prol dos recém-casados, do seu colchão que, sendo o melhor da casa, constituía todo o seu patrimônio, arrastou-se atrás das outras. Ainda um quarto de hora antes, todas essas mulheres respeitáveis e sabedoras tinham saído, nas pontas dos pés, da cozinha e, esgueirando-se pelo corredor, tinham vindo à antessala para escutar, devoradas pela curiosidade mais inexplicável. Nesse ínterim, alguém acendeu apressadamente uma velinha, e um espetáculo inesperado se apresentou a todos os olhos. Sem terem suportado o duplo peso, as cadeiras, que sustentavam o largo colchão apenas dos lados, acabaram por deslizar e deixá-lo cair no chão. A jovem esposa choramingava de raiva: dessa vez, estava sentida para valer. Moralmente trucidado, Pseldônimov parecia um malfeitor preso em flagrante. Nem sequer procurava justificar-se. Os ais e guinchos retumbavam por toda parte. A mãe de Pseldônimov também acorreu, atraída pelo barulho, mas a mãezinha da recém-casada alcançou, dessa vez, uma vitória absoluta. A princípio, ela cobriu Pseldônimov de estranhos e, em sua maioria, injustos reproches como:

"Que marido és, meu queridinho, depois disso? Para que serves, meu queridinho, depois desse vexame?", e assim por diante, e afinal, tomando a filha pela mão, levou-a para o seu quarto e assumiu, pessoalmente, a futura responsabilidade ante o temível pai que exigiria a prestação de contas. Lamuriando e abanando a cabeça, toda a mulherada foi atrás dela. Ao lado de Pseldônimov ficou tão somente a sua mãe, tentando consolá-lo, mas ele a mandou embora de imediato.

Pseldônimov estava inconsolável. Foi rastejando até o sofá e sentou-se, imerso numa meditação soturníssima, descalço como estava e de trajes sumários. Os pensamentos cruzavam-se e confundiam-se em sua cabeça. Por vezes, como que maquinalmente, ele corria os olhos pelo quarto onde os dançadores se endiabravam, havia tão pouco tempo, e a fumaça dos cigarros ainda flutuava no ar. As pontas de cigarros e invólucros de bombons estavam ainda espalhados pelo chão molhado e emporcalhado. As ruínas do leito nupcial e as cadeiras tombadas testemunhavam a efemeridade das melhores e mais seguras esperanças e aspirações terrenas. Dessa maneira, ele ficou sentado por quase uma hora. Os pensamentos pesados não cessavam de vir à sua cabeça, como por exemplo: o que se daria com ele agora em sua repartição? Ele compreendia, com muita dor, que lhe cumpriria, de qualquer jeito, mudar de emprego e que seria impossível permanecer no mesmo lugar justamente por causa do ocorrido nessa noite. Também lhe vinha à mente Mamíferov, que decerto o obrigaria, logo no dia seguinte, a dançar outra vez o cossaquinho, a fim de pôr sua lealdade à prova. Tinha compreendido, de igual modo, que Mamíferov lhe dera apenas cinquenta rublos (gastos, aliás, até o último copeque) para o casamento, mas nem pensara em entregar quatrocentos rublos de dote, nem sequer os mencionara ainda. E mesmo a própria casa não fora ainda escriturada plena e formalmente. Pensava também em sua esposa, que o deixara no momento mais crítico de sua vida, e naquele alto oficial que se ajoelhava perante a sua esposa. Tendo reparado nisso, pensava em sete demônios que estavam dentro de sua esposa, conforme testemunhara o seu progenitor em pessoa, e no porrete preparado para expulsá-los... Sentia-se, por certo, capaz de suportar muita coisa, mas o destino lhe fazia tais surpresas que poderia, no fim das contas, duvidar das suas forças.

Assim se contristava Pseldônimov. Enquanto isso, o coto de vela se extinguia. Sua bruxuleante luz, que iluminava diretamente o perfil de Pseldônimov, fazia-o refletir-se, de forma colossal, na parede, com seu pescoço esticado, nariz adunco e dois tufos de cabelos espetados na testa e na nuca. Por fim, tendo já despontado o frescor matinal, ele se levantou, tiritante de frio e gelado espiritualmente, foi até o colchão que jazia entre as cadeiras e, sem arrumar nada, sem apagar o coto de vela nem mesmo colocar um travesseiro debaixo da sua cabeça, subiu de gatinhas na cama improvisada e mergulhou naquele sono de chumbo, naquele sono de morte que deve ser próprio de quem for submetido, entre hoje e amanhã, à execução comercial.[43]

Por outro lado, o que é que podia ser comparado àquela terrível noite que Ivan Ilitch Pralínski passou no leito nupcial do desgraçado Pseldônimov? Durante algum tempo, a dor de cabeça, os vômitos e similares acessos desagradabilíssimos não o deixavam nem um minuto. Eram suplícios infernais. A consciência, embora mal ressurgisse em sua cabeça, alumiava tais abismos de horror, tais quadros lúgubres e abomináveis, que seria melhor se ele continuasse inconsciente. De resto, tudo estava ainda mesclado em sua mente. Ele reconhecia, por exemplo, a mãe de Pseldônimov, ouvindo suas meigas exortações como: "Aguente, meu queridinho; aguente, paizinho, que a paciência cura tudo", reconhecia-a, mas não conseguia encontrar nenhuma explicação lógica para sua presença ao lado dele. Via horripilantes espectros: quem mais o atormentava era Semion Ivânovitch, porém, ao olhar com mais atenção para ele, o general percebia que não era, de modo algum, Semion Ivânovitch e, sim, o nariz de Pseldônimov. Resvalavam na sua frente o artista livre, o oficial e a velha de bochecha atada. E o que mais o interessava ainda era a argola dourada, que se encontrava acima de sua cabeça e através da qual passavam as cortinas. Distinguia-a nitidamente, à luz daquele coto de vela que iluminava fracamente o quarto, e procurava, sem trégua, compreender para

---

[43] Açoitamento em praças comerciais e outros lugares públicos, praticado na Rússia até 1845.

que servia a argola, por que estava ali, que significado tinha. Volta e meia perguntava à velhota acerca disso, mas não dizia, por certo, o que pretendia dizer, e ela tampouco o entendia, por mais que ele insistisse em explicar-se. Afinal, já de manhãzinha, os ataques cessaram, e ele adormeceu, profundamente e sem sonhos. Ficou dormindo em torno de uma hora e, quando despertou, estava quase em plena consciência, sentia uma insuportável dor de cabeça e tinha um ressaibo execrabilíssimo na boca e na língua, que se transformara num pedaço de pano. Ele se soergueu na cama, olhou ao redor e entregou-se às reflexões. Filtrando, como uma faixa estreita, pelas frestas dos contraventos, a pálida luz do dia nascente tremia na parede. Eram aproximadamente sete horas da manhã. Mas quando Ivan Ilitch se recuperou e lembrou, de repente, tudo que lhe acontecera de noite; quando recordou todas as suas aventuras durante a ceia, sua proeza malsucedida e seu discurso à mesa; quando imaginou, de uma só vez e com uma clareza assombrosa, tudo o que poderia agora resultar disso, tudo que as pessoas iriam dizer e pensar agora a respeito dele; quando olhou à sua volta e viu, finalmente, a que estado triste e repugnante levara o pacato leito nupcial de seu subalterno — oh, tanta vergonha mortífera, tais sofrimentos fulminantes acometeram então o seu coração, que ele soltou um grito, tapou o rosto com as mãos e, desesperado, recaiu no travesseiro. Um minuto depois, pulou da cama, avistou ali mesmo, em cima de uma cadeira, as suas roupas, já limpas e postas em ordem, pegou-as e, apressado, olhando para trás e temendo horrivelmente alguma coisa, começou a vesti-las. Sua peliça e sua *chapka*, com as luvas amarelas dentro, também estavam ali, em cima da outra cadeira. O general queria sair às ocultas. De súbito, a porta se abriu, e a velhota Pseldônimova entrou com uma bacia de barro e um lavatório portátil nas mãos. Uma toalha pendia no ombro dela. Pseldônimova colocou o lavatório na frente do general e, sem maiores conversas, declarou que lhe cumpria lavar obrigatoriamente o rosto:

— Pois lave o rosto, paizinho, senão não pode sair...

E nesse instante Ivan Ilitch entendeu que, se houvesse no mundo inteiro, ao menos, uma criatura perante a qual ele pudesse não sentir agora vergonha nem medo, seria exatamente aquela velhota. Ele se lavou o rosto. E por muito tempo depois, em difíceis momentos de sua vida, lembraria, a par de outros remorsos, todas as circunstâncias de seu despertar e a bacia de barro, com o lavatório de faiança cheio de água fria em que flutuavam ainda pedacinhos de gelo, e o sabonete num papelzinho rosa, de forma oval, com algumas letras gravadas nele, que custava uns quinze copeques, decerto comprado para o novo casal, mas usado, pela primeira vez, por Ivan Ilitch, e, finalmente, a velha com sua toalha de *kamtcha*[44] no ombro esquerdo. Refrescado por água fria, ele enxugou o rosto e, sem dizer uma só palavra nem mesmo agradecer à sua enfermeira, pegou a *chapka*, pôs a peliça, que Pseldônimova lhe estendera, nos

---

[44] Tecido fosco de linho com ornamentos brilhosos e brancos.

ombros e, através do corredor e da cozinha, onde miava uma gata e a cozinheira se soerguia em seu lençol para acompanhá-lo com os olhos com uma ávida curiosidade, saiu correndo da casa e, uma vez na rua, arrojou-se ao encontro de uma carruagem que passava por perto. A manhã estava gélida, uma fria neblina amarelada tapava ainda os prédios e todos os objetos em geral. Ivan Ilitch levantou sua gola. Pensava que todos olhavam para ele, que todos o conheciam e reconheciam...

Ele passou oito dias sem sair de casa nem comparecer à sua repartição. Estava doente, mas sua cruel moléstia era antes espiritual do que física. Vivenciou todo um inferno nesses oito dias, os quais seriam, por certo, levados em conta no seu julgamento póstumo. Havia minutos em que ele pensava em tornar-se monge. Havia, sim, e mesmo sua imaginação se desenfreava sobremaneira nesses minutos. Ele vislumbrava um plácido canto subterrâneo, um ataúde aberto, sua vida numa recôndita cela, florestas e cavernas, mas, logo que voltava a si, entendia quase de imediato que tudo isso não passava de um horribilíssimo grotesco e um exagero, e sentia-se envergonhado. Depois começavam os ataques morais que tinham em vista a sua *existence manquée*. Depois a vergonha se reacendia em sua alma, apoderava-se, de uma vez, dela, ardia e avivava tudo. Ele estremecia de imaginar diversos quadros. O que diriam a seu respeito, o que pensariam, como ele entraria em sua repartição, que cochicho o perseguiria um ano inteiro, dez anos ou toda a vida. Sua anedota chegaria à posteridade. O general andava, por vezes, tão pusilânime que estava prestes a ir correndo à casa de Semion Ivânovitch e a pedir-lhe perdão e amizade. Definitivamente arrependido, nem sequer procurava justificar a si próprio: não encontrava justificativas e achava vergonhoso buscá-las.

Cogitava também em pedir logo demissão para se dedicar, num humilde recolhimento, à felicidade do gênero humano. Em todo caso, precisaria afastar-se, sem falta, de todos os conhecidos e, mais que isso, de modo a desarraigar toda e qualquer reminiscência sua. Pensava, a seguir, que era tudo bobagem e que, sendo especialmente rígido com seus subalternos, ele poderia ainda consertar o negócio todo. Passava, então, a ter esperanças e a recobrar o ânimo. Enfim, ao cabo desses oito dias de dúvidas e sofrimentos, sentiu que não podia mais suportar a incerteza e, *un beau matin*,[45] resolveu ir à repartição.

Havia imaginado mil vezes, enquanto permanecia, angustiado, em casa, de que maneira ele entraria em seu secretariado. Tomado de pavor, convencia-se de que indubitavelmente ouviria, atrás de si, um ambíguo cochicho, veria fisionomias ambíguas e colheria malignos sorrisos. Qual não foi o seu pasmo quando nada disso aconteceu na realidade! Receberam-no mui respeitosamente; todos o saudavam, todos estavam sérios e ocupados. Uma alegria encheu-lhe o coração, quando ele se esgueirou para o seu gabinete.

O general se pôs a trabalhar com toda a diligência e seriedade, ouviu alguns relatórios e explicações, tomou

---

[45] Uma bela manhã (em francês).

algumas resoluções. Sentia que nunca raciocinara e despachara de forma tão sagaz e prática como naquela manhã. Via que os subalternos estavam contentes, que o tratavam com respeito e mesmo veneração. Nem a desconfiança mais aguçada poderia descobrir nada que fosse errado. O trabalho corria às mil maravilhas.

Apareceu, finalmente, Akim Petróvitch com alguns papéis. Seu aparecimento causou a Ivan Ilitch como que uma picada bem no coração, mas tão só por um instante. Ele se pôs a conversar com Akim Petróvitch, tratando-o com imponência e esclarecendo o que e como lhe cumpria fazer. Percebeu apenas que evitava, de certo modo, olhar para Akim Petróvitch por muito tempo ou, melhor dito, que Akim Petróvitch receava olhar para ele. Mas eis que Akim Petróvitch terminou e foi recolhendo seus papéis.

— Há mais um pedido — começou ele, tão secamente quanto podia —, o do servidor Pseldônimov, sobre a transferência dele para o departamento... Sua Excelência Semion Ivânovitch Chipulenko lhe prometeu um cargo, e ele pede o amável auxílio de Vossa Excelência.

— Ah, ele é transferido — disse Ivan Ilitch e sentiu o seu coração se livrar de um peso enorme. Olhou para Akim Petróvitch, e nesse momento seus olhares se entrecruzaram.

— Pois bem, eu, de minha parte... eu usarei... — respondeu Ivan Ilitch —, estou à disposição.

Pelo visto, Akim Petróvitch queria retirar-se o mais rápido possível. Mas de improviso, num rasgo de magnanimidade, Ivan Ilitch decidiu expressar-se em definitivo. Decerto a inspiração voltara a apossar-se dele.

— Diga-lhe — começou ele, fixando em Akim Petróvitch um olhar claro e cheio de profunda significância —, diga a Pseldônimov que não lhe quero mal; não, não quero!... Pelo contrário, estou mesmo disposto a esquecer todo o acontecido, a esquecer tudo, tudo...

De chofre, Ivan Ilitch se calou, pasmado com o estranho comportamento de Akim Petróvitch, que, não se sabe por que motivo, deixara de ser um homem sensato e passara a ser um bobalhão rematado. Em vez de escutá-lo até o fim, ficou repentinamente vermelho que nem o último dos paspalhos e, fazendo pequenas mesuras de modo acelerado e até mesmo indecoroso, foi recuando em direção às portas. Toda a sua aparência exprimia o desejo de afundar no chão ou, dizendo melhor, de retornar bem depressa à sua escrivaninha. Uma vez só, Ivan Ilitch se levantou, perplexo, da sua cadeira. Mirava-se num espelho e não enxergava a sua própria cara.

— Não, rigidez, apenas rigidez e rigidez! — murmurava ele quase inconscientemente. De súbito, uma viva vermelhidão cobriu-lhe o rosto todo. Ivan Ilitch se sentiu, num átimo, tão envergonhado e angustiado como não se sentira nos momentos mais insuportáveis de sua moléstia de oito dias. "Não aguentei!" — disse consigo mesmo e, todo enfraquecido, desabou em sua cadeira.

O FAZENDEIRO SELVAGEM

MIKHAIL SALTYKOV-CHTCHEDRIN

Era uma vez, no reino de berliques e berloques, um fazendeiro que vivia contente de estar vivendo. Tinha tudo a dar e vender: servos e cereais e bestas e campos e jardins. E era aquele fazendeiro bobo, lia o jornal *A Notícia*[1] e possuía um corpo mole, branco e rechonchudo.

E eis que rezou, um dia, aquele fazendeiro a Deus:

— Senhor! Vós me destes tudo, concedestes-me tudo! Há uma só coisa que meu coração não suporta: muitos mujiques[2] habitam em nosso reino!

Mas Deus sabia que o fazendeiro era bobo e não atendeu ao pedido dele.

Percebe o fazendeiro que o número de mujiques não diminui ao passar dos dias, mas, pelo contrário, aumenta; percebe isso e sente medo: "Vai que eles me comerão os bens todos?".

---

[1] Jornal político e literário, editado de 1863 a 1870, porta-voz da fidalguia reacionária que se opunha às reformas liberais do governo russo, em particular, à abolição da servidão.

[2] Denominação coloquial dos camponeses.

Consulta o fazendeiro seu jornal *A Notícia*, para saber o que se deve fazer nesse caso, e lê: "Esforça-te!".

— Só uma palavra está escrita — diz o fazendeiro bobo —, mas essa palavra é de ouro!

Começou ele, pois, a esforçar-se, e não de qualquer maneira ali, mas conforme as regras. Venha, por acaso, uma galinha do servo comer a cevada do amo, logo a manda, conforme as regras, para a sopa; disponha-se um servo a cortar, em segredo, lenhazinha no bosque do amo, logo carrega aquela lenha para o seu quintal e, conforme as regras, cobra de quem a cortou uma multa.

— É, sobretudo, por meio das multas que os aperto, hoje em dia! — conta o fazendeiro aos seus vizinhos. — Assim é que eles entendem melhor.

Veem os mujiques: por mais bobo que seja o fazendeiro, possui uma grande inteligência. Espremeu-os tanto que não podem mais nem botar o nariz para fora: tudo é proibido, por toda parte, nada é permitido, nada é deles! Vá uma vaquinha ao bebedouro, o fazendeiro grita: "A água é minha!"; saia da aldeia uma galinha, o fazendeiro grita: "A terra é minha!". A terra, a água, o ar — tudo agora é dele! Não têm os mujiques nem um pavio para acenderem a vela, nem uma vareta para varrerem a casa. E eis que imploraram todos os servos a Deus nosso Senhor:

— Seria mais fácil, Senhor, perecermos nós todos com nossos filhos do que penarmos, dessa maneira, a vida toda!

Ouviu nosso Deus misericordioso a súplica dos coitados e fez que não houvesse mais mujiques em toda a extensão das propriedades do bobo fazendeiro. Que fim tinham levado aqueles mujiques, disso ninguém estava ciente, porém as pessoas viram um turbilhão de moinha passar de repente e vários calções de mujique voarem, que nem uma nuvem negra, através dos céus. Foi, pois, o fazendeiro à sua sacada, cheirou o ar e sentiu que este se tornara, em todas as suas propriedades, não só puro como puríssimo. Naturalmente, ficou satisfeito. Pensou: "Agora é que vou mimar este corpo meu, corpo branco, gorducho e rechonchudo".

E foi levando uma vida boa, pensando com que divertir sua alma.

"Instalarei um teatro aqui!" — pensou. — "Escreverei ao ator Sadóvski:[3] vem, pois, caro amigo, e traz aí umas atrizes!"

Aceitou o ator Sadóvski esse convite: veio pessoalmente e trouxe umas atrizes. Percebe, contudo, que a casa do fazendeiro está vazia: não há ninguém para montar o teatro nem para subir o pano.

— Onde foi que meteste teus servos? — pergunta Sadóvski ao fazendeiro.

— Foi Deus quem ouviu minha oração e limpou todas as minhas fazendas de mujiques!

— Mas tu, mano, és um fazendeiro bobo! Quem é, pois, que te serve água para te lavares, bobalhão?

— Já faz tantos dias que ando sujo!

---

[3] Sadóvski, Prov Mikháilovitch (1818–1872): famoso ator russo que atuava, desde 1839, no Pequeno Teatro em Moscou.

— Queres, então, cultivar champinhons no teu rosto? — disse Sadóvski e, dito isso, foi embora, ele próprio, e levou as atrizes.

Lembrou o fazendeiro que moravam por perto quatro generais conhecidos e pensou: "Por que é que só faço a *grande patience*,[4] e de novo a *grande patience*? E se jogasse baralho com os generais, uma vez ou outra?".

Dito e feito: escreveu os convites, marcou a data e enviou as cartas a quem de direito. Aqueles generais eram verdadeiros, mas, não obstante, famintos; vieram, por consequência, correndo. Vieram, pois, e ficaram de boca aberta: por que será que o ar do fazendeiro se tornara tão puro assim?

— É porque Deus — gaba-se o fazendeiro — ouviu minha oração e limpou todas as minhas fazendas de mujiques!

— Ah, como isso é bom! — elogiam-no os generais.

— Não haverá, quer dizer, nenhum cheiro daqueles boçais por aqui?

— Nenhum — responde o fazendeiro.

Jogaram, eles cinco, uma partida de cartas, jogaram a outra. Sentem os generais que chegou a hora de beber vodca, inquietam-se, olham ao seu redor.

— Talvez desejem, senhores generais, beliscar uns petiscos? — indaga o fazendeiro.

— Seria bom, senhor fazendeiro!

---

[4] Grande paciência (em francês): jogo para uma pessoa só que consiste em dispor, de determinada maneira, as cartas do baralho.

Levanta-se ele da mesa, vai até o armário e tira de lá uma balinha e um pãozinho de mel para cada um deles.

— O que é isso, hein? — perguntam os generais, de olhos arregalados.

— Comam, pois, o que Deus me mandou!

— E a carninha de vaca? Queríamos a carninha de vaca!

— Não, senhores generais, não tenho carninha de vaca para vocês, porque, desde que Deus me livrou dos mujiques, o fogão, ali na cozinha, está apagado.

Os generais se zangaram tanto com ele que até os seus dentes ficaram rangendo.

— Mas tu mesmo rangas alguma coisa ou não? — puseram-se a xingá-lo.

— Como umas coisinhas cruas por acolá, e sobram ainda uns pães de mel...

— Mas tu, mano, és um fazendeiro bobo! — disseram os generais e, sem terminar o jogo, foram embora.

Vê o fazendeiro que o chamam, já pela segunda vez, de bobo. Estava prestes a refletir no assunto, mas, como lhe saltou aos olhos, nesse ínterim, o baralho, deixou tudo do mesmo jeito e começou a fazer sua *grande patience*.

— Vejamos — diz —, senhores liberais, quem vence a quem! Vou provar-lhes o que pode fazer a verdadeira firmeza de espírito!

Fez ele "o capricho de damas"[5] e pensa: "Se der certo três vezes seguidas, então me cumpre não prestar

---

[5] Uma das figuras do jogo chamado *grande patience*.

atenção". E, como que de propósito, quantas vezes dispõe as cartas, tantas vezes a sua *patience* dá certo! Não lhe restou, pois, nem sombra de dúvida.

— Visto que — diz — a própria fortuna aponta, então é preciso ser firme até o fim. E agora, enquanto isso, chega de fazer a *grande patience*; vou mexer um pouquinho!

E eis que ele está andando, andando pelos seus cômodos, depois se senta e fica sentado. E não para de refletir. Pensa naquelas máquinas que mandará trazer da Inglaterra, para que tudo seja movido pelo vapor e não haja nenhum cheirinho de boçais. Pensa naquele pomar que cultivará: "Aqui haverá peras, ameixas; ali, pêssegos; mais adiante, nozes!". Olha pela janela, e eis que tudo que imaginou está lá nos trinques! Curvam-se, por milagre, os seus pessegueiros, abricoteiros, pereiras, de tão carregados de frutos, e ele não faz outra coisa senão recolher esses frutos com suas máquinas e pô-los na boca! Pensa naquelas vacas que criará: nem pele nem carne, apenas leite, só leite! Pensa naqueles morangos que plantará — todos duplos e triplos, cinco bagas a libra — e quantos morangos assim venderá em Moscou. Fica, enfim, cansado de tanto pensar, aproxima-se do espelho para ver sua cara, e no espelho há todo um *verchok* de poeira...

— Senka![6] — desanda a gritar, de repente, mas logo se lembra de como estava e diz: — Pois bem, que

---

[6] Forma diminutiva e pejorativa do nome Semion.

fique assim por algum tempinho! Mas eu vou provar àqueles liberais o que pode fazer a firmeza de espírito!

Perambula, dessa maneira, até o anoitecer e vai dormir!

E tem, dormindo, sonhos mais joviais ainda do que aqueles diurnos. Sonha que o governador em pessoa ficou sabendo de sua firmeza inabalável e pergunta ao comandante da polícia distrital: "Quem é esse filho da mãe, esse durão que vocês têm aí no distrito?". Sonha depois que o designaram ministro, em decorrência da mesma firmeza inabalável, e que ele anda envolto em fitas e redige circulares: "Ser firme e não prestar atenção!". Sonha, a seguir, que passeia pelas margens do Eufrates e do Tigre[7]...

— Eva, minha amiguinha — diz ele.

Mas eis que os sonhos acabam: é hora de levantar-se.

— Senka! — grita o fazendeiro, outra vez esquecido, mas de improviso se lembra... e abaixa a cabeça.

— O que vou fazer, no entanto? — pergunta a si mesmo. — Tomara que o diabo traga, ao menos, algum duende!

E eis que, conforme seus votos, vem de repente o próprio comandante da polícia. Alegrou-se o bobo fazendeiro inefavelmente: foi correndo até o armário, tirou dois pãezinhos de mel e pensou: "Pois aquele ali, pelo jeito, ficará contente!".

---

[7] Segundo a tradição oriental, inclusive a bíblica, a localização do Paraíso terrestre.

— Diga, por favor, senhor fazendeiro, por que milagre todos os seus temporários[8] sumiram de vez? — indaga o comandante.

— É que Deus ouviu minha oração e limpou totalmente todas as minhas fazendas de mujiques!

— Pois bem. E o senhor fazendeiro não sabe, porventura, quem vai pagar impostos por eles?

— Impostos?... Mas eles mesmos, sim, eles mesmos! É seu dever sacrossanto e sua obrigação!

— Pois bem. E de que maneira é que se pode cobrar tais impostos deles, se eles estão, conforme a sua oração, espalhados pela face da terra?

— Mas isso aí... não sei... eu, por minha parte, não consentirei em pagar!

— E o senhor fazendeiro sabe, porventura, que sem esses impostos e contribuições e, mais ainda, sem as regalias de vinho e sal[9] a tesouraria não pode existir?

— Por mim... estou pronto! Um cálice de vodca... agora mesmo!

— E o senhor sabe que, por sua obra e graça, não dá mais para comprar um pedaço de carne nem uma libra de pão em nossa feira? O senhor sabe aonde isso pode levar?

— Misericórdia! Eu, por minha parte, estou disposto a sacrificar... eis aqui dois pãezinhos de mel!

---

[8] Trata-se dos camponeses libertos da servidão que continuavam, nos termos da lei, a trabalhar para os fazendeiros até acordarem com estes a compra de seus próprios lotes agrários.

[9] Taxas decorrentes do monopólio estatal para as vendas de vinho e sal.

— Como o senhor é bobo, senhor fazendeiro! — disse o comandante, virou-lhe as costas e foi embora. Nem mesmo olhara para os pãezinhos de mel.

Dessa vez, o fazendeiro ficou cismado para valer. Fora a terceira pessoa que o chamara de bobo; fora a terceira pessoa que o fitara de frente, cuspira e se retirara. Seria ele, de fato, bobo? Seria aquela firmeza que ele tanto acalentava na alma, se traduzida para uma linguagem comum, apenas uma tolice e uma loucura? Seria possível que, tão somente em razão de sua firmeza, tivesse parado o pagamento de impostos e regalias, e não houvesse mais como arranjar, na feira, nem uma libra de farinha nem um pedaço de carne?

E, sendo um fazendeiro bobo, ele até riu, a princípio, de tanto prazer, ao pensar na peça que tinha pregado, mas logo se recordou das palavras do comandante: "O senhor sabe aonde isso pode levar?" e teve um susto bem grande.

Começou, de acordo com seu costume, a andar de lá para cá pelos quartos, pensando: "Aonde, pois, isso pode levar? Por acaso, a um degredo, por exemplo, a Tcheboksáry ou, quiçá, a Varnâvino?[10]"

— Que seja a Tcheboksáry, no fim das contas! O mundo veria, ao menos, o que significa a firmeza de espírito! — diz o fazendeiro, pensando, em segredo de si próprio: "Quem sabe se não encontraria em Tcheboksáry os meus queridos mujiques?".

---

[10] Povoações situadas no interior da Rússia, notadamente na região do rio Volga, aonde eram mandados, de São Petersburgo, Moscou e outras cidades grandes, os degredados políticos.

Anda o fazendeiro e senta-se e torna a andar. E qualquer coisa de que se aproxima parece dizer-lhe: "Mas tu és bobo, senhor fazendeiro!". Vê um camundongo correr através do quarto e achegar-se, sorrateiramente, às cartas que ele usava para fazer sua *grande patience* sujas o suficiente para excitar o apetite dos ratos.

— Xô... — atirou-se contra o camundongo.

Mas o camundongo era inteligente e compreendia que, sem Senka, o fazendeiro não poderia prejudicá-lo de modo algum. Apenas moveu o rabo em resposta à exclamação ameaçadora do fazendeiro e, um instante depois, já o espiava, escondido sob o sofá, como que lhe dizendo: "Espera aí, fazendeiro bobo, farei mais que isso! Não só tuas cartas como também teu roupão comerei, assim que o sujares bastante!".

Não importa se decorreu pouco ou muito tempo, mas viu o fazendeiro que as veredas do seu jardim estavam tomadas de bardana, que as serpentes e outros répteis proliferavam nas moitas e que os bichos selvagens uivavam no parque. Um dia, aproximou-se da sua fazenda um urso e ficou lá agachado, olhando, através das janelas, para o fazendeiro e lambendo os beiços.

— Senka! — chamou o fazendeiro, mas se calou de repente... e começou a chorar.

Entretanto, a firmeza de espírito não o abandonava ainda. Sentia-se, vez por outra, prestes a fraquejar, mas, tão logo percebia que seu coração vinha amolecendo, abria rápido o jornal *A Notícia* e, num só minuto, recuperava a sua obstinação.

— Não, é melhor eu me asselvajar por completo, é melhor eu andar, com as bestas-feras, pelas florestas, contanto que ninguém diga que o fidalgo russo, o príncipe Urus-Kutchum-Kildibáiev[11] se afastou dos princípios!

E eis que ele se asselvajou. Se bem que o outono já tivesse chegado e fizesse um friozinho considerável, nem mesmo sentia aquele frio. Estava todo coberto de pelos, da cabeça aos pés como o antigo Esaú, e suas unhas eram como que de ferro. Havia tempos não assoava mais o nariz, andava principalmente de quatro e mesmo se espantava de não ter percebido antes que esse modo de passear era o mais decente e o mais cômodo de todos. Até perdera a capacidade de articular sons compreensíveis e assimilara um especial brado vitorioso, uma média do assovio, do chiado e do rugido. Mas ainda não adquirira o rabo.

Entra ele no parque, onde mimava outrora seu corpo gorducho, branco e rechonchudo, sobe, num instante como uma gata, ao topo de uma árvore e fica ali vigiando. Passa correndo uma lebre, põe-se nas patas de trás e escuta se não há algum perigo, e o fazendeiro selvagem já vem atacá-la. Salta, que nem uma flecha, da árvore, agadanha a sua presa, dilacera-a com as unhas e come-a, assim mesmo, com todas as tripas e toda a pele.

Criou ele uma força terrível, tamanha força que se achou no direito de estabelecer relações amigáveis

---

[11] O autor escarnece a suposta procedência oriental da nobreza russa: de fato, é difícil imaginar um sobrenome mais tártaro que esse.

com aquele mesmo urso que o espiava, noutros dias, pela janela.

— Queres, Mikhaile Ivânytch, fazer comigo campanhas contra as lebres? — disse ao urso.

— Querer lá quero! — respondeu o urso. — Mas não precisavas tu, mano, exterminar aqueles mujiques.

— Por que não?

— Porque comer o mujique era muito mais fácil do que essa tua laia fidalga. Digo-te, pois, sem rodeios: és um fazendeiro bobo, ainda que sejas meu amigo!

Enquanto isso, o comandante da polícia que, apesar de dar cobertura aos fazendeiros, levava em conta tal fato como o desaparecimento dos mujiques da face da terra, não teve a coragem de ocultá-lo. Ficaram as autoridades da província inquietas com seu relatório e escreveram-lhe: "Como o senhor acha: quem vai agora pagar impostos? quem vai beber vinho pelas bodegas? quem vai fazer travessuras inofensivas?". Responde o comandante que a tesouraria agora deve ser extinta; quanto às travessuras inofensivas, elas se extinguiram por si sós, e alastram-se pelo distrito, em vez delas, os roubos, assaltos e assassínios. E que, um dia desses, ele próprio, o comandante, quase foi dilacerado por um ser estranho, meio urso e meio homem, e suspeita que o tal urso-homem seja aquele mesmo fazendeiro bobo que provocou todo o pandemônio.

Alarmaram-se, pois, as autoridades e reuniram um conselho. Foi resolvido: apanhar os mujiques e pô-los de volta em seu devido lugar, e, quanto ao fazendeiro bobo que provocou todo o pandemônio, compeli-lo, da maneira mais delicada possível, a parar com as suas fanfarrices e não obstruir mais a entrada de impostos na tesouraria.

Nesse meio-tempo, como que de propósito, um enxame inteiro de mujiques passava voando pela capital da província e ocupou toda a praça comercial. Pegaram logo essa bênção toda, puseram-na numa carroça com grades e mandaram-na para o distrito.

E começou a cheirar novamente, aquele distrito, a moinha e peles de ovelha, mas, ao mesmo tempo, apareceram, na feira, a farinha, a carne e qualquer bicharada comestível, e juntaram-se, num dia só, tantos impostos que o tesoureiro não fez outra coisa, vendo tamanha pilha de dinheiro, senão agitar os braços, de tão pasmado, e exclamar:

— Onde arrumam esse dinheirão todo, safados?!

"Que fim, pois, levou o fazendeiro?" — perguntar-me-ão os leitores. Em resposta, posso dizer que ele também foi pego, embora a muito custo. Uma vez apanhado, assoaram-lhe de pronto o nariz, lavaram-no e cortaram as suas unhas. Depois o comandante da polícia lhe fez necessárias explicações, tomou-lhe o jornal *A notícia* e, deixando-o sob a vigilância de Senka, retirou-se.

O fazendeiro está vivo até hoje. Faz sua *grande patience*, sente saudades da sua antiga vida nas matas, toma banho apenas se obrigado e, vez por outra, fica mugindo.

O URSO GOVERNADOR

MIKHAIL SALTYKOV-CHTCHEDRIN

Os delitos grandes e sérios são muitas vezes chamados de esplendorosos e, como tais, inscritos nas páginas da História. Os delitos miúdos e fúteis são, por sua vez, chamados de vergonhosos e não apenas não induzem a História a erros, mas nem sequer ganham elogios por parte dos contemporâneos.

I. Toptíguin[1] I

Toptíguin I compreendia isso perfeitamente. Era um velho bicho servidor, sabia construir tocas e arrancar árvores com as raízes, ou seja, estava até certo ponto versado em engenharia. Mas a sua qualidade mais preciosa consistia em seu anelo de entrar, custasse o que custasse, nas páginas da História, em decorrência do qual ele apreciava, mais que tudo neste mundo, o esplendor das carnificinas. Desse modo, fossem quais fossem as conversas em que ele

---

[1] Na tradição folclórica russa, um dos nomes comuns do urso.

participava, referindo-se ao comércio, à indústria ou às ciências, chegavam sempre ao mesmo ponto: "Carnificinas... carnificinas... eis o que é necessário!".

E foi por isso que o Leão o promoveu a major e, como medida provisória, designou-o governador de uma longínqua floresta, para que dominasse os inimigos internos.

Ficou a população florestal ciente de que o major estava vindo e começou a cismar. Havia, àquela altura, tanta liberdade no meio dos mujiques silvestres que cada qual andava à sua maneira. Os animais corriam, as aves voavam, os insetos rastejavam; contudo, ninguém queria andar direito. Entendiam os mujiques que não os louvariam por essa conduta, mas já não podiam criar juízo sozinhos. "Assim que vier o major" — diziam —, "apanharemos para valer, saberemos então como se chama a sogra de Kuzka!".[2]

E foi o que ocorreu: mal eles piscaram os olhos, e Toptíguin já estava ali. Veio correndo, de manhãzinha, e assumiu o governo exatamente no dia de São Miguel, decidindo na hora: "Amanhã haverá uma carnificina". Não se sabe, ao certo, o que o incitou a tomar essa decisão, pois ele não era maldoso como tal, mas assim... apenas um bicho.

E teria cumprido, sem falta, o seu plano, se o diabo não lhe tivesse dado uma rasteira.

---

[2] As expressões russas que dizem respeito à sogra ou, mais frequentemente, à mãe de Kuzka significam um castigo violento, uma punição exemplar.

O problema é que, na expectativa da carnificina, dispôs-se Toptíguin a comemorar seu aniversário. Comprou um balde de vodca e embebedou-se, sozinho, completamente. E, como não tinha ainda construído a sua toca, teve de dormir, bêbado, no meio de uma clareira. Deitou-se, ficou roncando, e pela manhã, para mal dos pecados, aconteceu que um Passarinho sobrevoou aquela clareira. Era um Passarinho especial, inteligente: sabia carregar um baldezinho e, caso houvesse necessidade, cantar igual a um canário. Todas as aves se alegravam de olhar para ele, diziam: "Ainda verão, em breve, nosso Passarinho voar com uma pastinha!". Os boatos sobre a sua inteligência chegaram ao próprio Leão, e ele disse, mais de uma vez, ao Asno (naquele tempo, o Asno passava, graças a seus conselhos, por um sabedor): "Como queria ouvir, nem que fosse com um só ouvido, o tal Passarinho cantar nas minhas garras!".

Todavia, por mais esperto que fosse o Passarinho, não percebeu o perigo. Achou que um cepo apodrecido jazia em plena clareira, pousou em cima do urso e desandou a cantar. E Toptíguin tinha um sono leve. Sente alguém saltitar pelo seu corpanzil e pensa: "Na certa, é um inimigo interno!".

— Quem é esse vagabundo que vem saltitando por este meu corpanzil de governador? — bramiu, afinal.

Devia o Passarinho voar embora, mas nem dessa vez percebeu o perigo. Continuou em cima do urso, perplexo: o cepo está falando! Naturalmente, o major não aguentou: pegou o afoito com uma pata e, sem avistar, de ressaca, quem era, comeu-o.

Comer lá comeu, mas ficou, ao comê-lo, na dúvida: "O que foi que comi? E que inimigo foi esse que não deixou nada nos dentes?". Pensou assim por muito tempo, mas, bicho que era, não entendeu patavina. Tinha comido alguém, e ponto final. E não há jeito de corrigir esse tolo negócio, porque, mesmo se a avezinha mais inocente for engolida, apodrecerá na barriga do major tal e qual o pássaro mais criminoso.

— Para que o comi? — interrogava Toptíguin a si próprio. — Quando o Leão me mandava para cá, avisou: "Faz coisas marcantes, abstém-te de insignificantes!", e eu, desde o primeiro passo, fui engolindo os passarinhos! Mas nada grave: a primeira panqueca sempre sai ruim![3] Ainda bem que, de manhã cedo, ninguém tenha visto a minha besteira.

Ai-ai, não sabia, por certo, Toptíguin que na esfera administrativa o primeiro erro é justamente o mais fatal, e que, tomando desde o início uma direção torta, o curso administrativo se afasta, com o tempo, cada vez mais da linha reta...

E foi o que ocorreu: mal ele se acalmou, pensando que ninguém tinha visto a sua besteira, quando ouviu um estorninho[4] gritar-lhe da bétula ao lado:

— Bobão! Mandaram-no reduzir a gente ao mesmo denominador, e ele comeu o Passarinho!

Enfureceu-se o major: foi subindo na árvore para apanhar o estorninho, mas este, por não ser nada bobo,

---

[3] Ditado russo que se refere à necessidade de fazer várias tentativas para conseguir um bom resultado.

[4] Pequeno pássaro canoro, difundido em várias partes da Europa e comum na Rússia.

voou para a outra bétula. O urso foi subindo na outra, e o estorninho voou de volta para a primeira. Ficou o major, de tanto subir e descer, exausto. E, ao olhar para o estorninho, a gralha também criou coragem:

— Eta, que bicho! A gente boa esperava que aprontasse umas carnificinas, e ele comeu o Passarinho!

Correu o urso atrás da gralha, e eis que um lebracho pulou através de uma moita:

— Bourbon abestado! Comeu o Passarinho!

Um mosquito veio das plagas remotas:

— *Risum teneatis, amici!*[5] Comeu o Passarinho!

Um sapo coaxou no seu pântano:

— Um bobalhão daqueles! Comeu o Passarinho!

Numa palavra, é rir para não chorar. Corre o major de um lado para o outro, quer apanhar os zombeteiros, mas tudo em vão. E quanto mais se esforça, tanto mais bobo parece. Não se passou nem uma hora, e na floresta todos sabiam, pequenos e grandes, que o major Toptíguin comera o Passarinho. E toda a floresta ficou indignada. Não era aquilo que se esperava do novo governador. Pensava-se que ele glorificaria os matagais e pântanos com o esplendor das carnificinas, e fez-se, de fato, o quê? Aonde quer que vá, pois, Mikhaile Ivânytch, ouve como que um gemido por toda parte: "Como és bobo! Comeste o Passarinho!".

Agitou-se Toptíguin que nem um possesso, bramiu com todas as forças. Só uma vez na vida é que algo assim lhe acontecera. Fora tirado, naquela ocasião,

---

[5] Contenham o riso, amigos! (em latim): verso da obra *Arte poética* do poeta romano Horácio (65-8 a.C.).

da toca e atacado por uma matilha de cães que lhe mordiam, filhos da cadela, as orelhas, a nuca e mesmo embaixo do rabo! Olhara ele, como se diz, para os olhos da morte! Contudo, livrara-se, bem ou mal, da matilha: mutilara uma dezena de cães e fugira dos outros. E agora não tinha mais para onde fugir. Toda moita, toda árvore, todo cômoro o azucrinam, como se fossem vivos, e digne-se ele a escutá-los! Até a coruja, apesar de ser uma ave tola, aprendeu com os outros e grasna de noite: "Bobão! Comeu o Passarinho!".

Entretanto, o mais importante é que ele não apenas se vê humilhado, mas também percebe que seu prestígio de mandatário se torna, em seu princípio fundamental, cada dia menor. Vai que rumores atingem as matas vizinhas, e elas se põem a escarnecê-lo!

É pasmoso os motivos mais ínfimos acarretarem, por vezes, as consequências mais graves. O Passarinho era pequeno, mas estragou, para todo o sempre, a reputação de um abutre daqueles, por assim dizer! Antes de o major tê-lo engolido, nem vinha à mente de ninguém a ideia de chamar Toptíguin de bobo. Todos diziam: "Vossa Senhoria! Vós sois nossos pais, e nós somos vossos filhos!". Todos sabiam que o próprio Asno intercedia por ele junto ao Leão, e, se o Asno dava apreço a alguém, então esse alguém merecia respeito. E eis que, em razão do mais ínfimo erro administrativo, todos descobriram a verdade, e a frase "Bobão! Comeu o Passarinho" passou a saltar, como que sem querer, de cada língua. Daria no mesmo, aliás, se um mentor levasse, com suas medidas pedagógicas, um pobre colegial pequenino a suicidar-se... Mas não, não daria no mesmo, já que levar um colegial pequenino a suicidar-se não é um delito vergonhoso, mas, sim, um delito autêntico em que a própria História, quem sabe, reparará... Todavia, o Passarinho... vejam só, um Passarinho qualquer! "Eta, maninhos, que coisa engraçadinha!" — bradaram, em coro, os pardais, ouriços e sapos.

De início, falava-se no que fizera Toptíguin com indignação (e vergonha pela floresta natal); a seguir, começaram a zombar dele: primeiro os próximos e depois os distantes; primeiro as aves e depois os sapos, mosquitos e moscas. Todo o pântano, toda a floresta.

— Eis o que significa a opinião pública! — lamentava Toptíguin, esfregando, com uma pata, o seu focinho arranhado por moitas espinhosas. — E se depois a gente parar nas páginas da História... com o Passarinho?

E a História era algo tão grande que suas menções deixavam Toptíguin cismado. Por si só, tinha uma ideia bem vaga dela, porém ouvira o Asno dizer que até o Leão a temia: "Não é bom entrar nas páginas da História como um bicho!". A História valoriza apenas as carnificinas mais gloriosas e menciona as de pouca monta com cusparadas. Se ele matasse, para começar, um rebanho de vacas, arruinasse toda uma aldeia por meio de roubos ou então destruísse a casinhola do lenhador até os alicerces, aí a História... De resto, aí a História não valeria nada! O principal é que o Asno lhe escreveria, em tal ocasião, uma carta lisonjeira! E agora, vejam só: comeu o Passarinho e, desse modo, ficou famoso! Percorreu mil verstas, gastou tanto dinheiro público com a viagem e, antes de qualquer coisa, comeu o Passarinho... ah! A garotada vai aprender isso nos bancos de escola! Tanto o tungus[6] selvagem quanto o calmuco,[7] filho das estepes,[8] todos dirão: "Mandaram o major Toptíguin dominar os inimigos, e ele, em vez disso, comeu o Passarinho!". É que os filhos do próprio major estudam numa escola! Até agora os coleguinhas chamavam-nos de filhos do major e, daqui em diante, vão caçoar deles a cada passo, gritando: "Comeu o Passarinho! Comeu o Passarinho!". Quantas carnificinas gerais é que ele terá de fazer para se redimir desse opróbrio! Que mundaréu terá de roubar, arruinar e matar!

Malditos são aqueles tempos em que a cidadela do bem-estar popular é construída com base em grandes delitos, mas vergonhosos — sim, vergonhosos, mil vezes vergonhosos! — são aqueles em que se pretende alcançar o mesmo objetivo com base em delitos miúdos e fúteis!

Anda Toptíguin inquieto, não prega os olhos à noite, não escuta os relatórios, e pensa numa só coisa: "Ah, o que é que o Asno vai falar dessa travessura de seu major?".

E de repente, como se o palpite se realizasse, vem a prescrição do Asno: "Chegou ao conhecimento de

---

[6] Tunguses (atualmente denominados "evenkis") constituem um povo indígena que habita o extremo Norte da Rússia.
[7] Trata-se de outro povo indígena, de origem mongol, que habita a região do rio Volga e do mar Cáspio.
[8] Alusão ao antológico poema *Não foi a mão que ergui meu monumento...*, de Alexandr Púchkin, em que o poeta prediz a sua universal fama póstuma.

Sua Excelência o senhor Leão que você não dominara os inimigos internos, mas, em vez disso, comera o Passarinho. Isso é verdade?".

Teve Toptíguin de reconhecer sua falta. Escreveu um relatório e, todo contrito, ficou esperando. Entenda-se bem que não poderia haver nenhuma outra resposta senão a seguinte: "Bobão! Comeu o Passarinho!". Mas, em particular, o Asno deu a entender ao culpado (é que o urso lhe mandara, junto do seu relatório, um potezinho de mel como presente): "É imprescindível que você faça uma carnificina extraordinária a fim de erradicar tal impressão execrável...".

— Se o remédio for esse, ainda vou consertar a minha reputação! — disse Mikhaile Ivânytch.

Atacou logo uma carneirada e matou todos os carneiros até o último. Depois apanhou uma mulherzinha nas moitas de framboesa e arrancou-lhe uma cesta de bagas. Depois começou a buscar os fios e raízes[9] e derrubou, para não perder tempo, toda uma floresta. Por fim, invadiu de noite uma tipografia, quebrou as máquinas, misturou as letras e, quanto às obras da mente humana, jogou-as numa latrina. Ao fazer tudo isso, ficou de cócoras, filho da mãe, à espera da recompensa.

No entanto, suas expectativas não lograram êxito.

Embora o Asno tivesse aproveitado o primeiro ensejo para pintar as façanhas de Toptíguin da melhor maneira possível, o Leão não apenas deixou de recompensá-lo, mas até rabiscou, com a própria

---

[9] Isto é, desvendar os crimes e conspirações reais ou imaginários.

pata, num canto do relatório do Asno: "Não acridito que esse oficial tenha coragem, pois é aquele mesmo Taptíguin que comeu o meu Passarinho quirido!". E ordenou que o reformassem da infantaria.

Assim, quedou-se Toptíguin I major para sempre... E, se tivesse começado logo pelas tipografias, seria agora um general.

II. Toptíguin II

No entanto, acontece por vezes que nem os delitos esplendorosos dão certo. Um outro Toptíguin era fadado a fornecer um lamentável exemplo disso.

Naquela mesma época em que Toptíguin I brilhava em seu matagal, o Leão mandou para um matagal similar outro governador, igualmente major e também Toptíguin. Este era mais inteligente que seu xará e, o mais importante, compreendia que, no tocante à reputação administrativa, todo o futuro do administrador dependia do seu primeiro passo. Destarte, antes ainda de receber seu dinheiro para a viagem, ele ficou amadurecendo o plano de sua campanha e só depois correu para assumir o cargo.

Não obstante, sua carreira foi ainda menos longa que a de Toptíguin I.

Ele se dispunha, notadamente, a destruir uma tipografia, tão logo chegasse à sua floresta; aliás, o próprio Asno assim o aconselhara. Esclareceu-se, porém, que no matagal a ele confiado não havia tipografia alguma, conquanto os anciães lembrassem que existira outrora — embaixo daquele pinheiro ali —

uma máquina manual de imprimir, a qual produzia os jornais florestais, mas ainda na época de Magnítski[10] a dita máquina fora queimada em público, mantendo-se apenas o comitê de censura, que transferira a função dos jornais para os estorninhos. Voando, toda manhã, pela floresta, estes divulgavam notícias políticas, e ninguém tinha nenhum incômodo com isso. Sabia-se, de igual modo, que um pica-pau não cessava de escrever, na casca das árvores, a "História dos matagais", mas aquela casca, à medida que os escritos a recobriam, também era roída e carregada embora pelas formigas ladras. Dessa maneira, os mujiques florestais viviam sem conhecer o passado nem o presente, e sem olhar para o futuro. Em outras palavras, andavam de um canto para o outro, envoltos na treva dos tempos.

Então o major perguntou se não havia na floresta, ao menos, uma universidade ou uma academia que se pudesse queimar. Esclareceu-se, contudo, que nisso também Magnítski antecipara as suas intenções: alistara todos os universitários nos batalhões de infantaria e enclausurara os acadêmicos num oco de árvore, onde eles permaneciam, imersos numa letargia, até o dia corrente. Zangou-se Toptíguin e exigiu que trouxessem logo aquele Magnítski para trucidá-lo (*similia similibus curantur*),[11] mas recebeu como resposta que Magnítski, por vontade de Deus, falecera.

---

[10] Magnítski, Mikhail Leôntievitch (1778–1844): estadista russo, extremamente reacionário e obscurantista, que, sendo interventor governamental em Kazan (1819–1826), levou a vida intelectual e cultural dessa cidade à completa ruína.

[11] Semelhante por semelhante se cura (em latim).

Nada a fazer: sentiu-se Toptíguin II entristecido, mas não se rendeu aos pesares. "Se não há como matar a alma desses cafajestes, pois não a possuem" — disse a si mesmo —, "está na hora de arrancar sua pele!"

Dito e feito. Escolheu uma noite bastante escura e assaltou a casa do mujique vizinho. Escorchou, um por um, o cavalo, a vaca, o porco, um par de ovelhas e, mesmo ciente de ter arruinado o mujique completamente, ainda achou isso pouco. "Espera" — disse ele —, "que vou destruir a tua casa todinha, deixar-te, para sempre, na pindaíba!". Dizendo assim, subiu ao telhado para consumar o seu delito, só que não tinha suposto que as vigas estivessem podres. Logo que pisou nessas vigas, elas cederam de supetão. Ficou o major pendurado nos ares: percebe que vai tombar, iminentemente, no chão, mas não quer que isso lhe sobrevenha. Agarrou-se, pois, a um madeiro quebrado e começou a bramir.

Ouvindo o bramido, acorreram os mujiques: um deles com uma estaca, um outro com seu machado, um outro ainda com um chuço.[12] Voltem-se para onde se voltarem, só veem um caos por toda parte. Os tabiques estão quebrados, o portão está aberto, nos currais há poças de sangue. E o próprio facínora, pendurado no meio de tudo. Explodiram, então, os mujiques.

---

[12] Pau armado com uma ponta de ferro comprida e aguda, uma espécie de lança; na Rússia antiga, símbolo da resistência dos camponeses à servidão.

— Eta, anátema! Queria agradar a sua chefia, e nós, por causa disso, temos de nos ferrar todos! Vamos, maninhos, acolhê-lo!

Dito isso, puseram o chuço exatamente naquele lugar em que Toptíguin haveria de cair e acolheram-no. Depois lhe tiraram a pele e levaram o corpo esfolado ao pântano, onde as aves de rapina o laceraram, até a manhã seguinte, por inteiro.

Dessa forma, surgiu uma nova prática florestal a estabelecer que os delitos esplendorosos podiam ter consequências não menos trágicas que os delitos vergonhosos.

Essa prática recém-instituída foi comprovada também pela História florestal, que acrescentou, para maior clareza, que a classificação dos delitos em esplendorosos e vergonhosos, comum nos manuais de história (editados para o ensino médio), estava abolida para todo o sempre, e que, dali em diante, todos os delitos, de modo geral, fosse qual fosse a sua envergadura, seriam denominados "vergonhosos".

Informado acerca disso pelo Asno, o Leão rabiscou, com a própria pata, em seu relatório: "Fazer o major Toptíguin III saber a sentença da História, e que se vire".

III. Toptíguin III

O terceiro Toptíguin era mais inteligente que seus precursores homônimos. "Mas que negócio enrolado!" — disse consigo mesmo, ao ler a resolução do Leão. — "Quem aprontar pouco, acaba zombado; quem aprontar muito, acaba furado... Será que preciso ir mesmo?"

Enviou ele uma interpelação ao Asno: "Desde que não se possa cometer nem grandes nem pequenos delitos, será que se pode, ao menos, cometer delitos médios?", porém o Asno respondeu de modo ambíguo: "Encontrará todas as instruções referentes a esse assunto nos Estatutos florestais". Consultou os Estatutos florestais, mas lá se falava de tudo — dos impostos sobre peles, cogumelos e bagas, e até mesmo dos cones de abeto —, enquanto, sobre os delitos, nem uma palavra! E mais tarde, a todas as posteriores indagações e insistências dele, o Asno responderia da mesma forma enigmática: "Aja conforme as conveniências!".

— Eis a que tempos a gente chegou! — resmungava Toptíguin III. — Outorgam à gente uma alta patente, mas não informam com que delitos se pode justificá-la!

Surgiu-lhe, de novo, o pensamento: "Será que preciso ir mesmo?", e, se não tivesse lembrado que monte de dinheiro público estava reservado para a sua viagem na tesouraria, decerto não teria ido!

Veio ele aos matagais caminhando, com toda a modéstia. Não marcou nem recepções oficiais nem datas de prestação de contas, mas foi direto à toca, enfiou a pata em seu bocão e deitou-se. Pensa, deitado: "Nem se pode mais esfolar uma lebre, senão tomarão isso por um delito! E quem tomará? Ainda seria bom, se fosse o Leão ou o Asno, ainda daria para aguentar, mas uns mujiques ali!... E, como se não bastasse, acharam a tal de História... mas que his-tó-ria, de fato!". Gargalha Toptíguin em sua toca, lembrando-se da História, mas seu coração está com pavor; sente que o próprio Leão tem medo daquela História... Como é que vai apertar a escória florestal, não faz disso a menor ideia. Exigem-lhe muita coisa, porém não deixam perpetrar o mal! Qualquer caminho que ele escolher, ouve, desde os primeiros passos: "Espera aí! Não é tua praia, não!". Agora há "direitos" em cada canto. Até um esquilo tem, hoje em dia, direitos! Uma bala no teu nariz — eis como são teus direitos! Os outros lá têm direitos, e ele só tem deveres! E nem deveres tem, na verdade, apenas um vácuo! Os outros se matam a torto e direito, e ele nem se atreve a degolar alguém! O que é isso? E tudo por culpa do Asno: é ele que inventa as coisas, é ele que faz toda a ladainha! "Quem pôs o asno em liberdade, quem rompeu os laços do burro selvagem?"[13] — eis o que deveria recordar a toda hora, mas ele fica berrando sobre aqueles "direitos"! "Aja conforme as conveniências!" — ah!

Passou o urso muito tempo assim, sugando a pata, e nem sequer assumiu, como lhe cumpria, a gestão do matagal a ele confiado. Um dia, tentou pronunciar-se "conforme as conveniências": subiu ao topo do mais alto pinheiro e bramiu de lá com voz alterada; contudo, nem isso surtiu efeito. A escória florestal andava tão descarada, sem ter visto, havia tempos, nenhum delito, que disse apenas, ouvindo

---

[13] O autor cita o Antigo Testamento (Jó, 39:5).

esse bramido: "Ó, Michka[14] bramindo! Mordeu, talvez, sua pata, enquanto dormia!". E Toptíguin III voltou para a sua toca...

Repito, porém: era um urso inteligente e não foi para a toca a fim de entregar-se às lamentações inúteis, mas com o intento de solucionar realmente o seu problema.

E solucionou-o.

Ao passo que ele permanecia deitado, tudo se passava, naquela floresta, de modo naturalmente estabelecido. Não se podia, por certo, chamar esse modo de plenamente "bem-sucedido"; todavia, a tarefa do governador não consiste, de forma alguma, em alcançar certo sucesso sonhado, mas em resguardar a ordem antigamente imposta (mesmo que esta seja malsucedida) de quaisquer estragos. Tampouco consiste ela em praticar delitos grandes, médios ou pequenos, mas em contentar-se com os delitos "naturais". Se é natural, desde os tempos antigos, os lobos esfolarem as lebres, e os gaviões e corujas depenarem as gralhas, então, sendo essa a "ordem", mesmo que não possua nada de bem-sucedido, faz-se necessário reconhecê-la como tal. E se, nesse meio-tempo, as lebres e as gralhas não apenas deixam de exprimir seu descontentamento, mas, pelo contrário, continuam a procriar e povoar a terra, isso significa que a "ordem" não ultrapassa aqueles limites que lhe foram determinados inicialmente. Será que não bastam esses delitos "naturais"?

---

[14] Um dos nomes folclóricos do urso.

Em nosso caso, tudo ocorria precisamente dessa maneira. Nenhuma vez a floresta mudou a fisionomia que lhe convinha. Soavam nela, dias e noites, milhões de vozes, umas das quais apresentavam clamores de agonia e as outras, brados de vitória. As formas externas, os sons, as sombras e luzes, a composição populacional — tudo parecia imutável, como que entorpecido. Numa palavra, era uma ordem tão consolidada e firme que, ao vê-la, nem o governador mais cruento e diligente teria a ideia de praticar quaisquer formidáveis delitos que fossem, ainda mais "sob a responsabilidade pessoal de Vossa Senhoria".

Desse modo, toda uma teoria de insucesso bem-sucedido formou-se, de chofre, perante o olhar espiritual de Toptíguin III. Formou-se com todos os pormenores e mesmo já posta à prova. O urso se recordou de o Asno ter dito, um dia, numa conversa amigável:

— Mas que delitos são esses que você menciona o tempo todo? O principal, em nosso ofício, é *laissez passer, laissez faire!*[15] Ou, se expresso em russo: "Um bobo em cima do outro bobo, e com um bobo na mão por chicote"! Eis o que é. Se você, meu amigo, agir de acordo com essa regra, o delito se fará por si só, e todos os seus negócios correrão bem!

---

[15] Deixai passar, deixai fazer (em francês): princípio fundamental do liberalismo econômico, formulado pela primeira vez no século XVIII (supostamente por Pierre Le Pesant de Boisguilbert: 1646–1714), segundo o qual o governo concede ao empresariado total liberdade de ação.

E era aquilo mesmo que ocorria. Cumpria-lhe apenas ficar parado e alegrar-se de que um bobo cavalgasse em cima do outro, e todo o restante se faria sozinho.

— Nem compreendo para que mandam governadores! É que, mesmo sem eles...[16] — brincou o major de liberalismo, mas, relembrando os vencimentos que recebia, conteve tal pensamento frívolo: não fora nada, silêncio, silêncio...

Com essas palavras, virou-se para o outro lado e decidiu que sairia da toca somente para receber os seus vencimentos. E depois tudo foi, na floresta, às mil maravilhas. O major dormia, e os mujiques traziam leitões, galinhas, mel e mesmo cachaça, amontoando esses tributos à entrada da toca. Nas horas indicadas, o major despertava, saía da toca e comia até dizer chega.

Assim, Toptíguin III passou muitos anos deitado em sua toca. E, visto que a ordem florestal, malsucedida, mas universalmente desejada, não foi nenhuma vez infringida, nesse tempo todo, e não aconteceram outros delitos senão aqueles "naturais", o Leão não deixou o major desfavorecido. Promoveu-o, primeiro, a tenente-coronel, depois a coronel, e por fim...

Mas aí os mujiques caçadores vieram invadir o matagal, e Toptíguin III fugiu da toca para os campos. E teve o fim de todos os bichos de caça.

---

[16] O autor cita o conto *Diário de um louco*, de Nikolai Gógol.

A FLOR VERMELHA

VSÊVOLOD GÁRCHIN

À memória de Ivan Serguéievitch Turguênev

I

— Em nome de Sua Majestade o imperador Piotr Primeiro,[1] declaro a inspeção deste asilo de loucos!

Essas palavras foram ditas por uma voz alta, brusca, estridente. O escrivão do hospital, que registrava o doente num grande livro posto numa mesa toda manchada de tinta, não pôde conter o sorriso. Mas dois rapazes, que acompanhavam o doente, não riam: eles mal se mantinham em pé ao passar dois dias sem dormir, a sós com o louco que acabavam de trazer por estrada de ferro. Na penúltima estação sua crise

---

[1] Piotr I (1672–1725), também conhecido no Ocidente como Pedro, o Grande: primeiro imperador russo, fundador da dinastia dos Românov, cujas reformas políticas, administrativas e econômicas visavam à transformação da Rússia patriarcal e subdesenvolvida numa das grandes potências europeias.

de fúria recrudescera; então os rapazes arranjaram, nalgum lugar, uma camisa de força e, chamando os condutores e um gendarme,[2] amarraram o doente. Assim o transportaram até a cidade, assim o trouxeram para o hospital.

Ele estava medonho. Vestido por cima das roupas cinza, que o doente fizera em pedaços durante a crise, um blusão de áspera lona com um largo recorte prendia-lhe o torso; as mangas compridas, atadas por trás, apertavam seus braços cruzados ao peito. Seus olhos arregalados e inflamados (ele não dormia havia dez dias) brilhavam fixos e ardentes; um espasmo nervoso contraía-lhe o lábio inferior; a cabeleira crespa e emaranhada caía sobre a testa, como uma juba; a passos rápidos e pesados, ele percorria a antessala, examinando as velhas estantes com papéis e as cadeiras oleadas, e, vez por outra, olhando de soslaio para seus acompanhantes.

— Levem-no para a enfermaria, a da direita.

— Eu sei, sei. Já estive aqui no ano passado. A gente viu o hospital. Eu sei tudo, será difícil enganar-me! — disse o doente.

Ele se virou para a porta. O vigia abriu-a, e, com o mesmo passo rápido, pesado e resoluto, erguendo a cabeça insana, o doente saiu da antessala e, quase correndo, dirigiu-se à enfermaria do lado direito. A escolta mal conseguia acompanhá-lo.

---

[2] Na Rússia do século XIX, militar da corporação policial encarregada de manter a ordem pública.

— Toca a campainha. Eu não posso. Vocês me amarraram os braços.

O porteiro abriu as portas, e todos entraram no hospital.

Era um grande prédio de alvenaria, construído, outrora, por conta pública. O andar de baixo era ocupado por duas grandes salas, uma das quais servia de refeitório e a outra, de aposento para doentes mansos, um largo corredor com uma porta envidraçada que dava para o jardim com seu canteiro de flores, e duas dezenas de quartos separados onde moravam os doentes; ali mesmo, havia dois quartos escuros, um acolchoado e o outro forrado de tábuas, em que trancavam os furiosos, e um enorme cômodo lúgubre, de teto abobadado: o banheiro. O andar de cima era ocupado por mulheres. Um ruído confuso, mesclado com uivos e berros, vinha de lá. Feito para oitenta pacientes, o hospital atendia vários municípios vizinhos, e, portanto, cabiam nele até trezentas pessoas. Cada um de seus cubículos tinha quatro ou cinco leitos; no inverno, quando os doentes não podiam ir ao jardim e todas as janelas com grades de ferro estavam bem fechadas, o ar do hospital ficava irrespirável.

O novo paciente foi conduzido ao cômodo em que se encontravam as banheiras. Capaz de apavorar mesmo uma pessoa saudável, a impressão que este causava era ainda mais forte para a sua imaginação perturbada e excitada. Iluminado por uma só janela de canto, esse grande cômodo de teto abobadado e chão de pedra, todo visguento, tinha as paredes e abóbadas pintadas de óleo vermelho escuro; duas banheiras de pedra embutidas no chão preto de lama pareciam duas fossas ovais cheias d'água. Um enorme forno de cobre com sua caldeira cilíndrica para esquentar a água e todo um sistema de tubos e torneiras de cobre ocupava o canto oposto à janela; para uma mente transtornada, tudo ali tinha um aspecto excepcionalmente sinistro e fantástico, e o vigia responsável pelas banheiras, um gordo ucraniano sempre calado, aumentava essa impressão com sua soturna fisionomia.

E quando trouxeram o doente para esse terrível cômodo, a fim de banhá-lo e, conforme o sistema de tratamento do médico-chefe, aplicar-lhe na nuca um grande adesivo, ele foi tomado de pavor e cólera. Os pensamentos absurdos, um mais monstruoso do que o outro, rodopiavam em sua cabeça. O que seria aquilo? A inquisição? Um local de execuções secretas onde seus inimigos decidiram acabar com ele? Talvez o próprio inferno? Ficou pensando, enfim, que era uma provação. Tinham-no despido, apesar da resistência desesperada. Com as forças dobradas pela doença, ele se livrava facilmente das mãos de vários vigias, os quais caíam no chão; por fim, quatro homens derrubaram-no e, segurando pelos braços e pernas, puseram-no na água quente. Achou-a férvida, e um pensamento breve e desconexo, algo sobre a tortura com água e ferro, surgiu na sua cabeça insana. Engasgando-se com água e agitando espasmodicamente os braços e as pernas, que os vigias seguravam com toda a força, o doente gritava, sufocado, as palavras sem nexo que não seria possível imaginar sem tê-las ouvido de fato. Eram, ao mesmo tempo, orações e maldições. Ele gritou assim até perder as forças; então, chorando lágrimas amargas, disse em voz baixa uma frase que não tinha nada a ver com suas falas precedentes:

— Ó santo mártir Jorge! Entrego-te o meu corpo. E meu espírito, não — oh, não!...

Os vigias continuavam a segurá-lo, conquanto ele se tivesse acalmado. O banho quente e a bolsa com gelo, que lhe haviam posto na cabeça, surtiram efeito. Mas quando o retiraram, quase desacordado, da água e o fizeram sentar-se num tamborete para aplicar o adesivo, o resto das forças e os pensamentos insanos como que explodiram de novo.

— Por quê? Por quê? — gritava ele. — Eu não quis mal a ninguém! Por que vocês me matam? O-o-oh! Ó Senhor! Ó vós que fostes torturados antes de mim! Peço-vos, poupai...

Um toque abrasador na nuca fez que ele voltasse a debater-se com desespero. A escolta não conseguia rendê-lo nem sabia mais o que fazer.

— Nada a fazer — disse o soldado que efetuava a operação. — Temos de apagar.

Essas palavras simples fizeram o doente estremecer. "Apagar!... Apagar o quê? Apagar a quem? A mim!" — pensou ele e, mortalmente assustado, fechou os olhos. O soldado pegou nas duas pontas de uma áspera toalha e, com forte aperto, passou-a pela sua nuca, arrancando o adesivo e a camada superior de pele, e deixando à mostra uma escoriação vermelha. A dor provocada por essa operação, insuportável até para uma pessoa calma e saudável, pareceu a ele o fim de tudo. Desesperado, o doente juntou todas as forças, livrou-se das mãos dos vigias, e seu corpo nu foi rolando pelas lajes de pedra. Pensava que tivessem cortado sua cabeça. Queria gritar e não conseguia. Levaram-no para a cama num desmaio a que se seguiria um sono longo e profundo, um sono de chumbo.

II

Ele acordou de noite. Estava tudo silencioso; no grande quarto vizinho ouvia-se a respiração dos doentes adormecidos. Algures ao longe, um doente trancado, até a manhã seguinte, no quarto escuro conversava consigo mesmo com uma estranha voz monótona, enquanto em cima, na enfermaria feminina, um contralto rouquenho entoava uma cantiga selvagem. O doente passou a escutar esses sons. Ele sentia imensa fraqueza e fadiga em todos os membros; seu pescoço doía muito.

"Onde estou? O que está acontecendo comigo?" — foi isso que lhe veio à cabeça. E de repente, com uma clareza extraordinária, ele imaginou o último mês de sua vida e entendeu que estava doente e qual era a sua doença. Lembrou uma série de ideias, palavras e ações absurdas, e todo o seu ser ficou tremendo.

— Mas já passou, graças a Deus, já passou! — murmurou ele e adormeceu outra vez.

A janela aberta com grades de ferro dava para uma viela entre uns grandes prédios e o muro do hospital; ninguém entrava jamais nessa viela tomada por um arbusto inculto e pelo lilás que florescia, exuberante, nessa estação do ano... Atrás das moitas, bem em frente à janela, havia uma alta cerca escura; todos banhados de luar, os ápices das altas árvores de um vasto jardim viam-se detrás dela. Do lado direito, erguia-se o prédio branco do hospital, cujas janelas com grades de ferro estavam iluminadas por dentro; do lado esquerdo, o muro surdo e branco do necrotério iluminado pela lua. Atravessando as grades da janela, o luar adentrava o quarto, caía no chão e alumiava parte da cama e o rosto do doente, exausto e pálido rosto de olhos fechados; agora não havia nele nada de insano. Era o profundo e pesado sono de um homem extenuado: sem sonhos nem mínimos movimentos, e quase sem respiração. Por alguns instantes, ele acordara em pleno juízo, como se estivesse curado, para amanhecer na mesma loucura.

III

— Como o senhor se sente? — perguntou o doutor no dia seguinte.

O doente, que acabava de acordar, ainda estava deitado sob a coberta.

— Muito bem! — respondeu ele, pulando da cama, calçando suas pantufas e pegando o roupão. — Estou ótimo! Só uma coisa: aqui!

E apontou para sua nuca.

— Não posso virar o pescoço sem dor. Mas isso passa. Está tudo bem, quando a gente entende; eu cá entendo.

— O senhor sabe onde está?

— Claro, doutor! Estou num asilo de loucos. Mas, quando a gente entende, isso não é nada. Absolutamente nada.

O doutor encarava-o com toda a atenção. Seu rosto bonito e bem cuidado, com uma barba fulva perfeitamente penteada e olhos azuis, que olhavam, tranquilos, através dos óculos de ouro, estava imóvel e impassível. O doutor observava.

— Por que é que o senhor me encara desse jeito? Não vai ler o que tenho na alma — prosseguiu o doente —, e eu leio a sua claramente! Por que o senhor faz mal? Por que reuniu essa multidão de desgraçados e a retém aí? Para mim, tanto faz — entendo tudo e estou tranquilo —, mas eles? Para que servem esses suplícios? Uma pessoa que chegou a criar em sua alma uma grande ideia, uma ideia geral, não se importa com sua morada nem suas sensações. Mesmo com a vida e a morte... Não é bem assim?

— Quem sabe — respondeu o doutor, ao sentar-se, no canto do quarto, numa cadeira, de modo que pudesse ver o doente, o qual andava rápido de um lado para o outro, arrastando as enormes pantufas de couro cavalar e agitando as abas de seu roupão de algodão com largas listras vermelhas e grandes flores. O enfermeiro e o vigia, que acompanhavam o doutor, continuavam plantados perto da porta.

— Eu também a tenho! — exclamou o doente. — E, quando a encontrei, senti-me renascido. Meus sentidos ficaram mais aguçados, o cérebro funciona como nunca. O que antes alcançava por meio de muitas deduções e suposições, agora o concebo por intuição. Eu realmente compreendi o que a filosofia tinha elaborado. Eu, em pessoa, vivencio aquelas grandes ideias de que o espaço e o tempo são meras ficções. Eu vivo em todos os séculos. Vivo fora do espaço, em qualquer lugar ou, se quiserem, em lugar algum. Portanto não me importa que esteja solto ou amarrado, que vocês me detenham aqui ou ponham em liberdade. Já percebi que há por aí outras pessoas iguais a mim. Mas, para o resto da multidão, essa situação é horrível. Por que não os soltam? Quem estará precisando...

— O senhor disse — interrompeu o doutor — que vivia fora do tempo e do espaço. Porém, não podemos negar que nós dois estamos neste quarto, e que agora (o doutor tirou o relógio) são dez horas e meia do dia 6 de maio de 18**. O que está pensando disso?

— Nada. Para mim, não faz diferença onde estejamos nem quando vivamos. E se for assim para mim, isso não significa que estou em toda parte e sempre?

O doutor sorriu.

— Rara lógica — disse, levantando-se. — Talvez o senhor tenha razão. Até a vista. Aceita um charutinho?

— Obrigado. — O doente parou, pegou o charuto e, nervoso, mordeu-lhe a ponta. — Isso ajuda a pensar — disse. — É o mundo, o microcosmo. Numa ponta, há álcalis, e na outra, ácidos... Assim é o equilíbrio do mundo em que os princípios opostos se neutralizam. Adeus, doutor!

O doutor foi embora. A maioria dos doentes esperava por ele de pé, ao lado de suas camas. Não há chefia que goze de tanto prestígio aos olhos dos subalternos quanto possui um doutor psiquiatra aos dos loucos.

E o doente, que ficara sozinho, continuava a percorrer impetuosamente a sua cela. Serviram-lhe chá; sem se sentar, ele despejou, em dois tragos, uma grande caneca e, quase num instante, engoliu uma grossa fatia de pão branco. Depois saiu do quarto e, durante várias horas, ficou andando sem parar, com esse seu passo rápido e pesado, ao longo de todo o prédio. O dia estava chuvoso, e os doentes não podiam ir ao jardim. Quando um enfermeiro veio buscar o novo paciente, apontaram-lhe para o fim do corredor; ele estava lá, de rosto contra a porta envidraçada do jardim, fitando o canteiro de flores. Uma flor rubra, de cor excepcionalmente viva — uma espécie de papoula —, tinha-lhe atraído a atenção.

— Venha medir o peso — disse o enfermeiro, tocando seu ombro.

E, quando o doente se virou para ele, recuou de susto, tanta fúria animalesca e tanto ódio brilhavam nos olhos enlouquecidos. Mas, vendo o enfermeiro, o doente logo mudou de expressão e, resignado, seguiu-o sem uma palavra, como que imerso numa meditação profunda.

Eles entraram no gabinete do doutor; o doente se pôs na plataforma de uma pequena balança decimal, e o enfermeiro, ao medir-lhe o peso, anotou no livro, frente ao nome dele: 109 libras. No dia seguinte, ele pesava 107 libras, e no terceiro dia, 106.

— Se continuar assim, não sobreviverá — disse o doutor e mandou alimentar o paciente da melhor maneira possível.

Mas, apesar disso e não obstante o apetite extraordinário do doente, ele ficava cada dia mais magro, e, cada dia, o enfermeiro anotava no livro menos e menos libras de peso. O doente quase não dormia e passava dias inteiros num movimento ininterrupto.

IV

Ele compreendia que estava num asilo de loucos, compreendia mesmo que estava doente. Às vezes, como na primeira noite, ele acordava, no meio do silêncio, após um dia inteiro de agitação violenta, sentindo dor em todos os membros e um peso terrível no crânio, mas plenamente consciente. A ausência de impressões em silêncio e penumbra da noite, ou então a fraca atividade do cérebro de um homem que acabava de acordar, faziam, talvez, que nesses momentos ele se desse conta de sua situação e como que estivesse saudável. Mas começava o dia e, com a luz e o despertar da vida no hospital, uma onda de impressões voltava a dominá-lo; seu cérebro doente não conseguia resistir, e ele ficava outra vez louco. Seu estado apresentava uma estranha mistura de opiniões certas e disparatadas. Ele entendia que todos ao seu redor estavam doentes, mas, ao mesmo tempo, percebia em cada um destes uma figura oculta ou dissimulada que teria conhecido antes, sobre a qual teria ouvido falar ou lido. O hospital era povoado de pessoas advindas de todos os séculos e países. Havia nele vivos e mortos. Havia celebridades e donos do mundo, e soldados que pereceram na última guerra e ressuscitaram. O doente se via num mágico círculo vicioso, que continha toda a força da terra, e se considerava, num delírio orgulhoso, o centro desse círculo. Todos eles, seus companheiros do hospital, haviam-se reunido ali para cumprir a tarefa que vagamente lhe parecia um empreendimento colossal destinado a extinguir o mal na terra. Ele não sabia em que consistia tal empreendimento, mas se sentia forte o suficiente para realizá-lo. Conseguia ler os pensamentos de outrem, percebia nas coisas toda a sua história; os grandes ulmos, que se erguiam no jardim do hospital, contavam-lhe várias lendas do passado; quanto ao prédio, de fato bastante antigo, tomava-o por uma edificação de Piotr, o Grande, e tinha a certeza de o czar ter morado lá na época da batalha de Poltava.[3] O doente lera aquilo nos muros, na argamassa despencada, nos pedaços de tijolos e azulejos encontrados no jardim; toda a história do asilo e do jardim estava escrita neles. Povoara o pequeno prédio do necrotério de dezenas e centenas de pessoas mortas há tempos e, fitando a janelinha de seu subsolo que dava para um canto do jardim, enxergava na luz refletida no velho e sujo vidro irisado as feições familiares que tinha visto, um dia, na vida real ou nos retratos.

Entrementes, instalara-se um tempo ensolarado; os doentes passavam dias inteiros no jardim, ao ar

---

[3] Trata-se da maior batalha da Grande Guerra do Norte (1700–1721), ocorrida no dia 8 de julho de 1709, nas cercanias da cidade ucraniana Poltava, em que o exército russo derrotou as tropas do rei sueco Carlos XII.

livre. Seu trecho do jardim — pequeno, mas bem arborizado — estava, por toda parte, coberto de flores. O vigia obrigava a todos os que tivessem a mínima capacidade de trabalhar a cuidar dele; os doentes ficavam dias inteiros varrendo as sendas e recobrindo-as de areia, capinando e regando os canteiros de flores, pepinos, melancias e melões que eles mesmos haviam plantado. O canto do jardim estava tomado por um espesso ginjal; ao longo dele, estendiam-se as aleias de ulmos; bem no meio, sobre uma pequena colina artificial, encontrava-se o canteiro mais lindo de todo o jardim: as vistosas flores cresciam pelas margens da quadra de cima, em cujo centro se ostentava uma grande e rara dália exuberante, amarela com pintas vermelhas. Essa flor constituía o centro de todo o jardim, dominando-o, e se podia perceber que muitos doentes atribuíam a ela um significado misterioso. O novo paciente também via nela algo incomum: um paládio do jardim e do prédio. Todas as flores, que ladeavam as sendas, eram igualmente plantadas pelos doentes. Havia ali diversas flores próprias dos jardinzinhos ucranianos: altas rosas, belas petúnias, moitas de tabaco com suas florzinhas rosa, hortelãs, tagetes, capuchinhas e papoulas. Lá mesmo, perto da escadaria de entrada, havia três pezinhos de papoula, de certa espécie peculiar que era bem menor que a planta normal e diferia desta pela intensidade extraordinária de sua cor rubra. Fora essa flor que espantara o doente, quando, no primeiro dia da sua estada no hospital, ele examinava o jardim através da porta envidraçada.

Indo, pela primeira vez, ao jardim, ele ficou, antes de tudo e sem ter descido os degraus da escadaria, de olho nessas flores vistosas. Eram somente duas; por casualidade, cresciam separadas das outras flores, num lugar inculto, de modo que a espessa anserina e ervas daninhas as rodeavam.

Um por um, os doentes saíam porta afora, e o vigia entregava a cada um deles uma grossa carapuça branca de algodão, com uma cruz vermelha na frente. Essas carapuças, já usadas em guerra, tinham sido compradas num leilão. Mas o doente, bem entendido, atribuía à cruz vermelha um significado particular e misterioso. Ele tirou a carapuça e olhou para a cruz, depois para as flores de papoula. A cor das flores era mais viva.

— Ela está vencendo — disse o doente —, mas vamos ver.

E desceu os degraus. O doente olhou ao redor de si e, sem avistar o vigia que estava atrás dele, passou por cima do canteiro, estendeu a mão em direção à flor, mas não se atreveu a colhê-la. Sentiu calor e pontadas, primeiro, na mão estendida, e depois por todo o corpo, como se uma intensa corrente de força desconhecida viesse das pétalas vermelhas e lhe penetrasse o corpo todo. Aproximou-se ainda mais, quase tocando a flor, mas esta, parecia-lhe, estava na defensiva, emanando um mortífero hálito venenoso. Tonto, o doente fez o último esforço desesperado e pegou na haste da flor; de repente, uma mão pesada pousou no seu ombro. Fora o vigia que o flagrara.

— Não pode colher — disse o velho ucraniano. — E no canteiro, nem tocar, viu? Vocês, doidos, são muitos por aqui; cada um leva uma flor, no jardim nada sobra — disse, convincente, segurando o ombro dele.

O doente encarou-o sem dizer nada, livrou-se da sua mão e, aflito, foi embora. "Ó desgraçados!" — pensava ele. — "Vocês não enxergam, vocês estão cegos a ponto de defendê-la. Mas, custe o que custar, vou acabar com ela. Entre hoje e amanhã, vamos medir as nossas forças. E mesmo se eu morrer, não faz diferença..."

Até altas horas da noite, ele continuou passeando pelo jardim, conhecendo outros doentes e travando com estes conversas estranhas em que cada interlocutor só ouvia respostas aos próprios pensamentos loucos, expressas com palavras absurdas e abstrusas. O doente abordou uns e outros companheiros e, pelo fim do dia, ficou ainda mais convencido de que "estava tudo pronto", como havia dito consigo mesmo. Logo, logo cairiam as grades de ferro, todos esses detentos deixariam a sua prisão e iriam correndo para todos os cantos da terra, e o mundo inteiro estremeceria, livrar-se-ia do seu vetusto invólucro e apresentaria uma nova beleza maravilhosa. O doente quase se esquecera da flor, mas, ao sair do jardim e subir a escadaria, voltou a ver como que dois pedacinhos de carvão a cintilarem na espessa relva que, escurecida, já começava a cobrir-se de orvalho. Então ele se afastou dos outros doentes e veio postar-se atrás do vigia, esperando pelo momento oportuno. Ninguém o viu saltar o canteiro, pegar a flor e escondê-la apressadamente no peito, sob a camisa. Quando as folhas frescas e orvalhadas tocaram em sua pele, o doente ficou mortalmente pálido, e seus olhos arregalaram-se de pavor. Um suor frio semeou-lhe a testa.

Os candeeiros do hospital estavam acesos; à espera do jantar, a maioria dos doentes fora deitar-se, à exceção de alguns irrequietos que andavam rapidamente pelo corredor e pelas salas. O doente da flor estava entre eles. Ele andava, apertando convulsivamente os braços cruzados ao peito; parecia que procurava esmagar, esmigalhar a planta escondida. Ao encontrar outros doentes, esquivava-se deles por medo de roçarem na sua roupa. "Não se aproximem de mim!" — gritava. — "Não se aproximem!" Mas, lá no hospital, poucas pessoas davam atenção a tais gritos. E ele andava cada vez mais depressa, dava passos cada vez maiores, uma e duas horas seguidas, tomado por um frenesi.

— Vou exauri-la. Vou esganá-la! — dizia surda e furiosamente.

Às vezes, rangia os dentes.

Serviram o jantar. Nas grandes mesas sem toalhas foram colocadas várias tigelas de madeira pintada e dourada, com um ralo mingau de painço; os doentes sentaram-se nos bancos e receberam suas fatias de pão preto. Umas oito pessoas comiam, com colheres de madeira, da mesma tigela. Os que usufruíam da alimentação reforçada eram servidos à parte. O nosso doente engoliu rápido a porção que o vigia trouxera para o quarto dele, mas não se satisfez com isso e foi ao refeitório.

— Deixe-me sentar aqui — disse ao inspetor.

— Será que o senhor não jantou? — perguntou o inspetor, pondo porções complementares de mingau nas tigelas.

— Estou com muita fome. É preciso de forte sustento. Todo o meu arrimo é a comida; o senhor sabe que eu nunca durmo.

— Coma à vontade, meu caro. Tarás, dá-lhe pão e uma colher.

O doente sentou-se junto de uma das tigelas e comeu uma porção enorme de mingau.

— Mas chega, chega — disse, enfim, o inspetor, quando todos já tinham jantado e o nosso doente ainda estava perto da tigela, com uma mão tirando dela o mingau e apertando a outra ao peito. — Vai passar mal.

— Ah, se o senhor soubesse de quantas forças estou precisando, de quantas forças! Adeus, Nikolai Nikolaitch — disse o doente, levantando-se e dando ao inspetor um forte aperto de mão. — Adeus.

— Aonde vai? — perguntou, sorrindo, o inspetor.

— Eu? A lugar nenhum. Eu fico. Mas pode ser que não nos vejamos mais amanhã. Agradeço-lhe sua bondade.

E mais uma vez apertou fortemente a mão do inspetor. Sua voz estava tremendo, os olhos haviam-se enchido de lágrimas.

— Acalme-se, meu caro, acalme-se — respondeu o inspetor. — Por que tem esses pensamentos tristes? Vá para a cama e durma bem. O senhor precisa dormir mais; se dormir bem, logo se curará.

O doente soluçava. O inspetor virou-lhe as costas para mandar os vigias retirarem depressa as sobras do jantar. Meia hora depois, todos estavam dormindo no hospital, exceto um só homem que se deitara vestido no seu quarto de canto. Ele tremia todo, como se estivesse com febre, e apertava convulsivamente o peito, que lhe parecia impregnado de um veneno extremamente letal.

V

O doente não dormiu a noite toda. Tinha colhido aquela flor, porque era, para ele, uma proeza que precisava fazer. Quando as rubras pétalas vistas através da porta envidraçada atraíram, pela primeira vez, sua atenção, pareceu-lhe que, naquele exato momento, ele compreendeu o que devia realizar na Terra. A linda flor vermelha concentrava em si todos os males do mundo. Ele sabia que da papoula se fazia o ópio; decerto fora essa ideia que o levara, crescendo e adquirindo formas monstruosas, a criar um espectro fantástico e medonho. Aos olhos dele, a flor personificava todo o mal existente; ela teria absorvido todo o sangue inocente (por isso é que era tão vermelha assim), todas as lágrimas, todo o fel da humanidade. Era um ser misterioso, aterrador, o antípoda de Deus, Arimã,[4] que teria tomado um aspecto humilde e inocente. Ele devia, pois, colher a

---

[4] Na tradição da Pérsia antiga, senhor das trevas, personificação do mal universal.

flor e matá-la. Mas não era só isso: devia impedi-la de espalhar, perecendo, todo o seu mal pelo mundo. Fora essa a razão pela qual o doente escondera a flor no seu peito. Esperava que, até a manhã seguinte, ela perdesse toda a força. O mal passaria para o seu peito, para a sua alma e lá acabaria vencido ou vencendo: neste caso, ele mesmo morreria, mas como um honesto guerreiro, como o primeiro guerreiro da humanidade, já que ninguém se atrevera antes a enfrentar todos os males do mundo juntos.

— Eles não a viram. Mas eu vi. Posso deixá-la viver? Antes a morte.

Deitado, esgotava-se numa luta ilusória, inexistente, mas ainda assim se esgotava. De manhã, o enfermeiro achou-o semimorto. Mas apesar disso, a excitação voltou a dominá-lo, o doente pulou da cama e, algum tempo depois, estava percorrendo o hospital, como dantes, falando com outros doentes e consigo mesmo mais alto e menos coerente do que nunca. Não o deixaram ir ao jardim; vendo que seu peso vinha diminuindo e que ele próprio não dormia, mas só andava sem trégua, o doutor ordenou que lhe injetassem uma grande dose de morfina. O doente não resistia: felizmente seus pensamentos loucos coincidiam, nesse momento, com a operação. Daí a pouco adormeceu; o movimento furioso cessou, e a ruidosa cantiga, que se fizera do ritmo de seus passos impetuosos e não o deixava em paz um minuto sequer, interrompeu-se nos seus ouvidos. Desmaiado, ele parou de pensar em qualquer coisa, mesmo na outra flor que precisava colher.

Contudo, colheu-a três dias depois, diante do velho vigia que não tivera tempo para contê-lo. O vigia correu atrás dele. Com um brado triunfante, o doente entrou no hospital e, precipitando-se ao seu quarto, escondeu a planta no peito.

— Por que é que pegas as flores? — perguntou, acorrendo, o vigia. Mas o doente, que já estava deitado em sua posição costumeira, de braços cruzados, pôs-se a dizer tais disparates que o vigia apenas tirou, calado, a sua carapuça de cruz vermelha, esquecida nessa fuga precipitada, e foi embora. E a luta ilusória recomeçou. O doente sentia a flor expandir à sua volta as torrentes do mal, compridas e sinuosas como as cobras; elas o amarravam, prensavam-lhe os membros e impregnavam-lhe todo o corpo de seu conteúdo terrível. E, entre as maldições dirigidas ao inimigo, ele chorava e clamava por Deus. De noite, a flor murchou. O doente pisoteou a planta enegrecida, apanhou os restos dela e levou-os ao banheiro. Jogou a bolinha informe no forno cheio de carvão incandescente e ficou, por muito tempo, olhando seu inimigo chiar, encolher-se e finalmente se transformar numa leve bolinha nívea de cinzas. O doente assoprou, e tudo desapareceu.

No dia seguinte, ele se sentia pior. Estava horrivelmente pálido, tinha as faces cavadas, e seus olhos brilhantes se afundavam nas órbitas, porém continuava, cambaleando e tropeçando volta e meia, o seu andar furioso e falava, falava sem parar.

— Eu não queria recorrer à violência — disse o médico-chefe ao seu ajudante.

— Mas é preciso interromper essa atividade toda. Hoje ele tem noventa e três libras de peso. Se continuar assim, morrerá dentro de dois dias.

O médico-chefe ficou pensativo.

— Morfina? Cloral? — perguntou com certa hesitação.

— Ontem a morfina já não ajudava.

— Mande amarrá-lo. Aliás, duvido que ele escape.

VI

E o doente ficou amarrado. Preso numa camisa de força e cruelmente atado às barras de ferro com largas faixas de lona, ele estava prostrado na sua cama. Mas, em vez de diminuir, a fúria de seus movimentos aumentara. Durante várias horas, o doente teimou em desamarrar-se. Afinal, puxou as amarras com toda a força, rompeu uma delas, livrou as pernas e, passando por baixo das outras faixas, voltou a andar pelo quarto de braços ainda atados, berrando suas medonhas palavras incompreensíveis.

— Ora bolas! — gritou, entrando, o vigia. — Que diabo é que te ajuda? Gritsko! Ivan! Acudam, que ele está solto!

Os três homens avançaram sobre o doente, e começou uma longa peleja, cansativa para os atacantes e exaustiva para o atacado, que gastava o resto de suas forças esgotadas. Jogaram-no, enfim, na cama e amarraram mais firme que dantes.

— Vocês não entendem o que fazem! — gritava o doente, arfando. — Vocês vão morrer! Vi a terceira, desabrochando. Agora ela está pronta. Deixem-me terminar a obra! É preciso matá-la, matar, matar! Aí tudo será acabado, tudo salvo. Mandaria vocês, mas só eu é que posso fazer aquilo. Vocês morreriam com um só toque.

— Cale-se, moço, cale-se! — disse o velho vigia que ficara para velar o doente.

De chofre, o doente calou-se. Resolvera enganar os vigias. Mantiveram-no preso o dia inteiro e deixaram no mesmo estado à noite. Ao servir-lhe o jantar, o vigia estendeu um lençol junto da sua cama e deitou-se. Um minuto depois, ele dormia como uma pedra, e o doente se pôs ao trabalho.

Curvou-se todo para alcançar a barra de ferro que contornava a cama e, tocando-a com sua mão escondida na manga comprida da camisa de força, começou a esfregar, rápida e fortemente, a manga contra o ferro. Passado algum tempo, a grossa lona cedeu, e ele livrou o dedo indicador. Então a luta ficou mais fácil. Com a destreza e a flexibilidade absolutamente incríveis numa pessoa saudável, ele desatou, atrás de si, o nó que juntava as mangas, desatacou a camisa e, feito isso, ficou escutando, por muito tempo, o ronco do vigia. O velho, porém, dormia profundamente. O doente tirou a camisa e se levantou da cama. Estava livre. Tentou abrir a porta, mas ela estava trancada, e a chave provavelmente se encontrava no bolso do vigia. Com medo de acordá-lo, o doente não ousou revistar os bolsos e decidiu sair do quarto pela janela.

Era uma noite serena, quente e escura; a janela estava aberta; as estrelas brilhavam no céu negro. O doente olhava para elas, divisando as constelações conhecidas, e alegrava-se por achar que as estrelas o entendiam e tinham piedade dele. Via, pestanejando, os infinitos raios que elas lhe enviavam, e sua coragem louca crescia. Precisava dobrar um grosso varão de ferro, passar, através desse vão estreito, para a viela tomada pelos arbustos e escalar o alto muro. Ali seria sua última luta e, depois dela, qualquer coisa... nem que fosse a morte.

Ele tentou dobrar o varão com as mãos, porém o ferro não cedia. Então, fazendo uma corda das mangas da camisa de força, o doente engachou-a na ponteira do varão, forjada em forma de lança, e pendurou-se nela com todo o seu corpo. Após os tentames desesperados, que quase lhe esgotaram o resto das forças, a ponteira entortou-se; um vão estreito estava aberto. Arranhando os ombros, os cotovelos e os joelhos nus, o doente passou por ele, atravessou as moitas e parou em frente ao muro. Estava tudo silencioso; as fracas luzes dos candeeiros iluminavam, por dentro, as janelas do enorme prédio, mas não se via ninguém por lá. Ninguém o avistaria; o velho, que ficara ao lado de sua cama, devia estar dormindo. Os raios das estrelas cintilavam carinhosos, chegando ao coração dele.

— Vou encontrar-vos — disse baixinho o doente, olhando para o céu.

Caindo na primeira tentativa, de unhas quebradas, de mãos e joelhos ensanguentados, ele foi procurar um lugar acessível. Lá onde a cerca se juntava ao muro do necrotério faltavam, nela e no próprio muro, alguns tijolos. O doente tateou essas cavidades e aproveitou-as. Subiu a cerca, agarrou-se aos galhos do ulmo, que se elevava do outro lado, e, sem barulho, desceu ao solo pelo tronco da árvore.

Arrojou-se ao local conhecido, perto da entrada. De pétalas abrochadas, a flor estava ali, destacando-se nitidamente da relva orvalhada.

— A última — disse baixinho o doente. — A última! Hoje é a vitória ou a morte. Mas, para mim, já não faz diferença. Esperai — acrescentou, olhando para o céu —, daqui a pouco estarei convosco.

Ele arrancou a planta, amassou-a, estraçalhou-a toda e, segurando-a com a mão, voltou do mesmo modo para o seu quarto. O velho dormia. Mal chegando até a cama, o doente desabou nela sem sentidos.

De manhã, encontraram-no morto. Seu rosto estava calmo e luminoso; as feições descarnadas, os lábios finos e os olhos fundos, fechados, expressavam uma orgulhosa felicidade. Ao colocá-lo na maca, tentaram abrir-lhe a mão e tirar a flor vermelha. Mas a mão estava bem rígida, e o finado levou seu troféu para a sepultura.

ATTALEA PRINCEPS

VSÊVOLOD GÁRCHIN

Numa grande cidade havia um jardim botânico, e nesse jardim encontrava-se uma imensa estufa de ferro e vidro. Era muito bonita: delgadas colunas em caracol sustentavam a construção toda; nelas se apoiavam ligeiros arcos ornamentados, entretecidos com toda uma teia de caixilhos de ferro envidraçados. Aquela estufa parecia especialmente bela quando o Sol se punha, iluminando-a com sua luz vermelha. Então ela chamejava toda: reflexos vermelhos fulgiam e irisavam como no interior de uma ingente pedra preciosa de muitas facetas miúdas.

As plantas reclusas viam-se através dos espessos vidros translúcidos. Por maior que fosse a estufa, sentiam-se apertadas nela. Suas raízes se tinham entrelaçado, arrebatando água e alimento umas às outras. Os galhos das árvores misturavam-se com as enormes palmas, entortando-as e quebrando-as; porém, quando se deparavam com os caixilhos de ferro, entortavam-se e quebravam-se por sua vez. Os jardineiros cortavam sem parar esses galhos, prendiam as palmas com arame, para que eles não pudessem crescer à vontade, mas isso mal ajudava. As plantas aspiravam ao grande espaço, às plagas natais e à liberdade. Elas provinham dos países quentes, essas criaturas delicadas e suntuosas; lembravam-se de sua pátria e tinham saudades dela. Por mais transparente que fosse o teto de vidro, nem se comparava ao céu claro. Às vezes, no inverno, os vidros cobriam-se de geada; então a estufa ficava toda escura. O vento rugia, batia nos caixilhos e fazia-os tremer. A neve caía recobrindo o telhado. As plantas escutavam, lá dentro, os uivos da ventania e recordavam um vento bem diferente, cálido e úmido, que lhes dava vida e força. Queriam sentir de novo o sopro daquele vento, queriam que ele voltasse a balançar seus ramos, a brincar com sua folhagem. No entanto, o ar da estufa permanecia imóvel; apenas de vez em quando a tempestade de inverno estilhaçava um dos vidros, e uma corrente brusca e gélida, cheia de neve, irrompia na estufa. Em qualquer lugar atingido por ela, as folhas perdiam seu viço, enrugavam-se e morriam.

Contudo, os vidros eram repostos logo. O jardim botânico tinha um excelente diretor cientista que não tolerava nenhuma desordem, conquanto passasse a maior parte do seu tempo a trabalhar com um microscópio numa especial cabine de vidro instalada na estufa principal.

Havia, no meio das plantas, uma palmeira mais alta e mais bonita que todas as outras árvores. O diretor, que trabalhava em sua cabine, chamava-a, em latim, de *Attalea*. Mas esse não era o verdadeiro nome dela e, sim, um apelido inventado pelos botânicos. O nome verdadeiro, que os botânicos desconheciam, não estava escrito, a carvão, na tabuinha branca pregada no tronco da tal palmeira. Um dia, veio ao jardim botânico um viajante daquele país quente em que a palmeira crescera; vendo-a, começou a sorrir porque ela lembrava a sua pátria.

— Ah! — disse o viajante. — Conheço essa árvore.
— E chamou-a de seu verdadeiro nome.

— Desculpe — gritou-lhe, da sua cabine, o diretor que dissecava, nesse momento, uma hastezinha com uma lâmina —, o senhor está enganado. Essa árvore, que se dignou a mencionar, não existe. É a *Attalea Princeps*, natural do Brasil.

— Oh, sim — disse o brasileiro —, acredito plenamente que os botânicos a chamam de *Attalea*, mas ela tem também um nome nativo, autêntico.

— O nome autêntico é aquele dado pela ciência — respondeu o botânico, secamente, e trancou a porta da sua cabine para não ser atrapalhado pelas pessoas que nem sequer compreendem: caso um homem da ciência esteja dizendo alguma coisa, os outros devem ficar calados e escutá-lo.

Quanto ao brasileiro, ele se manteve, por muito tempo, plantado em face da árvore, olhando para ela e sentindo-se cada vez mais triste. Lembrou-se da pátria, do seu sol e do seu céu, das suas florestas exuberantes com tantos maravilhosos bichos e aves, das suas planícies, das suas fascinantes noites meridionais. Lembrou-se também de que jamais estivera feliz fora da terra natal, apesar de ter percorrido o mundo inteiro. Tocou a palmeira com a mão, como que para se despedir dela, e saiu do jardim. No dia seguinte, já ia de navio para casa.

E a palmeira ficou. Passou a sentir-se mais aflita ainda, embora já se sentisse muito aflita antes daquele encontro. Estava sozinha. Era cinco braças mais alta que todas as demais plantas, e essas plantas não gostavam dela, invejavam-na e a achavam orgulhosa. Sua altura proporcionava-lhe só dissabores; além de permanecer sozinha, ao passo que todas as plantas estavam juntas, a palmeira se recordava do céu natal mais que as outras árvores e mais tinha saudades dele porquanto mais se aproximava daquilo que o substituía, do repugnante teto de vidro. Através deste enxergava, por vezes, algo azul: era o céu, um céu alheio e pálido, mas, não obstante, um verdadeiro céu azul. E, sempre que as plantas conversavam entre si, *Attalea* estava calada e não pensava, saudosa, em outra coisa senão em como seria bom viver um tempinho até mesmo sob aquele céu desbotado.

— Digam, por gentileza: vão demorar ainda a regar-nos? — perguntou o sagueiro, que adorava a umidade. — Palavra de honra, parece que vou secar hoje.

— Suas palavras me espantam, vizinhozinho — disse um cacto pançudo. — Será que não lhe basta aquela enorme quantidade d'água que o senhor recebe todos os dias? Olhe para mim: a água que me dão é bem pouca, mas, ainda assim, estou fresco e rechonchudo.

— Não costumamos ser parcimoniosos — retrucou o sagueiro. — Não conseguimos crescer num solo tão seco e imprestável, como alguns cactos ali. Não costumamos viver de qualquer jeito. E digo ao senhor, além disso tudo, que ninguém lhe pede para fazer objeções.

Dito isso, o sagueiro se calou, magoado.

— Quanto a mim — intrometeu-se uma caneleira —, estou quase contente com a minha situação. É verdade que minha vida é meio tediosa aqui, mas, em compensação, tenho plena certeza de que ninguém me escorchará.

— Mas nem todos nós fomos escorchados — disse um feto arborescente. — É claro que a muitos até este cárcere pode parecer um paraíso após aquela mísera existência que eles tiveram lá fora.

Aí a caneleira se esqueceu de ter sido escorchada e começou a discutir, sentida. Algumas das plantas apoiaram-na, algumas tomaram o partido do feto arborescente, e surgiu um debate acalorado. Se elas pudessem mover-se, decerto acabariam batendo uma na outra.

— Por que estão brigando? — inquiriu *Attalea*. — Será que conseguirão algo dessa maneira? Apenas aumentarão sua desgraça com essa maldade e irritação. É melhor deixarmos as discussões e pensarmos em nosso futuro. Escutem-me: cresçam para o alto e para os lados, desdobrem seus galhos, apertem esses caixilhos e vidros, e nossa estufa se despedaçará toda, e nós ficaremos livres. Se um só raminho for de encontro ao vidro, hão de cortá-lo, mas o que vão fazer com uma centena de troncos robustos e corajosos? Precisamos apenas trabalhar juntos, e a vitória será nossa.

A princípio, ninguém contradisse a palmeira: todas as plantas estavam caladas, pois não sabiam o que dizer. Por fim, o sagueiro ousou responder.

— É tudo bobagem — declarou ele.

— Bobagem! Bobagem! — As árvores se puseram a falar em coro para provar que *Attalea* propunha um disparate horrível. — Uma quimera! — gritavam elas. — Um absurdo! Um disparate! Esses caixilhos são sólidos, nunca os quebraremos... e, mesmo se os quebrássemos, de que adiantaria isso? Viriam pessoas com facas e machados, cortariam os galhos, consertariam os caixilhos, e tudo voltaria a ser como antes. Não conseguiríamos nada senão perder pedaços inteiros...

— Pois bem, como quiserem! — respondeu *Attalea*. — Agora eu sei o que vou fazer. Vou deixá-las em paz: vivam como quiserem, ralhem uma com a outra, briguem por causa daqueles golinhos d'água e fiquem para sempre sob a redoma de vidro. Encontrarei meu caminho sozinha. Quero ver o céu e o Sol sem essas grades e vidraças; vou vê-los!

A orgulhosa palmeira olhava, do alto de sua copa verde, para o bosque de seus companheiros que se estendia em baixo. Nenhum deles se atrevia a dizer-lhe nada; apenas o sagueiro cochichou à zamia,[1] sua vizinha:

---

[1] Planta característica da América tropical, com tronco em forma de barril e folhagem abundante, cultivada, sobretudo, para ornamento.

— Veremos, veremos então, presunçosa, como te cortarão essa tua cabeça grande, para que não te enfunes demais!

Embora caladas, as demais plantas também se zangavam com *Attalea* por causa dessas palavras altivas. Só uma ervinha não se zangava com a palmeira nem se melindrava com suas falas. Era a mais miserável e desprezível de todas as plantas da estufa: pálida, frágil, rasteira, com folhas murchas e inchadinhas. Ela não tinha nenhum destaque e servia, naquela estufa, somente para cobrir o solo nu. Enroscava-se ao pé da grande palmeira, dava-lhe ouvidos e achava que *Attalea* tinha razão. Ela não conhecia a natureza meridional, mas também gostava de ar livre e de liberdade. A estufa era, de igual modo, a sua cadeia. "Se eu, uma ervinha pequenina e murcha, sofro tanto sem esse meu céu cinzento, sem o Sol pálido e a chuva fria, então o que deve sentir, quando presa, uma árvore bela e vigorosa assim?" — pensava ela, envolvendo ternamente a palmeira e pedindo-lhe carinho. — "Por que é que não sou uma árvore grande? Eu seguiria o seu conselho. Nós cresceríamos juntas e juntas nos livraríamos. Aí é que todos perceberiam que *Attalea* tem razão".

Todavia, ela não era uma árvore grande e, sim, uma ervinha pequena e murcha. Podia apenas abraçar, com mais ternura ainda, o tronco de *Attalea* e segredar-lhe o seu amor e seus votos de boa sorte.

— É claro que não faz tanto calor por aqui, o céu não está tão limpo, as chuvas não caem tão abundantes como em seu país, mas, ainda assim, nós temos o céu e o sol e o vento. Não há por aqui plantas tão luxuosas como a senhora e seus amigos, com todas aquelas enormes folhas e lindas flores, mas nosso país também tem árvores muito boas: pinheiros, abetos e bétulas. Sou uma ervinha e nunca alcançarei minha liberdade, porém a senhora é tão alta e forte! Seu tronco é firme, seu caule não está mais longe do teto de vidro. A senhora vai arrebentá-lo e sair. Então me contará se tudo ali continua tão belo como estava antes, e eu me contentarei com isso.

— Mas por que tu não queres sair comigo, pequena ervinha? Meu tronco é firme e resistente: apoia-te nele, rasteja por sobre mim. Levar-te comigo não me seria nada difícil.

— Não aguentarei, não! Olhe como sou murcha e fraca: não posso sequer levantar um só dos meus raminhos. Não vou acompanhá-la. Cresça e seja feliz. Apenas lhe peço para lembrar, vez por outra, desta sua pequena amiga, quando se libertar afinal!

E a palmeira se pôs a crescer. Mesmo antes os visitantes da estufa surpreendiam-se com a sua imensa altura, e ela ficava, ao longo dos meses, mais e mais alta. O diretor do jardim botânico atribuía tal rápido crescimento aos bons cuidados e orgulhava-se da sabedoria com a qual implantara a estufa e gerenciava as suas atividades.

— Olhem só para *Attalea Princeps* — dizia ele. — Até no Brasil os espécimes dessa altura são raros. Usamos todos os nossos conhecimentos para que as plantas se desenvolvessem nessa estufa com a mesmíssima liberdade do seu ambiente nativo, e parece-me que logramos certo sucesso.

Dizendo isso com um ar satisfeito, ele batia de leve no tronco firme com sua bengala, e essas pancadas repercutiam, sonoras, pela estufa. As palmas estremeciam com elas. Oh, se a palmeira pudesse gemer, que brado de cólera ouviria o diretor!

"Ele imagina que cresço para o seu prazer" — pensava *Attalea*. — "Que imagine, pois...".

E ela crescia, gastando toda a seiva apenas para se esticar e privando dela suas raízes e folhas. Achava, por vezes, que a distância até o teto não estivesse diminuindo; então reunia todas as suas forças. Os caixilhos ficavam cada dia mais próximos, e, finalmente, uma palma jovem roçou no vidro frio e no aço.

— Vejam só — murmuraram as plantas —, vejam aonde ela chegou! Terá mesmo coragem?

— Que altura medonha ela tem — disse o feto arborescente.

— E daí, se cresceu? Grande coisa! Se ela conseguisse engordar como eu! — retorquiu a gorda zamia, cujo tronco se assemelhava a um tonel. — E para que está crescendo? De qualquer modo, não fará nada. As grades são sólidas e os vidros, espessos.

Decorreu mais um mês. *Attalea* subia. Defrontou-se, por fim, com os caixilhos. Não tinha mais para onde subir. E seu tronco começou a curvar-se. Seu topo vestido de folhas amassou-se, as barras geladas do caixilho ficaram cravadas nas tenras palmas, cortaram-nas, mutilaram-nas; contudo, a árvore era teimosa e, sem poupar suas folhas, premia, apesar de tudo, as grades, e estas cediam pouco a pouco, ainda que feitas de ferro duro.

A ervinha observava essa luta, semimorta de emoção.

— Diga-me: será que não sente dor? Desde que os caixilhos são tão resistentes assim, não seria melhor recuar? — perguntou ela à palmeira.

— Dor? O que significa a dor para quem anseia pela liberdade? Não eras tu mesma que me animavas? — respondeu a palmeira.

— Animava-a, sim, mas não sabia que isso lhe seria tão penoso. Tenho pena da senhora. Está sofrendo tanto.

— Cala-te, débil planta! Não tenhas pena de mim! Vou morrer ou sair da prisão!

Nesse momento estourou um golpe sonoro. Rompeu-se uma larga barra de ferro. Desabaram, tinindo, os estilhaços de vidro. Um deles ricochetou contra o chapéu do diretor, que saía da estufa.

— O que foi? — exclamou ele, sobressaltado de ver os cacos de vidro voarem pelos ares. Afastou-se correndo da estufa e olhou para o teto dela. Sobre a abóbada de vidro elevava-se, orgulhosa, a copa verde da palmeira erguida.

"Só isso?" — pensava a palmeira. — "Foi só por causa disso que me angustiei e sofri tanto tempo? A minha altíssima meta consistia em alcançar só isso?".

O outono estava bem avançado, quando *Attalea* se reergueu através do buraco que fizera. Uma chuvinha caía mesclada com neve; o vento levava as nuvens cinza, baixas e rotas, que pareciam envolver a palmeira. As árvores, já despidas, tinham a aparência de cadáveres horrorosos. Apenas os pinheiros e os abetos conservavam o verde escuro de sua espinhosa ramagem. As árvores miravam, lúgubres, a palmeira, como se lhe dissessem: "Tu morrerás de frio! Ainda não sabes o que é um frio de verdade. Não vais suportá-lo. Para que saíste da tua estufa?".

E *Attalea* compreendeu que para ela tudo estava acabado. Ela se congelava. E se retornasse para a estufa? Contudo, não poderia mais retornar. Tinha de enfrentar o vento gelado, de sentir suas rajadas e toques agudos dos flocos de neve, de ver o céu sujo, a natureza paupérrima, o imundo pátio traseiro do jardim botânico, a cidade imensa e tediosa que se vislumbrava através da neblina, e de esperar até as pessoas, ali embaixo, na sua estufa, decidirem o que fariam com ela.

O diretor mandou derrubar a árvore.

— Poderíamos colocar sobre ela uma redoma de vidro — argumentou —, mas ela duraria por muito tempo? A palmeira tornaria a crescer e quebraria tudo. Aliás, isso nos custaria uma fortuna. Serrem-na!

A palmeira ficou amarrada com cabos, a fim de que não quebrasse, caindo, as paredes da estufa, e serrada bem baixo, rente às suas raízes. A ervinha, que abraçava o tronco da árvore, não quis abandonar sua amiga e também pereceu sob a serra. Quando a palmeira foi retirada da estufa, as hastezinhas e folhas dilaceradas, esmagadas pela serra, jaziam em cima do cepo.

— Tirem essa porcaria e joguem-na fora — disse o diretor. — Já está amarela, e a serra a estragou muito. Vamos plantar aqui outra coisa.

Um dos jardineiros arrancou, com um destro golpe de sua pá, todo um feixe de erva. Jogou-o numa cesta, levou-o embora e deixou-o no pátio dos fundos, precisamente sobre a palmeira morta, caída na lama e já meio coberta de neve.

SOBRE OS AUTORES

O maior expoente do sentimentalismo russo, **Nikolai Mikháilovitch Karamzin** (1766-1826) nasceu na região de Simbirsk (atualmente Uliánovsk),[1] numa família fidalga. Foi criado na fazenda de seu pai, militar reformado; estudou num colégio interno em Moscou; por algum tempo serviu na Guarda Imperial em São Petersburgo. Nos anos de 1789 e 1790 visitou a Europa, relatando suas impressões nas *Cartas de um viajante russo*, cuja publicação logo o tornou conhecido. Morando em Moscou, editou a primeira revista literária russa ("Revista moscovita": 1791-1792). Ficou muito popular graças a suas novelas sentimentais (*A pobre Lisa*, 1792; *Ilha de Bornholm*, 1793) e históricas (*Marfa Possádnitsa, ou A conquista de Novágorod*, 1802), foi apelidado de Sterne russo. Designado, em 1803, historiador oficial da Rússia,

---

[1] Cidade russa localizada nas margens do rio Volga; fundada como Sinbirsk (Simbirsk) em 1648, foi renomeada, em 1924, em homenagem a Vladímir Uliánov-Lênin (1870-1924), líder da Revolução comunista que lá nascera.

afastou-se das atividades meramente literárias, passando a escrever sua monumental *História do Estado Russo* (1803-1826) que lhe traria enorme prestígio: no dizer de Púchkin, "... parece que a Rússia antiga foi descoberta por Karamzin como a América por Colombo". Ao publicar, em 1818, os primeiros tomos dessa obra, foi eleito membro honorífico da Academia das Ciências da Rússia e membro titular da Academia Imperial Russa. Faleceu em São Petersburgo. Além de implantar a vertente sentimentalista nas letras russas, contribuiu para o enriquecimento de sua língua pátria, introduzindo nela diversos neologismos usados até hoje.

Considerado o criador da língua russa moderna e, de modo geral, o maior poeta russófono de todos os tempos, **Alexandr Serguéievitch** Púchkin (1799-1837) nasceu em Moscou. Descendente de uma família nobre (seu bisavô materno, etíope Aníbal, era um dos homens de confiança do imperador Piotr I),[2] estudou no famoso *Lycée* de Tsárskoie Seló[3] que formava a elite do Império Russo (1811-1817). Estreou na literatura aos 15 anos de idade. Livre-pensador e autor de textos satíricos, foi exilado no Sul da Rússia (1820-1824) e na fazenda Mikháilovskoie pertencente à sua família

---

[2] Piotr I (1672-1725), também conhecido no Ocidente como Pedro, o Grande: fundador do Império Russo que, segundo a antológica expressão de Púchkin, "abriu a janela para a Europa", construindo uma Rússia desenvolvida e poderosa.

[3] Vila Czarina (em russo), denominada, desde 1937, Púchkin: cidade nos arredores de São Petersburgo, onde se encontrava uma das residências dos monarcas russos.

(1824-1826). Voltando do exílio por ordem de Nikolai I,[4] que pretendia ser o "censor pessoal" do poeta, viveu em Moscou, participou da campanha militar contra a Turquia no Cáucaso (1829) e radicou-se, afinal, em São Petersburgo. Casou-se com Natália Gontcharova, reputada como a mais bela mulher da Rússia; teve quatro filhos. Foi eleito membro da Academia Russa (1833). Editou a revista literária "O contemporâneo" (1836). Além dos poemas (*Ruslan e Liudmila*, *A fonte de Bakhtchissarái*, *Ciganos*, *Poltava*, *O cavaleiro de cobre*, entre muitos outros), criou o célebre "romance em versos" *Evguêni Onêguin*, várias obras dramáticas (*Boris Godunov*, *Pequenas tragédias*) e prosaicas (*Contos de Bêlkin*, *Dubróvski*, *A dama de espadas*, *A filha do capitão*). Morto em duelo pelo aventureiro francês Georges D'Anthès, entrou na história como "o sol da poesia russa". "Púchkin é tudo o que a gente tem" — disse a respeito dele Apollon Grigóriev.[5]

Notável mestre da prosa fantástica, histórica e satírica, **Nikolai Vassílievitch Gógol** (1809-1852) nasceu na aldeia Sorótchintsi situada no interior da Ucrânia, numa família de origem ucraniana ou polonesa. Estudou no Ginásio de Ciências Superiores de Nêjin[6] (1821-1828), mudando-se a seguir para

---

[4] Nikolai I (1796-1855): imperador russo de 1825 a 1855, cujo governo foi um dos mais despóticos e retrógrados em toda a história da Rússia.
[5] Grigóriev, Apollon Alexândrovitch (1822-1864): poeta e crítico literário russo.
[6] Pequena cidade ucraniana na região de Tchernígov.

São Petersburgo. Foi servidor público e preceptor; ensinou no Instituto Patriótico[7] e na Universidade da capital russa. Seus primeiros contos (coletâneas *Noites num sítio próximo a Dikanka*, 1831-1832, e *Mírgorod*, 1835), baseados na tradição folclórica da Ucrânia, proporcionaram-lhe visibilidade nos meios literários. Com a publicação das obras posteriores, fossem peças de teatro (*Inspetor geral*, 1836; *O casório*, 1842) ou escritos de cunho social (*Diário de um louco*, 1835; *O nariz*, 1836; *O capote*, 1842), Gógol foi reconhecido como um dos escritores mais criativos e originais de sua época, dotado, na opinião de Tarás Chevtchenko,[8] "da mais profunda inteligência e do mais terno amor pelas pessoas". Decepcionado com o regime político da Rússia czarista, passou mais de uma década (1836-1848) no estrangeiro, principalmente na Itália. Nos últimos anos da vida vivenciou uma prolongada crise espiritual que o impediu de terminar a sua obra-prima grandiosa, epopeia *Almas mortas* cujo primeiro tomo veio a lume em 1842 e o segundo foi destruído pelo próprio autor. A personalidade misteriosa de Gógol e seu interesse por temas estranhos e sinistros tornaram-no uma verdadeira lenda da literatura russa.

Romancista e contista de renome internacional, **Ivan Serguéievitch Turguênev** (1818-1883) nasceu

---

[7] Instituição de ensino para mulheres que funcionou de 1822 a 1918.

[8] Chevtchenko, Tarás Grigórievitch (1814-1861): grande poeta e pintor ucraniano.

em Oriol[9] e passou a infância na fazenda materna Spásskoie-Lutovínovo situada na mesma região. Desde criança falava alemão e francês. Estudou nas universidades de Moscou, São Petersburgo e Berlim; durante alguns anos serviu no Ministério dos Negócios Internos. Estreou como literato em 1838. Apaixonado pela cantatriz francesa Pauline Viardot, abandonou o serviço público. A partir de 1845 vivia longas temporadas fora da Rússia (Paris, Baden-Baden), dedicando-se inteiramente à literatura. Seus contos (*Diário de um caçador*, 1852), novelas (*Fausto*, 1855; *Ássia*, 1858; *O primeiro amor*, 1860; *O Rei Lear das estepes*, 1870; *Águas da primavera*, 1872), romances (*Rúdin*, 1856; *O ninho dos nobres*, 1859; *Às vésperas*, 1860; *Pais e filhos*, 1862; *Fumaça*, 1867; *Terras virgens*, 1877) e, no final da vida, poemas em prosa (*Senilia*, 1882) asseguraram-lhe a posição do escritor russo mais lido e respeitado na Europa, tanto assim que o chanceler da Alemanha Chlodwig Hohenlohe[10] chegou a caracterizá-lo como "o homem mais inteligente da Rússia". Amigo de numerosos intelectuais e artistas europeus, desempenhou o papel de intermediário no estreitamento das relações culturais entre a Rússia e o Ocidente, o que lhe valeu, entre outras regalias, o título de doutor honorífico da Universidade de Oxford

---

[9] Antiga cidade, cujo nome significa "águia" em russo, localizada a sudoeste de Moscou.

[10] Chlodwig Carl Viktor, Fürst zu Hohenlohe-Schillingsfürst (1819-1901): político e diplomata alemão, primeiro-ministro do Império Germânico de 1894 a 1900.

(1879). Faleceu na França e foi sepultado, em meio a uma grande comoção popular, em São Petersburgo.

Verdadeiro artesão das palavras, **Nikolai Semiônovitch Leskov** (1831-1895) nasceu na aldeia Gorókhovo situada na região de Oriol. Foi criado em vilas interioranas, onde se familiarizou com as riquezas da linguagem popular. Estudou no Ginásio de Oriol sem terminar o curso; trabalhou nos órgãos administrativos de Oriol e Kiev (1847-1857), depois na empresa comercial de seu tio. A partir de 1861 residia em São Petersburgo, empenhando-se em atividades jornalísticas e literárias. Nem todas as obras de Leskov obtiveram sucesso: se o "maldoso romance" *De faca na mão*[11] (1870) atraiu certa atenção dos leitores, o conto *Um peregrino encantado* (1873), de estilo vanguardista, foi rejeitado até mesmo pela revista "Mensageiro russo" cujo editor era seu amigo. Não obstante, a crítica reconheceu-o, nos últimos anos de sua vida, como "o mais russo dos escritores russos".[12] Alguns dos seus personagens — por exemplo, o Canhoto, ferreiro que pôs ferraduras nas patinhas de uma pulga — tornaram-se não apenas famosos pela Rússia afora como folclóricos.

---

[11] Esse romance foi voltado contra os niilistas (confira *Pais e filhos*, de Ivan Turguênev) que Leskov tratava, de modo sumário, como baderneiros e criminosos.

[12] Citamos a expressão de Dmítri Sviatopolk-Mírski (1890-1939), professor da Universidade de Londres e autor da fundamental *História da literatura russa* (1926-1927).

Escritor de imensurável talento, cujas ideias chegariam a influenciar todo o desenvolvimento da literatura mundial no século XX, **Fiódor Mikháilovitch Dostoiévski** (1821-1881) nasceu e passou a infância em Moscou. Formou-se pela Escola de engenharia militar em São Petersburgo (1843), durante algum tempo serviu no exército. Sua estreia literária se deu com o romance *Gente pobre* (1846) e a novela sentimental *Noites brancas* (1848) que logo o tornaram conhecido. Em 1849 foi preso por atividades subversivas e condenado a trabalhos forçados na Sibéria. Permaneceu quase dez anos em presídios e campos militares. Anistiado, regressou a São Petersburgo em 1859. Publicou os romances *Humilhados e ofendidos* (1861), *O jogador* (1866), *Crime e castigo* (1866), *O idiota* (1868), *Os demônios* (1872), *O adolescente* (1875), *Os irmãos Karamázov* (1880), além de muitos contos, novelas e artigos críticos. Colaborou com diversas revistas literárias da Rússia; editou o folhetim *Diário do escritor* (1876-1880). Foi casado duas vezes e teve quatro filhos. Faleceu em São Petersburgo, transformando-se seu enterro numa enorme manifestação popular. Ainda em vida foi aclamado, inclusive pelos seus desafetos, como um dos mais geniais pensadores da humanidade. "Leiam Dostoiévski; amem Dostoiévski, se puderem; e se não puderem, insultem Dostoiévski, mas, ainda assim, leiam-no..." — exortou os leitores da época Innokênti Ânnenski.[13]

---

[13] Ânnenski, Innokênti Fiódorovitch (1855-1909): poeta simbolista, dramaturgo, pedagogo e tradutor russo.

Mikhail Yevgráfovitch Saltykov (1826-1889), amplamente conhecido sob o pseudônimo de N. Chtchedrin, nasceu na fazenda Spas-Úgol que se encontrava no interior da província de Tver.[14] Descendente de uma família nobre, estudou no Instituto Fidalgo de Moscou e no *Lycée* de Tsárskoie Seló. Em 1844 ingressou no serviço público em São Petersburgo. Estreou na literatura com as novelas *Contradições* (1847) e *Um negócio intrincado* (1848). Perseguido como livre-pensador na tenebrosa época de Nikolai I, foi afastado da capital, passando a morar em Viatka[15] (1848-1855). De volta a São Petersburgo, serviu no Ministério do Interior, foi vice-governador das províncias de Riazan[16] (1858-1860) e de Tver (1860-1862), depois Secretário de finanças em várias cidades russas. Seus romances *História de uma cidade* (1869-1870) e *Os senhores Golovliov* (1875-1880), artigos publicados nas revistas "O contemporâneo" e "Diário pátrio" e, sobretudo, contos satíricos, que ele próprio chamava de "estórias para crianças bastante crescidas", projetaram Saltykov-Chtchedrin como um insigne sucessor de Luciano, Rabelais e Swift[17] nas letras russas.

---

[14] Cidade russa a noroeste de Moscou, nas margens do rio Volga.

[15] Grande cidade, atualmente denominada Kírov, no nordeste da parte europeia da Rússia.

[16] Antiga cidade russa situada a sudeste de Moscou.

[17] Luciano de Samósata (c. 125-180), François Rabelais (1494-1553) e Jonathan Swift (1667-1745) foram os maiores representantes da vertente satírica nas literaturas grega, francesa e inglesa respectivamente.

Artista de inspiração e sina igualmente trágicas, **Vsêvolod Mikháilovitch Gárchin** (1855-1888) nasceu numa chácara situada na região de Yekaterinoslav.[18] Estudou no 7º Ginásio e no Instituto de Minas de São Petersburgo. Sem ter completado o curso, ingressou, como voluntário, no exército russo (1877) e participou da guerra contra a Turquia. Ferido na perna, foi promovido a oficial e, pouco depois, reformado. As impressões da campanha militar serviram de base para o conto *Quatro dias*, o qual deu início à carreira literária de Gárchin. Diversos escritos de caráter simbólico — *O acidente, O poltrão, O encontro, Pintores, A flor vermelha, Nadejda Nikoláievna,* entre outros — consolidaram o seu renome nos círculos letrados da Rússia. Na década de 1880 Gárchin sofria de uma profunda depressão, sendo amiúde internado em hospitais psiquiátricos. Cometeu suicídio em São Petersburgo, atirando-se no vão da escada do prédio onde morava. "Ele escreveu pouco, uma dezena de contos pequenos, mas cstcs o equiparam aos mestres da prosa russa" — caracterizou-o, postumamente, Semion Venguêrov.[19]

---

[18] Atual cidade de Dnepropetrovsk na Ucrânia.
[19] Venguêrov, Semion Afanássievitch (1855-1920): estudioso de literatura, autor do detalhadíssimo *Dicionário crítico-biográfico dos escritores e cientistas russos* (1889-1904).

© *Copyright* desta tradução: Editora Martin Claret Ltda., 2021.

Direção
MARTIN CLARET
Produção editorial
CAROLINA MARANI LIMA / MAYARA ZUCHELI
Direção de arte e capa
JOSÉ DUARTE T. DE CASTRO
Diagramação
GIOVANA QUADROTTI
Revisão
ZERVANE DE FARIAS NASCIMENTO
WALDIR MORAES
Impressão e acabamento
GEOGRÁFICA EDITORA

A ortografia deste livro segue o novo Acordo Ortográfico da Língua Portuguesa.

Dados Internacionais de Catalogação na Publicação (CIP)
(Câmara Brasileira do Livro, SP, Brasil)

Contos e novelas russas / tradução do russo e notas por Oleg Almeida. – São Paulo: Martin Claret, 2021.

Vários autores.

ISBN: 978-65-5910-092-7

1. Contos russos

21-75639   CDD-891.73

Índices para catálogo sistemático:

1. Contos: Literatura russa: 891.73
Eliete Marques da Silva – Bibliotecária – CRB-8/93

EDITORA MARTIN CLARET LTDA.
Rua Alegrete, 62 – Bairro Sumaré – CEP: 01254-010 – São Paulo – SP
Tel.: (11) 3672-8144 – www.martinclaret.com.br
Impresso – 2021

CONTINUE COM A GENTE!

- Editora Martin Claret
- editoramartinclaret
- @EdMartinClaret
- www.martinclaret.com.br

IMPRESSO EM PAPEL
Pólen
mais prazer em ler